서울의 방

책임 편집·해설 이수형

걷는사람

일러두기

1. 『박태순 중단편 소설전집』은 박태순의 작품 세계를 집성해 널리 알리고 그 문학사적 의미를 새롭게 조명하려는 목적으로 기획되었다.
2. 수록 작품의 순서는 발표 시기 순에 따랐으며, 최초 게재지를 작품의 마지막에 밝혀 적었다.
3. 맞춤법, 띄어쓰기, 외래어 표기 등은 현행 한글 맞춤법과 외래어 표기법에 따라 수정했다.
4. 한글 표기를 원칙으로 삼았으며, 필요한 경우 괄호 안에 한자를 병기했다.
5. 간접 인용과 강조는 ' ', 직접 인용과 대화는 " ", 단편소설은 「 」, 장편소설은 『 』, 잡지는 《 》, 영화 등과 같은 작품은 〈 〉으로 표기했다.
6. 시 구절, 노래 가사 등의 직접 인용은 들여쓰기로 표기하였으며, 등장인물의 편지글이나 낙서 등은 이탤릭체로 표기하였다.
7. 이제는 사용하지 않아 의미가 불명확한 단어는 각주를 붙여서 설명하였다.

서울의 방

『박태순 중단편 소설전집』을 펴내며

소설가 박태순이 타계한 것은 2019년 8월 30일이었다. 그때 영안실에서 조촐한 추도식을 연 우리 후학들은 고인의 문학 세계를 제대로 정리해 널리 알리는 일의 중요성에 대해 쉽게 의견을 모았다. 그로부터 5년, 우리는 이제 박태순 문학 전집의 첫 번째 성과물로 『박태순 중단편 소설전집』을 세상에 내보일 수 있게 되었다. 스스로 자랑스럽게 생각한다.

주지하듯, 박태순은 소설 이외에도 특히 국토 기행과 현장 르포 같은 산문, 역사 인물 평전, 제3세계 문학 번역 등 다방면에 걸쳐 활발하게 집필 활동을 했다. 엄혹한 시기 무소불위의 전제와 폭압에 맞서 자유실천문인협의회(현 한국작가회의)의 창립도 주도했는데, 그 과정을 꼼꼼히 기록하고 정리해 하나의 문학적 유산이 되게 한 것도 오롯이 그의 몫이었다.

소설로 국한하더라도 박태순은 한국 현대문학사에 자못 의미 있는 발자취를 남겼다. 무엇보다 그의 소설은 시대와의 고투 없이 쓰인 작품이 없으니, 중단편의 경우, 예컨대 「무너진 극장」에서 「외촌동 연작」으로, 거기서 다시 「3·1절」과 「밤길의 사람들」로 나아가는 계보가 이를 여실히 증명한다. 월남민의 자식으로 그는 도시 빈민의 삶을 묘사하는 데 자신의 생 체험을 유감없이 발휘했으며, 경제 개발 과정에서 소외되거나 심지어 추방된 또 다른 빈민들의 집단적 형성 과정에도 집요하리만큼 큰 관심을 기울였다. 또한 그는 소설을 쓰되 마치 성실한 사관처럼 당대를 생생히 기록하는 것은 물론, 한 걸음 나아가 시대를 관통하는 정신의 실체를 찾아내기 위해서도 부단히 노력했다. 이는 1960년 대학에 입학하자마자 독재 정권의 흉탄에 벗을 잃은 자의 순결한 부채 의식에서 비롯했으되, 1970년 전태일의 죽음, 1980년 광주 오월에 대한 부채 의식과도 무관하지 않을 것이다. 당대의 총체적인 현실은 늘 그의 소설의 기점이자 마땅히 가 닿아야 할 과녁이었다.

따라서 그는 소설을 쓰되 골방에서 저만의 우주를 구축하는 데에는 관심이 없었다. 그의 소설은 곧 이야기였는데, 고맙게도 장삼이사 필부필부의 이야기는 사방 천지에 널려 있었다. 그는 발품을 팔아 가며 그런 이야기를 듣는 데 실로 많은 시간과 노력을 기울였다. 국토와 민중에 대한 무한한 애정이 그를 추동했다.

그러나 그의 소설에 대해 이런 식의 고식적인 평가만 반복하는 것은 바람직하지 않다. 그가 동시대의 다른 어떤 작가들보다 고집스러운 측면이 많은 것은 사실이지만, 다른 한편 그는 굉장히 풍성하고도 열린 오감의 소유자였다. 문학 청년처럼 오직 사전에만 남아 있을 낱말들을 수두룩 되살려낸 것도 하나의 사례일 터. 게다가 문학에 대한 그의 놀라운 열정이라니! 작품 목록을 작성하는 과정에서 우리는 등단 직후부터 가히 초인적인 힘으로 소설에 매진한 한 사람의 전업 작가를 목격할 수 있었다.

이번 『박태순 중단편 소설전집』에는 그동안 거의 언급되지 않았던 작품들도 여러 편 발굴해 실을 수 있었다. 그의 문학에 대한 이해와 평가가 한층 넓어지고 또 깊어지는 계기가 되기를 바란다.

박태순 전집 간행위원회의 얼개를 짠 이후 곧바로 박태순 전집 편집위원회를 구성했다. 소설가 김남일과 시인 이승철, 그리고 부지런히 그의 작품을 읽어 온 후학들로 김영찬, 김우영, 박윤영, 백지연, 서은주, 오창은, 이수형이 위원으로 참여했다. 이후에도 많은 이들이 힘을 보탰고 짐을 나누었다. 이 자리를 빌려 고인의 가족에게 가장 먼저 감사의 인사를 드린다. 특히 장남 박영윤은 처음부터 끝까지 뒷바라지만을 자처해 간섭은 하지 않되 물심으로 온갖 도움을 아끼지 않았다. 어려운 출판 사정에도 불구하고 기꺼이 출판을 맡아 준 '걷는사람'의 김성규 대표의 결단, 그리고 어렵고 짜증스러웠을 편집과 제작의 실무를 맡아 준 여러 직원의 노고도 기억해야 한다. 일일이 호명해 드리진 못하지만 전집 간행에 시량의 우정을 보태 준 많은 벗과 독자들에게도 고마운 마음을 전한다. 마지막으로, 고인의 동기로 긴 세월을 함께해 온 염무웅 선생이 간행위원회 위원장을 맡아 주셨기에 이 모든 작업의 첫발을 뗄 용기를 얻었음을 밝힌다.

　박태순 전집 간행위원회는 앞으로도 장편 전집과 산문 전집을 계속해서 펴낼 예정이다. 많은 관심과 격려를 부탁드린다.

2024년 12월

박태순 전집 편집위원회

차례

박태순 중단편 소설전집 1권

공알앙당

공알앙당

1.

 녀석은 지금 여기 이 방에 누워 있다. 광고 네온사인에서 별빛의 순수를 추출해볼 수 있는 여유를 가져야 한다고 그는 늘 말하곤 했다. 그런 교훈적인 말을 들으면서 나는 녀석이 꼴같잖게 굉장히 잘난 척하기를 좋아하는구나 하고 늘 속으로 생각해왔으나 물론 겉으로 그런 얘기를 꺼내진 못했다. 녀석은 한마디로 말해서 염치가 부재하는 그런 형이었으며, 다른 사람의 사정을 고려해 보는 따위의 일은 할 줄을 몰랐다. 그러나 녀석은 무책임한 인간은 아니었다. 사실 염치가 부재한다는 말은 무책임하다는 말과 같은 의미의 계열에 놓을 수 있는지는 모른다. 그러나 나는 이 두 말이 동의어가 되지 않음을 녀석에게서 발견할 수 있었던 것이다.

 내가 방에 들어서자마자 녀석이 염치 좋게도 내 침대에 누워서 잠을 자고 있는 것을 발견했다. 나는 몹시 피로했기 때문에 녀석의 엉덩이를 차 버리고 배때기에 훅을 집어넣으면서 문밖으로 몰아내어 나 혼자 이 방에 있고 싶다는 생각이 간절하였다. 그러나 나는 그러지를 못했고 단지 쿠션이 없는 의자에 간신히 몸을 부축여 놓으면서 막연히 편지 쓸 일이 있다는 생각을 했다. 오늘 시내에서는 버스가 다니지 않았다. 시민들은 무책임하게 업자들을 욕했고 아니면 위정자들의 능력을 무시하거나 감정적인 푸념을 늘어놓았다. 나 또한 다른 사람들처럼 걸어서 집으로 왔고, 걸어서 오는 동안에 도시의 구성 요소라는 것이 얼마나 치밀하게 유기적으로 조직되어있나를 생각했다. 시내에 버스가 다니지 않자, 버스가 거리에서 차지하는 위치가 얼마나 필연적으로 중요한 것인가를 실감나게 느낄 수 있었던 것이다. 그것은 종삼의 똥치들이 차지하는 위치가 위압적이듯이 위압적인 것이었다. 우선 행길이 텅 비어 버린 듯했고 갑자기 거리가 조용해져 버려서 마치 서울시라는 것이 이 세상의 변두리에 존재하는 시시하기 이를 데 없는 조그만 곳으로 변한 듯싶었다. 아울러 얼굴을 잔뜩 찌푸리면서 걸어가고 있는 사람들의 모습을 관찰해 볼 때에는 마치 시대를 거슬러 올라가서 도시의 에너지가 수공업에 의하여서만 산출되는 것 같은 퇴보의 감을 느낄 수 있었다. 그래서 시골에 살고 있는 사람들이 고사리나물이 맛 좋음을 찬미하듯 이 도시에 살고 있는 사람들은 버스의 편리함을 찬미해야 하는 것이 아닌가 하는 생각도 들었다. 하여튼 오늘 시내에서는 버스가 다니지 않았다. 2킬로가 넘는 거리를 나는 쭉 걸어왔다. 걸어오는 동안에 햇빛은 찬란하게 비치고 있었고, 먼지는 도시의 부패를 방지하려는 듯이 일고 있었고, 더욱이 사람들은 흐느적거리는 아메바처럼 연약한 두 다리로 도시를 횡류해 가고 있었다. 그래서 그때에 내 머리에는 문득 녀석의 얼굴이 떠올라왔고 녀석의 둔중한 두 다리가 어른거렸다. 그러자 우스운 생각이 들었다. 이 녀석도 오늘만큼은 걸어 다녔으렷다? 그러나 나는 땀 흘리면서 초라하게 걷고 있는 녀석의 모습을 상상할 수는 없었다. 그리하여 이제 녀석은 그런 걸 알고라도 있었다는 듯이 여기 내 방에 누워 있다.

나는 녀석이 못마땅했다. 나는 라디오를 틀어서 약 광고를 듣기로 했다. 약 광고가 나오면 녀석도 아마 잠이 깰 테지. 나는 '문화방송'을 틀었다. 그러고는 볼륨을 좀 높여 놓았다. 라디오는 40대의 정력에 관한 이론을 인생의 향락이라는 점에 비추어서 설명하고 있었다. 그러다가 라디오는 느닷없이 메아리질 치는 음향으로 파열음이 많이 들어가는 네 자로 된 명사를 세 번 반복했고, 이것이야말로 현대 의학의 승리라고 주장했다. 나는 막연히 편지 쓸 일이 있다는 생각을 했다. 그러자 그때에 녀석은 잠을 깬 분풀이로 거칠게 라디오를 꺼 버렸다. 나는 다시 편지를 지금 써야 하지 않을까 생각했고, 녀석의 뻔뻔스러운 낯짝을 한번 훔쳐보고는 드디어 지금 쓰기로 결심했다. '열아홉 번째로 수임이에게 보내는 편지'라고 나는 32절 모조지의 윗부분에 썼다.

녀석은 침대 머리에 걸터앉았다. 그러고는 손을 뻗쳐서 책상 위에 있는 재떨이를 내려놓았다. 담배는 그의 셔츠 윗주머니에 있는 모양이었다. 그러나 녀석은 나에게 담배를 권하지는 않을 것이다. 도시인은 이유 없이 담배를 권해서는 안 될 만큼 냉정하기 때문이다. 녀석이 이 방에 찾아든 것은, 그러니까 거의 한 달 가까이 된다. 이 한 달이야말로 여태까지의 내 인생에 있어서 가장 길게 느껴진 한 달이었다. 그동안에 나는 너무도 많은 일을 치르어냈던 것이다. 나는 약 한 달 전쯤의 그 아침을 기억한다. 그날 이 녀석은 채 동이 밝았을까 말까 할 때 우리 집에 나타났다. 녀석은 의자에 앉자마자 진성이에게 '동인구론산'을 하나 사오라고 말했다. 진성이가 말을 잘 들으려고 하지 않자 녀석은 버럭 화를 내는 것이었다. "넌 지금 내가 어떤 기분인지 알어? 진짜 새 걸루 하나 삼켰단 말야." 그러나 진성이는 그의 말을 이해하지 못했다.

녀석은 자기가 이 세상에서 가장 얼굴이 삼삼하게 생긴 인간 중의 하나라고 자부하고 있었다. "리즈 테일러가 리처드 버튼한테 녹아 떨어진 건 물론 버튼의 낯가죽이 부드럽게 잘 생겨 먹어서 그런 건데 말이지, 특히 그 새낀 눈알이 그럴 듯하게 생겨 먹었어. 사내놈의 눈알갱이가 버튼의 그것처럼 틱틱하면서 꼭 천치의 눈망울처럼 희미하구 야성적이면 까이들은 영 맥을 못 추는 거라." 이러면서 녀석은, 물론 영화배우가 심미의 표준은 아니라는 말을 빼놓지 않았다.

녀석은 담배를 피워 물었다.

그는 담배 피우는 폼이 그럴 듯해야 한다고 누차에 걸쳐서 강조했다. "이봐, 연기가 목구멍으로 넘어가는 게 박력 있게 감추어져야 한단 말야. 어떡하는가 하면, 입을 약간 쩨면서 새끼손가락 하나 끼일 정도로 입술을 벌리는 거라. 그리구 키스할 때처럼 멍하게 눈을 뜨고 있어야 해. 그러나 무엇보다두 중요한 건 연기를 어떻게 뱉아 내는가 하는 데에 달려 있어. 상대방 까이가 연기 속에서 성적인 냄새를 맡을 수 있을 정도루 확 쏟아 버리는 게 좋을 때가 있구 또는 뿡뿡 동그라미를 뚫으면서 죽죽 밀어내는 게 좋을 때가 있지. 하여튼지 간에 담배 피우는 폼에서 어떤 능동적이고 자연스러운 감정의 발로가 있다고 상대방이 느끼도록 하여야 한단 말야."

그러나 녀석은 말을 많이 떠벌리는 축은 아니었다. 말을 많이 하면 그만큼 자기의 위신이 꺾여 들어간다고 생각하고 있는 듯했다. 그런 면에서 그는 공자의 신봉자였다. "공자가 무슨 말을 했는지 알아? 안 할 말을 하는 건 실언이라구 그랬어. 그러나 해야 할 말을 못 하는 건 실인이라구 그랬어. 기집애들을 끄는 비결이 바로 이거야. 그것들은 묵직해 보이면서두 야성적인 숫내가 풍기는 사내를 좋아하거든."

나는 의자에 앉아서 편지를 계속 쓰고 있었다. 그전에는 녀석이 옆에 있다는 것쯤 아무렇지도 않았지만 오늘은 사정이 약간 달랐다. 녀석에게서 발산해오는 그 도시의 분위기가 오늘은 여간 싫지가 않았다. 정말로 기분 같아서는 주먹질이라도 해서 녀석을 내쫓고 싶기까지도 했다. 나의 녀석에 대한 혐오감에는 충분히 그럴 만한 이유가 있었다. 이유라기보다 차라리 그것은 어느 사람이든 인간이면 느껴 봄직한 그런 본능적인 감정이리라. 그러나 나는 내심이렇게 끝 길이 없는 분노를 느끼면서도 외양으로는 녀석에게 위압을 당하고 있는 것이었다. 말하자면 나는 녀석을 하나의 잔뜩 웅숭그리고 있는 고슴도치처럼 생각하는 버릇이 있었다. 그리고 녀석앞에 선 나 자신이 어쩐지 왜소하게 생각되는 자기 비하를 느끼는버릇이 있었다. 그래서 녀석은 이따금씩 내가 노골적으로 드러내보이는 공격을 받고서도 꿈쩍하지 않는 것이었다. 그러자 이런 상념은 나를 적이 핏대 나게 만들었다. 이제 녀석은 내 앞에서 그 전에처럼 으스댈 수 있으리라는 극히 계산적인 생각이 났기 때문이었다.

"너, 가 주었으면 좋겠는데?" 나는 드디어 말했다. 물론 녀석은 아무 대꾸도 해오지 않았다. 이제부터 뜬뜬한 대결은 시작되는 거라고 나는 생각했다.

날이 완전히 컴컴해지려면 아직도 한 시간쯤 더 있어야 될 것 같았다. 우리 집은 지대가 높은 산 중턱에 자리 잡고 있어서 내 방의창으로는 훤히 서울 시내가 한눈에 내다보였다. 초여름이라서 과히덥지는 않았으나 황혼의 도시에서는 강렬한 흥분기가 발산되고 있었다. 나는 천천히 담배를 한 대 물고서 창가로 갔다. 태양의 이지러진 광선은 한창 도시를 빨갛게 물들여 놓고 있었다. 이맘때면은 으레 도시의 심부에서 울려 퍼지는 갖가지 소음이 퍽이나 선명해져서 도리어 생경한 기분이 들곤 했다.

"너두 아마 알 거다. 내가 너에 대해 언짢게 생각하구 있다는 거."

녀석이 말을 하려 들지 않았으므로 나는 믿진다는 것을 알면서도 다시 이렇게 덧붙였다.

"내가 찾아온 건 그런 소리 듣자구가 아냐, 임마." 녀석은 채 표정에는 핏대를 담고 있지 않았다. "이런 말 약간 우습긴 하지만 말이다. 네 낯짝이 보고 싶어 찾아온 거란 말이다. 알어?"

"내가 반기지 않을 줄은 잘 알 텐데?" 나는 맥살이 났으나 될 수 있는 한 울화를 그대로 유지시키려고 노력했다.

"거 무어 반기지 않구, 그렇게 엄숙하게 따질 이유가 있나?"

"그럴 이유가 충분히 있다구 난 생각하니까 이젠 가 주었으면 좋겠는데?" 나는 좀 더 화가 난 어조로 말했다.

녀석은 이제 콧구멍을 열심히 후벼대고 있었다. 즉 그는 무엇인가를 곰곰히 생각해 보고 있는 중인 것이다. 그는 손톱을 깎거나 콧구멍을 후비면서 계획을 세우고 생각을 정리하고 뱃심을 든든히 차리고 있다는 것을 나는 경험으로 알고 있었던 것이다.

"것보다 내 그럴 듯한 기집애나 하나 소개해 줄까? 제법 똑똑한 애루 말야. 사실 난 말이다, 딴 친구 놈한테 여태까지 한번두 이런 우호적인 말을 해본 적이 없어. 그러니까 넌……."

"난 오늘 저녁에 수임이하구 만나기루 약속이 되어 있어." 나는 벌컥 화를 냈다.

"그래? 넌 정말 개하구……." 그는 자기의 말실수를 인정한 모양인지 말을 하다 말고 약간 당황해 하는 표정으로 나를 봤다.

"우린 약혼했어. 알어?"

"야, 이 새꺄." 갑자기 그가 화를 냈다. "집어쳐. 난 누구한테서든지 날 힐난하는 식의 말을 들으면 못 참어 임마. 넌 도리어 나한테 감사해야 된단 말이다. 쩨쩨하게 감정이니 내면이니 하구 떠들면서 좋아할 시기는 지났단 말이다. 보다 확실하게 그리고 굵다란 안목으로 이 세상을 볼 수 있는 게 중요한 거 아니가? 난 너한테 이걸 키워줬어."

그는 안 할 말을 했다는 듯이 씁쓰레한 표정을 지었다. 그는 자기가 색골형 인간으로 보여지는 것을 싫어했던 것이다. "이 대한민국에서 진정코 사내들이 할 만한 일은 별루 없어. 우리나라 정치가란 족속들을 봐라. 정치가 몸에 배지 않았어. 위대한 인물이 그렇게 단시일 내에 이루어지는 건 줄 알어? 또 우리나라 부자들을 봐라. 진정으루 갑부가 되고 싶다면 돈에서 꼭 막혀 버린 절망을 느껴야 하는 건데, 그저 별장이나 하나 사 놓구 나선 좋다구 하는 판이니 이게 무어지? 말하자면 여자를 건드리기까지의 과정두 중요하지만 보다 더 중요한 건 건드리구 난 뒤의 수습에서 얼마나 자기를 꼼꼼히 견제할 수 있는가 하는 점이거든. 기껏 한다는 게 자살 소동이구 아니면 책임 어쩌구저쩌구 하기나 하구 마음에두 없는 결혼을 울며 겨자 먹기루 하기나 하구……."

"그러니까 말야." 하고 녀석은 약간 누그러진 태도로 말을 이었다. "난 네가 핏대 내는 이유의 정당성을 인정할 수가 없어. 무슨 소리냐믄 말야, 그건 사고 방식의 차이에서 오는 차질이란 말야."

"난 너처럼 위대한 인간이 못 된다는 걸 다행으로 생각하는 걸?"

"그런 게 아니잖어? 그래, 너하구 객담이나 하자는 게 아니니까 이런 얘긴 집어치우기루 하지. 하여튼 말야, 내가 지금 수세에 놓였다거나 어떤 일에 대한 책임을 질 계제에 놓여 있다구 생각한다면 그건 네 잘못이야. 왜냐하면 난 정당하거든."

"이 세상에 정당하지 않은 사람이 있나?" 나는 이렇게 비꼬아 주었다. 그러자 나는 허탈한 기분에 놓여져 버렸다. 사실 녀석이 책임감을 느끼지 않으려고 하는 것은 녀석의 사고 방식으로서는 타당성을 갖는 얘기라는 걸 나는 인정했기 때문이었다. 즉 그것은 녀석의 관점에서 본다면 아주 쩨쩨한 도덕관념의 소유자인지도 알 수 없었다.

갑자기 그가 껍적 일어섰다. 나는 막연히 녀석이 가려나 보다 하고 생각했다. 헌데 그는 공알앙당을 주머니에서 꺼내 놓았다.

공알앙당이라고 우리가 이름을 붙인 그것은, 말하자면 입체감 나는 춘화였다. 거기에는 달라붙은 한 쌍의 남녀가 알루미늄으로 조각되어 있었다. 남자의 다리는 특히 키처럼 되어 있어서 아래로 잡아 내릴 수가 있었고, 그러면 남자의 돌출 부분은 ㄴ자로 꼬부라지면서 여자의 몸에 맞닿게 되어 있었다. 그러면 동시에 두 가슴도 또한 금속성을 내며 부딪히는 것이었고, 특히 과학적으로 되어 있는 점은(누구든지 이 점에 대해서는 미국의 과학 정신을 찬양했지만), 아래가 접촉이 되는 순간에 동시에 남자의 모가지는 냉큼 숙여지면서 남자보다 키가 작은 여자의 얼굴에 닿게끔 되어 있었다. 그때 이것을 준 그 미군 지아이는 킬킬거리면서 이것은 열두 개가 한 세트라고 했다. 그러면서 그 미군은 이것이야말로 과학적이고 객관적인 사고 방식의 혁혁한 공로의 발로라고 약간 농담기 어린 목소리로 덧붙였다. 즉 그 미군의 지론에 따른다면 모든 건 객관화되어 있어야 한다는 것이었다.

"이 공알앙당 네 거지? 반환하려는데?"

"난 분명히 그거 네게 준다구 말했는데?"

"난 받겠다는 말 한 적이 없어. 난 이게 필요 없거든."

녀석은 공알앙당을 내 책상 위에 놓았다. 그러고 나서 녀석은 나를 찬찬히 내려다보았다. 마치 중대한 관찰감이라도 된다는 듯이. 그러더니 녀석은 느릿느릿한 동작으로 문 쪽으로 나아갔다.

"그러나 말야, 난 책임을 질게. 실은 책임을 질 계제두 아니지만." 녀석은 문을 밀다 말고 이렇게 말했다. 그리고는 녀석은 가 버렸다.

나는 다시 책상머리에 앉아서 편지에 쓸 문구를 고르고 있었다. 그러나 내 기분은 편지나 쓰고 앉았을 만큼 편치 못했다. 그러니까 우리가, 즉 수임이와 내가 세운 약속의 엄숙한 타부적 성격이 아직도 효력을 발휘하고 있는 것이어서 이런 의도나마 불러 일으키게 해 주고 있는 것이지만. 그녀와 나는 격주하여 화요일마다 편지를 교환하자고 약속을 했던 것이다. 이 약속은 한 번 나에 의하여 파기된 적이 있었다.

해는 금화산 저쪽으로 사라져 있었다. 서녘 하늘은 빨갛게 물들여져 있었다. 그 빨간 기운이 거리에까지 미쳐서 공기는 누렇게 들떠 있었고, 건물들은 어두움으로 부조되면서 신비스럽고도 엄숙하게 우뚝우뚝 높이 솟아 개미 떼 같은 사람들의 물결을 압도시켜 놓는 것이었다. 봄바람은 즐거운 소리를 포함하면서 불어오는 듯싶었다. 막연히 피로를 안겨다 주는 봄 특유의 기분이 더욱 생생해지고 있었다. 다시 버스는 질서를 회복하여 파업을 중단하고 운행되고 있었다. 그러나 나는 버스를 타지 않았다.

세종로 네거리를 중심으로 세워져 있는 광고판의 네온사인이 조금씩 뚜렷해지면서 빛을 발해 갔다. 어두움은 미련이 있다는 듯이 시간을 질질 끌며 천천히 도시의 외곽에 내리고 있었다. 대기는 싱싱하니 냉각되어져 갔고 봄바람은 먼지와는 아랑곳 없다는 듯이 공기를 헤쳐 놓고 있었다. 하늘에는 쪼개진 달이 희미한 빛을 던지고 있었고, 가도에는 일정한 간격을 두고 하얀 가로등이 행인들에게 세 개의 또는 네 개의 그림자를 선사하고 있었다. 이리하여 도시는 한창 부글부글 들끓고 있다는 인상이었다.

나는 수임이와 같이 길을 걸어갔다. 소음은 하도 예각화되어 있어서 그녀와 나의 대화를 방해했다. 그것은 말하자면 그녀와 나 사이에 도시가 끼어 있어서 우리들의 거리를 그만큼 멀리로 갈라놓고 있는 것 같았다. 나는 그녀의 손목을 잡고 있었다. 그 감촉은 매끈하다기보다는 감칠맛이 있었다. 차분히 땀이 배어 있었고 부드러우면서도 뜨뜻했기 때문에 나는 그녀의 심장에서부터 회전해 돌아가는 혈맥을 느낄 수 있을 것 같은 기분이 들었다. 그녀는 나보다 키도 작았고 몸매도 동그랗게 조여 있어서 나는 그녀의 명실상부한 애인 겸 보호자라는 실감이 다시 확실해졌다. 그러니까 변한 것은 아무것도 없다고 나는 간주했다. 왜냐하면 그녀와 내가 이루고 있는 우리 둘의 세계는 타의 틈입에 의한 파괴가 결코 이루어질 수 없다는 생각이 들었기 때문이다. 즉 본질적으로는 아무것도 변하지 않은 것이다. 우리가 세워 놓았던 여러 불문율과 여러 상호 관계는 수식 가감되지 않고 남아 있다고 나는 믿었다. 이런 상념들은 나를 적이 기쁘게 만들었다. 물론 약간의 차질과 변화가 우리 새에 어느덧 도사리고 있기는 했으나 나는 애써 그런 것들을 무시하여 버리기로 했다.

우리는 많은 불문율을 설정해 놓았었다. 우리는 섣부르게 흥분하지는 말자고 약속을 했었다. 언제나 나는 모험이라든가 극적인 행동을 하기를 싫어했고 그것은 그녀도 마찬가지였다. 그저 우리 사이에 진즉 따뜻한 감정이 고여 있고 그 감정이 유동하지 않으면서 충만되어 있어서 하나의 빡빡한 밀도를 가진 분위기를 조성시켜 놓을 수가 있고, 그리하여 우리가 그 밀도 속에서 안주할 수 있는 안도감과 화평함을 느끼면 그 이상 바랄 것이 없다고 나는 생각했고 또 그렇게 그녀에게 얘기했다. 어차피 사람은 놀라움을 잊어버리고 모든 것을 당연한 것으로 받아들여야 한다고 나는 생각했다. 생활의 즐거움은 새로운 발견이나 새로운 충격으로써 얻어지는 것이라고는 나는 생각하지 않았다. 성실성 있게 시간을 보내고 사물의 의미를 캐면서 조용히 늙어가는 데에 있다고 나는 생각했다.

"나, 할 얘기가 있어요." 제법 조용한 분위기를 조성시켜 놓고 있는 다방에서 그녀는 무겁게 얘기를 꺼냈다. 나는 순간 당황했다. 내가 미처 제지시킬 새도 없이 그녀는 다음 말을 이었다.

"나, 그 친구라는 사람 두 번 만났었어."

"그 얘기라면 그만둬, 우리가 언제 우리 아닌 다른 사람의 얘기를 진지하게 한 적이 있었나?" 하고 나는 말했다. 특히 나는 '우리'라는 말에 힘을 주었다. 마치 이 말로써 모든 다른 이질적 요소들을 충분히 용해시킬 수 있다는 확신을 가진 것처럼. 아닌 게 아니라 나는 그런 확신을 가지고 있었다.

"가책을 느끼고 있어서 그래요. 그걸 떨궈 버리지 못한다면 도저히 못 견딜 거 같아서."

"그만둬. 무시해 버려야 할 건 무시해야 돼. 요전번에 만났을 때처럼 말야."

"요전번엔 몹시 괴로웠어."

"자꾸 그러지 마. 괴로움을 극복해 버리면 보다 깊은 확신이 생길 수 있는 거야."

"고마워요." 그녀는 조용히 울고 있었다.

나는 그녀의 손목을 애무했다. 그 조그만 손은 이따금씩 가늘게

박태순 중단편 소설전집 1권

떨리고 있었다. 그러자 나도 무연한 심사를 느끼게 되었다. 나는 애써 이런 심사를 바깥으로 드러내지 않으려 노력하면서 새로운 각성과 새로운 형식이 없다면 이 국면을 이겨 나가기가 힘드리라는 것을 새삼스레 느끼고 있었다. 어차피 인간의 마음이라는 것이 그렇게 단단하지 못한 이상, 각성이라는 자기만족이나 사회가 그 정당성을 인정하여 주는 형식이란 것은 하나의 도구 이상의 가치를 가지고 있다는 것을 나는 강조해서 생각했다. 이 선량하고 수동적인 아름다움의 집합체, 즉 수임이가 본의 아닌 고통을 당하고 있다면 나는 그 고통을 벗겨줄 의무가 있었다. 즉 그녀가 고통을 느끼게 된 데에는 분명히 나의 잘못이 개재되어 있었던 것이다. 나는 그전에서부터 그녀에게 그 녀석에 관한 얘기를 들려주곤 했었다. 그녀는 그 녀석에 관한 얘기에 대해서 비교적 냉담한 편이었었다. 그러던 어떤 날, 그녀는 나의 친구 그 녀석을 봤다고 얘기했다. "신신백화점 앞에서 차도를 건너가려구 기다리구 있는데 말야, 누가 내 옆구릴 툭 건들이잖어? 보니까 독수리 눈알을 가진 남자애가 날 노려보구 있는 거야. 난 겁이 나서 저두 모르게 비켜 섰지 뭐. 그 사내는 웃지두 않구 서 있더니 신호등이 파래지자, 떡하니 내 팔을 끼는 거야. 하두 어처구니가 없어서 빤히 바라봤더니 내 시선쯤은 아무렇지도 않다는 듯이 아주 다정스런 사이라두 되는 것처럼 내 팔을 낀 채 걸어가잖어? 그래 따라갔지 뭐. 떠들기두 챙피하구 해서 말야. 네까짓 것쯤 무슨 수작을 펴두 까딱 안 할 자신은 있다 하구 생각하면서 말야." 물론 그때는 그 남자 놈이 그 녀석이리라는 생각은 들지 않았다고 했다. 그래서 수임이는 그렇게 끌려서 다방에 들어갔다는 것이었다. 한데 다방에서 그 녀석은 담배만 빨아대면서 아무런 말도 붙이지 않고 그저 찬찬히 바라보기만 하더라는 것이었다. 그래

참다 못해 그녀가 뭐 이딴 자식이 다 있어 하고 얘기하니까, 그제야 녀석은 '넌 코가 그럴 듯하게 생겨먹었군.' 하고 말했다고 했다. 모욕감을 느낀 그녀가 발딱 일어서자 녀석은 또 따라 일어섰다는 것이며, 그래서 그 옆 다방에 가 앉자 그제야 녀석은 의젓하게 얘기를 붙이기 시작하더라는 것이었다. 그때 이 얘기를 끝내고 나서 수임이는 나에게 묻기를 앞으로 그 녀석에 대해서 어떤 태도를 견지하는 것이 좋겠냐는 것이었다. 나는 즉석에서 계속 만나보라고 말했던 것이다. 만나지 말라고 하기에는 자존심이 허락치 않았고, 특히 나는 그녀의 마음속에다가 나라는 사내의 존재를 깊이 부각시켜 놓았다고 믿고 있었으므로 얼마간 자신이 있었던 것이었다. 그리고 또한 나는 그녀 수임이가 반드시 한번은 광활한 남자의 세계에 접해 보아야만 할 것이라고 생각했다. 그래야지만 역으로 사내의 세계에 속하는 나의 위치가 어떻다는 것을 확실히 파악할 수 있을 것이고 아울러서 나의 존재를 더욱 뚜렷이 부각시킬 수 있으리라고 나는 믿었던 것이었다. 그러면서 나는 이런 말을 덧붙이는 것을 잊지 않았다. "그 녀석에겐 말야, 감정을 가지구 대하지 마. 그 녀석은 말하자면 기계니까. 기계를 감정적으루 대했다간 부상을 입어요." 그때 나는 그 녀석의 뚱해 있는 모습이 떠올랐던 것이다. "여자란 말이다, 사금파리루 무장하구 있지. 사금파리란 날카롭기야 하지. 그러나 한 조각의 사금파리라두 흩어져봐. 그대루 폭삭 주저앉아 버리구 마는 거야. 못난 새끼들은 그 한 조각의 사금파리를 벗겨 치우지를 못해서 갈대가 어떻다느니, 장미 가시가 어떻다느니 하구 씨부렁대는 거야."

수임이는 이제 명랑기를 조금 되찾은 것 같았다. 그러나 그녀의 그 미학적으로 균형이 잡힌 얼굴을 감싸고 도는 한 줄기 어두운 우수의 그림자를 나는 역시 간과해 버릴 수는 없었다.

내가 생각해 봐도 여자에게는 고민이라든가 책임이라든가 힘이라든가 하는 말은 어울릴 수 없는 말이었다. 여자는 상황에 대해서 민감하고 감정에 있어서는 예리하지만 그러나 그 이상의 깊이는 가지지 않는 것으로 나는 생각했다. 따라서 남자가 여자에 대해서 해줄 수 있는 일은 여자로부터 책임이라든가 고민이라든가 힘이라든가 하는 것으로부터 도피케 하여 남자가 떠맡는 것이고, 여자가 남자에 대해서 해줄 수 있는 일은 바로 그 여자의 따뜻한 감정으로부터 환대를 얻게 해주는 것이요, 여자가 가지고 있는 조그마한 분위기로써 남자의 그 현실적인 분위기를 용해하여 축소시키게 해주는 것이라고 나는 대개 생각해 왔다.

"우린 어느 때보다도 서로를 필요로 하고 있는 거야."

"그럼 그 필요성에 따르겠어요." 그녀는 진심으로 경어를 쓰고 있는 것 같았다.

"우리 약혼식 올리기루 해." 하고 나는 말했다.

"네." 그녀는 대답했다.

그러자 그때 나는 그녀의 얼굴에 한순간 머무른 얄궂은 표정을 얼핏 볼 수 있었다. 나는 어떤 충격적인 상념에 빠져들어 가고 있는 자기를 느낄 수 있었다. 그것은 여태껏 별반 생각해보지 않았던 새로운 가능성이었다. 그 녀석에게 우리가 약혼한 사이라고 거짓말을 자신 있게 할 수 있었던 때와는 정반대로 갑자기 나는 자신을 잃어버렸고 거의 허탈해지고 말았다. 그러자 묘하게도 그 녀석의 얼굴이 커다랗게 머리 위의 공간에 떠올라 왔다. 그러자 그 녀석과 수임이가 같이 몸을 붙이고 있는 광경이 일순간 엄청나리 만치 선명하게 그 녀석의 모습을 지우고 머리 위 공간에 나타났다. 나는 침을 한 번 꿀꺽 소리를 내며 삼켰다. 그리고 담배를 물었다. 이제 그녀는 수동적인 애착을 가지고 동그랗게 앉아 있었다. 나는 지긋이 몸뚱이를 의자 받침에 기대고서 담배 연기로 머리 위의 공간에 나타난 모습을 지우고자 했다. 그러나 그 녀석과 수임이의 모습은 마치 머리 위의 공간에 전세를 얻은 것처럼 떨어지려고 하지 않았다. 그것은 그야말로 머리에 의한 상념이었다. 나는 나의 육신으로써 그 머릿속에 든 것을 충분히 지워버릴 수 있을 거라고 생각해 왔던 것이다. 그러나 그녀로부터 긍정의 대답을 듣는 순간 그 머릿속에 든 것은 나의 육신과 마찬가지로 뚜렷한 공간성을 획득한 것이었다. 그래서 나는 내가 그야말로 중차대한 위기에 봉착해 있음을 알았다. 이미 이것은 수임이에게서 도움을 청할 수 있는 성질의 것이 아니었고 더구나 그 녀석에게서 도움을 청할 수는 없는 것이었고, 그야말로 나 혼자서 고군분투 해내야 하는 고립된 싸움이라는 것을 느낄 수 있었다. 그러면서 나는 싸움의 결론은 이미 정해진 것이라고 생각하려 애를 썼다.

"그럼 우리 집에 와서 한번 의논해야 될 거 아냐요? 얘기는 해 놓겠어요."

"응. 나두 집에다 얘기해 놓을게." 하고 나는 말했다. 그러나 마음속에는 이를 부정하는 소리가 더 강하게 자리 잡고 있었다.

그래서 나는 더 지껄이자고 생각했다. "될 수 있는 대루 빨리 약혼식을 가지기루 해. 될 수 있는 대루 빨리."

"글쎄, 그러나 마음을 정리할 시간은 있어야 할 거구, 또 준비 관계두 있구 하니까……. 늦어두 두 달 안에는……."

"그럴 순 없어. 앞으루 열흘 안에 갖도록 해야 돼." 하고 나는 말했다. 그 순간처럼 시간이란 것이 엄청나게 느껴진 적은 일찍이 없었다. 그리고 공간은 머리 위에서 보다 더 구체적인 양상을 띠고서 자리 잡고 있었다. 나는 수임이를 바라봤다. 그녀는 탁자 저쪽에 하나의 객관적인 미적 대상으로 격하되어 존재하고 있었다. 그러자 나는 여태까지 밀착되어 있다고 생각한 수임이와 나와의 관계가 실은 상당한 간격을 두고서 두 이질체로서 존재한다는 것을 느낄 수 있었다. 그리고 그때 나는 또 다른 하나의 상념을 내 머리 위의 공간에 떠올렸다. 수임이와 그 녀석은 의연히 그 공간에 자리 잡으면서도 또한 내가 새로 떠올리는 상념들을 환영한다는 듯이 내 머리 위의 공간을 확대시켜 공존하는 것이었다. 이 새로 떠올린 상념들은 그 녀석과 같이 지낸 한 달 동안에 만났던 숱한 여자의 모습들을 분명하게 나타나게 해주고 있었다. 그 여자들은 발가벗은 채로 씩씩거리고 있었다. 아니면 조소와 퇴폐를 노골적으로 드러내면서 색을 쓰고 있었다. 그러자 수임이의 얼굴이 어느덧 그런 여자들의 얼굴로 바뀌어져 있었고 그리고 나는 그런 여자들과 같은 수임이를 타누르고 있는 것이었다. 그리고 그 녀석은 우리를 지켜보면서 뚱하니 앉아 있는 것이었다.

수임이와 나는 거리로 나왔다. "오늘 나 좀 바쁜 일이 있어서……." 하고 나는 말했다. 우리는 대개 걷기를 좋아했고, 자연히 공원 같은 데를 잘 가곤 하였던 것이었다. 수임이는 아쉬운 표정을 지었다. "그럼 용꿈 많이 꿔요. 그리구……." 그리고 나는 할 말이 없었던 것이었다. 왜냐하면 나의 머리 위의 공간에 존재하는 수임이가 그 이상의 허튼 소리를 하지 못하도록 방해했던 것이다. 수임이는 갔다. 나는 이제 완전히 혼자가 되어 있었다. 그리고 머리 위의 공간에 붙어 있는 수임이는 나의 적의 편에 가담하여 잠시도 물러섬이 없이 나의 모든 것, 수임이와 내가 세워 놓았던 불문율, 그리고 모든 지식과 모든 체험을 일축해 버리고 있었고, 집으로 걸어가고 있는 밤의 도시에서 풍겨오는 감각들을 무시해 버리고 있었고, 특히 우리의 약혼을 파괴하기 위하여 대공격을 하고 있었다. 나는 비로소 내가 설정했던 불문율, 성실성 있게 시간을 보내고 사물의 의미를 캐면서 조용히 늙어가는 것, 또는 그 비슷한 생활 태도가 이제 하나도 도움이 되지 않음을 느꼈다. 그러나 '나는 나다.' 하고 속으로 외쳤다. 그래서 나는 피하지 말며 적극적으로 싸워보기로 단단히 결심했다.

2.

버스가 파업을 했던 날로부터 사흘쯤 지나서 그 녀석은 우리 집에 나타났다. 나는 녀석의 얼굴을 대하자마자 다시 울컥 화가 치밀었다. 그때까지도 나의 머리 위의 공간에서 녀석은 수임이와 같이 존재하고 있었던 것이다. 녀석은 그러나 그런 것은 아랑곳없다는 듯이 문을 밀고 들어서자마자 내 침대에 걸터앉았다. 나는 책상머리에 앉아서 편지를 쓰고 있었다. 이번 편지는 가장 쓰기가 힘이 든 편지였던 것이다. 나는 이 편지에다가 나의 심경을 우선 솔직히 적어보려고 하였다. 물론 나의 심경 속에는 수임이와 그 녀석의 모습뿐만이 아니라, 내가 그 녀석과 같이 돌아다니고 있었을 때에 만났던 그 숱한 여자들의 모습도 끼어 있었고, 그리하여 이 편지 속에 이러한 것들을 솔직하게 반영시킴으로써 그녀에게 나 혼자서만은 참아내기 힘든 이 투쟁의 일부를 같이 하자고 제의할 작정이었다. 사실 이 사흘 동안 나는 심각한 괴로움을 참아 내야 했던 것이다. 더욱이 괴로움의 외부 발산이 이루어지고 있지 않았기 때문에 그것은 더욱 참기 힘이 들었다. 고등학교 다닐 때에 건성으로 뒤적거렸던 도스토옙스키의 소설을 재독함으로써 얻을 수 있었던 것은 실상 자기 비하의 감정 외에는 아무것도 아니었다. 그래서 나는 음악을 들어보려고 애를 썼다. 브람스의 후기 교향곡은 순간적인 위안이 되어 주었다. 거기에는 표현 이전의 감정이 수록되어 있는 것 같았고 그러한 감정에 대항해서 어떻게 자아의 만족을 얻을 수 있는가 하는 일견 해탈된 듯한 정서가 있는 것 같았다. 그러나 그것은 감정적으로 그렇게 느껴진다 뿐이었지 여기 내 머리 위의 공간에 점하여 있는 구체적인 악마성에 대항해 싸울 힘은 주지 못했다. 그리고 음악을 들으려면 약 광고를 들어야 했고 아니면 유식한 아나운서들의 인생론을 들어야 했고 또는 전파에 의한 방해음을 멜로디처럼 간주해서 함께 들어야 했기 때문에 그것에서도 곧 매력을 느낄 수 없었다. 그러자 때때로는 그 녀석이 저번에 왔다 가면서 마지막으로 남기고 간 말, 즉 책임을 질 계제는 아니지만 책임을 느껴보겠다는 말이 얼핏 머리에 들어오곤 하였으나 그 말이 동반하고 있는 그 녀석의 뚱해 있는 모습과 그 녀석의 염치가 부재하는 인간성에서 느껴지는 혐오감은 충분히 울화를 돋울 만했다. 그리고 수임이가 한 번 집에 찾아 왔었는데, 그녀는 이제 거의 완전한 정상인이 되어 있었다. 그리하여 사흘이 지나간 지금, 신문들은 벌써 버스의 운휴 사건쯤 깨끗이 잊어버릴 만큼 그 긴 동안이 흐르고 난 지금, 나는 아직껏 하나의 상념을 물리치지 못하고 있는 것이었다. 그러자 녀석의 모습이 더욱 나의 부아를 돋워 주었다.

"네가 찾아오는 거, 나 좋아하지 않을 줄은 알 텐데?"

"허, 꼴뚜기 같은 녀석."

그는 이렇게 말하며 콧구멍을 후비기 시작했다. 그러자 나는 무장

을 하고 있을 필요를 느꼈다. 이 녀석에게 나의 속마음이 노정되어져
서는 안 된다고 생각했기 때문이었다. 나는 담배를 한 대 물었다.

"야, 너 그 공알앙당 다시 좀 빌려줄 수 없겠니?"

"그건 내 거 아니라구 그랬잖어?"

"내 거두 아닌데?" 그는 이렇게 말하고 나더니, 이 말의 상징적인
의미를 생각해 보라는 듯이 나에게 시선을 부었다. 그래서 나는 좀
더 화가 나 있었다.

"이달 하순쯤 나 수임이허구 약혼하기루 돼 있어."

"그래? 그거 잘 됐군. 그러나 그거 너무 시일이 촉박한 걸."

"임마, 네가 무슨 상관이야?"

"나한테 얘기해 준 건 누군데? 난 네가 약혼하건 말건 관심이 없
어. 그러나 일단 네가 나한테 얘기해 준 이상 관심을 안 가질 순 없
잖어? 왜냐하면 거기엔 불명예스럽게두 내가 꼽사리 껴 있는 것처
럼 넌 생각하는 모양이니까."

"임마, 난 그렇게 생각한 적 없어. 이건 우리 둘만의 일이니. 우리
가 무어 그렇게 어리석은 줄 알어?"

"그래? 그거 다행이군."

그러자 나는 더욱 화가 치밀어 있었다. 그것은 벌써 이 녀석이 나
의 마음속을 환히 들여다보고 있다는 데에 대한 울화였다. 그리고
이 녀석이 자기 입으로 수임이와 나와의 사이에 자기가 개재되어 있
다고 말한 데 대한 울화였다. 그러니까 이 녀석에 대비해서 내가 차
려놓고 있던 모든 것들, 즉 수임이와 내가 진심으로 사랑하는 사이
라든가 그 사랑이 드디어는 그 녀석과 같은 불순분자의 농간에 굴
함이 없이 결실을 맺게 되었다든가 하는 얘기들은 이미 아무것도
아닌 것으로 되어 버리고 만 폭이었다. 그래서 나는 다시 새롭게 무

장할 필요를 느꼈다. 이 기계 같은 인간에게 끌리지 않기 위하여.

한데 그때 나는 이 녀석이 한 말을 기억해냈다. 왜 하필 이런 기분에 있을 때 그런 생각이 나는지 나는 다시 울컥 화가 치밀었다. 그러니까 그 녀석과 내가 한창 한 덩어리가 되어 서울 시내 여자들을 건드리고 다니던 어떤 날, 이 녀석은 약간 정색을 띠고서 이런 말을 했다. "너두 이제 약간은 여자와의 접촉이 얼마나 무미건조하면서도 괴롭기만 한 거냐 하는 점에 대해서 느낀 바가 있을 거다. 허지만 넌 아직 멀었어. 왜냐믄 거기에는 그것대루 기막힌 진미가 있기 때문이지. 백 사람이면 아흔아홉은 그걸 모르고 죽는 거야. 그건 이미 형이상학의 세계야." 물론 이 말을 들었을 당시에는 어느 정도 동감했을는지 모르겠으나 지금은 이 말에 대해서 동의할 수 없었다. 성행위 자체에다가 그 어떤 형이상학적인 이미지를 부여한다는 것은 마치 신문의 빈칸 메우기 놀이에다가 형이상학적인 이미지를 부여하려는 것처럼 어리석은 수작에 불과하다고 나는 생각했고, 아니면 엽기적인 취미를 찬양하려는 이상 심리 소유자의 수작과 같은 수작이라고 생각했기 때문이었다. 그러나 그럼에도 불구하고 이 말은 분명히 하나의 사실을 지시하고 있었다. 그것은 이 녀석이 수임이를 범했다는 기정의 사실이다.

나는 늘 그녀를 아껴왔고 소중하게 생각했으므로 아직까지 그녀와는 입술 맞추는 정도 이상의 일을 한 적이 없었던 것이다. 그리고 약간 역설 같지만 내가 그녀와 한계를 넘어서는 일을 하지 않은 이상 그녀는 언제나 나에게는 처녀로서 남아 있는 거라고 상상해왔던 것이었다. 그러나 녀석의 말이 지시하고 있는 바에 의하여 나의 생각 일변도의 상상은 여지없이 파괴되어 버리고 만 것이었다. 그것은 분명한 하나의 사실, 즉 이 녀석은 내가 알지 못하는 그녀의 한 면을 이미 소유하고 있다는 사실을 재확인시켜 주었다. 그러자 한순간 이 녀석과 내가 라이벌이 아닌가 하는 어처구니없는 생각도 들었다. 나의 심신은 그렇게 걷잡을 수 없을 만큼 피로해져 있었던 것이다. 그래서 나는 이제 보다 냉정하게 눈앞에 보이는 적, 즉 이 녀석에 대해서 나의 전 심신을 기울여야겠다고 생각했다. 그리고 편지는 우선 보류해두기로 작정했다.

"우리 어디 가서 술이나 한잔 할까?" 그가 말했다.

"난 너하구 어울려 다닐 때의 나와는 달라."

"다른 건 없지. 네가 내 친구라는 점에서는 넌 똑똑한 놈은 못 되지만 그러나 자기 분수를 지키고 있을 줄은 아니까 내 친구 될 자격이 있다 이거야."

"그러나 넌 내 친구 될 자격이 없어."

"하나 분명히 밝혀두겠는데 말야, 난 수임이가 네 애인인 줄은 몰랐단 말야. 넌 하나의 투기 시합을 건 거야. 그런데 이긴 건 나거든. 넌 졌어. 그 이상두 그 이하두 아냐. 따라서 내가 책임을 느낀다구 하는 건 진짜루 순수한 인간적인 호의에서란 말야."

"거짓말 마, 임마. 넌 수임이라는 이름을 불러선 안 된단 말야. 수임인 틀림없이 자기의 신분을 밝혔다구 그랬어."

"그건 내가 한 코 하겠다구 결심하구 난 뒤의 일야. 내게 있어선 결심이 즉 행동이니까, 벌써 그건 사후 약방문이었어. 그리구 보다 중요한 얘기는 수임이가 말야…… 에에, 어디 가서 술이나 한잔 안 할래?"

녀석과 나는 바깥으로 나갔다. 그러나 녀석이 나를 인도한 곳은 술집이 아니었다. 그곳은 내가 그 녀석과 한창 어울려 다닐 때 잘 가곤 하던 충무로 뒷골목에 있는 다방이었다. 다방이라야 의자 수는 스무 개쯤밖에 안 되었고 더욱이 음악도 나오지 않는 괴상한 곳이었다. 나는 지금이야말로 정신을 똑똑히 차려야 한다고 생각했다. 어물어물하다가는 그전 때처럼 또 '당한다'는 생각이 들었기 때문이었다. 사실 그전에 참으로 그건 어수룩하게 '당한' 것이었다. 그날 이 녀석은 우리 집에 오자마자 술을 마시러 가자고 말했고(녀석은 이런 말 한 적이 그때까지 한 번도 없었다) 그래서 나는 따라 갔다. 더구나 그날은 수임이에게서 그 녀석을 보았다는 얘기를 들은 다음다음 날이었기 때문에 나는 녀석에게 보다 큰 관심을 쏟았다. 그리하여 나는 아무런 방비도 없는 채 녀석의 생활 속으로 휩쓸려 들어간 것이었다. 물론 '당했다'는 것을 알아차린 건 훨씬 시간이 오래 흐른 뒤의 일이었다. 그것을 느꼈을 때의 순간적인 내 기분은 참으로 처참했었다. 그것은 녀석이 여자애에 대해서 하는 일, 즉 처녀를 농간하는 것과 같은 일을 나에게 했다는 그런 기분이었다. 녀석이 가지고 있는 제한성이라는 것을 확실하게 알게 되었고 그리하여 그렇게 어수룩하게 녀석이 인도하는 대로 끌려 들어갈 수 있는 나의 순진성에 차라리 어이가 없었다. 그리고 그때에 나는 거의 완전히 수임이의 존재를 망각하고 있었던 것이었다. 바로 편지를 거른 것이 그때의 일이었다.

"아직 술 먹기에는 시간이 좀 이르니까 여기 들어가서 얘기나 좀 할까?"

"너 또 무슨 꿍꿍이속을 가지구 있는 거냐?"

녀석은 꿍꿍이속이라니 가당치도 않다는 듯이 나를 노려보고는 다방 문을 밀고 들어섰다. 그러나 녀석은 분명 무슨 꿍꿍이속을 가지고 있었다. 다방 안에는 스물두엇이 될까 말까 한 여자 두 명이 녀석을 기다리고 있었다. 녀석은 그리로 걸어갔다. 나는 망설이고 있었다. 가야 하는가 말아야 하는가. 잘못하면 또 당하는 것이라는 생각이 다시 들었다.

"알은체 해." 녀석이 여자들에게 말했다. 그녀들은 나에게 고개를 까딱했다.

그러고 나서는 대개 격식대로의 통성명이 오갔고 분위기를 맞추기 위한 객소리가 오갔고 얼마 안 가서 우리들은 꽤 친해질 수 있었다. 그러나 나는 결코 수임이 얼굴을 나의 머리 위 공간으로부터 제거시킬 수는 없었다. 그리고 잘못하면 당한다는 생각을 떼어 놓을 수가 없었다.

"이 녀석은 말야, 지금 한창 실연 중에 있거든. 잘 위로해줘." 그가 말했다. 나는 이 말에 화가 났다. 여자들 앞에서 이렇게 나의 위신을 깎아내리기는 처음이었다. 그리고 거기에는 그것대로 어떤 저의가 숨어 있는 것 같았다.

"진실로 고독해 보지 않은 사람이면 고독을 이해치 못하는 거야." 옥아라는 이름을 댄 애가 이렇게 나를 위로시켜 주었다.

"난 고독해지구 싶잖어." 지현이라는 이름을 댄 무슨 주식회사 집의 딸이라는 애가 이렇게 말했는데, 마치 그녀는 이 세상의 온 진리를 자기가 가지고 있다는 듯이 엄숙했다. "난 말이다, 표범처럼 잔뜩 웅크리구 있으면서 이쪽을 잡아먹으려구 기회만 보구 있는 고독이란 놈을 알구 있어. 난 쩨쩨하게 고독이란 놈한테 잡아먹히진 않는 거야. 난 저얼대루 고독하지 않은걸."

"아니다, 애. 사람은 누구나 다 고독한 거다, 애는, 거 누구래드라? 하여튼 독일인가 미국인가에 말야, 유명한 철학자가 하나 있는데 말야, 그 사람이 무슨 말을 했는지 알어? 인생이란 생각하는 자에겐 지옥이구 느끼는 자에겐 천국이라구 그랬어. 그러나 난 말야,

천국 쪽을 택할 순 없을 거 같아. 난 지옥 쪽을 택하기루 했어."

"아아 따분하구 맹해 죽겠다, 얘. 난 요새 이런 생각을 한다. 뭐냐 믄 말이다, 서울시에 원자탄이 투하 됐다구 그래 봐. 그래, 딴사람들이 다 골로 가고 나 혼자서만 살아남았다구 그래 봐. 그럼 난 어떻게 행동할까? 그래 얻은 결론은 내 손으로 내 목을 따서 역시 골로 가야 한다 이거야. 반대루 말이다, 서울 시민이 다 끄떡없이 살아 있는데 말이다, 나 혼자 골로 가야 한담 어떡할까 하구 생각해 본 거야. 정말루 그러구 싶진 않어. 그건 너무 쓸쓸할 거 같애."

"도대체 너네들이 주장하는 바 고민이란 어떤 거야?" 나는 어리석은 질문인 줄 알면서도 이렇게 묻지 않을 수 없었다. 여느 때 같으면 그런대로 참을 수 있을 만했지만 오늘은 도저히 참을 수가 없었다. "구체성을 띤 얘기가 아니면 난 싫어. 막연히 느끼는 분위기는 싫단 말야."

"흠, 저이는 제법 매력 있는 소리를 하는데? 무어 복잡하게 수식어를 붙이진 마. 요컨대 어서 여관으루 가자 이거지. 서두를 필욘 없을 텐데? 우린 반항 안 해. 모든 것의 결말이 그렇게 간단하다는 것두 알 수 있어." 지현이가 말했다.

"놈씨들이 결혼 상대자루 고르는 여성이 진실로 여성다운 여성이라는 걸 우리두 알어. 그리구 저이가 핏대 올리는 게 무엇 때문인지두 알어. 하지만 우린 그렇게 될 순 없어. 너무 많이 생각하구 너무 많이 느낀다는 건 죄악이야. 우리두 그건 알어. 하지만 우린 맹한 속물이 될 순 없었어. 사람들이 고독하다구 말할 때 왜 얼굴에 인상을 긋는지 알어? 혼자 있으면 못 견딜 것들, 그런 것들을 가지구 있는 거야. 그게 무언지 알어? 우린 상실한 거야. 뭘 상실했는지 알어? 그래 구체적인 얘기를 좋아한다니까 구체적으루 얘기해주지. 열네 살

때 난 사내의 몸뚱이를 보았어. 그것두 빵집에 나오는 패거리들한
테 윤간당한 거야."

잠시 대화는 끊어져 있었다. 여자들은 눈물을 줄줄 흘리고 있었
다. 나는 몹시도 골치가 아팠다. 도무지 제정신이 아니었다. 괜스레
모든 일에 대해서 불만이 생겨났다. 그러자 녀석은 여자들을 보내
고 있었다.

녀석과 나는 밖으로 나와 택시를 주워 탔다. 어디로 가는 거냐고
내가 물었으나 녀석은 가르쳐주려 들지 않았다. 그러자 우리는 고
급 주택가들이 쭉 늘어서 있는 청운동에 와 있었다. 녀석은 차에서
내리자 어느 3층집 파란 철책 대문 앞에 섰다.

우리는 2층의 카펫이 깔려 있는 호화스런 방에 안내되었다. 왼쪽
벽에는 큼지막한 책장이 전집류의 책을 진열해 놓고 있었고, 그 맞
은편에는 제법 연륜을 가진 듯싶은 액자가 걸려 있었고, 이름을 알
수 없는 식물을 주체스럽게 포함한 화분이 액자 앞의 테이블에 놓
여져 있었고, 창을 면하여서는 17인치짜리 텔레비전과 스테레오 전
축이 놓여 있었다. 그리고 방의 한가운데에는 응접세트가 우리가
앉을 것을 기다리고 있었다.

우리는 앉았다. 그러자 조금 있더니 스물서너 살쯤 들어 보이는
대학 재학 중임을 알 수 있을 것 같은 여자가 방에 들어왔다.

그녀는 녀석에게 웃음을 선사했다.

"알은체 해." 그녀는 나에게 통성명 했고 나도 내 이름을 댔다.

"이 녀석은 말야, 지금 한참 고독을 느끼고 있거든. 잘 위로해줘."
그가 말했다. 그러자 규혜라는 이름을 댄 그녀가 까르르 서슴지 않
고 웃어댔다. 나는 몹시 화가 났다. 이 녀석의 저의를 도무지 알 수
가 없었다. 그리고 그때 수임이의 얼굴이 떠올랐다.

"그래, 그 고독은 외부에서 들어온 거예요? 아니면 내부에서 발산되는 고독인가요?"

"거 생각해 봐야 알겠으니 음악이나 좀 틀어주쇼."

크로이체르가 흘러나오고 있었다. 그러자 그녀는 마치 크로이체르 소나타를 아는 사람은 이 세상에 자기 하나밖에는 없다는 듯이 자잘하게 설명을 늘어놓기 시작했다.

"이 곡 좋아하세요?"

"들을 만큼은 들었어요. 것보다 하나 묻겠는데요, 에에, 만약에 말입니다. 베토벤이 이 곡을 작곡할 때 머릿속에다가 여자의 이미지를 그리고 있었다고 가정한다면 말입니다. 그 이미지가 어떻게 댁에게 영향을 미칠 수 있을 것 같습니까?"

"내용미학자이시군요. 그렇죠?" 그녀는 우선 이렇게 전제했다.

"남자들은 일반적으로 부지불식간에 여자를 인간 아닌 어떤 다른 존재루 생각하는 습관이 있어요. 베토벤은 아마 여자를 천사 비슷한 이미지루 생각했을 거구, 그리구 여기 이분은 여자를 그저 본능적인 동물로만 생각하죠. 둘 다 옳지 않아요. 난 남자와 거의 비슷한 인간이죠. 따라서 댁이 느끼는 것과 비슷하리라 생각하는데요?"

"그러니까 베토벤이 그렸음직한 이미지와 댁과는 차이가 있다, 이런 말씀 같은데?"

"그렇죠."

"그러니까 그 차이는 천사와 인간의 차이겠군요?"

"유도 신문에 걸리기는 싫은데요?"

"아니면 인간과 타락한 인간의 차이라든가."

"누굴 모독할 의도를 가지구 있는 모양인데?"

"그렇다구 치구 반론을 펴 보세요."

"댁은 지금 분명히 머리가 혼란한 상태에 있는 모양인데요. 댁은 지금 분명히 나뿐만이 아니라 댁의 머릿속에 있는 여자에게 모독적인 언사를 하구 있는 거구요. 댁은 지금 분명히 타락한 인간이루 존재하구 있는 거예요. 여자가 타락한 것이 아니라."

"맞았어. 바루 그거야." 하고 녀석이 참견했다. "저 녀석은 고민이란 이름 하에 도덕군자 흉내를 내구 있거든. 이왕지사 얘기가 나왔으니 처방까지 덧붙여 주지그래?"

"여자와 남자가 동등하다는 것."

"그건 너무 법률상담소 얘기 같은 처방인 걸." 녀석이 웃으며 말했다.

"그렇잖어. 남자가 여자를 소유하는 거라고 하는 관념을 불식해야 된단 말야. 이것이 잘못되면 저분처럼 이미지를 추구하는 습관이 붙어 버리거든."

"어? 그렇게 되면 그건 내 생각하구두 달라지는데?" 녀석이 말했다. "원래 논리와 감정을 그렇게 한 몸에 구현해서 갖기가 힘든 노릇이야. 더구나 여자의 경우에 있어서는 논리를 찾기 시작하면 벌써 그건 여자로서의 본능을 부정하구 들어가는 게 된단 말야. 왜냐? 여자는 누굴 막론하구 새대가리들이니까."

"그리구 에에, 한마디 덧붙일 권리가 내게 있다면 한마디 하겠는데요. 현실의 세부적인 면밖에는 관찰할 수 없는 여자가 있다면 그 여자는 가장 스케일이 좁은 여자일 테죠." 하고 내가 말했다.

"아직까지두 이미지의 추구를 버리지 못하고 있는 걸 보면 돈을 벌진 못할 분 같으신데? 저런 분이 조건을 세워서 하는 것과 같은 것이 요사이 데모의 성격이라구 한다면 난 그런 데모는 반대하겠어요. 이건 새대가리가 아니라 돌대가리이거든요. 물론 난 데모의 취지에 찬성하는 사람 중의 하나이지만."

"그러니까 내 말을 부연해서 설명한다면, 사랑할 줄 모르는 남자도 비참하지만, 특히 사랑의 능력을 가지지 못한 여자처럼 비참한 사람은 없다는 겁니다."

녀석과 내가 그 집을 나설 때, 아닌 게 아니라 나는 그 규혜라는 이름을 가진 여자에 대해서 좀 미안하다는 생각을 했다. 그러자 나는 그 녀석이 의도하는 바가 대개 어떤 종류의 것인지 짐작이 가는 것 같았다. 그것은 어디까지나 그가 생각해냄직한 아이디어였다. 그러나 그럼에도 불구하고 나는 녀석의 의도를 좋게 받아들일 수는 없었다. 왜냐하면 나의 머리 위 공간에는 아직도 수임이의 모습이 어른거리고 있기 때문이었다.

포도(鋪道)는 아주 울퉁불퉁했고, 사람들로 꽉 차 있었다. 그들의 행색은 초라했다. 이른바 대중의 위력 같은 것도 존재할 성싶지도 않았고, 더군다나 개인의 위용 따위는 아주 무시된 것처럼 느껴졌다. 모두가 그렇게 소시민으로서 만족하고 있음에 불과할 것이었다. 가로등은 도시의 복잡한 밤을 지켜주는 수호신으로 보여지기에는 너무도 그 모양이며 그 불안정한 밝음이며 도무지 시시했다.

"이분한테 얘긴 많이 들었어요." 까만 드레스가 녀석을 가리키며 말했다.

"내가 언제 이놈 얘기를 했어?" 그가 따졌다.

"그럼 이럴 땐 뭐라구 해야 해요?"

'삐루'가 왔다. 그 녀석 술잔은 까만 드레스가 따라 주었고, 내 잔에는 내 옆에 앉은 트위스트 머리가 술을 부어 주었다. 백 개 남짓한 의자는 전부 차 있었다. 밴드는 〈원 라스트 키스〉를 연주하고 있고, 여기저기서 잔이 부딪치는 금속성과 사내들의 과장된 웃음과 여자들의 천박한 웃음소리가 뒤따랐다. 실내 중앙 천정에는 20촉쯤 되는 파란 빛깔과 분홍 빛깔의 샹들리에가 여덟 개 켜져 있었고, 우둘우둘한 벽에는 변소에 다는 것과 같은 크기의 빨간 빛깔의 전구가 쭉 돌아가며 켜져 있었다. 계산대 옆에는 한 명의 사내가 마담인 듯이 보이는 여자에게 실랑이를 던지고 있었고, 그 옆에는 나비 넥타이 한 명이 계산서를 끊고 있었다.

"어때, 오늘 밤에 이따가?"

"임마, 난 수임이와 이달 말에 약혼할 사이란 말야."

"그거 하구 이거 하구 무슨 상관이 있어?"

"말하지 않어두 잘 알 텐데?"

"그러면 하나 묻겠는데 너 말야, 지난 달에 나하구 같이 싸댕기구 있을 때에 자기가 타락해 가구 있구나 하구 생각했냐?"

"그땐 들떠 있었으니까 그렇지 않았던 거야. 그리구 그땐 말야, 네가 완벽한 인간처럼 보였었지."

"다시 냉철하게 그때 일을 되생각해 봐."

그때 녀석과 나는 쭈욱 행동을 같이 했었다. 우리의 일과는 아침 아홉 시쯤 이름 모를 번지수의 낯선 방에서 눈을 뜨는 것으로 대개 시작이 되었다. 녀석은 깨끗한 것을 좋아하는 편이었고 그래서 그런 밤이 지나가고 나면 반드시 목욕을 했다. 우리의 아침 식사는 다방에서 커피 한 잔으로 메꾸어 버리기가 일쑤였다. 우리는 대개의 낮 시간을 말 한마디 않고 방구석에 앉아 있거나 음악실에 앉아 있거나 때로는 낮술을 들기도 하면서 보냈다. 마흔 살이 넘은 유부녀들은 도리어 구질구질했다. 같이 야, 쟈, 하는 데서 오는 쾌감을 제외하고 나면 특이한 그것대로의 의미를 찾을 수 있을 것 같지는 않았다. 그녀들은 말할 수 없는 물질 지상주의자들이어서 도대체 고

깃덩이 이상의 가치를 부여하기는 곤란했다. 반면에 도시의 물을 갓 먹기 시작한 시골 처녀들은 처치 곤란이었다. 그녀들은 자기 나름대로 더할 수 없이 퇴폐적이면서도 마음만큼은 어디서 그렇게 주워들었는지 모를 만큼 순정파들이었다. 그래서 이와 같이 몸뚱이와 마음의 너무나도 현격한 차이에서 야기되는 그녀들의 하소연은 차마 참고 듣기 곤란했다. 오피스 걸들이 그렇게 단순한 사람들인데도 놀라지 않을 수 없었다. 그녀들은 고독이라는 말 이외에는 철학적인 말을 모르는 것이었다. 말하자면 그녀들은 양화(洋畫) 〈초원의 빛〉과, 방화(邦畫) 〈청춘 교실〉이 지시해주는 인생 이외의 인생은 모르는 듯싶었다. 여대생들은 아직 무엇이 무엇인지 채 모르는 노둔급의 어린아이 같았다. 남자 친구가 많다고 생각하고 있는 여자에게는 그들이 느끼는 바로 그 허영심을 쥐어 잡으면 되었고, 보이 프렌드가 하나도 없는 여자에게는 바로 그 허전함을 쥐어 잡으면 너무도 어이없이 잘 끌려오는 것이었다. 그들이 가지고 있는 바 자의식이란 실상 일종의 액세서리 내지는 지성인을 표방키 위한 일종의 사치품 이외에는 아무것도 아닌 것처럼 보였고 그 내용은 공허하기 짝이 없었다. 더구나 지금은 우리나라를 감돌고 있는 묘한 기질이 있었다. 즉 퇴폐의 조류에 편승하면 마치 선각자라도 되는 듯이 착각하는 기질이 있었고, 욕망에 충실한 것이 인생에 충실한 것이 된다고 하는 기질이 있어서 우리의 행각은 그렇게 성공적일 수가 있었다. 양심의 가책 같은 것이 이따금 내게 있기는 하였다. 그러나 그것은 있기는 했으되 책임감을 동반할 정도로 그렇게 깊은 것이 되지는 못했다. 그리고 실상 여자들도 아예 그런 걸 바라지도 않는 것 같았다. 하긴 그들은 너무도 쉽사리 사랑이란 말을 입에 담았고, 그리고 나서는 그저 새드 무비의 감정을 보충하면 되는 모양이었다. 따라서 서울이라는 이 전체 개념은 바로 내 곁에 있는 장난감 같이 파악이 되었고, 인생이니 여자니 쾌락이니 하는 말들은 하나도 엄숙하거나 신기한 것이 아니었다. 우리는 하루하루 빠듯하게 그리고 진지하게 계획을 세우면서 보냈던 것이다.

미래는 바로 현재에 얽매여 있었고, 따라서 미래사는 과거사처럼 구체적인 양상을 띠고 우리 앞에 전개되었던 것이다. 우리는 엄격하게 주관적인 것들, 즉 개성이니 취향이니 하는 것들을 없애 버렸고, 또한 우리는 엄격하게 객관적인 대상들의 존재를 부정했다.

내가 이런 생활에 염증을 느끼게 된 것은 비도덕적이라거나 비윤리적인 데에서 오는 가책이 들어서가 아니었다. 실상 그런 것은 아무래도 좋았다. 거기에는 다른 이유가 있었다. 우선 나는 정신의 부재를 그렇게 오래 지속시킬 수는 없었다. 모든 것이 수학 공식처럼 명확하게 전개되고 구체적이기만 한 분위기에 견뎌 배길 수는 없는 노릇이었다. 그리고 이것은 약간 우스꽝스러운 얘기이지만 의미나 의의를 전혀 발견할 수 없는 생활 또한 견뎌 배길 수가 없었다. 여자와의 접촉은 콧구멍 쑤시는 행위나 마찬가지로 단순한 것이었고 전혀 여운이나 뒤가 없었다. 그리고 이것은 아주 우스꽝스러운 얘기이지만, 인간은 조금은 어리석어져야 할 필요가 있었다. 그리고 어느 구석엔가 약한 요소를 가지고 있을 필요가 있었다. 그리하여 내가 생각해낸 결론이란 것은 다시 책에 쓰여 있는 세계로 돌아오는 일이었다. 왜냐하면 인간을 유지시켜 주는 것은 그 강한 의지력에 있는 것이 아니라, 그 약하고 어리석은 불합리성에 있는 것이기 때문이었다. 그러자 나는 진심으로부터 녀석을 혐오하게 되었다. 녀석은 장차 자기가 대한민국을 어느 한 면에서 다스리는 인간이 되리라고 예언했다. 그 예언에 의아심을 갖는 것이 아니라, 설사 그

예언이 성공한다 하여도 과연 그에게 남는 것이 무엇인가에 의심이 간 것이었다. 그리고 그가 가지고 있는 강하기만 한 점, 결코 약한 면을 드러내는 법이 없는 점에 대하여 반발 이상의 혐오를 느낀 것이었다.

그러나 오늘은 예외라고 말할 수 있었다. 녀석이 내게 대해서 쏟아 준 관심은 물론 처음에는 믿지 않았으나 그러나 지금에 이르러 인간적인 호의에서부터 출발한 것임을 나는 믿을 수 있었다.

"난 말야." 하고 그는 말했다. "네가 수임이하구 약혼식을 하든 말든 거기에는 관심 없어. 그러나 말야, 내가 개하구 한 코 했다구 해서 개하구의 사이가 틀어지는 일이 있다면 그건 참을 수가 없어. 네가 끝까지 순진성을 붙잡아 가지구 있는 건 좋지만, 그러나 꼴샌님이 되는 건 싫단 말이야."

"알았어." 하고 나는 대답했다.

"타락하지 않은 인간도 없는 거구, 반대로 타락한 인간두 없는 거란 말야. 여자에게서 한 코의 의미밖에는 찾지를 않는 나두 그런 걸 아는데 말야. 여자에게서 정신성을 구하는 네가 그런 걸 왜 모르냔 말야. 사랑이니 하는 건 없는 게 편하지만, 그러나 만약에 있다구 주장하구 싶다면 주장하란 말야. 끝까지 주장해보란 말야. 그까짓 한 코 하는 일 있다구 혼동하지는 말란 말야. 난 그걸 부정하는 게 아니란 말야. 너하구 나하구는 다른 놈이라, 이것 뿐이란 말야. 알어? 그런 태도가 확고하게 되어 먹었다구 생각하거든 그때 공알앙당을 다시 봐. 그러구 나서 다시 수임이가 나한테 한 코 먹혔다는 걸 생각해 봐. 구태여 의미를 찾고 싶다면 말야."

녀석은 나에게 공알앙당을 주었다. 나는 받았다.

"에이, 지지리 못난 병신 새끼야." 이렇게 말하면서 녀석은 내 뺨

따귀를 후려 붙이는 것이었다. "다시 꼴두 보기 싫으니 내 앞에서 썩 꺼져 버리란 말야."

나는 바깥으로 나왔다. 뺨은 집에 도착했을 때까지 얼얼했다.

《사상계》, 1964년 12월호

향연

향연

　이택곤 씨.

　인간이 위대하다고 하는 주장에 한도가 없는 것처럼 인간의 어리석음에도 한도가 없는 것은 아닐는지? 당신은 어리석은 사람은 아니나 당신의 어리석었던 때의 얘기는 있다.

　어리석음이란 인간 심성의 하나이며 그 부분이 표면으로 떠올라 왔을 때 그 어리석음은 철저히 전인화 되기 때문이다. 당신은 오늘 어리석을 수밖에 없었다.

　그거 참, 이택곤 씨, 당신도 드디어 실직되었다. 35원짜리 점심을 먹고 당신은 오후의 집무를 귀찮게 염두에 두면서 회사 안으로 들어섰다. 그때 유 부장과 사장은 언성을 높여서 무슨 얘긴가를 나누고 있었다. 당신은 자리에 가서 앉았다. 유 부장은 당신에게 눈을 주더니 왜인지 당황해하고 있었다. 사장은 하던 얘기를 뚝 그치고 잔뜩 성난 표정으로 서류 뭉치를 책상 위에 탕 놓았다.

　그러고 나서 사무실은 조용해졌으나 당신은 이 침묵이 견디기 힘든 무엇인가를 은닉하고 있는 그런 종류의 것임을 느꼈다. 10분쯤 뒤에 당신은 사장실에 호출되어 갔다.

　먹은 점심은 소화가 잘 안 되고 있었다. 당신은 스므드를 복용하

　박태순 중단편 소설전집 1권

지 않았음을 깨달았다. 그러나 사장은 당신 위의 사정이 어땠는지 알지는 못했을 것이다. 시꺼먼 데스크와 금빛 커튼, 그리고 새하얀 형광등 빛에 당신은 위압 당했다. 그러나 사장은 당신이 부동자세로 서 있기가 얼마나 멋쩍었는지도 알지 못했을 것이다.

사장은 당신에게 파고다 담배를 권했다. 당신은 주머니에서 론 손 라이터를 꺼내어 불을 붙였다. 한 번 담배 빠는 소리가 무겁게 났고, 그 뒤에는 다시 납덩어리처럼 갑갑한 침묵이 있었다. 그런데 확실히 소화는 잘 안 되고 있었다.

배에서 꾸르륵 소리가 났다. 당신은 흡사 의사 선생님 앞에 죄송스럽게 서 있는 편식 아동인 것처럼 느꼈다.

"앉으시죠." 사장이 말했다.

당신은 앉았다. 그리고 담배를 연거푸 두 모금 빨아 당겼다. 소화가 안 될 때 담배는 좋은가, 좋지 않은가.

"이택곤 씨, 나는 늘 미안하게 생각해 왔습니다."

사장이 말하고 있었다.

당신은 무의식중에 "아, 예." 하고 대답했다. 다음 순간에 "아. 아닙니다." 하고 대답했다. 그다음 순간에 당신은 배에서부터 울려 나오고 있는 꾸르륵 소리를 들었다. 그러고 나서 얼른 담배를 끄고 자세를 똑바로 하였다.

"이 형에게 응분의 대우도 해드리지 못하고…… 아시다시피 사업이 원활하게 운영되지를 못해서, 이 형은 몹시도 괴로움을 겪었을 것 같습니다,"

당신은 더 이상 배가 아프지 않았다.

사장의 어조가 겸손해지면 겸손해질수록 당신은 공연히 흥분이 되었다. 사장의 겸손은 묘하게도 뻐기는 듯한 저력을 가지고 있었다.

사장은 말하고 있었다.

"아마 이 형한테는 우리 회사가 체질상 맞지 않았던 걸로 생각됩니다. 언젠가도 그런 말씀을 하셨죠?" 사장은 당신을 밀어내려는 듯이 상체를 앞으로 잡아당겼다.

"언제라뇨?" 당신이 물었다. 그러면서 당신은 다시 담배를 물었다.

"지난 봄철이었던가요? 이 형은 체질상 자유업이 적합한 것 같다고 그러셨지요."

"저는 생각이 나지 않습니다."

"아마 신입사원 환영연 때였을 겁니다."

"그래서요?"

"그래서요, 그때 이 형의 얘기를 듣고서부터 나도 이 형의 체질로는 자유업이 적합할 것이라고 늘 생각해 왔습니다."

사장은 선량하게 웃어 주었다. 당신은 천치처럼 웃었다. 다시 배가 아프기 시작했고 당신은 35원짜리 식사는 먹을 것이 못 된다는 그런 엉뚱한 생각을 하고 있었다.

"이 형은 남의 밑에서 일하고 있다는 것에 대해 회의를 느껴 온 모양인 것 같아요. 그래서 이번에 아예 독립을 해보시는 게 어떨까 권고 드리려고 합니다. 지난 봄철에도 이 형은 그런 말씀을 하셨지요." 사장은 다시 선량하게 웃어 보였다.

"무슨 말을 제가 했었나요? 지난 봄철에 말입니다."

"아, 무어 대단한 얘기는 아니었습니다마는, 그러나 이 형께서는 그때 저의 회사를 그만두실 의향이 있음을 분명히 말씀하신 걸로 저는 기억하고 있습니다."

"그랬었나요? 저는……."

"아 물론 내 기억이 틀릴지도……."

그때 당신은 지난 봄철에 있었던 일을 대개 기억할 수 있었다. 아마 당신은 그때 실수를 범했을 것이다. 그 실수는 용납되기에는 아마 완강한 것이었는지도 모르며, 그래서 그동안 내내 곪고 있다가 이제 드디어 터져 버린 것인지도 모른다.

지난 봄철 확실히 그것은 실수였다. 그때 당신은 식곤증에 걸린 황소처럼 오후 내내 꾸벅꾸벅 졸고 있었다. 그 전날 밤 당신이 밤 샘했다는 것은 당신의 근무 태만에 대한 이유로는 적합지 않을 것이다.

그리고 그날 밤, 마침 대학교를 갓 졸업한 사람들 가운데서 언선에 엄선을 거쳐 뽑은 신입사원 환영연이 있었다. 그 좌석에서 당신은 채신머리 없이 술에 취해 버렸다. 노래를 한마디 뽑고 나서 당신은 사장한테 술을 한 잔 올렸다. 술잔을 받으면서 사장은 "이택곤 씨는 낮잠을 자도 괜찮은 직장이 부러운 모양이야." 하고 이죽거렸다.

여느 때 같았으면 당신은 서툰 '코미디언'의 어조로 사과의 말을 하며 한바탕 웃어버리고 말았을 것인데, 그놈의 술이 화근이었다. 당신은 7년간의 직장 생활을 후딱 생각해 보았고, 거기에서 몹시도 피로한 듯한 또는 졸음이 오는 듯한 답답함을 발견하였다. 물론 그런 것은 발견되어서는 아니 되어야 할 것이었다. 당신은 그때 말하였다.

"사장님, 요새는 자꾸만 졸음이 옵니다. 직장 생활이 아마 최면제의 역할을 해주는 모양입니다."

말하고 나서 당신은 이 얼마나 멋있는 농담이냐는 듯이 소리 높여 웃어댔다.

그러나 그때 사장은 당신의 말이 농담임을 인정하지 않았을 것이다. 사장은 대답했었다.

"아, 그래요? 그거 큰일인데? 직장생활에 싫증이 난 거 아니오, 이택곤 씨?"

"예, 그런 모양입니다."

당신은 아침 버스의 비좁음과 오후 세 시의 무료한 사무실 풍경을 연상하면서 대답했었다. 대답하고 나서, 비로소 당신은 당황하기 시작했다.

대략 이런 일이 당신이 지난봄에 저지른 실수였다. 언제인가부터 사장은 당신을 탐탁지 않게 보기 시작했는데, 아마 지난 봄철의 그 일은 그 탐탁지 않음의 확인이었을 것이다. 당신은 무능 사원의 반열에 끼게 되었을 것이고, 이제 그것은 표면으로 올라왔다.

"예, 알겠습니다."

당신은 사장에게 말했다. 그러나 과연 알겠다는 것은 어떤 내용을 담고 있을까?

"아, 예. 이 형이 우리 회사에 들어오신 지는 그러니까 에, 6년째가 되는가요?"

"7년 하구 3개월째입니다."

"아 그렇던가요? 참 긴 세월이었군요."

당신은 담배를 껐다. 배가 몹시 아파 오기 시작했다.

그것은 확실히 긴 세월이었다. 영업 부장은 그동안에 세 번 갈렸고 사환 애는 다섯 번 교체되었다. 사무실 이동도 두 번이었고 지금 쓰고 있는 사옥을 지은 지도 벌써 3년째가 된다.

사업 내용도 처음과는 굉장히 다르게 변질되어 버렸다. 당신은 십 년 세도를 부리다가 쫓겨나온 고관의 심정으로 지난 일들을 되생각했다. 그런데 그때 다시 배가 아파 오기 시작했고 당신은 똑똑하게 쭈르륵 소리를 들을 수 있었다. 당신은 그래서 이 회사에 들어온 이래 죽 배 아픈, 그런 고생을 겪어 왔던 것처럼 생각했다. 당신은 만사가 귀찮게 생각되었고 어서 지루한 이 자리를 모면하고만 싶었다.

당신은 다시 정신을 차렸는데 사장의 이야기는 그동안에 꽤나 많이 이어져 가고 있었다. 사장은 간단히 말하면 퇴직금에 대해서 얘기하고 있었다.

그러나 퇴직금이란 명확한 단어를 쓰는 대신에 사장은 7년 간의 봉사니, 회사 발전에 기여한 깃에 대한 약소한 대가니, 사후에도 독립할 수 있도록 하기 위한 사(社)로서의 최소한의 보장책이니, 그런 말을 하였다.

"알겠습니다. 퇴직금 말씀이지요?" 몹시도 배가 아픈 당신은 이렇게 앞질러 말해 버렸다.

"퇴직금이라니요? 그 무슨 말씀을 그렇게 박정하게?"

배가 아프지 않은 사장은 반문하였다.

"그럼 다른 말씀입니까?"

"이 형, 내게 대해서 불만이라도?"

"아, 아닙니다."

"그렇다면 섭섭합니다. 나는 이 형이 우리 회사에 들어와서 적절한 보수도 받지 못하고 고생만 해 오신 것을 잘 알고 있습니다. 나는 거기에 대해 늘 미안스럽게 생각해 왔고, 그래서 이번에 이 형의 발전을 위해, 이젠 이 형도 중년 아닙니까. 보다 넓은 업계로 진출해 보시는 게 어떨까 한 번 의견을 물어 본 것입니다. 대한민국에 어디 회사가 우리 하나뿐입니까? 그래서 나는 이 형이 독립하실 수 있도록 이 형을 도와주고 이 형이 우리 회사와 완전히 인연을 끊는 것이 아닌 이상, 적극적으로 이 형을 밀어드릴 수 있는 방안을 생각하고 있습니다. 그런데 퇴직금이라구 그렇게 잘라서 말씀하시면 나로선 무척 서운하고 듣기에 따라서는 퍽 냉정한 말씀 같기도 합니다."

사장은 고개를 추켜세워서 당신을 바라보았다. 아마 사장은 당신이 지금 배가 아파서 이일 저일 모든 게 다 귀찮아졌다는 것을 꿈에도 모르고 있을 것이다. 당신은 자연스럽게 보이도록 애쓰면서 아랫배를 한 번 쓰다듬어 보았다. 당신은 알고 있었다. 그리고 생각하고 있었다.

사장이 말하는 바, 퇴직 후의 독립책이 어떤 것인지를. 사장은 아마 당신더러 삼천포나 여수 쪽으로 내려가서 거기에 직매점을 차리라고 권유할 것이다. 당신은 물론 거절할 것이다. 그러면 사장은 아마 노여운 빛을 담으면서 비로소 퇴직금이란 단어를 말할 것이다. 당신은 느끼고 있었다. 사장이 퇴직금을 많이 주지는 않으리라는 것을. 회사는 요새 부쩍 둔감해진 상태였다.

"저, 말씀드릴 게 있습니다."

"네, 말씀하세요."

"저는 평소부터……." 그러나 당신은 말하고 싶은 것이 없었다. 다시 배가 아파 오기 시작했기 때문이었다.

"네."

"저는 사장님으로부터 받은 은혜를 잊을 수가 없습니다. 이 차가운 현실에서 그래도 안정된 생활을 꾸릴 수 있었던 것은 사장님 덕분입니다. 그 점에 있어서 제가 회사를 위하여 큰 힘을 발휘하지도 못한 것을 늘 죄송스럽게 생각해 왔습니다." 배가 아픔을 느끼고 있는 당신은 입에서 나가고 있는 말이 정말인지 거짓말인지 판단할 수가 없었다.

그러나 사장은 당신의 말을 진심이라고 이해한 모양이었다. 사장은 말하였다.

"어려움은 다 같이 나누어 가져야지요."

당신은 그때 사장 앞에 놓여 있는 커다란 까만 빛깔의, 그리고 두텁게 유리가 덮여 있는 데스크의 무게를 느꼈다. 그 위에는 잘 손질된 국화가 네모반듯한 화분 속에서 당신 쪽으로 가지를 뻗으며 피어 있었다. 사장이 피우고 있는 담배 연기가 그 꽃 위를 거쳐 당신 앞으로 몰려오고 있었다. 사장은 국화와도 흡사하게 당신을 향하여 은은한 미소를 던지고 있었다. 침착하게 침묵은 계속되고 있었고, 당신은 조바심을 내지 말자고 속으로 다짐했다. 그래서 당신은 말하였다. "사실 저는 늘 죄송스럽게 생각해 왔습니다."

말을 시작했을 때부터 다시 배가 아파옴을 당신은 느꼈다. 마치 당신의 이야기는 그 아픈 배의 부분을 파헤치고 새어 나온 듯하였다.

"죄송스럽게 생각했다니요?" 사장은 조심스럽게 반문하였다.

"저는 이 회사에 입사하던 때를 기억하고 있습니다. 그때 저는 정말 굶어 죽었을지도 모르는 상태에 처해 있었죠." 당신은 이렇게 말하면서, 그래도 배가 아프다는 것은 배가 고프다는 것보다는 낫지 않으냐고, 아픈 배를 향하여 타일렀다.

"네. 그때는 누구나 다 굶주림에 떨고 있었지요."

사장은 겸손한 자선 사업가처럼 수줍게 미소 지었다.

"그때 입사하면서 저는 생각했습니다. 저와 저의 식구의 생존을 보장해 주는 이 회사를 위해서라면 있는 힘을 다하여 일하겠다구요. 사실 그때 전 열심히 일했던 걸로 기억됩니다."

당신은 슬쩍 사장을 바라보았다.

"예, 그렇구 말구요. 참 옛날이야기입니다."

사장은 메마른 공감을 표시하였다. 그때의 이야기가 사장에게 흥미를 불러 주지 못함을 당신은 눈치챘다.

"그 당시에 저는 하도 배가 고픔을 체험했었기에 배고픈 것이 아닌 일은 무엇이든 해낼 수 있는 정력이 있었습니다. 사실 회사 일은 고되다기 보다는 무서운 것이었습니다. 포장을 한 트럭 속에서 물품들을 몸뚱으로 꽉 끼고 밤거리를 달려갈 적마다, 잡히면 죽는다, 그러면 총살이다, 그걸 생각했었죠. 물론 잡히면 죽는다 하는 그것은 굶어 죽는 것보다는 확실히 사치스런 놀음이기는 하였습니다. 그러나 역으로 말하면 굶어 죽을 지경에 이르지 않은 사람은 해낼 수도 없는 일이었습니다. 그런데 그때 저는 그것을 해냈다고 생각됩니다."

사장은 아무 말도 하지 않았다. 뿐더러 당신이 하고 있는 이야기를 거의 묵살하고 있는 듯한 태도를 꾸미고 있었다. 당신은 침을 한 번 삼켰고 사장의 딴전 피우는 모습을 보면서 이야기에 열을 띠기 시작하였다,

"배가 고팠으니까요. 사장님은 저로 하여금 생존할 수 있는 자리를 마련하여 주셨으니까, 당연히 저를 사용할 수 있는 권리를 가지셨던 것입니다. 그 점에 있어서는 사장님의 은혜를 도저히 잊을 수 없습니다, 왜냐하면 제게 있어서 필연적인 그것이 사장님에게 있어서는 필연적이 아닐 수도 있는 것이었고, 그럴 때 사장님께서 저를 택하여 주신 것은 본의였든 아니었든 간에 저에게 무엇으로도 갚을 수 없는 은혜를 베풀어 주신 것이 됩니다. 이것은 아주 절실한 얘깁니다. 웬만한 것은 다 사치스런 것이라고 배제해 버리고 또 배제해 버리고, 그런 뒤에 맨 마지막에 남아있는 최소한도의 사치스럽지 아니한 이야기, 바로 그것입니다."

당신은 또 담배를 물었다. 배가 아프다는 것은, 그러니까 사치스
런 감각이라고 규정되면서부터 별로 당신을 괴롭혀 주지는 않았
다. 사장은 회전 의자를 돌려서 창문 쪽을 바라보고 있었다. 당신의
이야기는 사치스런 것은 아니었을 테지만, 그러나 때로는 실감이
수반되지 않는 무의미한 이야기일 수도 있음을 사장은 무뚝뚝한
태도로써 보여 주고 있었다.

"그러나 이 형." 사장은 회전 의자를 돌려서 당신을 바라보았다.
"때에 따라서 사람들은 심각해집니다. 심각하게 자기 주변과 자기
자신을 분석해보려고 들죠. 그러나 심각하다는 것은 사실상 그만
큼의 가식과 과장을 가지고 있는 법입니다. 그것이 또한 일종의 악
이라고 난 생각해 왔어요. 사실 심각해지는 것이 아니라 심각하지
않을라야 않을 수 없는 때가 있기는 합니다. 그러나 그럴 때 심각하
지 않으려고 해보는 것, 그 부드러운 완화감에서 무언가 발견은 이
룩된다고 나는 봅니다. 이 형의 얘기가 절실한 어느 순간의 느낌에
압박되어 있다는 것을 알기 때문에, 나는 이 형의 얘기를 진지하게
받아들이지는 못하겠어요. 우리는 지금 전혀 다른 사실을 의논하
고 있는 것입니다."

50대의 사장은 단어 하나하나에 힘을 주면서 천천히 말을 끝마
쳤다.

"예, 사장님께서 하신 말씀이 전부 옳다는 것을 저는 알고 있습
니다."

당신은 말하였다. 배가 아프지 않은 것이 도리어 이상하였다. 말
하자면 배는 아프기 위하여 있는 것이라고 당신은 착각했던 것이다.

당신은 말을 계속하였다.

"그러나 사장님의 말씀이 옳은 만큼 저의 얘기도 옳다고 저는 믿

고 있습니다. 사실상 저는 반드시 있어야만 할 근거, 사람이 사람일수 있는 배짱, 삶이 삶일 수 있는 이유, 그런 모든 것을 알지 못합니다. 아니 그런 본질적인 것에서부터 소외되어, 말하자면 방치되어있다고 느낍니다. 저에게는 당분간 무질서의 현상계만이 있을 뿐입니다. 사실 그렇기 때문에 솔직히 말씀드려서 저는 심각해지지 않을 때 타락해 버리게 됩니다. 제가 직장 생활을 하지 않아도 밥을 먹을 수 있다면 저는 물론 영원한 무직자로 남아 있을 겁니다. 그러니까 저의 직장 생활은 최소한도의 심각성, 즉 굶어 죽는다는 그것과반드시 연관되어서야만 생각이 가능하게 됩니다. 이 점에서 사장님과 저의 입장에는 차이가 납니다. 그리고 바로 이런 이유가 전제될때에야만 저와 사장님과의 대화는 성립됩니다. 저는 생존을 위해서이 회사에 출근했고, 사장님은 회사를 위해서 저를 고용했으니까요. 그 차이점은 무시될 수 없습니다."

사장은 이제 지루한 표정을 짓고 있었다. 당신의 말이 설사 전부옳다 쳐도 그것은 당신의 퇴직과 무슨 관계가 있는가? 그러나 당신은 말을 계속하였다.

"예 그렇습니다. 저도 실은 이 회사를 그만 물러날 때가 되었다고느낀 지는 오래 됐습니다. 제가 입사하였을 당시 저는 회사를 위해서일할 수 있었습니다. 그러나 지금 저는 무능 사원이 됐다는 걸 압니다. 제가 이 회사를 위해서 일할 수 있는 바탕이 없어졌으니까요. 사업 내용이 달라져 버린 이상 사원의 질도 달라져야 마땅하겠지요."

당신은 슬몃슬몃 마음속에서 일고 있는 분노의 감정이 자칫 유치하다는 낙인을 받을 것 같아서 그만 입을 다물어 버렸다.

그러나 당신은 마음속에서 고함을 지르고 있었다. 그때 그런 일만 생기지 않았더라면? 겉을 장작으로 싸 놓은 트럭은 재수 없게도 검문을 받았다. 검문하는 사람은 전혀 처음 보는 사람이었다. 그때 당신은 아끼지 말고 돈을 집어 줬어야 했다. 그런데 당신의 처신은 그날따라 서툴렀다. 트럭과 짐과 운전사와 그리고 당신은 연행되어 갔다.

사장이 달려왔을 때 일은 이미 터지고 난 뒤였다. 그러나 사장은 용감하게 손을 썼다.

결국 물건은 압수되었고, 당신이 두 달 잡혀 지내는 정도에서 일은 수습이 되었지만, 당신이 석방되어 다시 회사에 들어섰을 때 당신은 무엇인가 전혀 달라진 사내의 분위기를 느꼈다. 말하자면 당신의 감방 생활은 당신만의 실수로 인한 사적인 신상 문제였고, 회사의 손해는 그 책임이 오로지 당신에게만 국한되어 있었다.

그리고 또한 그때부터 회사는 음성적인 영역에서 벗어나 양성적인 활동을 하기 시작했다. 당신은 어리둥절해졌다기보다도 미안하다는 그것을 먼저 느껴야 되었고 그리고 그것을 증명이라도 하는 듯이 당신이 새로 맡은 직책은 시시한 일이었다. 아마 그때 당신은 회사를 그만두어야 했다. 그런데 당신은 그만두지를 못했다. 그 엉거주춤했던 당신의 위치감. 당신은 그 속에서 반편처럼 웃어대거나 막걸리를 퍼마시거나 그랬고, 그리고 실연을 당하고, 어머니의 얘기에 덩달아 결혼 걱정을 하고 그랬다. 그 속에서 당신은 청춘을 소비해 버렸고, 그만 시시하게 늙어졌다.

당신은 다시 사장을 똑바로 바라보았다. 사장은 전혀 태연하였다. 당신이 생각했고, 살아왔고, 느껴왔던 그런 모든 것이 사장의 표정에는 없었다.

당신은 막연히 억울하다고 느꼈다. 그 억울함을 당신은 침과 함께 삼켜 버렸다. 이것이 어쩌면 분노의 감정인지도 모르겠다고 당신은 생각했으나 그러나 분노는 이유를 대지 못하였다. 당신은 그때 피로를 느꼈다. "이 형." 사장이 말하고 있었다. "자신을 강하다고 느껴보시오. 돈을 벌겠다구 생각했을 때 돈은 벌어집니다. 아까두 얘기했지만 어느 절실했던 순간의 기억을 너무 고집하지 마시오. 에, 난 2시에 만날 사람이 있어서 이만 실례해야겠소. 이따 다섯 시쯤 만나서 다시 얘기를 계속하십시다." "예." 하고 당신은 대답하였다. 다시 배가 아파 오고 있었는데 그 감각은 이번에는 피로하다는 그런 기분에 휩싸여지는 것이었다. 당신은 정말로 피로를 느꼈다. 더 말할래야 말할 기력도 없었다.

당신은 업무실로 나왔다. 업무실은 일종의 무장된 분위기로 당신을 권외(圈外)로 밀어내고 있었다. 당신은 자리에 가서 앉았다. 스므드를 세 알 꺼냈다. 사환 애 진자더러 물을 가져오라고 그랬고 약을 삼켰다. 사장이 그때 바바리코트를 왼손에 걸치고 바깥으로 나갔다.

사장이 나가자 사무실 안은 조금 들떠지고 있었다. 유 부장은 책상에 앉은 채로 "이택곤 씨." 하고 정답게 불렀다. "이거 섭섭합니다. 정말 섭섭합니다." 하고 말했다. 당신의 옆 책상에 앉아있던 미스 현이 그때 당신을 바라보았다. 스물여섯 살인 그녀는 흡사 맞선을 보러 나왔다가 상대방이 마음에 차질 않아서 적당히 서운한 표정을 짓고 있는 그런 태도였다.

당신은 일어섰다. 일어서고 나니까 앉기가 미안해졌다. 당신은 앞으로 걸어 나왔다. 유 부장이 엉겁결에 따라 일어서고 있었다.

"저 잠깐 나갔다 오겠습니다." 당신은 말하였다.

"아니, 앉아, 계십시오. 드릴 말씀도 있고, 또 에 에 말하자면 정리해야 될 일도 있고……."

"압니다. 네 시까지는 돌아오겠습니다." 당신은 도어를 밀고 바깥으로 나섰다.

이택곤 씨, 당신은 이제 다시 발가벗었다고 느끼지 않는가. 마음은 대나무처럼 비어 버리고 외모는 주형틀처럼 물렁물렁하여져서 금방이라도 괴상한 꼴로 변형되어 버릴 것만 같다. 온 몸뚱이의 신경은 식초에 담가 놓은 것처럼 흐물흐물해지고, 당신은 흡사 공기가 희박한 곳을 가고 있는 듯하였다.

이제 당신은 우울해졌다. 아직 장가를 들지 못한 당신. 아무것도 결정을 짓지 못하고 있는, 서른세 살 당신의 지각은 끝 길 없는 회의에 빠져 이리저리로 방황되고 있다.

당신은 외양만 다채로운 거리의 그 공허한 이면을 걷고 있는 듯한 기분이며, 실직이 아니었을 때에는 느끼지 않아도 되었던 그런 무방비의 전쟁터를 가고 있는 듯한 느낌이며, 생존에 대한 최소한도의 보장을 확인받지 못하여 그놈의 생존과 대면하면서 당신의 몸체를 오그라뜨리고 있는 듯하다.

빈곤을 업고 있는 어머니, 가정 교사를 다니고 있는 대학 재학의 동생, 시집을 보내주어야 할 누이, 반찬 투정을 하고 싶어 하다가 그만두곤 하는 것 같은 국민학교 4학년짜리 막내, 이런 얼굴들에 대해 어떤 책임과 무게를 반드시 두 어깨에 메고 있어야 하리라고 간주되는 당신, 당신은 이제 실직당했고, 지금 현재로선 그저 피로할 뿐이다. 당신은 늘 생각해 오고 있었다.

하나의 인간을 구성하고 있는 것은 구체화되기 직전의 추상적인 볼륨일 수밖에 없는 것이라고. 대상은 없었다. 사랑의 대상, 돈의 대상, 육체의 대상, 마음의 대상, 그런 것은 없었다. 그저 측근, 측근자만이 있을 뿐이었다. 당신이 점유하고 있는 공간을 비좁게 만들어

주는 당신은 큰 거리로 나섰다. 당신의 의식은 큰 거리가 싫어서 흡사 도망질치려고 그러는 것 같다. 소음이 일고 있었다. 참으로 맑게 갠 하늘, 아무런 이유도 없이 번쩍이고 있는 듯한 태양, 다른 사람의 고통에 구애됨이 없이 저 혼자서만 즐거운 어느 괴상한 철인처럼 하늘 한가운데를 점거한 높은 구름 덩이.

이택곤 씨, 당신은 실직이라는 것을 이제 어떻게 생각하는가. 7년 3개월 동안의 구속은 어찌 되었든 당신을 마무리해 놓고 있었다.

당신은 이제 비상하려는가, 아니면 낙하하려는가. 또는 예전과 마찬가지로 꼭 그대로의 균형을 취할 수 있다고 생각하는가. 변함없이 소용돌이치고 있는 거리. 거리는 당신을 위로해주지도 않을 것이고, 그렇다고 당신을 시기하지도 않을 것이다. 당신이 실직자라고 경멸하지도 않을 것이나, 그러나 당신은 마음속에서부터 생겨나기 시작하는 부끄러움으로 거리를 경멸하고 싶어진다. 당신이 융화되기에는 너무 바쁜 그리고 태연스러운 이 움직임을 당신은 말하자면 중지시키고 싶고, 그리하여 당신이 느끼고 있는 부끄러움을 거기에 채워 넣고 싶다. 그것은 조금 처절한 양상을 띠고 나타나는 것인데, 그러나 당신은 이미 분노에 몸을 맡길 시기는 지났다. 이제 당신은 어디로 가려고 생각하는가. 하늘에는 애드벌룬이 다섯 개 떴다.

그것들은 바람에 흔들리며 마치 하늘로부터 임하는 천사들을 환영하려고 그러는 듯이 활발하다. 당신은 담배를 물었다. 성냥을 그었는데 불은 잘 붙었다. 마치 누구를 미행하고 있는 엉터리 탐정이라도 된 듯이 느껴보고 나서 당신은 슬쩍 주위를 돌아다보는데, 과연 당신을 의아하게 생각하고 있는 사람은 하나도 없는 것 같다. 당신은 이제 바삐 걸어본다. 무엇인가 붙잡혀지는 일이 있을 것 같고, 당신은 그럴듯한 일이나 벌어지지 않을까 기대해 본다.

당신은 다방에 들어갈까 생각했다. 지금 당신이 느끼고 있는 당혹감은, 객쩍게 소비해 버리는 폭이 되는 것일 저 차 한 잔의 값을 호도시켜 줄 수 있을 것이라고 여겨졌다. 그래서 당신은 다방 문을 밀고 들어섰다. 멋쩍고, 약간 어둡고, 어색한 분위기가 당신을 기다리고 있었다. 그 분위기는 당신의 얼굴로 집중이 되었고 뭇 시선의 투사를 당신은 이겨내지 않으면 안 되었다. "어서 오세요." 다방 마담이 말하고 있다.

당신은 카운터에서 싶숙이 물러나 있는 좌석에 가서 앉았다. 나오는 음악은 폴 앵카의 〈파피라브(Puppy love)〉였다. 마치 그 가사는 '밥밥이라브'처럼 들려졌다. 폴 앵카의 투박한 고음은 그것을 자꾸만 강조했다.

당신은 힘을 빼고 상체를 의자 받침에 기댔다. 편안함직도 한 기분이었다. 당신의 달려온 생이 취하는 휴식의 상태. 분위기는 한창의 오후를 노곤하고 한가롭게 장식하고 있었다. 낮은 목소리와 팝송의 무드. 사내들의 웃음에 서려 있는 건강함과 여인의 수줍음에 휘말려 있는 성적인 부드러움.

레지는 김이 무럭무럭 일고 있는 물수건을 가져다주었다. 당신은 담배를 재떨이에 놓고 나서 천천히 손을 닦기 시작했다.

촉촉한 습기가 따끈하게 전달되어 당신의 뭉우리져 있던 곳을 녹여주는 듯하였다. 담배 연기는 당신 쪽으로 날아오면서 진하게 니코틴의 냄새를 풍겼다.

당신은 그것을 심호흡했다. 어두컴컴한 실내의 왼쪽 구석에 한 쌍의 남녀가 조용히 담소하고 있는 것을 당신은 보았다. 아마 당신이 자못 얼이 빠지고 멍청하니 도취된 듯한 기분이 되어 전혀 엉뚱한 생각의 실마리 속에 빨려든 것은 바로 이때부터였을 것이다.

"정세용 씨, 정세용 씨란 분 계세요?"

수화기를 든 다방 마담이 말하고 있었다.

"예, 예. 안녕하셨어요? 예, 예. 그렇게 됐습니다. 예, 그건 말입니다. 빵꾸가 나버렸지요. 중간에 김이 빠지구 말았어요. 예, 좋습니다. 예, 예."

정세용 씨라 짐작되는 사십 대의 사내가 전화를 받고 있었다.

도어가 열렸다. 껌팔이 소년이 들어왔다. "미제 껌 있어요." 녀석은 당신에게도 이런 말을 선사하였다. 당신은 어조에 정성을 들여서 안 사겠다고 말했다. 소년은 지분덕거리다가 이윽고 나가버렸고, 도어가 그 뒤를 닫았다.

"차 뭘루 드시겠어요?" 레지가 당신에게 물었다.

"커피, 설탕 관두구." 당신은 말하였다. 레지는 고개를 까딱하더니 가 버렸다. 당신은 의자가 제공해줄 수 있는 온갖 편안함을 다 취하려는 것처럼 상체를 비스듬히 뉘었다.

그러나 마음은 편해지지가 않았다. 다방에는 다방대로의 긴장이 있었고, 당신은 그것을 저항해 나가지 않으면 안 되었다. 이럴 때 불러낼 사람이라도 있다면……. 당신은 얼굴을 그려 보았다.

정세용 씨라고 짐작되는 사십 대의 사내가 웃고 있었다. 그 웃음은 흡사 모든 이유로부터 제외된, 웃음을 취한 웃음인 것처럼 보였다.

레지가 커피를 가지고 왔다. 당신이 아는 레지였다. "안녕하셨에요?" 그녀는 웃음을 위한 웃음을 지으며 당신에게 인사했다. 당신은 고개를 끄떡거렸다. 왼쪽 구석의 연인은 모든 괴로움으로부터 제외된 순간을 살고 있었다. 거기에 눈이 아름다운 아가씨가 머리 손질이 잘 된 청년에게 귓속말을 주며 웃고 있었다. 커피는 맛이 그럴 듯했다. 당신은 두 손으로 찻잔을 모아 쥐고서 흡사 마신다기보다도 아낀다는 그런 기분으로 목을 축여갔다. 당신에게 엽차가 왔다. 엽차를 가져다준 레지는 당신이 알지 못하는 여자인데 당신이 아는 레지는 카운터 옆에 놓여 있는 선반에서 레코드 재킷을 꺼냈다. 조금 뒤에 사비아쿠가 악단의 연주로 〈사랑을 위한 사랑〉이라는 노래가 흘러왔다. 전혀 새로운 느낌. 당신은 이상해졌다. 당신은 한 여자에 대한 기억을 가지고 있다.

그 여자는 성이(成伊)라는 이름으로 불리워졌다. 아마 지금 그녀의 남편도 그 여자를 성이라고 부를 것이다. 그때 스물나섯이었던 당신은 사랑의 겉 감각을 핥지는 못했었다. 그러나 그 사랑의 내부에 있으리라 여겨지는 어떤 값진 정신을 포착했으리라 느끼기는 했다. 당신은 막연히 비현실적일 수밖에 없는 이미지를 그리고 있었다. 그것으로 그 여자를, 성이를 용해하리라 믿고 있었다. 그러나 당신은 당신의 설정이 착각이었음을 알았다. 당신은 성이를 보기보다도 성이를 통하여 나를 보고 있었다. 당신 속에 있는 나를 성이에게 뒤집어씌워 놓고 그것을 보고 있었다. 나는 당신에게 그것을 깨우쳐 주었다. 대상은 내가 아니라고. 성이의 표면이 불투명한 것으로 느껴졌을 때 그녀가 대상이라고. 그래서 당신도 사실을 알게 되었고 성이에게 말하였다.

그만 만나자고. 성이도 그만 만나자고 말했었다. 당신은 실연을 당했고, 실연을 주었다.

그때부터였을 것이다. 당신이 당신 마음속에 있는 나를 미워하고 멸시하고 끝없는 어리석음으로 간주하여 버리고, 영원히 잊어버리려고 생각한 것은……. 사실 당신은 나를 잊어버렸었다. 그리고 아울러서 대상도 잃어버렸었다.

그러다가 이제 당신은 다시 나와 악수하고 있다. 투명하기만 한 나의 존재는 당신 마음속에서 활짝 점화되고 있다. 그리고 당신은 생각했다. 성이의 표면이 불투명한 것으로 여겨졌을 때의 그녀가 대상이라고 한 나의 말을……. 그 말의 무게를 당신은 느꼈다. 당신은 무엇인가 깨달아진 것이 있다고 여겨지자 흥분했다. 도시의 리듬은, 또는 생명의 박자는 거세고 완강하다. 당신은 그 리듬을 듣고 있다.

그 리듬은 당신의 몸뚱이로 파문이 일어 왔다. 당신은 전율했다. 그것은 아주 싱싱한 느낌이었다. 새로운 개안. 어느 절실한 순간의 기억을 과대평가하지 말라고 사장은 말했다. 그러나 당신은 이 순간의 기억을 영원히 흥분으로 보존하고 싶다. 당신은 기만당해 온 것뿐이다. 사장이 당신을 기만시킨 것이 아니라 당신 자신에 의해서 스스로를 구속시켜 놓기만 했던 당신의 맹목, 겸손, 부끄러움, 수줍음, 무서움에 의해서. 그리고 열등감, 빈곤, 수치, 책임감, 죄의식의 채색에 의해서. 당신은 담배를 물었다.

그리고 조금 뒤에 당신은 여태까지의 생각이 센티멘털이었다고 규정해 버렸다. 당신은 천천히 엽차를 마셔갔다. 센티멘털은 서서히 풀려가는 듯하였다. 그러나 그 순간의 반짝 났던 점화, 그것을 버릴 수는 없다고 생각했다.

그것은 금방 사라졌으나 그 기억의 그루터기는 당신 마음의 사원에 안치되었다. 당신은 껍적 일어섰다.

유 부장은 당신에게 3만 원짜리 수표를 주었다. 매년 4천 원씩 적립되어 온 퇴직금이라고 하였다. 그리고 이달 봉급 6천 원을 주었다. 당신은 그것을 아무렇게나 주머니에 집어넣고 나서 기분만은 홀가분하여져 있었다.

"사장님은 오늘 저녁에 환송연을 베풀겠다고 말씀하셨습니다," 유 부장은 말했다.

"감사합니다."

"그리고 이택곤 씨에게 여쭤보라구 그럽디다. 아예 추천서니 이런 걸 써드리는 게 어떨까 하구요. 다른 직장을 구하신다면 그런 것이 필요하지 않을까요?"

유 부장은 냉랭하게 동정적이었다.

"글쎄요." 당신은 말했다.

"아마 필요 없을 것 같습니다. 그것보다두 저는 자퇴하는 형식을 밟고 싶습니다. 아니 저는 자퇴라고 생각하고 싶습니다. 회사와는 관계없는 제 개인의 문제로……"

"아 그건 아무래도 좋겠지요. 그것 때문에 달라지는 일은 없을 테니까요."

"달라지는 일은 있습니다. 정신적인 태도랄까 그런 문제입니다." 당신은 말하였다. 유 부장이 웃었다.

사환 애 진자가 용지를 가지고 왔다.

그냥 백지였다. 거기에다가 당신은 자퇴서라고 한자로 썼다. '본인은 건강상 이유로 귀 회사를 사직하나이다.'

당신은 그러고 나서 아크릴 도장을 힘껏 눌렀다. 진자는 용지를 가지고 갔다.

"앞으로는 무얼 하실 예정이세요?" 미스 현이 물었다.

"예, 앞일은 모릅니다마는 내일은 낮잠이나 잘까 합니다. 그리고 어디 극장 구경이나 가야지요. 사실 나는 그런 일을 퍽 즐기는 성격이거든요." 당신은 유쾌하다는 듯이 웃었다.

시계는 오후 여섯 시를 가리키고 있었다. 당신의 7년 3개월 동안의 생활은 깨끗이 청산되었다. 사무 인계도 끝났고, 비품 정리도 완결되었다.

당신은 7년여의 세월이 실은 몹시도 짧다는 것을 느꼈다. 흡사 먼지를 털어내고 있는 듯이, 당신은 명랑한 얼굴을 지으려고 그랬다. 사원들은 당신의 태도가 이상하게 여겨진 모양이었으나 그렇다고 놀리거나 비웃거나 그러지는 않았다. 당신은 마치 옷을 두툼하게 껴입고 있는 노인이 함직한 그런 얘기를 하고 있었다. 그 얘기는 실감을 동반하고 있지는 않았으나, 그렇다고 가히 우스운 것만은 아니었을 것이다. 퇴근 시간이 이미 지났으나 퇴근하고 있지 않은 사원들은 큰 기대를 가지고 이 저녁에 있을 환송연을 기다리고 있었다.

사장이 들어왔다. 당신은 웃음을 지어 보였다. 사장도 유쾌한 듯하였다. 바깥에는 완전히 밤이 되어 있었다. 사장은 코트를 입고 있었다. 부산하게 책상 서랍 닫는 소리들이 났다.

"우리 아까 하던 얘기나 계속할까요?"

바깥으로 나오면서 사장은 말했다.

"그만두겠습니다. 전 드릴 말씀이 없는 걸요." 당신은 말했다.

"그래요? 하여튼 섭섭합니다. 이택곤 씨." 사장은 말했다. "예, 저두 섭섭합니다. 사장님." 당신은 말하였다.

그러나 당신은 섭섭하지 않았다. 당신은 이제 거리로 나왔다. 이 분주한 거리의 동요를 당신은 완전히 거리로 동화된 하나의 분자로써 느껴보았다.

거리는 거기에 개성적인 것을 멀리하고 하나의 일반화로써, 하나의 대열로써, 당신을 포섭하고 있는 듯하였다. 그 거리의 대열의 중심에 가까워 있는 듯한 당신의 위치감을 당신은 이제 느긋하게 느끼고 있었다. 당신을 위하여 송별연은 잘 준비되어 있었다.

　당신은 음식을 보았고 그리고 나서 음식을 보는 것과 똑같은 시선으로 영원한 잔류파인 사장을 바라보았다. 당신은 일어섰다. 그러고 나서 말하기 시작하였다. "저는 오늘 회사를 떠나갑니다."

《경향신문》, 1966년 1월

연애

연애

　그녀는 억근이라는 별명을 가지고 있다고 했다. 별명치고는 괴상했다. 그녀는 눈이 아름다웠다. 대성한 화가가 무성의하게 그려놓은 듯한 눈이었다. 내가 그 눈을 보고 가슴이 설레었을 때, 나는 그녀의 입을 보면서 또한 가슴이 설레어 있었다. 그녀의 눈이 어느 신비한 환상을 담고 있는 것처럼 보였다면 그녀의 입은 아름다운 의지를 감추고 있는 듯이 보였다. 말하자면 그녀의 입은 음식을 먹거나 말을 하기 위해서가 아니라 몸속에 있는 무한한 미를 잠가 놓고 있는 자물쇠처럼 보였다. 내가 그녀를 처음 본 것은 바로 어제저녁 열 시쯤 하숙집으로 돌아가기 위해 돈화문 앞을 지나가고 있을 때였다. 그녀를 본 순간, 나는 나의 몸이 요란스럽게 자극되고 있음을 느꼈다. 어쩔 수 없이 나는 그녀의 뒤를 추격하면서 연애를 구걸하는 어리석은 짓을 벌이고 말았다. 그러나 그런 어리석은 짓을 하면서도 나는 초라하다고 느끼지는 않았다. 그녀는 당황해한다기보다도 성스럽게 화를 내고 있었다.

　그녀는 이렇게 늦은 밤에 쫓아오는 일은 분명히 예의에 어긋난다고 큰소리로 말했다. 물론 예의에 어긋난다는 것은 나도 잘 알고 있다고 말했다. 막상 그녀가 예의에 어긋나는 일이라고 나를 비난했을 때부터, 나는 내가 그녀와 연결되어 있음을 알았고, 그녀와 연애를 하고 싶다는 나의 간절한 희구가 반드시 이루어져야 할 필요성을 스스로 느꼈다. 그녀는 물음표 형태로 걷고 있었다. 하반신보다는 상반신이 훨씬 커다래 보였다. 나는 그녀를 하나의 자물쇠, 내가 가지고 있는 열쇠로 열어야 하는 자물쇠라고 스스로 생각하고 있었다. 으레 처녀들이란 자신을 묵중한 자물쇠로 잠가 놓기 마련이고, 누가 사랑이라는 열쇠를 가지고 그 자물쇠를 열려고 하면, 본능적으로 이를 방해하고 자신을 보호하려고 그런다는 얘기를 어느 대중 잡지에서 읽은 적이 있는 나는 이러한 것을 바로 그녀에게서도 느끼었다. 아니 어쩌면 이몽룡의 기분으로 있었던 나를 위해서 그녀는 좋든 싫든 간에 성춘향이가 되지 않으면 안 되었을지 모른다. 나는 거의 비상한 집념을 가지고 끈덕지게 그녀를 따라갔다.

그녀는 나를 쳐다보았는데, 사실 나는 깡패라거나 시시한 부랑자같이 보이지는 않았을 것이다. 행동거지에 분명성과 명료성이 박약한, 그러나 어느 정도의 품위는 지키고 있는 멍청이 정도로 보였을는지 모른다. 나는 그녀의 얼굴을 보면서 그녀가 반드시 서울 여자여야만 하는 그런 종류의 인간임을 느낄 수 있었는데, 원래부터가 시골 태생인 나는 그녀에게서 나와는 다른 이질(異質)을 쉽사리 깨달을 수 있었다. 그런데 그 이질감은 내 사랑의 감정을 극도로 유발시키고 있었다. 아마 나의 기분을 그녀도 눈치챈 모양이었다.

청계천이 흐르고 있는 골목길을 들어서면서 그녀는 어딘가 하면 성난 체념의 빛으로 말했다.

"거기는 왜 이렇게 쫓아오세요? 거기가 수상한 사람이 아니라면 이제 돌아가세요. 내일 낮에 만나요."

"어디서 만납니까?"

"폴 앵카 뮤직홀로 나오세요. 오후 다섯 시 반에."

"이름이 어떻게 됩니까?"

"폴 앵카 뮤직홀에서는 나를 억근이라구 불러요. 야무진 품이 억근은 될 거라구 해서 얻은 별명이에요."

"진짜 이름을 가르쳐 주십쇼."

"그럴 수는 없어요. 난 그저 억근이에요."

그녀는 말을 마치고 나서는 뛰어갔다. 나는 뒤돌아서는 체하면서도 그녀의 집을 알아두었다. 그리고 오늘 나는 다섯 시 이십 분 전쯤 하숙집을 나왔다. 내가 폴 앵카 뮤직홀에 도착했을 때에는 다섯 시 이 분 전이었다. 다섯 시 반에 약속이었으니까 삼십 분 이상의 여유가 있었다. 나는 느긋한 기분으로 유리문을 밀고 들어섰다. 기도 보는 녀석이 인상을 북 긁고 있었다. 그렇게 인상을 긁고 있는 것이 "어서 오슈." 하는 인사인 듯했는데 나는 그녀가 아직 안 나왔으리라 단정하여 문 입구가 잘 바라보이는 좌석에 가서 앉았다. 나는 파고다 담배를 물고 나서 제법 여유를 가진답시고 실내를 이윽히 굽어보았다. 주위는 잔뜩 시끄러웠는데 그렇게 시끄럽다는 것이 이 뮤직홀의 성립을 위한 전제 조건일 듯싶었다. 이곳은 전혀 내가 처음 와 보는 곳이었고, 나는 분위기에 동화되어 간다기보다는 분위기를 이해하려고 애쓰며 앉아 있었다. 담배 연기가 석탄 연기처럼 들어차 있었고, 열댓 명은 됨직한 레지들이 불난 곳에 간 소방서원처럼 쉴 사이 없이 쏘다니고 있었다. 실내 장식은 아주 호화스러웠다. 여기저기에 빨강 파랑 전등이 박혀 있었고, 황금빛의 벽, 격자창과 초록빛의 커튼은 음악이 시끄럽게 번질 때마다 마냥 들썩이고 있는 듯했다.

그러자 시계는 약속 시간인 다섯 시 반을 가리켰다. 그녀는 나타나지 않았다. 내가 이 뮤직홀에 들어오고 나서 여섯 개비째의 담배를 피우고 있을 때에는 벌써 다섯 시 오십 분이 되어 있었다. 차를 주문했을 때 시계는 여섯 시 십 분이었고, 내 입에서 오징어 냄새를 느꼈을 때에는 여섯 시 이십 분이 지나 있었다. 아마 그녀는 나를 바람맞힌 모양이었다. 나는 화가 났다기보다 맥살이 나 있었다. 나는 일어섰다. 그대로 바깥으로 나가 버릴까 하다가 나는 방송실로 갔다. 그 유리 벽 안에는 분홍색의 앙상블을 입고 있는 레코드 플레이어 아가씨가 도넛 판을 재킷에서 꺼내고 있었다. 나는 종이에다가

'억근 씨 계시면 문 앞으로 나와 주세요. 빨간 넥타이에 쥐색 양복을 입고 있는 미남 청년이 찾고 있습니다.'

라고 써서 유리 벽 안에 디밀었다. 나는 문 앞으로 갔다.

"억근 씨 계시면⋯⋯."

스피커가 방송했다. "미남 청년이 찾고 있습니다."라는 말이 나오자 여기저기서 비웃는 듯한 웃음소리가 났다. 나는 빨간 넥타이를 슬쩍 만지고 서 있었다. 기도 보는 녀석이 더욱 험악하게 인상을 북북 긁고 있었다. 아마 내가 무슨 미남이냐고 힐난하고 있는 듯했다.

그러나 나는 그것에 신경을 쓰고 있지는 않았다. 억근이가 나타나 주기만 한다면⋯⋯. 나는 모험 끝에 발견해 낸 금궤를 열고 있는 사람이 느낌직한 기분이었다. 그러자 억근이가 나타났다.

"내가 억근인데⋯⋯ 나를 찾고 있는 사람이 누굽니까?"

나는 말하고 있는 사람을 뒤돌아보았다. 의외에도 그 목소리는 남자였고 그 목소리의 임자도 분명히 남자였다. 나는 순간적으로 퍽이나 당황해져 있었다. 무엇인가 잘못이 생겼다는 것은 느꼈지만, 그럼에도 그 잘못을 나는 인정할 수가 없었다. 아름다운 눈동자의 그녀가 나를 속였으리라는 생각은 얼른 납득이 가지 않았다.

나는 부당한 음모에 나 자신이 걸려들고 만 듯한 비참한 기분으로
그 사내를 말끔히 쳐다보았다. 그는 어딘지 야비한 인상을 주는, 키
가 작고 몸매가 다부지고, 토끼 눈에다가 뭉툭한 코를 가진 사내였
다. 밤색 트위드 상의에 하얀 플란넬 바지를 입고 있었다. 나는 약간
겁이 났으나 그 사내에게 다가갔다.

"내가 억근 씨를 찾고 있습니다만……."

"뭐라구? 나 형씨를 본 기억이 전혀 없는데?"

"그건 나두 그렇습니다. 나는 억근이란 별명으로 통하는 아가씨
를 찾구 있습니다. 우리는 오늘 다섯 시 반에 여기서 만나기루 했습
니다."

"여보쇼 형씨, 농담하구 있는 거요?"

"아닙니다."

"그럼 가보쇼."

기도 보는 녀석이 무슨 다툼이라도 일어나지 않았나 싶었는지
빤히 이쪽을 주시하고 있었다. 어쩔 수 없이 억근이가 될 이 사내는
어이없다는 듯이 하하하 소리 높이 웃었다. 나는 얼굴이 화끈 달아
올랐다. 억근이는 혼잣소리로 무어라고 투덜거리더니 이윽고 왼쪽
으로 건들건들 걸어가고 있었다. 나는 엉겁결에 조금 뒤돌아가다
가 말고 멈춰 섰다. 나는 누구에랄 것 없이 화가 나 있었고, 마치 그
죄가 담배 때문이라는 듯이 담배를 내동댕이쳤다. 조금 뒤에 이윽
고 마음을 다부지게 먹고 나서 나는 억근이가 앉아 있는 좌석으로
갔다. 억근이는 계속해서 하하하 웃고 있었는데, 나 때문에 그러는
것이 확실해 보였다. 억근이의 옆에는 바바리코트를 걸친 빼빼 마
르고 키가 커 보이는 사내놈이 살판났다는 듯이 덩달아 벙글벙글
웃고 있었다.

그리고 그 맞은편에는 조그만 몸매의 여자가 한 명 앉아 있었다. 그녀는 핏기가 없고 눈이 크고 입술이 얄팍하고 갤쭉한 얼굴을 탁자 앞으로 내밀어 억근이의 얘기에 귀를 기울이고 있었는데 별로 재미가 없다는 듯한 따분한 표정을 하고 앉아 있었다. 나는 아니꼬운 기분이 들었다. 나는 그들 앞에 서서 그럴싸하게 똥폼을 잡으면서 그들을 노려보았다. '박카스 드링크'라도 복용하고 싶을 정도로 뱃속이 메슥메슥해 왔다. 나는 이윽고 좌석에 가서 앉았다. 그러고 나서 말했다.

"실례하갔시다."

"아, 실례하쇼."

"그런데 형씨."

나는 적당히 노여운 빛을 띠면서 한참 있다가 말했다.

"왜 그러쇼."

"나는 억근이란 아가씨를 찾고 있습니다. 우리는 삼 년 동안 연애를 해 왔는데, 그동안 줄곧 그 아가씨는 억근이란 이름이었습니다. 아시갔소? 나는 형씨를 만나러 온 것이 아니라 억근이란 아가씨를 만나러 왔시다. 우연의 일치인지 모르지만 형씨두 억근이란 이름이라니 형씨두 억근이란 아가씨를 찾는 데 협력해 주셔야겠시다."

"이봐, 시시한 소리 씨불이면 재미없어. 당신은 어떤 까이한테 사기를 당한 모양인데 내가 왜 거기에 대해 책임을 져?"

"억근이란 이름 때문에 그렇소."

"도대체 그 아가씨는 어떻게 생겼소?"

옆에 있던 바바리코트의 사내가 말을 걸어왔다. 그는 우스운 얘기를 찾아다니는 코미디언과도 흡사히 이상한 얼굴을 하고서 흥미를 나타내 보였다. 나는 고개를 한 번 끄떡해 보였고 그 사내에게 담배를 한 대 권했다. 그 사내도 고개를 끄떡해 보였다. 나는 억근이에게도 한 대 주었다.

"키는 아마 백육십 미만일 겝니다. 다리는 짧은 편인데, 상체가 더 발달 돼 있어요. 눈이 큽니다. 코 길이는 짧은 편이구 입이 아주 선량하게 보입니다. 그건 초승달처럼 가생이가 약간 위로 올라가 있어요. 그리고 특징이 될 만한 것이라곤, 예 그렇군요, 살이 오른 안 브라이스 같은 용모입니다. 아니 안 브라이스하고는 다르고, 그러니까 영화배우 장미미에서 성적인 매력을 제거해버리고 난 듯한 그런 모습입니다."

"아, 누군지 알 거 같애."

"누군데?"

옆에서 맹하게 앉아 있던 아가씨가 바바리코트를 눈 주면서 호기심 있게 물었다.

"아마 은실이 같애. 왜 은실이가 장미미 닮았다구들 모두 그러잖어?"

"은실이? 아아……. 이제야 생각나는군요. 언젠가 그녀가 은실이라는 이름을 입에 올린 적이 있었어요. 그때 나는 무심코 들어버렸는데, 지금 와서 생각해 보니 은실이가 틀림없는 거 같습니다."

나는 귀중한 비밀을 알아내서 기쁘다는 것처럼 웃어주었다. 나는 간밤에 만났던 그녀가 은실이라는 이름을 가지고 있어야 한다고 내심 거의 열광적으로 고집부리고 있었다.

"틀림없는 거 같다니? 이봐 여자가 상품인 줄 알어? 너 영 트릿하구나. 도대체 어디서 굴러먹었어, 엉?"

억근이는 이상하게도 핏대를 올리고 있었다. 그는 도시 못마땅하다는 듯이 나의 몸뚱이를 샅샅이 검사하고 있었다.

"여보쇼 핏대 올릴 것까지는 없잖소?"

"뭐라구? 너 말 다했어?"

"아뇨. 난 별루 암말두 안 했시다."

"그럼 왜 시비야? 왜 시비난 말야."

"시비는 주로 형씨가 걸지 않았소? 나는 은실이를 찾아내야겠다
이 생각뿐이란 말요."

"이봐. 당신은 가만히 있어. 그리구 억근아, 너두 가만있어."

바바리코트의 사내가 억근이와 나 사이를 뜯어말렸다. 그는 바
바리코트의 단추를 다 풀어서 벗었다. 맹하게 앉아 있던 아가씨는
마치 건드리기라도 하면 고양이 울음소리를 지를 것처럼 더욱 따
분한 표정을 짓고 있었는데 아마 나와 억근이가 지금이라도 일어
나서 코피를 쏟으며 툭탁거리기를 바라고 있는 듯하였다. 나는 왼
쪽 다리를 꼬고 나서 어쩌면 은실이라는 이름의 아가씨를 만날
수 있을까 그것을 생각하기로 했다. 나의 서울 생활은 황폐한 사나
이의 세계만으로 이루어져 있었기에, 나는 극히 계산된 의지로서라
도 나의 생활에다가 연애를 가산하고 싶었던 것이다. 바바리코트
의 사내는 언제인가부터 말이 하고 싶어서 안달이 난 도스토옙스키
소설의 주인공과 같은 표정을 지으면서 나를 넘보고 있었다. 물론
나는 라스콜리니코프와 같은 성격이 아니었기에 도무지 그렇게 할
기회를 안 주고 있었다. 나는 어쩔 수 없이 단단한 적의를 내 둘레에
쳐놓고 앉아 있을 수밖에 없었는데, 그렇지 않다면 억근인가 이 짐
승 같은 사내로부터 뚜드려맞지라도 않을까 생각되었다. 바바리
코트의 사내는 아마 나의 기분을 어느 정도 이해해 준 모양인지 한
참 동안 뜸이라도 들이는 것처럼 침묵을 만들고 있더니 드디어 나
를 보며 말했다.

"우리 인사하구 지냅시다."

나는 바바리코트와 악수를 나누었다. 그는 주일이라는 이름이었다. 시를 쓴다고 했다. 나는 시를 읽는 것을 즐겨한다고 말했다. 내 이름은 김지환이라고 일러주었다. 시를 좋아한다니 반갑다고 그는 전제하고 나더니, 「지난밤에 그 여자는 울었다」라는 백오십 행짜리 시를 본 적이 있느냐고 물어왔다. 나는 유감스럽게도 없다고 말했다. 그는 아쉬운 표정을 이내 짓더니 자기는 코즈모폴리턴이라고 말했다. 그는 진짜로 말이 하고 싶은 모양이었다. 마치 나를 그의 청강생이라고 착각하고 있는 듯했다.

"그러니까 나는 후자에 속합니다. 아시갔습니까? 이 세상에는 자기의 몸무게를 강조하는 사람이 있구요, 반면에 자기가 몸무게를 가지고 있다는 것조차 부정하려고 드는 자유인이 있다 이겁니다. 장점인지 단점인지는 모르지만 나는 후자에 속합니다."

그러고 나서 나는 그 바바리코트 주일이의 소개로 맹한 아가씨와 알은체를 했다. 그녀는 나를 가구 보듯 하고 있었다. 마치 권태로부터 어떤 쾌락을 발견해내기라도 한 것처럼 따분하게 보이는 눈동자를 스르르 감고 코끝을 벌름거리면서 자기 이름을 조선희라고 말했다. 억근이는 계속해서 못마땅한 표정이었다. 조금 있다가 역시 주일이의 소개로 나는 억근이와 악수했다. 나는 아세아 주식회사 영업부 차장이라고 구라를 풀면서 명함이 필요하다면 한 장 주겠다고 그 불만 덩어리 억근이에게 말했다. 억근이는 그럴 필요까지는 없고, 이렇게 사귀게 되어서 반가우나 은실이는 내 애인이니 너를 알 턱이 없다고 말했다. 억근이는 우악지게도 손이 컸다. 아마 태권 같은 것이라도 좀 만져본 모양이었다. 나의 손은 가엾게도 그 녀석의 손 속에 파묻히고 마는 것이었는데, 그는 꽉 힘을 넣었고 나는 손이 아팠다. 그리고 나는 억근이가 엿장수 수염이라고 그러는 턱수염을 기르고 있음을 보았다. 고의적으로 수염을 만들려고한 것 같지는 않지만, 그것은 하도 멋없게 보였기에 흡사 누구와 악수라도 하고 있을 때 상대방을 기분 나쁘게 만들어 주느라고 자라나곤 하는 듯이 보였다.

이렇게 해서 우리의 인사 소개는 끝이 났다. 나는 어서 은실이에 대한 얘기를 듣고 싶었다. 그것만이 내가 이 자리에 남아 있는 유일한 이유였다. 나의 담뱃갑에서 다시 세 개비의 담배가 달아났다. 주일이는 이제 인사 소개를 끝마쳤다는 것에서 그럴듯한 사명 완수자의 달가운 듯한 표정을 꾸미고 있었고, 선희라는 아가씨는 심심하고 따분하기 때문에 도리어 안도감을 느낀다는 듯한 태도였다. 그런데 억근이는 상체를 탁자 앞으로 쭈욱 잡아빼고는 빤히 나를 바라보고 있었다. 그것은 흡사 나더러 때려달라고 그러는 듯이 보였다. 은실인가 하는 아가씨가 나의 의중에 없었더라면 나는 그녀석을 한 방 먹인 뒤 토껴 버리고 싶은 심정이었다. 나는 상체를 꼿꼿이 하고 나서 시시하게 들떠 있는 이 뮤직홀과 뻔뻔스런 억근이를 노여웁게 살펴보고 있었다.

"그래 은실이하군 어떻게 알게 됐지요?"

주일이는 내 담배를 피우고 있음을 미안하게 생각하는 눈치로 말을 걸어왔다. 나는 그 녀석을 보며 가볍게 웃었다.

"벌써 오래된 얘깁니다만."

나는 제법 회상하고 있는 듯한 표정을 그럴듯하게 만들면서 거짓말을 시작했다. 이런 거짓말은 전혀 유쾌하였다. 나 스스로가 어떤 참된 인생을 살아온 것처럼 생각될 뿐만이 아니라, 거의 가공인물이다시피 한 은실이를 굳이 나의 과거의 산맥 속으로 끄집어 넣는 것은 이중의 즐거움이었다.

"이 자리에 은실이가 없는 게 참으로 유감입니다."

"예, 유감입니다."

별로 유감일 것도 없다는 듯한 태도로 주일이는 맞장구를 쳤다.

"잘 알겠지만 은실인 눈이 아름다와요. 하나님이 이 세상에 빛을 주셨다면 그건 은실이처럼 아름다운 눈이 보라고 준 걸 거예요. 그리구 은실이는 살결이 고와요. 부드러운 벨벳같이."

"그래요. 부드러운 벨벳같이. 사람의 손이 닿아 보지 않은 벨벳같이."

"그러나 은실인 그런 아름다움만 가지고 있는 게 아닙니다."

"참 이제 우리 말 틉시다. 불편하게 서로 존대할 것 없이 반말합시다."

"그러지. 은실이와 난 서로 사랑해왔어. 그것두 중세기적으루 사랑해왔어. 사랑에 종류가 있다면 말이지."

"그건 멋있는 얘긴데?"

"멋있는 얘기지. 사랑의 주파수는 바로 인간이 신에게 보내는 유일한 통신이지. 다시 말하면 사랑에서만 신과의 교통이 트인다는 얘기인데 아 물론 나는 이런 상식적인 얘길 가지구 은실이와의 관계를 설명하려는 건 아냐."

"근데 이봐."

잔뜩 못마땅한 마치 얄미워 죽겠다는 듯한 표정으로 억근이는 빤히 나를 바라보면서 나의 전인격(全人格)이 그의 반말 대상이라는 듯이 (그것은 친근감과는 거리가 있었다) 딱딱하게 말했다. 물론 나는 방금 전의 나의 말이 너무나 고리타분한 도학자의 얘기였다고 반성하고 있었지만 그것은 문제가 아니었다. 이 분노하고 있는 억근이에 대항할 준비를 나는 했다. 억근이는 은실이라는 아가씨와 말하자면 연애를 하고 있는 사이임이 분명했고, 시를 쓴다는 주일이는 그것이 은근히 못마땅하게 생각하는 모양이라고 대개 짐작할 수가 있었다.

"왜 그래?"

나는 점잖게 억근이에게 말했다.

"넌 은실이가 은실이란 이름을 가지구 있는 것도 몰랐지?"

"그랬지."

"넌 억근이를 은실이루 알았구?"

"도대체 무슨 얘길 하려는 거야?"

"넌 은실이를 억근이란 이름으로 불렀구."

"그래서?"

"너 은실이하구 사귀어왔다는 건 틀림없는 구라 같은데?"

"그러니까 네가 은실이하구 사귀어왔다는 걸 얘기하려는 거야?"

"인마 그게 아냐."

"그럼 뭐야?"

"좋아, 네가 그딴 식으로 나불거린다면 얘기한다. 은실이는 내 까이란 말이다. 알어? 지금이라도 늦지 않았으니 네 얘기는 구라라구 빨리 말해."

"난 네 얘기가 구라 같은데?"

"내가 구라를 피우구 있다구? 폴 앵카 뮤직홀의 차억근이가 구라를 피운다?" 그는 재미난다는 듯이 빙글빙글 웃었다. "차억근이는 일단 흥분하기 시작하면 아무것두 눈에 안 보이는 성질이다. 알어?"

"공갈이군." 나는 피식 웃었다.

"인마, 야마 돌리지 마. 은실이하구 나하군 끼구 자구 먹구 자구 그런 사이란 말이다. 알갔니? 알았으면 일찌감치 꺼져 버려."

"글쎄? 아 글쎄는 학교가 글쎄지. 학교?"

"너 아가리 다물지 못해? 보아하니 넌 속물인데, 속물은 속물들이 사는 세상으로 가란 말이다. 여기처럼 비범한 인간들이 모여 있는 곳에 꼽사리를 낄라구 그러다간 칠성판에 불이 나, 불이. 은실이가 너 겉은 치를 반쪽 눈으로라도 바라다봤을 거 같애?"

"아마 두쪽 눈으로 바라다봤을 걸."

그러자 억근이는 하하하 웃었는데, 그 웃음은 꼭 호령 소리 같았다. 그는 갱 영화에 출연한 장동휘처럼 끝이 넓적한 코를 더 크게 만들더니, 오른손을 쫙 펴 보였다. 기다란 손톱에는 잔뜩 때가 묻어 있었는데 그는 그 손을 재빨리 앞으로 내밀어(그때 나는 몸을 피했다) 허공을 힘차게 할퀴었다. 흡사 허공이 신음 소리를 내고 있는 듯했는데 그는 다시 하하하 웃었다. 그리고 나서 그는 내 담뱃갑에서 담배를 한 개비 빼냈다.

"이봐." 나는 억근이를 보며 말했다.

"뭐야? 으르자는 얘기라면 얼마든지 환영한다."

"으르는 건 문제가 아냐. 으르지 않도록 하는 게 문제지. 넌 통 예의가 없군."

"내 예의는 첨 보는 놈 후드려 패는 거다."

"이유 없이?"

"못마땅하다는 게 이유지."

"그럼 을러볼까?" 나는 지나가는 어조로 가볍게 말했다.

"좋아. 네가 먼저 공격해." 억근이는 기쁘다는 듯이 말했다. 그러나 나는 공격하지 않았다. 잘 알 수 없지만 이 녀석은 그런대로 익숙한 자기 세계를 가지고 있는 놈이라는 것을 나는 깨닫게 되었던 것이다. 최소한 이 녀석이 은실이를 사이에 두고 나와 삼각관계를 벌이고 있는 것이 아니라는 점을 나는 이해할 수 있었다. 이 녀석이 핏대를 낸 체하는 것은 은실이 때문이 아니라 내가 따분하리만치 엄숙한 자세를 꾸미고 있기 때문에 그런 것이라고 나는 알게 되었고, 어쩌면 이 녀석과는 다른 세계에 속해 있는 나 같은 종자를 대하는, 글자 그대로 '예의'인 듯했다. 설사 그렇다 해도 내 세계를 변경시킬 도리는 없는 것이겠기에 나는 이 녀석에게 나를 이해시키기로 작정했다. 나는 말했다.

"이봐, 나는 폭탄을 가지구 있어. 그걸 이 자리에서 터뜨리면 넌 아마 좋지 못한 상황에 처하게 될 거다."

"폭탄이라니?" 선희가 옆에서 물었다.

"야 그거 재밌다. 어디 터뜨려 봐, 어디."

"네가 저엉 트릿하게 놀면 나두 용의가 있어."

"아이 김샜다." 선희가 분개한 듯이 말했다.

"좋아, 넌 나한테 무릎 꿇은 거지? 새애끼 진작 그런 식으루 나올 일이지. 난 너같이 엄숙한 놈을 보면 못 참는 성격이란 말이다 알어? 아까 주일이도 말했지만 자기의 무게를 으스대고 있는 것 같은 치들을 나의 적으루 삼구 있는 거란 말이다."

"그건 네가 옹졸한 탓이겠지. 난 뼈가 없이 까부는 놈들을 봐도 핏대가 안 나. 물론 너더러 뼈가 없다구 그러는 얘긴 아니지만."

"이치 또 기어오르는데?"

"기어오르기는? 어디 기어올라 갈 데나 있어? 그건 그렇고 넌 암만해도 코가 안 생겨 먹었는데, 핏대를 내지 마라. 그러면 안 생긴 코가 더욱 안 생겨 보이구 그걸 보구 있자니 고역이구나, 야."

"이봐, 같은 동포끼리 이럴 거 없잖아?"

주일이가 꼽사리를 꼈다. 그의 꼽사리는 아주 적절했다. 억근이는 이제 호인답게 웃고 있었는데 아마 스스로도 자기 코가 안 생겨 먹었다는 것을 인정한 모양이었다. 나도 악의 없이 웃어주었다. 웃지 않고 있는 것은 선희뿐이었다. 그녀는 여전히 맹하게 앉아 있었는데 살짝 콧구멍을 위로 올리면서 마치 잠에서 마악 깨어난 고양이처럼 맹꽁하게 나를 바라보았다. 나는 그 시선을 받으면서 어쩌면 은실인가 그녀를 좀 더 가깝게 느낄 수가 있었다. 은실이는 맹해 있을 타입 같지는 않았다. 물론 짐작이긴 했지만. 잠시 대화는 끊어져 있었다. 담배 연기가 우리의 좌석을 뿌옇게 채웠다.

"기분이 좋은데." 나는 거짓말을 했다.

"아암 좋지. 좋은 것 때문에 살아가구 있는 거구."

주일이가 말했다.

"그런데 은실이는 오늘 아예 여기 안 나오는 건가?"

나는 다시 화제를 은실이 쪽으로 끌고 갔다. 도대체 이 친구들이 어떻게 하여 은실이랑 한패가 되었는지도 알 수 없을뿐더러, 은실이가 과연 선희처럼 답답한 아가씨나 아닌지 궁금투성이였다.

"나오겠지. 일과가 변경되지 않는 한."

"도무지 이상한 게 여자야, 하기는." 나는 말했다.

"무어가 이상해?"

"난 말야. 그렇게 오랫동안 사귀어 오면서두 은실이가 이런 재즈홀에를 일과처럼 드나든다는 것을 몰랐어. 물론 걔가 재즈를 좋아하는 줄야 알긴 했지만. 솔직히 말해서 난 재즈를 그리 좋아하는 축은 아니거든. 은실이는 그러니까 내 앞에서는 전혀 다른 얼굴을 꾸미구 있었는 모양인가."

"그래애. 여자에게는 그게 가능해."

"여자에게는 모든 게 가능하지. 그런데 은실인 여자였어."

"그렇지. 어느 분위기에든 금방 동화될 수 있는 여자였어."

"뿐 아니라 아름다움을 아는 아름다움이었어. 아마 그걸 알구 있는 건 나뿐인지도 몰라."

나는 으쓱거렸다.

"그 기집앤 맘정이 나쁜 걸." 선희가 김샌 표정을 지었다.

"은실이는 전원 교향악 같은 여자야." 나는 지지 않고 주장했다.

"그래. 은실이는 전원 교향악을 좋아한댔지." 주일이가 말했다.

"정말 전원 교향악이나 들었음 좋겠다. 나두 전원 교향악을 좋아하는 걸." 선희는 삐져보고 있었다.

"그러나 은실이는 엘비스 프레슬리의 노래와 같은 여자다. 내게는 그랬다. 이건 때려죽인대두 사실이다." 억근이가 말했다.

"천만에. 은실이는 전원 교향악이다. 우린 마귀 할망구의 가마솥 같은 서울 시내를 배회하면서 사랑을 익혀 왔어. 전원 교향악과 같은 사랑을."

나는 나의 거짓말에 신이 났다. 그리고 재미가 났다. 그것은 피암시성이 강한 녀석이 저 스스로에게 암시를 거는 것과도 같은 묘미조차 있었다. 말해 가고 있는 동안에 어쩌면 은실이와 그런 식으로 알아 왔다는 착각조차 생겨나는 것이었다. 아, 나의 사랑 은실이여. 아니 사랑이어야 할 은실이여. 그런데 그때 억근이는 말했다.

"암만 해두 이상한데? 너 구라 피우는 거 아니갔지?"

"뭐라구? 물론 아니지."

"그럴 테지?"

"은실이는 떠들썩한 걸 좋아하지 않는단 말야. 특히 사랑할 때는 그랬어. 비밀을 차곡차곡 쌓아가고 있는 내밀의 둔덕. 그 우리의 둔덕은 결코 제삼자에게 공개되지 않은 거야."

"부러운데?" 시를 쓴다는 주일이가 말했다.

"모두들 은실이와 나를 부러워할 거야. 하나의 사랑을 익히기 위하여 가져야 하는 순수한 마음. 광고 네온사인은 광고를 위해서가 아니라 우리의 사랑을 달구기 위해서 빛나고, 창경원 호랑이는 우리의 전설을 위해서 죽어갔을 거야. 우리의 대화는 거기에서 주어졌구. 우리는 밤별이 왜 빛을 내고 있는지를 알 수 있었지. 남산 마루에 올라서서 우리는 별 하나 나 하나를 세었어. 그러다가 은실이는 눈을 감았어. 자기는 장님이라는 거야. 나더러 붙잡아 달라는 거야. 나는 붙잡아 줬어. 은실이를 조심스럽게 인도하면서 말야. 은실이는 한명숙이의 노래를 부르면서 고향이 보인다구 그랬어. 눈 뜨면 타향에 눈 감으면 고향이라. 나두 눈을 감았어. 우리는 눈을 감은 채로 남산 팔각정이 있는 데로 올라가고 있었단 말야. 도시는 옛 노래를 부르는 것처럼 은은하게 들뜨고 있었구 우리는 드디어 남산 마루에 올라섰어."

"그날 밤은 은실이랑 끼구 잤겠구나?" 억근이가 말했다.

"뭐라구? 그러지 않았어."

"그렇담 이상하군."

"이상할 건 없어. 우리의 사랑은 조급하게 증명하지 않아두 좋은 종류의 것이었어."

"야 도대체 그런 말이 있을 수 있냐? 이 쪼다야."

"아암, 있을 수 있지. 내가 이렇게 있는 것처럼."

나는 담배를 찾았는데 담배는 없었다. 나는 지나가고 있던 레지에게 파고다 세 갑을 사 오라고 시켰다. 나는 이제 사태를 잘 파악

할 수가 있었다. 억근이나 주일이는 그리고 심지어는 선희까지도 내 얘기가 거짓임은 다 잘 알고 있는 듯했다. 그들이 그러면서도 나를 내버려 두고 있는 것은 나의 거짓 얘기가 그들의 무료를 그런대로 막아주고 있기 때문이 아닌가 싶었다. 어디서 꽁생원 같은 녀석이 나타나서 사랑이니 진실이니 하고 떠들어 대는 품이 그들에게는 코미디언의, 코미디를 들어주는 것처럼 어설픈 재미를 가져다 준 것이 아니었나 하는 생각이었다. 그러자 나는 꼭두각시가 된 듯한 기분을 맛보았는데 그 기분이 딱히 싫은 것만은 아니었다.

나는 시를 쓴다는 주일이에게 말을 걸었다.

"주일이두 나를 이상한 놈이라구 생각하는 거야?"

"이상하냐구? 이상하다기보다두 속셈을 알 수 없는 인간이란 느낌인데?"

"그래, 시인. 이 쪼다한테 얘기 좀 해줘. 이 쪼다의 사랑을 위해서." 옆에서 빤히 나를 주시하고 있던 억근이가 말했다.

"사랑을 위해서라? 그건 어려운 주문인데?" 주일이는 킬킬거리며 웃었다.

"난 말이다. 어떤 인간인가 하면 자신이 동물이라구 느끼는 데에서 안도감을 갖게 되는 족속이란 말이다."

"물론 나는 시를 썼어." 조금 있다가 주일이는 말했다.

"나의 시는 「갓을 돌고 있는 사랑」이란 제목이었어."

"갓을 돈다?"

"그래 갓을 도는 거야. 가장자리를 도는 거야. 난 이런 비유를 그 시에서 썼어. 비유라기보다는 상징이지. 즉 육체가 끝나는 곳에서 정신은 시작된다. 또는 정신이 끝나는 곳에서 육체는 시작된다. 이런 것이었어."

"그런 모호한 얘기가 어디 있니?" 선희가 항의했다.

"들어봐. 나의 사랑은 육체와 정신이 모두 끝나 버린 갓에서 시작이 됐어. 그러니까 내게는 정신도 없었구 육체두 없었어. 사랑의 대상이 제외됐다는 얘기지, 이건. 맨 변방으로 밀리어나가 있는 듯한 슬픔."

"글쎄 그런 막연한 얘기가 어딨냔 말야." 선희는 분개한 듯했다.

"그건 그러니까 연애 감정이라기보다 실연 감정이지. 그 슬픔을 소쩍새는 봄새껏 노래했어. 그 소쩍새의 노래를 들으며 국화는 자라 갔어. 그러나 우리의 메마른 육체, 메마른 정신은 사랑을 막연히 느끼고는 있었으나, 사랑할 수는 없었어. 육체도 없고 정신도 없기 때문에. 알갔어? 그리고 소쩍새의 슬픈 노래를 들으며 국화는 자라 났지만……."

"꽃을 피우지는 못했다?"

"그렇지. 꽃을 피우지는 못했지. 그것이 '갓을 돌고 있는 사랑'이다."

"그러니까 그건 사랑이 아니군."

"아니 사랑이지. 사랑이 있다면 그런 식으로밖에는 표현될 수가 없는 거야. 우리는 장님이 될 밖에 없으니까. 완전한 어두움이냐, 아니면 백열전등의 세계처럼 강한, 너무도 강해서 맹목이 되는 그런 것이냐 하는 선택은 있을 수 있지만."

"아이 그렇게 복잡해질 이유가 어딨냔 말야? 난 저래서 시 쓴다는 치들은 싫더라." 선희가 말했다.

"그냥 내가 싫다구 그러시지? 선희. 나에게 뽀뽀라두 안 해줄래?"

"지금은 싫어." 선희는 의젓하게 대꾸했다.

"지환아, 네 사랑 얘길 계속하라마." 억근이가 말했다.

"그래 계속할게." 나는 말했다. 그러나 나는 사랑 얘기를 계속할 수가 없었다. 나도 거짓말인 줄을 알고 듣는 쪽에서도 거짓말인 줄을 번연히 느끼고 있는 얘기를 계속할 수는 없었다. 나는 입장이 아주 거북했다. 스피커에서는 레이 찰스의 울부짖음 같은 노래가 흘러나오고 있었고, 실내는 탐욕에 불타고 있는 지옥처럼 시꺼멓게 달아오르고 있었다. 나는 새로 담배를 물었다. 그리고 나는 사랑 얘기를 계속했다.

"은실이는 내가 하얀 목자 양말을 신고 있는 것을 좋아했어."

"그래, 그랬을 거야."

"그리고 은실이는 나를 만나러 올 적마다 하얀 레이스를 달고 있는 파란 블라우스를 입고 왔어."

"그래. 은실이는 그 옷을 잘 입어." 선희가 말했다.

"우리는 사흘에 한 번 정도는 꼭꼭 편지했어." 나는 진땀이 나기 시작했다. 이 이상 거짓말을 창작해 내려니 머리가 말을 듣지 않았다. 그러나 나는 어떤 알지 못하는 욕망에 끌려 말을 계속했다. 전혀 알지 못하는 빨간 빛깔의 세계를 나는 머릿속에 그리고 있었고, "은실이와 나는 어느 비 오는 밤에 같이 끼구 잤어." 하고 말하고 싶어서 거의 조바심이 날 지경이었으나 나는 죽어도 그렇게 말을 하면 안 된다고 성난 듯이 자신을 달래고 있었다. 나는 병을 앓고 있는 사람처럼 괴롭게 들뜨고 있었다. 나는 담배를 버렸다.

"우리는 지난 봄철에 삼청공원에 가서 처음 키스해 봤어."

"그게 몇 시쯤이었지?" 주일이가 물었다.

"밤 열한 시 조금 지났을 때였어. 우리는 잎사귀와 숲과 작은 곤충들의 세계 속에 있었어. 바람이 불 적마다 잎사귀는 우리를 위해 속삭이고, 벌레는 자신의 조그만 지위를 만족해하는 듯이 노래하고 있었구, 우리는 밤 비행기가 날아가고 있는 소리를 들었어. 그

밤, 별빛이 어두움을 몰아내 주지 않았다면 우리는……."

"별만이 어둠을 밝혀주는 밤이라. 닳구 닳은 문군데? 그래서?"

"그래서, 우리는 키스했어."

"그러니까 그건……."

"우리는 사랑했어."

"은실이는 어떤 표정이었니?" 선희가 물었다.

나는 은실이가 어떤 표정이었나를 생각해 보아야 되었다. 아니, 그에 앞서 은실이가 어떻게 생겼는지를 회상해 보아야 되었다. 나는 비로소 은실이에게 미안한 마음을 가지기 시작했다.

"은실이는, 은실이는, 그래 하여튼 발가벗고 있는 듯한 얼굴이었어."

"그게 무슨 소리니?"

"바루 그 소리야. 얼굴이 전혀 달라져 있었어. 여태까지는 쭈욱 가면을 쓰구 있는 것이 아닐까 싶을 정도로 얼굴이 달라져 있었어. 그래, 신라의 여자 같았어. 왜 이런 얘기 있지? 신라 시대에 말야, 어떤 못생긴 여자가 있었는데, 얼굴이 하두 못생겨서 구혼해 오는 남자 하나 없었다구. 그러다가 어떤 훌륭한 사내가 그 여자의 진실성을 믿구 결혼 신청을 했는데, 그날 밤이 지나가구 나서 보니까 그 여자가 천하일색 미인으로 바뀌어져 있었다는 얘기 말야, 껍질을 벗었다는 거야."

"음담패설은 집어 쳐." 억근이가 말했다.

"은실이는 어떻게 다르게 보였니?" 선희가 또 따졌다.

"어떻게 달랐냐구? 그걸 간단히 말할 수는 없어. 그래, 나는 그때의 은실이를 구체적으로 표현해 버리구 싶지는 않다. 극히 나 혼자서만 알고 있는 비밀, 결코 구체화시킬 수 없는 추상적인 체계라구 생각하구 싶어. 구체적인 사건이란 건 빙산의 일각 같은 거야. 보이지 않는, 형상되지 않는 아름다움이 그때 내게 느껴진 은실이였어."

"그럼 몇 번 키스했니?" 선희가 재우쳐 물었다.

"그건 문제가 아냐." 나는 분개한 어조로 말했다. "그러나 굳이 알구 싶다면 가르쳐주지. 딱 한 번이었어."

"고 기집애, 제법이다. 그런 일까지 다 가지구 있다니."

선희는 암상 난 토끼 같은 표정을 지으면서 말했다. 그러자 나는 어리둥절해져 있었다. 선희는 내 얘기를 진짜로 믿고 있는 듯했기 때문이었다. 나는 일방 흥분도 되고, 은실이에게 미안하기도 하고, 또 한편으로는 어떻게 해서 내 입으로부터 이런 식의 낯간지러운 순수가 술술 풀려나올 수 있었는지 의아하기도 했다.

나는 지나가고 있던 레지에게 엽차를 한 잔 주문했다. 몹시도 목이 탔고, 이젠 이 이상 은실이 얘기를 하지 않게 되었으면 하고 진정으로 바라고 있었다. 더 이상 이런 얘기를 끌고 나간다면 어쩔 수 없이 울먹이는 목소리로 "내 얘기는 모두 거짓말이었어." 하고 말해버릴 수밖에 없었다. 그런데 나는 어떤 일이 있더라도 "내 얘기는 모두 거짓말이었어." 하고 말하고 싶지는 않았다. 물론 그것은 정말이 아니지만 그렇다고 전혀 거짓말 같지도 않은 듯이 여겨졌다. 어떤 오후에 어이없이 꾸고 만 꿈을 거짓말이라고 일축해버릴 수 없는 것처럼, 묘한 환상의 세계에 들떠서 한 얘기를 무턱대고 거짓말이었다고 단정을 내리고 싶지는 않았던 것이다. 나는 나의 마음속에 도사리고 있는, 보통 때는 결코 나타나지 아니하는 어떤 강력한 힘을 우연찮게 토로해 버리고 만 듯한 느낌에 젖어 있었다. 아마 그것은 정말이 아니었겠지만, 그러나 은실이라는 아가씨와 연애를 하게 된다면 바로 그와 같은 장소에 그와 같은 시간을 가지고 싶고 그와 같은 키스와 그와 같은 아름다움을 가지고 싶었는지도 모르는 일이며, 바로 그러한 이유로 해서 그것을 사기성이 짙은 장난 말이라고 무시해 버리고 싶지는 않았다. 레지가 엽차를 가져다 주었다. 나는 몹시도 목이 말랐던 것처럼 그 물을 천천히 마셨다.

이제 나는 새로운 두려움에 싸이기 시작했다. 이러다가 진짜로 은실이가 나타난다면 나의 얘기는 온통 들통이 나 버릴 것이 아닌가? 단 한 번밖에 그것도 우스꽝스럽게 만나 보았던 사실이 드러날 것이고, 그렇다면 여태까지의 나의 감미로운 얘기는 무엇이 되어 버리는가? 나는 담배를 물고 나서 몹시도 언짢은 기분으로 있었다. 어쩌면 은실이가 나타나 주지 말았으면 하고 바라고 싶은 느낌이기도 하였으나, 그런데 그 느낌은 은실이와 사귀고 싶고 그녀와 연애를 해 보고 싶다는 다른 느낌에 의하여 사라져 버리고 말았다. 참으로 그것은 난감했다. 이쪽도 저쪽도 다 만족시킬 방법은 없을까 나는 궁리했다. 나는 한 가지 방법을 발견했다. 이대로 바깥으로 나가서 문 앞에서 은실이를 기다리자는 생각이었다. 그러면 여기 앉아 있는 친구들에게 면목도 서고 은실이도 사귈 수 있을 것 같았다. 그래서 나는 방금이라도 기회를 만들어서 일어날 채비를 했다. 그런데 이런 나의 기분을 아는지 모르는지 억근이는 전혀 엉뚱한 소리를 했다. 그는 재미난 영화를 보고 나서 바깥으로 나와 마악 담배를 붙여 무는 듯한 그런 폼으로 담배를 물면서 말했다.

"그럼 아직 은실이와 함께 잔 적은 없군?"

"없어."

하고 나는 대답했다. 이런 소리를 아무렇지도 않게 할 수 있는 억근이나 아무렇지도 않게 듣고 있는 선희나, 모두가 내게는 이상하게 보였다. 아니 이상한 정도가 아니라 도리어 내가 모욕을 받은 듯한 느낌이었다. 나는 울적한 심정으로 뮤직홀을 주욱 훑어보았다. 이미 밤이 되어 있었다. 엘비스 프레슬리의 조상(彫像)이 파란 형광등을 받아 번쩍이고 있었다. 비틀스 머리를 한 녀석이 마침 나오고 있던 비틀스의 노래에 맞춰 고함을 지르고 있었다. 그 녀석은 기타를 들고서 무대로 올라가더니 중심 잃은 오뚝이처럼 머리를 까불까불 흔들어대면서 자신을 파괴시키려고 그러는 것처럼 노래를 불렀다. 여자들이 금속성으로 웃어대고 있었다. 박수 소리가 짝짝 났다. 어떤 미군이 양갈보를 끼고 들어왔다.

"저 여자 마스카라는 참 보기 안 좋다. 그치?"

선희는 양갈보를 보면서 말했다.

"이제 은실이가 나타날 시간이 됐는데?"

그렇게 말한 것은 주일이였는데, 주일이는 나를 보면서 의미심장하게 웃어주었다. 나도 주일이를 보며 웃었다. 확실히 그런지 어떤지 알 수는 없지만 주일이는 나의 편인 듯했다.

"그래 은실이가 올 때가 됐어. 걘 오늘 여덟 시쯤 일이 끝난다구 했어. 벌써 여덟 시 십 분이나 됐네." 선희가 말했다. "그런데 저 여자 스커트는 아주 고급인데?" 선희는 마악 의자에 앉기 시작한 양갈보를 보고 있었다.

"은실이는 이번 월급 타면 내게 무얼 하나 사 주겠다고 그랬다."

"그게 무언데?" 나는 물었다.

"아이, 그걸 물으면 어떡해? 그건 비밀이야."

"야 지환아." 억근이가 나를 불렀다.

"어?"

"너 주머니에 쇠 좀 들었지?"

"쇠라니?"

"금전 말야, 금전. 우리 나가서 술이나 하자. 이상하게 목이 타는데."

"그래 그러자, 아니 은실이가 온 담에 같이 나가자."

무대에 올라가 있던 비틀스 머리의 녀석과 나일론 잠바 차림의 어떤 녀석 사이에 시비가 붙어 있었다. 나일론 잠바 차림은 어깨를 쓰윽 펴며 성난 듯이 대들고 있었다. 비틀스 머리는 이거 심심하던 차에 잘됐다는 것처럼 껌을 짝짝 씹으며 똥폼을 잡고 있었다.

그리고 그때 은실이가 들어왔다. 동그란 어깨에 동그란 얼굴에 동그랗게 안으로 곱아들은 자세를 하고 있는 아가씨였다. 그 아가씨는 전혀 내가 처음 보는 얼굴이었다. 어제저녁 돈화문에서 보았던 아가씨는 아니었다. 돈화문에서 보았던 아가씨와는 어딘가 외형은 비슷했지만 인상은 전혀 달랐다. 돈화문에서 보았던 아가씨는 꿈과 현실을 분간해놓지 않은 채 마냥 들까불고 있는 듯한 그런 타입이었는데 반해, 은실이는 일찌감치 사회 여류인사가 된 듯한 자상한 미소를 내뵈고 있었다. 나는 모든 것으로부터의 배신을 느꼈다.

"오늘은 참으로 기분 나는 날이지 뭐니?"

까만 석탄 덩어리 같은 눈을 깜박이면서 은실이는 웃고 있었다.

"기집애두, 무슨 재미난 일이라도 있었어?"

"그래그래, 오영란이가 남자 놈한테 복수를 했지 뭐야? 장완식이가 무릎을 꿇었어. 오영란이 앞에서 말야."

"아이 멋있다 애."

"오영란이가 누군데?" 주일이가 물었다.

"응, 있어. 말이지 성남팔이가 쓰고 있는《새한일보》연재소설 주인공야. 우린 오늘쯤 오영란이가 틀림없이 복수할 거라구 내기를 걸었었어."

"제기랄." 하고 나는 말했다.

"난 말야. 어제 파고다 담배를 한 갑 샀거든. 그런데 그 담뱃갑에는 열아홉 개비의 담배밖에는 들어 있지가 않았어. 부당하게 손해 본 한 개비의 담배, 그걸 어디 가서 탄원해야지?"

비틀스 머리를 한 녀석이 코피를 흘리고 있었다. 나일론 잠바는 파고다 담배를 물었다.

"너 이 새끼 확 쑤셔 버릴 테다. 일루 와, 이 새꺄!" 비틀스 머리가 말했다.

"인마 무어가 잘났다고 코피를 쏟구 지랄이가?"

나일론 잠바는 하하 웃고 있었다. 디뚝거리는 걸음으로 기도 보는 녀석이 다가갔다. 나일론 잠바가 비실비실 피하고 있었다.

기도 보는 녀석이 나일론 잠바를 갈기고 있었다.

"형님 형님, 고정하십쇼, 고정하십쇼." 나일론 잠바가 말하고 있었다. 그 이쪽에서는 양갈보가 껌을 짝짝 씹으며 웃어대고 있었고, 어린 티가 가시지 않은 미군은 여자의 코끝을 만지고 있었다.

"정말 그런 일 당하면 억울할 거야. 파고다 담배 한 개비는 돈으로 따지면 얼마쯤 되지? 내가 돈으로 주겠어."

은실이는 오 원짜리 동전 한 개를 내게 주었다. 나는 받았다. 받고 보니, 파고다 한 개비는 오 원까지는 되지 않을 것이라는 계산이 내게 있었다. 나는 파고다 두 개비를 그녀에게 주었다. 그녀는 받았다. 그녀는 생글생글 웃으면서 담배를 물었다. 나는 론진 라이터를 켜서 불을 만들어 주었다. 빨간 불빛이 너울거려진 그녀의 얼굴은 그러니까 아름다울 수도 있는 얼굴이었다.

"우리 나가서 술이나 한잔할까." 나는 말했다.

이제 내가 할 수 있는 일이라곤 돈을 써 주는 것밖에는 없었다. 이런 친구들과 같이 얼려 있을 때 내가 배겨볼 수 있는 것이라곤 내 주머니에 팔백삼십 원이 들어 있다는 그것밖에는 없다는 것을 나는 느꼈다. 그런데 곰곰이 생각해 보니 그것이 가장 중요한 자랑감이 될 수 있을 듯했다. 그것을 느끼면서, 성급하고 쾌활한 태도로써 자리에서 일어섰다. 모두들 일어섰다. 미군은 나오고 있던 후터내니 음악에 맞추어 기타 뜯는 흉내를 내며 노래하고 있었고, 양갈보는 착 가라앉은 태도로써 조용히 뻐겨 보고 있는 것처럼 실내를 굽어보고 있었다. 우리는 입구로 나갔다. 억근이는 기도 보는 녀석과 악수를 나누었다. 순경이 와 있었다. 얼굴이 피투성이가 된 녀석은 전치 삼 주일을 요하는 상해라고 주장하고 있었고, 나일론 잠바는 순경에게 굽실거리고 있었다.

"너 이 새끼 복수하고 말 테다."

기승이 난 비틀스 머리는 피를 뚝뚝 흘리면서 말했고, 그러자 순경은 "이봐, 가만히 있어." 하고 말했다.

마침 미군과 양갈보가 바깥으로 나오고 있는 참이었다. 나는 양갈보의 궁둥이를 보며 슬쩍 성욕을 느꼈다. 우리는 바깥으로 나갔다. '폴 앵카 뮤직홀'이라고 쓴 빨간 네온사인이 거의 감동적으로 명멸하고 있었다. 자동차들의 헤드라이트가 나의 시계(視界)에로 밀려 들어오고 밀려 나가고 있었다. 갑자기 일기 시작하는 파도 소리 같은 클랙슨 소리를 들으면서 나는 어쩐지 잔뜩 술이 취해 버렸을 때 쉽게 울어 버릴 수 있을 것 같은 그런 슬픔을 느끼고 있었다.

우리는 대로로 나왔다. 행길은 사람들로 꽉 차 있었다. '오 피부 비뇨과' 아크릴 간판을 바라보면서 나는 슬쩍 은실이 앞으로 다가 갔다. 은실이에게서는 약한 벤졸 냄새가 나고 있었다. 은실이의 얼굴은 행길에서 보니까 어쩔 수 없이 아름다웠다. 서울의 어느 설비가 잘된 장소를 찾아가면, 그 장소에 딱 어울리지 않을 수밖에 없는 그런 아가씨가 있기 마련인데, 그것은 그 아가씨가 아름다워서뿐만이 아니라 그 장소가 아름답기 때문에 그러한 것이었다. 주일이가 내 앞으로 다가왔다. 주일이는 유쾌한 듯했다.

"야 지환아?"

"응."

"너 주머니에 얼마나 있냐?"

"아마 팔백 원은 될 걸."

"그래? 너 그 돈을 객쩍게 쓰구 싶은 마음은 아니겠지?"

"아니, 객쩍게 써 버리구 싶어."

"좋았어. 너 오늘 밤에 재미 보구 싶잖어?"

"글쎄 무슨 뜻인지 나는……."

"아, 어렵게 살아갈 필요야 없지. 너 은실이가 마음에 있는 거 같은데 그럼 단도직입적으로 표시해 버려. 표시해 버리구 나면 느낌에 와 닿는 게 있을 거라. 어떤 판단은 바로 그 뒤에라야 가능한 거라."

"그래 그럴듯하구나."

"아암, 그럴듯하구 말구."

나는 시계를 들여다봤다. 벌써 아홉 시가 지나 있었다. 우리는 이십 원짜리 우동을 파는 집으로 들어갔다. 우동 집은 거의 빈자리 없이 만원이었는데, 우리는 빈자리가 생길 때까지 서 있었다. 우리는 우동을 주문하고 나서 건강한 시장기에서부터 나오고 있는 듯한 유쾌한 이야기를 주고받았다. 주일이는 거드럭거리면서 자기의 시를 낭송하고 있었고, 은실이는 전혀 유쾌하게 민감한 반응을 보이고 있었다. 나는 착 가라앉은 기분으로 은실이를 바라보고만 있었다. 그녀와 나 사이에는 굉장한 인연이라도 있을 법했는데 사실 아무 인연도 없었다. 나는 어느 쪽을 더 믿어야 할는지 알 수 없었다. 주일이는 오늘 저녁에 지은 시라고 얘기를 하면서 「갓을 돌고 있는 사랑」이라는 제목의 시를 낭송하기 시작했다.

"원(圓)의 외곽에서 접선이 될 듯했던 우리의 사랑은." 하고 그것은 시작이 되고 있었다.

그 시는 그저 컬컬했다.

"야 지환아."

시 낭송을 마친 주일이가 시를 낭송하고 있는 듯한 어조로 나를 불렀다.

"응?"

"지난 봄철에 네가 삼청공원에서 겪었던 일이나 얘기하라마."

"그래, 우리는 지난 봄철에 삼청공원에서 처음 키스해 봤어."

"누구랑?" 은실이가 물었다.

"여자랑."

"어떤 여잔데? 이름이 뭐야."

"글쎄, 나두 이름은 모르갔어. 중요한 건 그게 아냐, 밤 열한 시 조금 지났을 때였어. 우리는 전혀 이 세상에 살고 있는 것 같은 기분이 아니었어. 아주 별난 기분이었어."

"어떤 기분이었는데?" 은실이가 물었다.

"어떤 기분이었냐? 간단히 말해서 아주 몸뚱이가 커져 버린 듯한 기분이었어. 너무 커져 버려도 커져 버린 것이 전혀 불안하지 않은 기분이었어. 그러니까 간단히 말해서……."

"음담패설은 집어 쳐." 억근이가 말했다.

"그러니까 간단히 말해서, 아니 말할 것두 없지."

"무얼 말할 게 없다는 거야?" 은실이가 물었다.

"그래. 사람은 말이다, 하나쯤은 자기의 마음속에 비밀을 가지구 있을 필요가 있을 거라. 아니 비밀이 아니라 그건 유치함이지. 하나 쯤은 유치함을 가지구 있을 필요가 있을 거라. 그런데 그 유치함은 결코 표현해 버려서는 안 되는 거지. 결코 표현하려구 하질 말구, 그 대로 가슴속에만 놓아두는 거라."

"아이 무슨 얘기가 그렇담." 은실이가 좋알거렸다.

"그래 유치함에 대한 얘기는 관두자. 그러다 보면 진짜루 유치해져."

"그래 고독함에 대한 얘기는 관두자, 그러다 보면 진짜루 고독해 져." 선희가 말했다.

"그래 음담패설 하는 얘기는 관두자, 그러다 보면 진짜루 하구 싶어." 억근이가 말했다.

"그래 사랑에 대한 얘기는 관두자." 주일이가 말했다.

"아이 웃긴다. 무슨 얘기를 난 관둘까?" 은실이가 말했다.

"빈곤에 대한 얘기를." 주일이가 말했다.

"그러나 하구 싶은 얘기도 있다, 하고 싶은 얘기도. 어떤 사람에 게 반드시 하고 싶은 얘기도." 나는 말했다.

우동 집에서 나왔을 때에는 아홉 시 이십 분쯤이었다. 우리는 막 걸리 집으로 갔다. 막걸리가 석 되쯤 들어왔을 때, 우리는 꽤 술이 취 해 있었다. 선희는 아무런 이유 없이 울고 있었고, 은실이는 아이 지 루해, 아이 따분해 하면서 술을 거푸 들고 있었다. 주일이는 먼 이 국에서 갓 돌아온 사람처럼 외국 얘기만을 하고 있었고, 억근이는 울고 있는 선희를 달래면서 그녀의 볼을 쓰다듬어주고 있었다. 그 리고 나는 마늘을 이따금씩 집어먹으면서 헤밍웨이처럼, 유치함으 로 하여금 유치함이 되게 하옵시고, 그 유치함으로 하여금 유치함이 유치함을 유치함이 되게 하옵시고, 그 그 유치함이 또 그 유치함을…… 하면서 씨부렁거리고 있었는데, 그러자 유치함이 유치함인지 유치함이 아닌지 어떤지 알 수 없게 되어버렸고, 유치함은 고독도 되고, 사랑도 되고, 빈곤도 되고, 시골 놈도 되고, 서울 놈도 되고, 모든 것이 다 되고 있었는데, 단지 그런 모든 것을 유치함이라고 표현해내고 있는 유치함을 저지르고 있는 것이라고 깨닫게 되었는데, 그러자 유치하지도 않고 유치하지 않지도 않은 것이 어떤 것인지를 또한 모르게도 되었다.

나는 오줌을 누는 체하고 바깥으로 나갔다. 도시는 거기에 도대체 유치함이니 무어니 이런 것과는 전혀 관계없이 제삼의 상태로서 펼쳐져 있었고 나는 그것을 보는 것이 기뻤다. 술값을 안 내고 토껴버렸다고 해서 전혀 미안한 마음은 들지 않았고, 나는 밤의 서늘한 공기를 맞으며 상쾌한 기분뿐이었다. 감미롭고 훈훈한 오월의 밤바람은 약간 완강하게 얼굴을 때리고 있었고, 흡사 네온사인으로부터 전파돼 오고 있는 듯한 어느 신비경은 나를 어리둥절하게 만들었다. 네온사인은 끊임없이 유혹의 손길을 뻗치고 있는 마녀처럼 보였던 것인데, 그러자 술이 취한 나는 돈화문 쪽을 보며 걷기 시작했다. 나는 돈화문 앞에 닿았다. 시계는 열 시 이십 분이었다.

그녀는 어젯밤 억근이라는 별명을 가지고 있다고 말했다. 어젯밤 나는 여자 별명치고는 괴상하다고 느꼈었다. 그녀는 눈이 아름다웠다. 그리고 그 아름다움을 나는 대성한 화가가 무성의하게 그려놓은 듯한 눈이라고 어제 생각했었는데, 오늘 나는 그 아름다움이 양귀비 같은 아름다움이라고 생각하고 있고, 항아 같은 아름다움, 엘리자베스 테일러 같은 아름다움, 영화배우 장미미 같은 아름다움이라고 생각했다. 나는 굳게 닫힌 돈화문의 무게를 나의 몸으로 치받들기나 할 것처럼 그 앞으로 다가갔다가 물러섰다가 하였다. 이따금씩 생각난 듯이 행인들이 지나가고 있었고, 그럴 적마다 혹시 '그녀'가 나타나지 않았나 싶어 나는 주의를 행인 쪽으로 집중시키곤 하였다. 그녀가 나타났다. 나는 그녀에게로 다가갔다. 어제의 그녀와 오늘의 그녀는 약간 달라 보였다. 그녀는 약간 웃어줄 듯한 표정을 하고 있었는데 나는 부지런히 십여 미터 이상이나 쫓아갔다.

"이름을 가르쳐주세요."

"가르쳐드릴 수 없어요."

"왜 없어요."

"없으니까 없어요."

"그럼 슬퍼져요."

"슬퍼져두 할 수 없어요."

하긴 슬퍼져도 할 수 없다는 말에는 나도 동감이었지만 그러나 그것에 동감을 표시할 수는 없었다.

"그럼 안녕히 가세요." 나는 말했다.

"예, 안녕히 가세요." 이름을 가르쳐주지 않은 그녀는 말했다.

아마 그때 내가 밤 비행기 소리를 듣지 않았더라면 나는 진짜로 슬퍼져 있었을지도 몰랐다. 그런데 밤 비행기 소리를 들었기에 그만큼 안 슬퍼져 있었다. 그리고 나는 도시의 더러운 공기 속에도 씩씩하게 자라고 있는 가로수의 잎사귀들을 보았다. 그 잎사귀들은 밤의 정령을 만나고라도 있는 것처럼 어두움 속에도 싱싱했다. 그리고 그 부분만큼 나의 슬픔은 덜해져 있었다. 아니 나는 전혀 슬프지 않았다. 그것은 내가 나의 하숙집에 도착했을 때에도 마찬가지였고, 가평에서 온 식모 애 연실이가 문을 열어주면서 "늦으셨네

요." 하고 말했을 때에도 마찬가지였고, 저녁밥은 못 얻어먹나 부
다 생각하면서 썰렁한 방에서 잠이 들어 시시한 꿈을 꾸다가 아침
네 시쯤 눈이 뜨였을 때에도 마찬가지였다. 그리고 하루 낮이 또 지
나가고 있을 때 나는 폴 앵카 뮤직홀로 갔다. 뮤직홀에는 일당들이
다 모여 있었다.

나는 내가 연애에 소질이 있다는 것을 깨달았다.

《창작과비평》, 1966년 봄호

동사자

동사자

　세현이…… 이제 앞으로 무슨 일을 하려는가? 밤별이 곱다고 말하려는가? 아니면 우연히 들어갔던 조그만 방이 따스했었다고 말하려는가? 진지한 표정을 지으면서 앉아 있었던 다방들. 이 추웠던 하루에 몇 번이나 오줌을 누었는지. 라디오는 오늘 아침 최저 기온이 영하 17도였다고 말했다.

　밤이었다. 무거워진 몸뚱이를 길게 드러누이고 있는 것처럼 펼쳐진 하늘과 땅. 추위를 살갗으로 물리치면서 세현이는 집으로 가고 있었다. 영하의 세계. 냉혹하게 도취되어 있는 세계. 무성의하게 거리로 향하여진 레코드사의 스피커는 추운 거리를 향해 이미자의 〈동백아가씨〉를 발사하고 있었고, 여느 날과 다름없이 태양은 빛을 거두어들였다. 87번 급행 버스를 탈까 하다가 87번 완행 버스를 타 버렸을 때, 어찌 실수한 것처럼 생각되었던 그러한 기분으로 세현이는 이날의 저쪽에서 살인이 이루어지는 광경을 면밀하게 목도했다.

　세현이…… 이제 앞으로 무슨 일을 하려는가? 보통 때는 설사 미국인처럼 불란서인처럼 중국인처럼 또는 재재바른 일본인처럼 처신하다가도, 중요한 결정을 내려야만 할 단계에 이르면 어쩔 수 없이 한국인임을 자각하는 세현이. 세현이는 이 순간에 이르러 한국인이었다. 그리고 세현이는 긴장된 순간에는 언제나 한국인이었다. 그는 겨울을 생각하고 겨울을 물리치는 한국적인 방식, 따뜻한 온돌방, 텁텁한 숭늉, 또는 저 고대에 있었던 겨울의 사랑 얘기 같은 것을 머리에 그렸다. 그는 그러한 것들로써 이날의 저쪽에서 보았던 살인의 광경을 지우고자 하였다. 그것은 지워지지 않았다. 그래서 그는 다시 새삼 한국인이었다. 무엇인가가 배반되어 나갔다.

밤 열두 시가 지났나? 세현이는 집으로 가고 있었다. 자기의 목소리는 귀로 듣는 것이 아니라 목구멍으로 듣는 것이라고 말했던 문학가도 있었지. 그 문학가는 저 외로운 내부의 음성을 저 혼자만의 반향하는 또 다른 울림을 괴롭게 의식했을 것이었다. 자기의 목소리를 목구멍으로 듣게 되는 비극. 또는 엄청난 광경을 눈으로가 아니라 손가락으로 보게 된 비극. 세현이는 이날의 저쪽에서 살인이 이루어지는 광경을 손가락으로 보았다. 겨울이었다. 추위를 살갗으로 물리치면서 그는 집으로 가고 있었다. 저 만문한 육체는 견디어내지 못할 추위에 진저리를 쳤다. 체온은 바로 영하의 섭씨온도로 내려간 것이 아닌가 여겨질 정도였다. 세현이는 맨 처음으로 이 땅에 발을 디뎠을 그러한 원시인을 상상했다.

겨울이었다. 영하의 세계. 냉혹하게 도치되어 있는 세계. 관상대는 오늘 아침 최저 기온이 영하 17도였다고 말했다. 세현이…… 이제 앞으로 무슨 일을 하려는가? 손가락. 세현이는 이날의 저쪽에서 살인이 이루어지는 광경을 손가락으로 보았다. 손가락. 세현이는 갑자기 담배를 물고 성냥불을 갖다 댔다. 어둠이 흔들리고, 하얗게 손가락이 공중에 드러났다. 세현이는 그때 역한 유황 냄새를 깊숙이 마셨다. 세현이는 그 냄새의 기분 나쁜 자극이 온통 몸뚱이를 꿰뚫어 버린 듯한 느낌에 젖어 있었다. 저 만문한 육체는 견디어내지 못할 냄새에 진저리를 쳤다. 겨울이었다. 추위를 살갗으로 물리치면서 그는 집으로 가고 있었다. 유황 냄새와 추위가 싸웠다. 그럼에도 유황 냄새는 목구멍에 걸려 있었다. 세현이는 추위를 목구멍으로 느꼈다. 추위와 목소리가 싸웠다. 세현이는 자기의 목소리를 아주 춥게 느꼈다. 87번 급행 버스를 탈까 하다가 87번 완행 버스를 타 버렸을 때, 어찌 실수한 것처럼 생각되었던 그러한 기분으로 세현이는 이날의 저쪽에서 살인이 이루어지는 광경을 면밀하게 목도했다.

죽은 사람은 죽은 것이라기보다도 얼어붙어 버린 것 같았다. 추위를 담뿍 담고 있는 커다란 얼음인 듯이 보였다. 살인자. 세현이는 이날의 저쪽에서 살인이 이루어지는 광경을 면밀하게 목도했다. 다른 사람은 사랑에 열중하는데 당신은 증오에 열중이시군요. 추위는 미칠 정도로 세현이를 자극시켜 주었다. 추위는 몸속에도 있었다.

아침부터 기분이 나빴었지. 87번 급행 버스를 타려고 했는데, 재수 없이 새치기 한 영감님 때문에 놓치고 말았었지. 87번 완행 버스를 탔기 때문에 세현이는 회사에 늦고 말았다. 출근이 늦지만 않았더라면 지철만 씨를 만날 수 있었을 것이었다. 87번 급행 버스를 타기만 했더라도 일은 잘될 수 있었을 것이었다. 새치기한 영감님. 죽은 사람은 죽은 것이라기보다도 얼어붙어 버린 것 같았다. 87번 급행 버스를 탈까 하다가 87번 완행 버스를 타 버렸을 때부터 모든 일은 잘못되기 시작했고, 세현이는 이날 하루 내내 증오와 추위로 벌벌 떨고 있었다. 하도 떨려서 오버든 캐시밀론 스웨터든 또는 두툼한 솜바지가 그리웠다.

세현이…… 이제 앞으로 무슨 일을 하려는가? 회사는 오늘 법망에 걸려들었다. 정형태라는 동료가, 엉터리 선수들에게 맡겨진 축

구공처럼 차이고 얻어맞고 있음을 그는 보았다. 시장의 상인들은 흥분돼 있었고, 세현이는 형사범이 되었다. 신문에도 났다. 낙하산계라는 것을 만들어 가지고 영세민들을 농락했다고 신문은 분개하고 있었다. 돈을 씨앗으로 하여 짓던 농사. 돈의 씨를 뿌리고 모를 심고 자라게 해서 거두어들였던 돈의 농사. 지철만 씨는 세현이의 뺨을 갈겼다. 교도소. 전과자. 이제 앞으로 무슨 일을 하려는가?

밤별이 곱다고 말하려는가? 아니면 우연히 들어갔던 조그만 방이 따스했다고 말하려는가? 진지한 표정을 지으면서 만났던 아가씨여. 목구멍에서 쇳내가 났고, 세현이는 진지한 표정을 지으면서 만났던 아가씨에게 지난밤 별빛이 고왔다고 말했고, 조그만 방이 따스했다고 말했다. 아가씨가 웃었다. 아가씨는 웃었고 세현이는 그 하얀 이빨이 웃음소리를 뱉는 것을 들었다. 남의 목소리를 자기의 목구멍으로 듣게 되는 때의 실망. 목구멍에서는 쇳내가 났고, 바르톡의 현악 사중주, 제3번, 제2악장, 재현부, 바이올린은 쇳내를 풍겼고, 진지한 표정을 지으면서 만났던 아가씨여. 별빛이 곱다고 수긍했던 아가씨여. 바이올린과 첼로의 교미, 겨울의 정사, 세현이는 이날의 저쪽에서 살인이 이루어지는 광경을 면밀하게 목도했다. 지철만 씨는 경찰서에다가 전화를 걸었고, 정형태라는 동료가 경찰서에 끌려가는 것을 세현이는 숨어서 보았다. 왕탕퉁탕 소동이 일어났었고, 세현이는 미국영화 〈지난여름 갑자기〉에 나온 시골 아이들의 린치 장면을 회상했다. 꽹과리, 엿장수의 가위 소리는 이십 리 바깥에서도 들린다고 했다. 양철판을 두들기면서 아이들은 하나의 어른을 죽이고 있었다. 오르페오. 오르페오의 지옥행. 지옥에서의 정사. 명동의 설파다방에서 들었던 전자 음악 오르페오. 세현이는 아가씨에게 그대를 사랑한다고 고복수처럼 말했다. 오르페오는 신음을 내지르고 있었고, 저 만문한 육체는 견디어내지 못할 추위에 진저리를 쳤다. 체온은 바로 영하의 섭씨 온도로 내려가 있는 것이 아닌가 여겨질 정도였다. 차가운 피가 몸뚱이 속을 돌고 있었고, 세현이는 죽은 사람이 죽은 것이라기보다도 소리를 내며 얼어붙어 버린 것 같다고 느꼈다.

나뭇가지들이 잉잉 울었다. 거리는 겨울의 저쪽으로 도망질을 쳐버린 것처럼 텅 비어 있었다. 거의 무인 지대에 도깨비처럼 빛나고 있던 네온사인들. 포도는 꽁꽁 얼어붙어 있었고, 세현이는 정형태라는 동료가 추운 삼방에 갇혀 있을 것을 생각해내자 냅다 뺑소니를 쳤다. 그는 두 번인가 넘어졌다. 세현이는 졸음을 탔다. 정신은 얼얼하게 흐려 들고, 바람은 오르페오의 음악처럼, 만문한 육체에다가 삿대질을 계속하고 있었다. 무성의하게 거리로 향하여진 레코드사의 스피커는 이미자의 〈동백아가씨〉를 발사하고 있었고, 여느 날과 다름없이 어둠은 무겁게 느껴졌다. 그 영감은 귀신이 아닌가 싶었다. 허름한 옷에 방한모를 쓰고 꼽추처럼 등을 꾸부린 채 이쪽으로 걸어오고 있었다. 그 영감은 귀신이 아니었다. 세현이는 이날의 저쪽에서 살인이 이루어지는 광경을 면밀하게 목도했다.

세현이…… 중요한 결정을 내려야만 할 단계에 이르면 어쩔 수 없이 한국인임을 자각하는 세현이. 세현이는 그 순간에 이르러 한국인이었다. 그리고 세현이는 긴장된 순간에는 언제나 한국인이었다. 성욕을 느꼈을 때에도 그는 한국인이었다. 아가씨는 세현이가 고복수처럼 그녀를 사랑한다는 것을 수긍했다. 세현이는 겨울을 생각하고 겨울을 물리치는 한국적인 방식, 따뜻한 온돌방, 텁텁한 숭늉, 또는 저 고대에 있었던 겨울의 사랑 얘기 같은 것을 머리에 그렸다. 신라의 여자. 신라의 여자는 호랑이의 변신이었다. 복회(福會)

에 밤늦게 나간 김현(金現) 씨는 어여쁜 여자를 보았다. 김현 씨는 사랑을 느꼈다. 그런데 여자는 호랑이의 변신이었다. 나라에서 상금을 걸고 호랑이를 잡으라는 명이 내려졌을 때 김현 씨는 응모했고 김현 씨는 호랑이를 죽였다. 신라의 여자가 호랑이였다. 김현 씨는 자기가 사랑하는 신라의 여자를 죽였다. 곰과 호랑이. 쑥 한 묶음과 마늘 스무 개를 주면서 환웅님께서는 백날 동안 햇빛을 보지 말라고 하셨다. 호랑이는 냅다 뺑소니를 쳤고 호랑이는 사람이 되지 않았다. 이천 년쯤 뒤에 호랑이는 신라의 여자로 변신했다. 김현 씨는 호랑이를 죽였다. 세현이는 이날의 저쪽에서 살인이 이루어지는 광경을 면밀하게 목도했다. 다른 사람은 사랑에 열중하는데 당신은 증오에 열중이시군요. 이제 앞으로 무슨 일을 하려는가? 세현이는 집으로 가고 있었다. 자기의 몸뚱이를 식어서 굳어가는 팥죽처럼 느끼는 비극. 추위를 살갗으로 물리치면서 그는 집으로 가고 있었다. 저 만문한 육체는 견디어내지 못할 추위에 진저리를 쳤다. 죽은 사람은 죽어 버린 것이라기보다도 얼어붙어 버린 것 같았다. 담배에 유황 냄새는 아직도 남아 있고, 오르페오가 건넜던 유황 냄새나는 강, 세현이는 그 유황 냄새가 마늘 냄새 비슷하다는 생각을 했다. 마늘 냄새와 변신. 신라의 김현 씨는 사랑하는 신라의 호랑이를 죽였다. 세현이는 남을 죽임으로 인해서 자기가 살아남을 수 있었던 그런 사람들을 생각하고 있었다.

그곳은 낙원동 뒷골목이었다. 어떻게 거기에 갔는지 알 수 없었다. 약간 정신을 차리고 보니 낙원동 뒷골목이었다. 갑자기 오줌이 마려워 오기 시작했는데 그때 세현이는 그 영감을 보았다. 허름한 옷에 방한모를 쓰고 꼽추처럼 등을 꾸부린 채 영감은 다가왔다. 얼어붙은 것처럼 맑은 하늘. 칭기즈 칸의 저돌스런 대군처럼 다가드는 바람. 지구는 네모진 것이고, 그리하여 맨 가녘의 벼랑에 생겨나 있는 듯싶은 거리. 세현이는 흥분했다. 얼마든 오줌 마려운 것쯤이야 참을 수 있을 것 같은 그런 종류의 거만한 자부심을 느끼면서 세현이는 영감을 쫓아갔다. 영감이 달아나고 있었다. 달아나던 영감이 무엇엔가 걸려 넘어졌다. 세현이는 화가 났다. 자기가 다가가기 전에 영감이 어서 일어나서 달아나 주기를 세현이는 진정으로 바라고 있었다. 그러나 영감은 쓰러져 있었다. "담뱃불 좀."이라고 세현이는 말했다. 영감은 못 들은 체했다. 아니 못 들은 체 하고 있는 것으로 보였다. 세현이는 영감을 일으켜 세우고자 했다. 그런데 영감은 꼼짝도 하지 않았다.

세현이…… 이제 앞으로 무슨 일을 하려는가? 담배에서는 아직 유황 냄새가 나고 있었다. 쑥 한 묶음과 마늘 스무 개의 변신. 오늘의 시점에서 사람은 다시 곰이 되고자 한다고 주장했던 엉터리 시인도 있었다. 당신은 살아 있으나, 이미 살아 있지 않은 자들의 그 죽음의 깊이를 생각하고 나서 당신의 생명을 이해하라고 말한 소극적인 시인도 있었다. 살인이라는 이름의 변신. 김현 씨는 왜 신라의 여자를 죽였을까? 죽은 사람은 죽은 것이라기보다도 얼어붙어 버린 것 같았다. 87번 급행 버스를 탈까 하다가 87번 완행 버스를 타 버렸을 때, 어찌 실수한 것처럼 생각되던 그러한 기분, 진지한 표정을 지으면서 만났던 아가씨여. 슬픈 표정이 그다지도 아름다웠던 아가씨는 걱정이 많았다. 이번 겨울철에는 편물을 배워서 한복식의 스웨터를 한 벌 만들어 봐야겠다는 얘기를 했던 아가씨는 결혼하자고 말했다. 이제 앞으로 무슨 일을 하려는가. 지철만 씨는 오른뺨을 때렸고 세현이는 자기의 만문한 육체가 부들부들 떨려오고 있음을 느꼈다. 바르톡의 현악 사중주, 제3번, 제4악장, 음악을 페니

스로 듣게 되는 비극, 그 조그만 방은 따스했었고, 겨울의 정사, 바이올린의 엄청난 질투, 오르페오의 지옥행, 저 만문한 육체는 견디어내지 못할 추위에 진저리를 쳤다. 우리는 서로 사랑하고 있었던 것일까, 증오하고 있었던 것일까? 죽음을, 또는 파멸을 예비하는 저 트리스탄과 이졸데의 진수(進水)—파도는 잔잔하고 바람은 고국(故國) 쪽에서부터 불어 오는데, 하나의 결정적인 실패를 향하여 나아가는 정밀한 감각. 밤이었다. 무거워진 몸뚱이를 길게 드러누이고 있는 것처럼 펼쳐진 하늘과 땅.

밤별이 곱다고 말하려는가? 밤하늘은 유달리 맑게 개어 있었다. 세현이는 재채기를 한 번 했고, 뼈마디가 긁히어 드는 것 같은 아픔을 느꼈다. 사막과도 같은 거리. 얼어붙은 바다와도 같은 거리. 차의 행렬은 거의 끊어져 있었고, 허름한 옷에 방한모를 쓰고 꼽추처럼 등을 꾸부리고 있는 영감 이외의 사람은 보이지 않았다. 뒷골목에는 언제나 낯선 사내가 서성거리고 있었다. 세현이는 영감에게 다가갔다. 세현이는 영감을 일으켜 세우고자 했다. 영감은 거꾸러져 버린 장승처럼 쓰러져 있었다. 그 영감은 떨고 있었다. 서열이 낮은 귀신처럼 떨고 있었다. 그래서 그것은 떨고 있다기보다도 떨고 있는 체하는 것으로 보였다. 그리고 떠는 것도 추위 때문이 아니라 춥지 않을까 봐 떠는 것 같았다. 그 순간에 여유가 찾아왔고, 한순간의 여유에서, 세현이는 쉬지 않고 반복되어왔던 고래로부터의 비겁한 질문이 드디어 그에게도 생겨나고 있음을 느꼈다.

세현이…… 이제 앞으로 무슨 일을 하려는가? 진지한 표정을 지으면서 만났던 아가씨여, 우연히 들어갔던 조그만 방이 따스했다고 말하려는가? 조그만 방은 따스했고, 성욕을 느꼈을 때 세현이는 한국인임을 자각했다. 캘린더 걸의 미소, 날짜를 주재하는 여신과도 같은 미소에 섞이어 세현이는 흥분했다. 두툼한 한복을 입은 사내의 옷을 하나하나 벗겨주는 황진이여, 짧은 낮은 서서히 몽치고, 여자가 웃었다. 나체적(裸體的)으로 웃었다. 진지한 표정을 지으면서 아가씨는 결혼하자고 말했다. 이제 앞으로 무슨 일을 하려는가? 추위는 사실 추위가 아니었다. 추위는 느껴진다기보다도 알아지고 있었다. 사회에 발을 디뎠을 때 알아졌던 추위는 사실 추위가 아니었다. 그것은 그저 따뜻하지 않은 상황, 세현이는 어떻게 하여 어린애는 생겨나는지 신기한 기분이었다. 다른 사람은 사랑에 열중하는데 당신은 증오에 열중이시군요. 증오는 추운 것일까요, 뜨거운 것일까요? 거리의 바다. 바다에의 수장(水葬), 죽은 사람은 얼어붙어 버린 것 같았다. 금도끼로 찍어내고 은도끼로 다듬어서, 세현이는 하나의 광경을 손가락으로 목도했다. 주먹으로 느꼈다. 천년만년 살고 지고, 진지한 표정을 지으면서 만났던 아가씨여. 우연히 들어갔던 조그만 여관에서 캘린더 걸은 항시 웃고 있었다. 아가씨가 웃고 있었다. 아가씨는 옷을 벗고, 하나의 악기가 되었다. 바르톡의 현악 사중주, 제3번 코다, 바이올린의 엄청난 질투, 질투, 질투, 오르페오의 지옥행, 저 만문한 육체는 견디어내지 못한 추위에 진저리를 쳤다. 어둠이 앞장섰다. 공포가 뒤에 따랐다. 달걀귀신 달걀귀신, 세현이는 저 어둠 속으로부터 하얀 빛을 뿌리면서 달걀귀신이 나타나는 것을 보았다. 달걀귀신이 이동했다. 그는 뒤돌아 보았다. 오르페오 오르페오, 에우리디케는 옷을 입고, 세현이는 차가운 변신이, 살인이 이루어지는 광경을 손가락으로 목도했다. 주먹으로 느꼈다. 막대기, 막대기, 세현이는 정형태라는 동료가 경찰서에 끌려가는 것을 숨어서 보았고, 세현이는 냅다 뺑소니를 쳤다. 아가씨가 나체적으로 웃었다. 목구멍이 울렸다. 오늘 나의 갈빗대는 이상하다. 나의 액체는 이제부터 부동액이 되는 것인가?

　나의 희극은 아직 끝나지 않았는가? 추웠어. 꽃잎은 하염없이 바람에 지고, 세현이는 동대문 시장으로 수금을 나갔었다. 황새기 장사가 고함을 지르고 다녔지. 정오 열두 시의 시장. 저 사람들을 보라. 누런 흙을 이겨서 만든 구멍탄 화로를 가슴에 안고 사람들은 물건을 팔고 있었다. 천원지방(天圓地方). 하늘은 둥글고 땅은 모가 났다. 땅은 모가 났기에 생명은 잔인했다. 햇볕이 아쉬웠고 시장 마당이 떠들썩한 것은 제가끔들 햇볕을 차지하고 싶어서인 것 같았다. 세현이는 가게와 가게를 누비고 다녔다. 돈이 돈으로 의식될 때 그것은 휴지 조각이고, 낙하산계 회사의 사원인 세현이는 돈을 받고 돈을 주었다. 전표에 숫자가 그려져 갔다. 구멍탄이 희귀해졌다고 사람들이 걱정을 하고 있었다. 바람이 불었고 세현이는 오 원을 주고 노점 가게에서 따뜻한 커피를 한 잔 마셨다. 추웠어. 아주머니는 삼 원에 한 잔 더 마시라고 권했다. 세현이는 잔돈이 없어서 못 마시겠다고 했다. 쓰리꾼. 열여덟쯤이나 되었을까. 국방색 잠바의 소년이 집단 구타를 당하고 있었다. 추웠어. 맞는 사람은 도리어 당연하게 맞고 있었으나 때리는 군중은 이상하게도 흥분하여 있었다. 꽁꽁 얼어붙은, 그리하여 단단해진 땅. 바람이 땅 위를 바로 훑었고, 맞는 사람은 그대로 기다리고 있었다. 오늘 함경도 또순이네 가게가 망했다. 세현이는 손해 본 것을 어떻게 충당해야 될지를 잠깐 궁리해보았다. 또순이는 용감했다. 시퍼렇게 부르튼 입술에서 연방 욕설이 튀어나왔다. 그래서 세현이도 용감해져야 했다. 남자와 여자의 말싸움이 시작되었다. 세현이는 돈 대신 물건을 빼 들었다. 눈썹을 그리는 데 사용되는 조그만 붓, 스킨로션, 손톱 다듬는 데 쓰는 작은 집게. 추웠어. 양지바른 쪽에서 지게꾼들 네 명이 일 원짜리를 걸고 옻판을 벌이고 있었다. 돼지 대가리를 쇼윈도에 비치해 놓은 순대국 집. 삶아 놓은 돼지의 철학적 표정. 그러자 세현이는 배가 고팠지 열두 시 삼십 분. 팔에 차고 있는 시계와 배 속에 들어박힌 시계가 일치했다. 세현이는 이십 원짜리 국밥을 사 먹었다. 깍두기를 두 번이나 더 달라고 요구했다. 이쑤시개를 한 움큼 훔쳐 넣었지. 그저께 저녁 남산에서 있었던 처녀 살해범이 방금 체포되었다는 특별 뉴스가 라디오로부터 새 나왔다. 그러면 지금부터 연속 방송극 〈동사자〉 제12회 편을 재방송해드리겠습니다. 추웠어. 흰 눈 사이로 썰매를 타고 달리는 기분. 전차는 오백만 원 복금부 연말 대매출 광고판을 옆구리에 붙이고 썰렁한 거리를 달려가고 있었다. 파란 불꽃이 그때 반짝였다. 다시 회사에 들어섰을 때, 회사는 난장판이었다. 세현이는 정형태라는 동료가 시장의 상인들에게 이리저리 차이며 얻어맞고 있음을 보았다. 세현이는 전봇대 뒤에 숨어서 구경했다. 그의 주머니에는 수금한 돈 만 오천 원이 들어 있었다. 추웠어. 말 못 할 내 가슴의 아픔에 겨워.

세현이…… 이제 앞으로 무슨 일을 하려는가? 경제 성장을 이룩해 놓았다고 주장하는 관리들의 어조에 형성되어 있는 세계 그 세계에 참여할 수 있을 뻔뻔스러움을 당신은 가지고 있는지? 사회는 보는 사람의 입장에 따라서 전쟁터로 의식될 수도 있고 감옥소로 간주될 수도 있다. 그런데 이 전쟁터는 노곤한 평화 시대의 외양을 꾸미고 있으니 개지랄이고, 그리고 이 감옥소는 불안한 혼돈을 허용해 주고 있으니 뻐근하다. 보통 때는 설사 미국인처럼 불란서인처럼 중국인처럼 또는 재재바른 일본인처럼 처신하다가도, 무엇인가를 따져가다 보면 어쩔 수 없이 한국인이고야 마는 세현이. 세현이는 열등감을 느끼고 따분해질 적에 더욱 한국인이었다. 아무렇든, 겨울을 이겨낼 수 있는 어떤 조처가 파충류적인 준비가 필요하다. 그것은 윤리이다. 남산 꼭대기에 올라가서 시내나 굽어볼까? 최소한도 스스로만의 우상이라도 되자. 자기의 목소리는 귀로 듣는 것이 아니라 목구멍으로 듣는 것이라고 관찰했던 어느 문학가는, 저 외로운 내부의 음성, 저 혼자만의 반향하는 또 다른 소리를 괴롭게 의식했을 것이었다. 자기의 목소리를 목구멍으로 듣게 되는 비극. 밀항이나 시도해 볼까? 어찌 되었든 청춘이여, 야망을 가져라. 이따금씩 고향 생각이 나곤 한다. 박제된 고향, 하기는 그쪽이 마음 편하겠지. 박제된 마음의 고향. 당신이라는 이인칭의 영원한 부재, 나는 있는 것일까? 나는 나를 삼인칭적인 존재로 느끼는 데 차츰 익숙해지고 있다. 저 냉정한 돌멩이의 존재처럼 느끼는 데 차츰 익숙해지고 있다. 다른 사람은 사랑에 열중하는데, 오오, 당신은 증오에 열중이시군요. 진지한 표정을 지으면서 나체가 되었던 아가씨여. 나의 체온을 차갑게 만드는 추위, 나의 체온을 섞을 수 없는 사회 거기에 거역하고 있든 동화되어 얼어가고 있든 파충류적 적응이 필요하다. 오버를 하나 사 입든지 캐시밀론 스웨터를 하나 사 입든지. 그렇지 않으면 두툼한 솜바지저고리나 하나 사 입어야겠다. 구두도 새로 해 신어야겠고. 크리스마스이브에는 하다못해 아르바이트 홀이라도 가야지. 이제 열흘쯤 지나면 신년이 온다니. 참 우스운 노릇이다. 내년 선거에는 기권을 해볼까나, 야당을 찍어 줄까나? 바이엘 아스피린을 한 알 먹어두면 골치가 안 아프다는 말을 믿을까 말까. 헌데 지철만이는 왜 내 뺨을 갈겼을까? 그 병신 같은 자식.

오늘 회사는 법망에 걸려들었고, 세현이…… 진지한 표정을 짓고 싶을 때도 있었다. 이 추웠던 하루에 몇 번이나 오줌을 누었었는지. 나는 때때로 고아처럼 느낀다. 열심히 니체를 읽었던 적이 있었던 사내. 너나없이 다 아웃사이더로 자처하는 이 사회에서 어이하여 나 또한 아웃사이더로 자처하는가. '범죄자형. 그것은 불우한 환경 속에 있는 강자의 타입이며, 병이 든 강한 인간이다. 범죄자에게는 황야가 결핍되어 있다. 본능적으로 검이나 방패가 될 수 있고 그리하여 실력을 발휘할 수 있게 되는 그러한 자유롭고 위험한 강자의 어떤 존재 형식이 범죄자에게는 결핍되어 있다. 그가 가지고 있는 미덕은 모두가 사회로부터 추방되어 있다. 그가 지닌 억센 충동도 이윽고는 정서, 시기, 공포, 치욕 등에 야합되어 버리고 마는 것이다.' 겨울철을 여름처럼 지내고 싶다. 만주 북쪽에 생긴 고기압이 한랭 전선을 이루어서, 삼팔선을 넘어 남하하여…… 나는 때때로 고아처럼 느낀다. '개화된 우리 세계에는 거의 이지러진 범죄자밖에는 눈에 띄지 않는다. 사회의 저주와 경멸에 짓눌리어 자기 자신을 못 미더워하고, 때때로 자기의 행위를 한탄하며 비난하는 벽창호 같은 범죄자형만이 우글거린다. 그리하여 우리는 모든 위대한 인물들이 범죄자였다는 사실(단 위대한 양상에 있어서며, 결코 옹졸한 양상에 있어서가 아니다), 위대성에 반드시 범죄자가 따른다는 사실을, 그런 생각들을 미처 못 하도록 되어 있다.' 나는 때때로 니체처럼 느낀다. 아카데미 수상 여배우 줄리 크리스티의 말마따나(그녀는 동양인의 코를 하고 있다) 나도 오늘이나 사랑할까? 설사 그것이 고통이라 할지라도 오늘의 고통이면 사랑할까? 상업은행 본점과 한국은행 본점을 뒤로 연결하고 있는 골목길에서 다섯 명의 소년이 금수품인 킹 에드워드 시가를 팔고 있었지. 골목길은 더 추웠다. 복면을 쓴 겨울이 빌딩의 포치 뒤에 숨어 있다가 행인이 나타나면 와락 달려드는 것 같았다. 어머니와 아들이 아스팔트에 엎드려서 '한 푼 보태주세요'를 되뇌고 있었다. 거리를 걷다가 문득 하늘을 쳐다보게 되는 때…… 하늘은 어쩌면 그리도 얕아 보이는 것일까? 해가 길게 떨어지고 있었다. 저녁이 왔다. 진지한 표정의 나체가 되었던 아가씨여. 오늘 나의 갈빗대는 이상하다. 무성의하게 거리로 향하여진 레코드사의 스피커는 이미자의 〈동백아가씨〉를 발사하고 있었고, 여느 날과 다름없이 태양은 빛을 거두어들였다. '생존의 가장 큰 즐거움을 얻는 비결은 위험 속에 사는 것이다. 너희들의 도시를 베수비어스 화산 기슭에 세우라.' 아니면 삼팔선상에다가.

세현이…… 이제 앞으로 무슨 일을 하려는가? 밤이었다. 무거워진 몸뚱이를 길게 드러누이고 있는 것처럼 펼쳐진 하늘과 땅. 추위를 살갗으로 물리치면서 세현이는 집으로 가고 있었다. 저 만문한 육체는 견디어내지 못할 추위에 진저리를 쳤다. 체온은 바로 영하의 섭씨 온도로 내려가 있는 것이 아닐까 생각될 정도였다. 사막과도 같았던 거리. 얼어붙은 바다와도 같았던 거리. 차의 행렬은 뜨음해져 있었고 포도에 이미 사람의 그림자는 많지 않았다. 바람은 세차고 매섭게 불어왔다. 세현이는 사람의 발이 닿여 본 적이 없었던 산속을 헤매는 것처럼 내처 걷기만 했다. 환하게 전등불을 달고서 지나가는 전차를 보아도 도시의 한가운데를 걷고 있다는 것이 실감되지는 않았다. 저 만문한 육체는 견디어내지 못할 추위에 진저리를 쳤다. 그것은 추운 것이 아니라 아파지기 시작했다. 자기가 얼어버린 나무토막처럼 툭 부러지고 말 것만 같았다. 세현이는 이날의 저쪽에서 살인이 이루어지는 광경을 면밀하게 목도했다.

관상대는 오늘 아침 최저 기온이 영하 17도였다고 말했다. 복회에 밤늦게 나간 김현 씨는 어여쁜 여자를 보았다. 미인을 찬양하던 신라인의 수법. 서라벌의 달은 이제도 밝을까? 밤별이 고왔다고 말하려는가? 아니면 우연히 들어갔던 조그만 여관이 따스했다고 말하려는가? 서글픈 표정이 그렇게도 아름다웠던 아가씨여. 아가씨는 결혼하자고 말했다. 방, 방사(房事)의 방. 한겨울철의 깊은, 내부로만 자꾸 빨려들어 가서 그래서 도저히 헤어나올 수 없게 되어 버리는 밤이었다. 세현이는 자기의 생명이 그 순간에 정지되어 버린 듯이 느꼈고, 바로 그때 그는 어둠 속으로 깊이 빨려들어 가 있었다. 소리 없이 밤새도록 쌓여가는 눈더미처럼 그는 조용함을 차곡차곡 쌓아가고 있었다. 약간 졸리운 듯한, 또는 약간 반편스러워진 듯한 괴로움이 빼앗길 수 없는 자신의 핏방울처럼 엉켜들었다. 바르톡의 현악 사중주, 제3번의 연주는 끝이 났다. 하나의 악기가 죽고, 오르페오의 지상으로의 복귀, 저 만문한 육체는 열렬히 탐구해 왔던 것을 영원히 놓쳐 버리고 말았다. 겨울이었다. 영하의 세계. 냉혹하게 도취되어 있는 세계. 관상대는 오늘 아침 최저 기온이 영하 17도였다고 말했다. 날씨는 쭈욱 맑겠으나 바람이 약간 세게 불겠다고 말했다. 세현이⋯⋯이제 앞으로 무슨 일을 하려는가? 밤이었다. 자기만으로써 전 세계가 허무처럼 되는 그러한 느낌의 광활한 둔덕에 올라섰을 때 거기의 세계에 겨울이 다가오고 있었다. 손가락. 세현이는 이날의 저쪽에서 하나의 광경을 손가락으로 보았다. 뒷골목에는 언제나 낯선 사내가 서성거리고 있었다.

겨울의 여신이 주재하는 법정에 그가 불려가 있는 듯한 기분이었다. 겨울의 논고. 자연이 인간에게 여는 재판. 저 만문한 육체는 견디어내지 못할 추위에 진저리를 쳤다. 칭기즈 칸의 무자비한 군인들처럼 몰아닥치는 바람. 이 세상의 맨 가녘 벌판에 밀리어 생겨난 듯싶은 거리. 지구는 둥근 것이 아니라 모가 난 것이며, 그래서 천야만야의 낭떠러지로 떨어지기 직전에 생겨난 듯싶은 거리. 추위를 살갗으로 물리치면서 세현이는 집으로 가고 있었다. 인간은 인간을 증오할 수는 있어도 자연을 증오할 수는 없다. 인간은 인간에게 재판을 내릴 수는 있어도 자연은 인간을 재판하지는 않는다. 그럼에도 세현이는 겨울의 여신이 자기를 재판하고 있다고 생각하였다. 발가락 하나하나가 얼어들어 왔다. 특히 둘째 발가락이 얼어들어 왔다. 발가락들이 커져 가고 있었다. 단단하게 얼어붙은 땅. 발가락은 자꾸 커져 가서 이윽고는 자기가 괴상한 길짐승처럼 변한 것이 아닌가 하는 생각이 들었다. 귀가 떨어져 나갔다. 코가 뭉개어지기 시작했다. 이빨이 아팠다. 겨울의 여신이 주재하는 재판. 세현이는 그러한 재판을 받고 있었다. 무슨 죄를 지은 것일까? 태양과 바람의 싸움. 태양과 바람은 서로 자기네들이 더 위대하다고 주장했고, 그래서 시합을 했다. 마침 지나가고 있었던 인간에게 판단을 맡겼다. 인간은 태양과 바람의 싸움을 재판하지 못했다. 저 만문한 육체는 견디어내지 못할 추위에 진저리를 쳤다. 피가 차츰차츰 얼어 가고 있는 듯했다. 체온은 바로 영하의 섭씨 온도로 내려가 있는 것이 아닌가 생각될 정도였다. 아마 겨울의 여신이 사형 언도를 내렸나 보다고 세현이는 막연히 생각해 갔다. 동사자(凍死者). 이제 얼어 죽는 모양이라고 세현이는 생각했다. 겨울의 여신이 동사라는 이름의 사형 언도를 내렸다. 세현이는 이날의 저쪽에서 살인이 이루어지는 광경을 면밀하게 목도했다.

그곳은 낙원동 뒷골목이었다. 뒷골목에는 언제나 낯선 사내가 서성거리고 있었다. 세현이는 그 영감을 보았다. 허름한 옷에 방한모를 쓰고 꼽추처럼 등을 꾸부린 채 영감은 쓰러져 있었다. 그 영감은 떨고 있었다. 남루한 귀신처럼 떨고 있었다. 그래서 그것은 떨고 있다기보다도 흉물스럽게 떨고 있는 체하는 것으로 보였다. 그리고 떠는 것도 추위 때문이 아니라 춥지 않을까 봐 떠는 것 같았다.

이 세상의 맨 가녘에 생겨난 듯싶은 거리. 천원지방. 하늘은 둥글고 지구는 모가 났다. 낯선 사내가 영감에게 다가갔다. 세현이는 어떤 확인을 찾고 있었다. 그 확인은 단순했다. 겨울의 여신은 사형 언도를 내렸다. 세현이는 하나의 살인 사건이 일어나고 있음을 손가락으로 보았다. 낯선 사내는 오버 깃을 추켜올리고 나서 세현이를 매섭게 노려보더니, 이윽고 사라져 버렸다. 세현이는 영감의 얼굴을 바짝 들여다보았다. 그 영감의 표정을 자세히 관찰했다. 아니 확인했다. 세현이는 확인할 것을 확인해냈다. 세현이는 하나의 살인 사건이 일어나고 있음을 면밀하게 목도했다. 나는 죽어 있는 것인가, 살아 있는 것인가? 손가락. 영감은 죽은 것이라기보다도 얼어붙어 버린 것 같았다.

세현이…… 이제 앞으로 무슨 일을 하려는가? 이미 밤 열두 시가 지났나? 세현이는 집으로 가고 있었다. 자기의 목소리는 목구멍으로 듣는 것이라고 말했던 문학가는 저 혼자만의 반향하는 또 다른 울림을 괴롭게 의식했을 것이었다. 저 만문한 육체는 견디어내지 못할 추위에 진저리를 쳤다.

세현이…… 이제 앞으로 무슨 일을 하려는가? 세현이는 집에 도착해서 전깃불도 켜지 않은 채 앉아 있었다. 방은 싸늘하였다. 아침에 넣어 놓고 나간 구공탄 불이 꺼진 모양이었다. 창문이 덜덜 울렸다. 겨울은 굉장히 오랜 공략 끝에 드디어 정복을 달성한 침략군처럼 밤의 창문 밖에서 승리의 노략질을 자행하고 있는 것 같았다. 멀리서 개새끼가 펑펑 짖었다. 아마 귀신이라도 본 모양이었다. 세현이는 오들오들 떨면서 이부자리 속으로 들어갔다. 살인자. 세현이는 이런 목소리를 귀로 들었다. 그런데 그것은 자기 목소리였다. 자기의 목소리를 목구멍으로 듣는 것이 아니라, 귀로 듣게 될 때, 살인자, 세현이는 겁이 났다. 무서워졌다. 무서움은 결국 인간이 인간에 대해서 느끼는 것이었다. 살인자. 지난밤 낙원동에서는 낙원동이라는 동네 이름에 어긋나게도 살인 사건이 있었다. 세현이는 잠이 들었다. 그리고 다음 날 세현이는 신문에서 다음과 같은 기사를 읽었다.

> 지난밤 시내 낙원동 노상에 오십 세 가량의 신원을 알 수 없는 남자 시체가 발견되었다. 상처는 별로 없고 술에 취했던 흔적이 있는 것으로 보아 경찰에서는 동사자로 단정을 내리고 있다.

세현이…… 이제 앞으로 무슨 일을 하려는가? 세현이는 경찰서로 갔다. 경찰관과 함께 세현이는 시체실로 갔다. 영감은 고요히 죽어 있었다. 영하 17도로 얼었던 몸뚱이가 영 도로 녹아든 탓일까. 가느다랗게 눈을 뜨고 그리고 미소를 흐트러트리고 있었다. 세현이는 그 영감이 동사한 것이든 피살된 것이든, 결국 마찬가지 얘기라는 것을 깨달았다. 동기를 따지고 원인을 추구하고 결과를 논한다는 것이 실은 전혀 고려해 볼 가치가 없는 일임은 확실하지 않은가? 그 한가운데에 형체도 없고 죄의식도 없고 벌의 응답도 갖추지 못한 당신은 아직 살아 있고, 그리고 영감은 죽어 있다. 거기에 동의라도 하듯 죽은 영감은 눈을 가느다랗게 뜬 채 미소를 흐트러트리며 세현이를 바라보고 있었다. 세현이……이제 앞으로 무슨 일을 하려는가?

《창작과비평》, 1966년 가을호

정든 땅 언덕 위

정든 땅 언덕 위

외촌동(外村洞)은 지난 봄철에 급작스럽게 생긴 동네였다. 서울시 도시 계획에 따라 무허가 집들을 철거한 시 당국은, 판자촌에서 살던 사람들을 위하여 새로이 동네를 만들어 증정했던 것이다. 시 당국은 '재건토목주식회사'에 청부를 맡겨서 날림으로 공영 주택을 지었다. 적당히 블록으로 칸을 막아 가면서 닭장 짓듯이 잇달아 지은, 겉으로 보자면 기다란 엉터리 강당과 같은 모습이었다. 또는 반듯하게 죽어 있는 기다란 뱀과 같은 형국이었는데, 그렇게 본다면 형형색색의 비늘을 가지고 있는 이 뱀은 세 마리가 될 것이다. 즉 세 줄의 가동(家棟)이 개울 이쪽을 달리고 있었는데, 뱀의 비늘이라고나 할 가동의 옆구리에는 먼저 복덕방이라든가, 막걸리 집, 상점들이 들어차기 시작했다. 그 내부를 볼 것 같으면, 방의 골격을 갖춘 것 세 개마다 부엌 형태가 하나씩 달렸고 그것이 엉성하게 하나의 가옥 형태를 이루고 있었다. 그리고 가옥 형태의 안쪽에는 일련번호가 매겨져 있어서 그 번호가 217호까지 나갔다. 즉 이백십칠 호의 세대가 살게끔 되어 있었는데, 이 숫자는 또한 모든 면에서 이 신식 동네 주민들의 개성을 나타냈으니, 예를 들자면, '74호 복덕방'이라든가 '193 과부댁 술집'이라든가, '55 상회'라든가 식으로 이웃

사람들을 호명하는 데 사용되었던 것이다. 너나없이 억척스럽게 가난했기에, 그리고 우물과 변소를 같이 써야 했기 때문에 주민들의 사이는 우선 좋다고 할 수밖에 없었다.

그것은 틀림없이 확실하다. 우물은 대략 삼십여 미터의 사이를 두고 하나씩 만들어져 있고, 그리고 공중변소는 대략 사십오 미터 정도의 간격을 두고 마치 초소인 양 세워져 있었다. 하나의 거드럭거리는 이방인으로서 당신이 이 동네에 들어선다면, 우선 대변 보는 곳으로 들어가서 십여 분쯤 쪼그리고 앉아 있어 볼 필요가 있다. 이렇게 밀하는 깃은, 변소간의 너덜거리는 썩은 나무 판때기에서, 전혀 당신이 예상할 수 없었던 감동과 환희의 고함을 듣고 볼 수 있을 것이기 때문이다.

　　　진영이 자지는 말방울 자지다.

어느 위대한 화가도 그려낼 수 없을 것 같은, 침을 묻혀 가면서 일부러 그렇게 삐뚤빼뚤 썼을 것임에 틀림없는 큼지막한 그림이 이렇게 주장하고 있음을 당신은 볼 것이고, 그러면 당신은 진영이라는 어린이의 고추가 말방울처럼 삐져나와서, 그리고 말방울처럼 명랑한 음향을 연주하고 있음을 듣게 된다. 그리고 당신은 진영이의 말방울 음향뿐만 아니라, 이 동네 전체에서 무어랄까 생(生)의 요란스런, 그리고 점잔 빼지 않는 낯선 음향이 들려오고 있음을 알게 된다.

　　　공묵이 자지는 소방울 자지다.

그러면 당신은 소방울의 음향을 들으면서, 이윽고 바깥으로 나오는 것인데, 이제 당신은 변소 옆 대략 두 평 정도의 공지에 고추밭이 있음을 보게 된다. 만약 당신이 이 동네를 시찰하기 위해 나온 중앙 관서의 관리라 할지라도, 땅을 사랑하는 밭 임자를 나무랄 이유는 없을 것이다. 그리고 당신은 우물 옆에 대여섯 명의 쪼글쪼글한 아주머니들이 멍청한 표정을 지으면서 무슨 얘기를 나누고 있음을 듣게 된다. 남정네들이야 장기를 두거나 소주를 마시면서 회동할 수 있지만, 안사람들은 도대체 우물가에서 만나곤 한다는 사실을 당신은 이해해야 한다. 경상도 말씨를 쓰는 빼짝 마른 여인이 머리카락을 수집하러 다니는 영곤이 엄마다. 영곤이 엄마는 영곤이 때문에 걱정이 많다. 영곤이는 올해 열여섯 살로서 사십 분쯤 걸어가면 있는 유리병 마개 공장에 다니고 있다. 그런데 영곤이는 술 담배를 벌써 배웠고, 요새는 어떤 몹쓸 계집애하고 괴상한 짓도 하고 있다. 영곤이 엄마의 옆에 두레박을 쥐고 새침하게 쭈그려 앉은 여자는 올해 스물일곱 살로서 임신 삼 개월이며, 그의 남편은 그냥 빈둥빈둥 놀고 지낸다. 그럴 수밖에 없는 것이 그의 남편 최경대 씨는 폐병 3기인 것이다. 그리고 몸집이 좋은, 전라도 말을 쓰는 여장부는 이 그룹의 대표자 격이기도 한데 흔히 193호 과부댁으로 통하며, 막걸리를 팔고 있다. 반년 전만 하더라도 스물한 살짜리 딸 미순이 때문에 장사가 잘 되었는데, 그 미순이는 지난 가을철 이 동네에 들어왔던 약장수 패거리의 기타를 뜯는 사내와 배가 맞아 달아나 버렸다.

여기서 잠깐 지난가을에 들어왔던 약장수 얘기를 해보면 그것은 이 동네가 생긴 이래 거의 처음으로 들떠 있었던 기간이었다. 그 약장수들은 정확히 나흘을 머물렀다. 커다란 텐트를 쳐서 무대를 만들고, 모터를 돌려서 전기를 켜고 마이크 장치까지도 가지고 있는 정말 대단한 패거리들이었다. 서울 중구에 본부를 두고 있는 '태평 제약 회사' 영업부에 소속된 자들인데, 옛날 약장수들처럼 뱀이 뱀을 잡아먹는 모습을 보여 준다고 얘기하다가 끝내 그런 모습을 보여주지 않는 엉터리들과는 모든 면에서 달랐다. 그들은 두 명의 여자 가수와 한 명의 남자 가수 그리고 네 명의 밴드를 가지고 있었는데 (물론 가수와 연주자는 다 겸하고 있었지만) 나흘 동안 전혀 레퍼토리를 바꾸어가면서 노래를 들려주었다. 〈황성 옛터〉라든가, 〈오늘도 걷는다마는〉으로 나가는 애상 조의 노래를, 〈목포의 눈물〉, 〈창부타령〉을 위시해서, 〈노란 샤쓰의 사나이〉, 〈삐 빠빠 룰라〉, 엘비스 프레슬리의 노래, 그리고 트위스트를 위시해서 요 새 새로 나왔다는 고고 댄스까지도 보여 주었다. 그리고 똥똥한 코미디언은 김희갑의 흉내, 후라이보이 흉내, 배우 김진규의 흉내를 똑 들어맞게 내었는데, 또한 굉장히 유식하기도 해서 그때 미국에서 쏘아 올린 제미니 6호의 원리까지도 설명해 주었고, 가장 간단하게 할 수 있는 피임 방법을 가르쳐 주었다. 그리고 그들이 가지고 나온 약만 하더라도 옛날처럼 백 년 묵은 지네의 피라느니, 곰의 간이라는 식은 아니었다. 박카스라든가 영진 구론산 바몬드보다도 성능이 우수하다는 강장제 물약을 십 원씩 스무 병에 백오십 원으로 팔기도 하였고, 호르몬제, 신경통약, 피임약을 팔았는데 이 동네에 사는 어른치고 아무 약도 사지 않은 사람은 거의 없었다. 그런데 그들 중에서도 가장 인기가 있었던 사람은 기타를 연주하는 얼굴이 잘생긴, 그리고 침울한 표정을 하고 있는 젊은이였다. 그가 기타를 뜯으면 모든 노래는, 설사 그것이 고복수의 것이었다 할지라도, 전혀 기타를 위해서 만들어진 것만 같았다. 그 젊은이는 이 동네에 일종의 신비한 전설을 남겼다. 그리고 미순이가 사라진 것은, 그 패거리들이 저녁이 되어 홀연히 사라진 것과 때를 같이했다. 그리고 미순이도 약간의 전설적인 일화를 남겼는데, 그것은 미순이의 공공연한 애인이었던 나종열의 침울한 행동과 행패 때문에 생겨난 것이었다.

나종열은 올해 스물여섯 살로서 군에서 제대한 것과 그의 집이 이 동네로 이사 온 것과 거의 시기를 같이했다. 그는 대학물도 이 년 인가 먹어 봤다는, 제법 문서 속을 환히 아는 젊은이였기에, 동네에서는 시 당국에 보내는 청원서를 꾸미기도 하였고. 그리고 이 동네에까지 버스 노선을 끌어오는 운동에 적극적으로 나서고 있었다. 그리고 그는 좀도둑이 들끓는 이 동네의 보안을 위해서 야경대를 조직게 한 장본인이기도 하였다. (이 야경대에 대해서 동네에서는 좋게 생각하지 않았다. 왜냐하면 한 세대당 이십 원씩의 야경비를 갹출해야 되었기 때문이다) 나종열의 집이 그나마 생계를 유지할 수 있는 것은, 야경을 돌면서 받는 돈 사천 원 벌이 덕분이었다. 그가 미순이의 애인이 될 수 있었던 것도 그 야경 덕분이었다.

아직 파출소가 세워져 있지 않은 동네에 있어서, 야경원은 가벼운 보안 책임을 겸하고 있었다. 미순이네 막걸리 집은 물론 허가도 받지 않았는 데다가 손님만 있으면 밤새도록 영업을 했다. 이와 같이 미순이네 쪽의 위법 행위가 하도 노골적이었기에 야경을 마치고 술 한잔 얻어먹으러 오는 나종열을 박대할 수는 없었다. 박대하기는커녕, 미순네는 나종열을 아주 친절하게 접대했다.

이렇게 해서 미순이와 나종열의 사랑은 싹튼 것인데 동네 사람들은 밤 세 시쯤 미순이와 나종열이가 같이 부르는 노래들, 〈영등포의 밤〉이라든가, 〈혜련의 노래〉를 들을 수 있었다. 미순이는 목청이 깨끗했고, 나종열은 넋두리가 좋았다.

이북에 계시는 아버지 어머니 그리고 사랑하는 누이동생 혜련아.

한밤중에 들려 나오는 나종열의 이런 넋두리를 들으면, 동네 사람들은 그것을 시끄럽다고 탓하지는 않았던 것이다. 그러기는커녕 나종열의 넋두리에 맞추어, 제가끔들 망향의 설움에 잠기는 것이었다. 왜냐하면 본디부터 이곳에 살아왔던 주민이라곤 하나도 없고, 다들 무슨 귀찮은 휴대물인 양 제 사정에 의하여 떠돌아다니다가 이런 구석에까지 밀리어 들어왔기 때문이었다.

마침 동네에는 돌팔이 의사도 하나 껴묻어 있었다. 그자는 언변이 좋고 얼굴이 허여멀끔한 것이 흡사 정치가 타입이었다. 미순이가 애를 떼느라고 그 의사를 찾아갔을 때, (물론 나종열이도 같이 갔다) 그리고 미순이가 죽을 고생을 하고 난 뒤에 미순이가 지불한 대가라는 것이 엄청난 것이었다. 미순이는 현금을 오백 원밖에는 지불하지 않았다. 그 대신 다른 무엇을 다섯 번 제공했던 것이다.

그런 식으로 익어갔던 나종열과 미순이의 사랑은 미순이가 약장수 패들을 따라갔기 때문에 결말이 싱거워졌지만, 무엇보다도 미순이 엄마의 악착같은 훼방 때문에 살림조차 차리지 못한 것이었다. 모녀간의 정이라는 것으로 인해서, 미순이는 의당 나종열을 사랑해서 마땅할 몫조차도 술을 팔며 접대하는 곳에다가 할애했던 것이다.

그리고 나종열로 말하자면 미순이가 약장수 패들을 따라가 버렸다는 사실을 참따랗게 체념하는 눈치를 보이기도 했다. 어차피 미순이를 데려다가 살림을 못 차릴 바에야 미순이의 낭만적인 방랑벽이나 축원해 주자는 심사였는지도 모르지만.

나종열의 집안은 여섯 식구였다. 신경통이 도져서 오른쪽 다리를 못 쓰게 된 나합돈 영감님과, 스물두 살짜리 살짝곰보 나종애, 지칠 줄 모르고 잔소리를 해대는 의붓어머니와 그리고 그 의붓어머니가 낳은 자식인 종만이, 종수. 나종애는 얼굴이 과히 밉상은 아니었으나 아주 몸이 약했다. 아니, 몸이 약했기 때문에 얼굴이 예뻐 보였다. 살짝곰보가 더할 수 없이 매력적인 데다가, 가느다란 몸매, 떠는 듯한 걸음걸이, 누군가를 원망하는 듯이 치켜뜨곤 하는 눈동자에 서린 싸늘한 아름다움이, 제대로 좋은 집안에서 자라났다면 글자 그대로 미스코리아 감이었다. 그런데 그녀는 불행히도 좋은 집안에서 자라난 것이 아니었기에, 아주 부당하게도 구박덩어리가 되었다. 그것은 그녀가 도대체 돈을 벌 수 있는 능력을 상실했기 때문이었다. 미순이가 달아나 버린 뒤에 미순이 어머니로부터 이런 제안이 들어왔다. 그것은 황혼이 고운 어느 저녁이었는데,

"종애야."

미순이 어머니는 나종열과 나종애의 부모와 그 밑의 어린애들을 무시하면서 말했다.

"너 심심하기도 헐 텐데 나랑 같이 술이나 팔며 지내자꾸나."

요컨대 작부 노릇을 하지 않겠느냐는 제안이었다. 사실 미순이가 달아나 버린 뒤로, 193호 과부댁 술집은 손님을 거의 맞이하지 못했었다. 억세고 게다가 늙고 뚱뚱한 마나님을 보면서 술을 마시려 드는 사내들이 없었던 탓이었다.

"참 재미있구 게다가 아주 편하지."

미순이 어머니는 계속해서 말했다. 아니, 나종열과 나종열의 부모는 미순이 어머니가 제멋대로 지껄이도록 그냥 침묵을 지키고만 있었다. 미순이 어머니의 얘기가 일차 미진해진 뒤에도 나종열과 나종열의 부모는 그냥 침묵을 지키고만 있었고,

"그럼 아예 지금 같이 가자꾸나."

미순이 어머니는 말했는데,

"싫어요, 싫어요."

그때 뜻밖에도 나종애는 이렇게 고함을 질렀던 것이다. 정말 그것은 그 자리에 있던 모든 사람에게 전혀 뜻밖이었다. 그랬기 때문에 나종애가 눈물을 철철 쏟았다고 해서 나종애를 동정적인 눈으로 보아준 사람은 아무도 없었다.

그리고 그런 일 뒤로 나종애는 더욱 구박덩이가 되었다. 구박덩이가 되었을 뿐만 아니라, 이다지도 억척스레 못사는 것이 마치 나종애 때문이기나 한 듯이, 어떤 때 식량이 떨어진다거나 빚 독촉을 받는다거나 하면 대뜸 종에게 이런 욕을 하는 것이었다.

"야, 이년아. 정 도령이 세상을 구한다더라. 왜 그 정 도령을 쫓아가서 호강하지 않구 그러니, 이년아."

정 도령이라는 것은, 종애가 사랑했다가 차인 사내 녀석을 두고 하는 말이었다. 그 녀석의 이름은 정의도였고, 종애는 진정으로 의도를 사랑했다. 그것은 의도가 얼굴이 잘생겼다거나, 유행가 가사에서처럼 키다리였다거나 무뚝뚝해서가 아니라, 전혀 그런 매력과는 별개의 문제로서, 의도가 이 동네를 떠나고 싶어 했기 때문이었다. 그리고 의도는 이 동네를 떠났다. 종애에게 무엇인가를 단단하게 맹세하고 나서. 그리고 종애는 의도가 반드시 자기를 데리러 올 것이라고 믿고 있었다.

"그분 얘기는 꺼내지 마세요."

종애는 정의도에 관한 얘기가 나올 적마다, 저도 모르게 악에 받쳐서 이렇게 대드는 것이었다.

"아이구, 환장하겠구나. 그분이라니? 흥, 열녀 춘향이도 네 앞에서는 무릎을 꿇을 수밖에 없겠구나."

"왜 춘향이가 저한테 무릎을 꿇어요?"

정의도의 얘기에 관한 한, 종애는 말싸움에서 지려고 들지 않는 것이었다. 아주 당돌하게도 말꼬리를 잡고 늘어지는 것이었고, 그러다 보면 어째 시들해져서 서로 아무 말도 않게 되는 것이었고, 종애는 진짜 춘향이기나 한 것처럼 정의도를 그리워하는 것이었다.

그런데 그즈음에 변학도가 나타났던 것이다. 아니 변학도라기보다는 변학도의 아버지였다. 그리고 우연의 일치인지는 몰라도 그 노인의 성은 변 씨였고 돈도 많았다.

변 노인은 고리대금을 하고 있었다. 변 노인이 이 동네에 온 지는 얼마 아니 되었지만, 삽시간에 동네에 없어서는 안 될 존재가 되고 말았다. 모든 사람의 형편이 단돈 십 원이 아쉬운 판인데 유독 변 노인에게는 돈이 풍성풍성했다. 갑자기 돈 쓸 일이 생기면 어쩌는 수 없이 변 노인에게 찾아가는 것이었고, 그러면 변 노인은 선선히 돈을 꾸어 주었다. 다만 이자는 호되게 비쌌다. 일부 이자 천 원당 십 원을 가지고 '딸라' 이자라 하여 세상에서는 공연히 호들갑을 떠는데, 이 동네에서는 그것이 백 원당 삼 원이었다. 그러니까 천 원에 대면 삼십 원인 셈인데, 도대체 천 원 정도 되게 돈을 꾸어 가는 일은 없었다.

변 노인은 혼자 살고 있었다. 나이는 일흔세 살이었고, 아주 박식했으며, 그리고 괴팍한 습관을 가지고 있었다. 하얀 한복 속에 빨간 속옷을 입는 것이야 오래 살고 싶어서 그러려니 이해할 수도 있었지만, 식도락이 아주 대단했다. 서른두어 살가량의 식모를 두고 있었는데, 그 식모 아주머니가 변 노인에 대한 모든 사람들의 궁금증을 풀어주었던 것이다. 도저히 일흔세 살이나 된 노인이라고 생각 못 할 정도로, 쇠심줄까지도 질근질근 씹어 먹는다는 것이었다. 먹는 것과 입성에는 결코 돈을 아끼는 법이 없다는 것이고, 그리고 한 달에 한 번 정도로 중을 불러다가 독경을 듣는다고 했다. 그렇다고 변 노인이 불교 신자냐 하면 그것은 아니었다. 변 노인은 세상 돌아가는 꼴에 대한 개탄에서 저대로의 일가견을 이루고 있는 우국지사적인 유학자였다. 그랬기에 변 노인은 동네에서도 한문 글귀나 제법 알고 있는 노인들이 있으면 서슴지 않고 교우를 텄다. 운(韻)을 놓고 율시를 짓기도 하였고, 무어니 무어니 해도 이 박사만 한 인걸은 없었다느니, 장 박사야말로 하늘이 낸 의인이라느니 하고 지치는 법도 없이 담론하는 것이었다.

나종애의 아버지 나합돈 영감님은, 요행히도 통감 정도는 읽은 처지였기에 변 노인의 방에 드나드는 처지가 되었다. 적당히 변 노인의 비위나 맞추어 주면서 술대접이나 받자는 것이 나합돈 영감의 의도였다. 그리고 변 노인도 그 점에 있어서는 의외로 관용을 베풀어 나합돈 영감을 받자 하는 것이었다.

> 수신제가대천명(修身齋家待天命)
> 불가무시역시운(不可無視亦是運)
> 인생십사구감소(人生十事九堪笑)
> 춘색삼분이이공(春色三分二已空)

> 수신제가를 마친 후에는 천명을 기다려야 하지만
> 역시 운이란 것을 무시하지는 못하겠구나.
> 인생사 열에 아홉은 허허 웃고 말 수밖에 없고
> 춘색이 좋다 하나 그 셋 중 둘은 이미 공탕이구나.

대개 이런 종류의 체념적인 시 구절을 읊조리고는, 못 사는 데 대한 한탄을 하고 그리고 자위를 하는 것인데 황혼기에 접어든 노인들의 좌석이라 의기가 상합하는 것이었다. 그러다가 일 원짜리를 내어서 화투판도 벌이고, 바둑을 두거나, 장기 또는 고누까지도 두는 것이었고, 술이 한잔 들어가면 음담패설을 하는데, 그 음담패설이라는 것이 아주 지독스러운 것들이었다.

그리고 거기에 따라서 변 노인의 괴팍한 성격이 하나 새로이 드러났다. 변 노인은 두 달마다 식모를 갈아 치우는 것이었다. 왜 그러는지를 처음에는 잘 몰랐지만 이윽고 쫓겨나온 식모에 의하여 그 이유가 밝혀졌다. 하긴 그것은 시시한 얘기였다. 성의 기능이 마비된 노인에게 있을 수 있는 약간 비정상적인 행위에 관한 것이었지만.

그리고 변 노인이 이렇게 돈이 많은 것은 유럽에 광부로 가 있는 아들이 매달 만 원가량 생활비를 보내주기 때문이라는 얘기가 돌았다. 사람들은 그런 이유로 해서라도 더욱 변 노인을 존경하게 되었던 것이다.

변 노인은 동네에 있어서 빼놓을 수 없는 유지였다. 그것은 선거를 앞두고 여당 측이 득표 공세를 해 오는 데 따라서 이 동네에다가도 담뿍 경로사상을 주입시켰기 때문에 더욱 뚜렷해졌다. 즉, 동네에는 급작스럽게 '노인회'가 조직되었는데, 그 노인회의 회장에는 바로 변 노인이 추대되었던 것이다. 그리고 나합돈 영감은 총무 자리 감투를 썼다. 노인회의 의의는 거창해서, 비단 심심파적으로 모임을 갖자는 것뿐만이 아니라 문란해질 대로 문란해진 기강을 바로잡고, 젊은 애들을 솔선해서 수범해줘야 한다는 데에까지도 의견이 모아졌다.

그리고 만장일치의 건의에 의하여 서울시 당국에다가 노인정을 지어 주십사 하는 청원서를 올리기로 하였다. 그 청원서의 문안을 작성하는 데에는 나합돈 영감의 아들이며, 나종애의 오빠인 나종열이가 애를 썼다. 결국 그 청원서는 세심히 고려해 보겠다는 식의 완곡한 거절을 시 당국으로부터 받는 것으로 끝이 났지만, 그렇다고 해서 외촌동 노인회의 의욕이 줄어든 것은 아니었다. 그들은 회비를 걷고 변 노인의 찬조금을 합하여 한 달에 한 번씩 회식을 가지는 것이었는데, 밀주에다가 쇠고깃국, 그리고 193호 과부댁을 특별 초대하여 장구까지 두들기며 노는 것이었다. 그 193호 과부댁이란 다름 아닌 미순이 어머니인데, 들은 풍월로 관산융마(關山戎馬)를 뽑으면서 주는 술잔을 널름널름 잘도 받아 마시며 좌중의 흥을 돋우는 것이었다.

그러자 봄이 오고 노인회의 회식은 산천을 따라 행해지고 그 규모도 커져 갔다. 그리고 그때쯤 해서는 193호 과부댁은 거의 정회원이다시피 하였다.

그 193호 과부댁과 변 노인이 합류되었다는 것은 동네에서도 약간 놀라운 사건으로 간취되었다. 쑤군쑤군 뒷공론이 따랐는데, 구두쇠 변 노인이 암만해도 바가지를 쓰는 것에 틀림없잖느냐는 얘기였다. 그것도 그럴 것이 변 노인으로 말하면 너나없이 인정하다시피 돈 많고 학식 좋고, 도대체 부러울 것이 없는 팔자 좋은 사람인데, 이 세상의 찌꺼기 구석만을 돌아다닌 193호 과부댁을 맞아들인 것은, 암만 봐도 손해라는 것이었다.

그러나 남이야 무어라 하든 말든 193호 과부댁의 기개는 드높아 갔다. 즉 동네에는 딱히 명칭을 붙이자면 '중년 부인회'라고나 할까, 그런 모임이 생겨난 것이다. 대개 마흔 이상의 아주먼네들이 모여서 팔다리를 휘두르며 춤을 추고, 술 마시고, '노세 노세 젊어서 노세' 노래도 드높게 흥청망청거렸다. 물론 이 모임에는 나합돈 영감님의 부인이며 나종열의 의붓어머니인 구 여사도 한몫 끼었다. 단지 차이가 있다면, 역시 여자들의 모임인지라, '노인회'의 그것처럼 감투를 안배(按配)하는 수속이 생략되어 있었다.

따라서 동네 인심도 뒤바뀌었다. 변 노인과 193호 과부댁이 같이 사는 것을 이상하게 여기는 사람은 아주 없어져 버렸다. 그것은 외로운 늙은이끼리, 외로움에 못 이겨 살을 비벼대며 외로움을 나눠 보려고 한다는 극히 자연스러운 인간 감정인 양 이해가 되어졌다.

그리고 그동안에도 변 노인의 고리대금업은 번창 일로에 있었다. 변 노인은 공과 사를 혼동하지는 않았던 것이다. 그리고 변 노인에 합세해서 193호 과부댁은 이만 원짜리 계주가 되었고, 또한 계속해서 술집 영업도 하고 있었다. 외촌동은 바로 변 노인과 193호 과부댁에게는 더할 수 없는 낙원이었던 것이다.

외촌동은 몰라보리만큼 발전되어 있었다. 버스 노선이 외촌동에까지 들어왔다. 버스 앞 차창에다가 '외촌동' 표지를 달고 시내를 질주했으니 외촌동은 이제 어느 동 못지않게 서울의 중요한 동네의 이미지로서 서울시민의 뇌리에 부각되었는지 모른다. 그리고 외촌동의 발전을 위해서 반드시 해결해야만 할, 저 외촌교 다리 공사도 끝이 났다. 그리고 전기 공사가 끝이 나서, 엉터리 강당과도 같은 각 방으로는 전등이 켜졌다. 그리고 앰프 시설도 구비되어 있어서, 시설비 이백 원에 매달 사십 원씩만 내면, 날마다 열두 개의 연속 방송을 사람들은 들을 수 있었다. 그리고 세 개의 약방이 생겼고, 두 군데의 정육점, 양복점도 하나 생겼고, 이발소 두 개, 미용소 세 개가 들어찼다. 대봉산(大鳳山)을 우뚝 세워 놓은 산맥은 대략 동서 쪽으로 뻗고, 그 산맥에서 갈려 나온 산줄기가 이 동네의 뒷덜미를 이루고 있었는데, 잔잔한 파도처럼 돌기하여 있는 그 산줄기에 지난번 부동(富洞) 화재 때의 재민들이 천막을 치고 수용되어 있었다. 그럼에도 산은 언제나 산의 냄새를 풍겼고, 그리고 뻐꾸기도 울었고, 소나무를 위시해서 전나무 미루나무가 싱싱한 송진 냄새를 피우고 있었다. 산 쪽에서부터 내려온 개울에는 아낙네들의 빨랫방망이 소리가 늘 들려 왔고, 그래서 노인들의 얘기인즉은, 산천과 경개가 사람 살기에 좋은 데다가 금상첨화 격으로 서울 시내이고 하니, 가욋돈만 있으면 어느 별장 지대 못지않다는 얘기였다. (하긴 별장을 짓겠다고 하는 재벌도 있다는 풍설이 돌기도 했다) 그리고 이 동네의 빌전과 직결되는 것으로서는 아무래도 교회당이 두 군데나 생겼다는 것을 빼놓을 수 없다. 비록 구호 금품을 바라고 몰려갔던 사람들이 구호 금품이 안 나오자 적이 실망했지만. 어린애들과 학생들은 찬송가를 부르고 다녔고, 안경을 쓴 젊은 목사는 주 예수를 믿으라고 가가호호 방문을 다녔고, 병에 걸린 사람이 있으면 반드시 찾아가서 기도를 올려주곤 했다. 그리고 (이것이 이 동네의 발전을 위해서 무엇보다도 중요한 것이지만) 파출소가 드디어 하나 생겼다. 끊임없이 도난 사고가 발생하고, 한번은 동아일보를 위시해서 각 신문에 다 보도가 되었지만 살인 사건도 있었던 것이었기에 파출소가 동네에 대하여 가지는 비중은 실로 무거운 바 있었다.

하루는 파출소 근무의 정 순경이 표지가 두터운 노트를 들고 동네로 들어섰다. 도난 사고가 발생했다는 신고를 정 순경은 받았던 것이다. 풍채가 좋고 품위가 있어 보이는 변 노인이 꼭두새벽부터 달려와서 그렇게 말을 했다.

정 순경은 현장에 도착해서 사방을 휘뚜루 살펴보았다. 변 노인과 193호 과부댁, 그리고 나합돈 영감, 구 여사, 나종애 등이 민망해서 어쩔 줄 모르는 것처럼 우왕좌왕하고 있었다.

"잃어버린 것을 말씀하세요."

정 순경은 방 안과 방 밖을 대충 훑어보고 나서, 약간 사무적인 어조로 말했다.

"예, 예, 말씀드리죠. 현금이, 그러니까……."

변 노인은 이러다가 얘기를 멈추고 사방을 휘둘러보았다. 액수를 말하기가 무엇했던 모양인데 바로 그런 이유로 해서 주변에 몰려든 사람들의 호기심은 증대되었다.

"삼만 칠천 원쯤 되었습니다. 그러허고……."

몰려 있던 사람들의 입으로부터는 거의 신음 소리 같은 탄성이 흘러나왔다. 그 태도인즉은, 잃어버려도 좋으니까 그 정도의 금액을 만져만 보았으면 하고 바라는 듯한 것이었다.

"삼만 칠천 원이라, 가만히 계세요."

정 순경은 노트에다가 그 액수를 기입했다.

그리고 그때 193호 과부댁이 땅을 치면서 통곡을 하기 시작했다. 사람들의 시선은 과부댁과 순경 사이를 왔다 갔다 하기 시작했다. 흡사 어느 쪽이 더 좋은 구경거리인지를 결정할 수 없다는 것처럼 얼떨떨한 표정들이었다.

193호 과부댁의 통곡은 더욱 커져 가기만 했는데 보기에 따라서는 과부댁의 통곡을 말리는 사람이 없어서 그러는 것처럼도 여겨지는 것이었다. 그중에서도 가장 냉정한 표정을 짓고 있었던 사람은 바로 변 노인 당자였다. 언제 193호 과부댁과 같이 살았나 싶어 보이게, 변 노인은 싸늘한 시선을 과부댁에게 던지고 있었다.

"그러니까 범은 나종열이란 사내와 오미순이란 여자가 틀림없다, 이런 말씀입니까?"

순경은 여전히 흥미 없다는 듯이 물었다.

"예, 예, 틀림없이 그렇소이다."

변 노인은 몸동작보다도 어조를 더 강경하게 만들었다.

"알았습니다. 나종열의 집이 어디지요?"

그리고 그때 나합돈 씨가 비실비실 순경 앞으로 나갔다. 그리고 오미순의 어머니인 193호 과부댁이 조금 뒤에 순경 앞에 섰다. 그들은 파출소로 호출을 받았다.

그리하여 정 순경이 알게 된 사건의 전모라는 것은 대략 이러했다. 나종열은 올해 스물여덟으로 야경원이었다는 것. 그리고 오미순은 193호 과부댁의 딸로서 작년 가을 약장수 패거리들이 왔을 때 그들과 함께 달아났다가 약 일주일쯤 전에 되돌아왔다는 것. 나종열과 오미순은 사랑한 적이 있었는데, 그 사랑이 다시 이루어졌다는 것. 그래서 밤에 변 노인의 방엘 들어가서 돈을 훔쳐내어 함께 달아났다는 것.

대강 이런 것이 정 순경이 알게 된 사정이었다. 정 순경은 결국 이러한 사건은 해결이 될 수 없을 것을 알았기에 그만 귀찮다는 생각뿐이었다.

그런데 거기에는 미처 정 순경이 모르는(아니 알지 않아도 되었던) 다른 것도 있었다.

돈을 훔쳐낸 것은 미순이 혼자서였다. 기타를 뜯는 사내한테 흠뻑 반하여 집을 나가서 약장수 패거리들을 따라갔던 미순이는 곧장 그들과 한패가 되어 노래를 부르고 다녔다. 그녀는 목청이 고왔기에 대단한 인기를 얻었다. 약장수 패거리를 따라 전라도 지방을 돌고 경상도 쪽에서 강원도로 하여 다시 서울 쪽으로 올라오고 있을 때쯤 해서 미순이는 그나마 이런 딴따라질에도 싫증을 느꼈다. 우습긴 하지만 의젓하게 살림을 차려서 조촐한 집이라도 괜찮으니

집에 들앉고 싶어졌던 것이다. 아닌 게 아니라 그녀의 몸 컨디션도 말이 아니게 되어 있었다. 그래서 약간의 용기를 가지고 다시 외촌동으로 기어든 것인데, 들어와 보니 어머니인 193호 과부댁은 엉뚱하게도 변 노인과 살림을 차리고 있었다. 어머니는 딸을 구박했다. 구박하는 정도가 아니라 이제 너 따위하고는 모녀간이라고 할 수도 없으니 어서 눈앞에서 사라져 버리라고 호통질이었다. 미순이는 사실 분했던 것이다.

그리고 미순이는 나종열을 찾아봤다. 그전 때처럼 〈영등포의 밤〉이라든가 〈혜련의 노래〉를 같이 부르면서 밤새워 술을 마시며 얘기가 하고 싶어졌는지도 모르는 일이었다. 그런데 막상 만나고 보니 나종열의 태도도 싹 달라져 있었다. 그따위 약장수 패거리들이 좋아서 달아나 버린 년이 이제 무슨 낯짝을 가지고 다시 내 앞에 나났느냐고 하면서 도리어 면상을 쥐어박는 것이었다. 나종열은 아예 깡패가 되어 버린 것 같았다.

그래서 미순이는 이제 영원히 외촌동을 떠나기로 결심을 했다. 그냥 떠나기는 억울하여 변 노인의 돈을 훔쳐 가기로 했다. 그리고 밤새껏 두려움에 와들와들 떨며 돈이랑 금반지랑 훔쳐내는 데 성공했다. 그런데 막상 도둑질을 하고 나니까 미순이는 무엇인가 겁이 더럭 났었던 모양이었다.

그날 아침 나종애는 밤을 꼴딱 새우다가 그만 지쳐서 새벽 다섯 시쯤 바깥으로 나오다가, 오빠 나종열이랑 미순이가 서성거리며 왔다 갔다 하더니 이윽고 외촌교를 바삐 건너가고 있음을 보았던 것이다.

그러나 나종애는 이러저러한 양을 보았노라는 것을 아무한테도 말하지 않았다. 말하기는 고사하고 나종애는 차라리 오빠 나종열과 미순이의 앞날을 위해 축원을 드리고 싶을 지경이었다.

하긴 그것은 나종애 자신의 설움이 겹쳤기 때문이기도 하였다. 그녀는 아직까지도 철석같이 정의도를 사랑하고 있었다. 정의도로부터는 세 번인가 편지도 왔다. 강원도 철암에서 삼십 리쯤 들어간 오동리라는 곳에서 개간 사업을 위해 청춘을 바치고 있다는 식의 편지였는데, 어쩐지 그런 얘기는 거짓말인 듯했다. 그녀의 친구 옥현이가 정의도를 충무로 거리에서 보았다고도 했지만. 그런데다가 정의도로부터의 편지도 끊어져 버렸다.

나종애는 그것이 애가 타서 견딜 수가 없었다. 아직껏 정의도가 배신을 했다는 생각은 차마 안 했지만 그러나 정의도가 어딘지 믿음직하지 못하다는 느낌만은 어쩌는 수 없었다.

막상 오빠 나종열과 미순이가 그렇게 가 버리고 난 이후로 나종애는 정의도에게 보내는 형식의 편지를 쓰기 시작했다. 그런 편지나마 끄적거리지 않고는 견뎌 배길 수가 없었다.

> 오늘은 부활절 날이라나요. 심심해서 밤에 예배당에 갔었어요. 모두들 기도하고 있기에 저도 기도했어요. 당신이 잘되라고 기도했어요. 당신도 저의 기도를 들으셨겠죠. 어머니는 요새도 신경질이 심해요. 저더러 열녀 춘향이라고 놀려 대는 버릇도 여전해요. 그러나 저는 참고 있어요. 지금 갑자기 눈물이 나오지만……

나종애가 모든 것을 참고 있음은 사실이었다. 큰돈을 잃은 변 노인은 갑자기 악당이 되었고, 그래서 193호 과부댁을, 볼일 다 본 뒤에 절구통 메치듯이 내쫓아 버렸다. 193호 과부댁은 막상 모든 것이 감감해지자 나합돈 영감에게 화풀이를 했던 것이다.

"이놈의 영감태기야. 느그 자식놈이 하나밖에 없는 내 고명딸을 꼬여 갔어. 우리 서방님 돈을 훔쳐간 것도 느그 아들놈 짓이야. 내 딸 내놓고 내 서방님 돈 내놔. 이 영감 망태기야."

193호 과부댁은 변 노인을 서방님이라고 칭하면서 이렇게 나합 돈 영감을 윽박질렀던 것이다.

그러면 나합돈 영감은 변 노인과 사이가 틀어져 버려서 변 노인 으로부터 술잔도 얻어먹지 못하게 된 제 설움까지 합하여 나종애 를 못살게 구는 것이었다. 그리고 얼씨구나 하고 구 여사도 의붓딸 을 야단쳐 대는 것이었다. 나종애는 만만히 이런 수모를 받아낼 수 밖에 없는 것인데, 더욱이 나종열이조차 없는 집안에서 돈 벌 구멍 은 전연 감감했다. 당장 끼니 끓일 걱정이 앞섰고 차라리 자살이나 해 버릴까 하고 나종애는 앙큼스런 처녀 마음으로 생각해 보는 것 인데, 그럴 때 위로가 되는 것은 바로 정의도에게 보낸다고 짐작하 면서 쓰는 편지였다.

> 너무도 하늘이 맑았어요. 너무도 하늘이 맑아서 그래서 슬퍼졌던가 봐요. 눈물이 나온 걸 보면. 눈물을 흘리고 나니 까 제 마음도 하늘처럼 맑아진 것 같은 생각이 들었어요. 이 제부터는 맑은 하늘을 볼 적마다 맑은 하늘이야말로 당신 이 제게 힘내라고 보내준 선물인 것처럼 생각할래요. 그런 데 이다지도 맑던 하늘이 갑자기 흐려지면서 비가 마구 쏟 아지다니, 이건 웬일인가요.

다음 날 나종애는 이 편지들을 몽땅 뺏겼다. 숨겨 두느라고 숨겨 두었는데, 이복동생인 종수가 고자질한 모양이었다. 바깥에 나갔다가 돌아오니 구 여사는 단서를 잡은 수사관처럼 눈을 가늘게 떠서 희한한 모습으로 웃어 대더니 다짜고짜로 나종애를 두들겨 패기 시작하는 것이었다.

"이 육시를 할 년아, 무어가 어쩌고 어째?"

가만히 따져 보니 구 여사가 편지 문구를 가지고 야단을 하는 것은 아니었다. 구 여사는 글 볼 줄을 몰랐기에 편지에 무슨 소리가 씌어 있는지는 채 모르는 것 같았다. 하여튼 자기에게 좋은 소리를 쓰지는 않았을 것이라고 짐작하고 그냥 펄펄 날뛰고 있는 것 같았다.

그것이야 어찌 되었든, 나종애는 온몸에 멍이 늘 정도로 두들겨 맞았다.

동네 아낙네들이 너무하다고 말했기 때문에 도리어 더 두들겨 맞았다. 그리고 나종애가 두들겨 맞는 것을 말리려고 수선을 부리면서도 동네 아낙네들이 말리지는 못했기 때문에 더 두들겨 맞았다. 그리고 그것은 정의도 때문에 두들겨 맞은 것이기도 하고, 오빠 나종열 때문에 또는 전혀 관계도 없는 여러 사람들 때문에 두들겨 맞은 것이기도 했다.

나종애는 정신이 없었다. 이제 죽는가 보다 생각했고 아니, 죽었다고 생각하고 편안한 안도감 같은 것을 느끼기도 했다. 그리고 죽음의 저쪽 세계에서 여러 재미난 이쪽 세계의 일들을 생각하면서 웃기도 하고 울기도 하고 고함도 지르고 짜릿짜릿한 쾌감도 느꼈는데, 눈을 뜨고 보니 한낮이었다. 주위에는 아버지 나합돈 영감과 구 여사 그리고 어찌 된 영문인지 변 노인도 와 있었다.

나종애는 다시 눈을 감았다. 죽지 않았다는 것을 깨닫자 너무도 서운해서 삐쭉 눈물이 흘러내렸다. 그런데 누군가 이마를 짚었다.

"아무렇지도 않어, 아무 병에도 걸리지 않았어. 밥이나 먹구 나면 거뜬해질 걸 무어."

이렇게 말한 것은 변 노인이었다. 그리고 이마를 짚고 있는 것도 변 노인이었다. 변 노인은 처녀의 이마를 만지고 있는 것이 좋았던지 손을 떼려 들지 않았다. 그런데 나종애는 더욱 더욱 서운했다. 아무 병에도 걸리지 않았다니, 아무리 얌체 머리 없는 노인이라 할지라도 저럴 수가 있나 싶었다. 아무 병에도 안 걸린 게 다 무어란 말인가? 남은 지옥엘 다녀왔는데.

나종애는 울지 말아야겠다고 생각했다. 이런 몰인정한 사람한테 눈물을 내보인다는 것은 자기의 알몸뚱이를 내놓고 있는 거나 같다는 생각이었다. 그래서 그녀는 눈물을 대강대강 닦고, 변 노인의 손을 제껴 버리면서 벌떡 일어나 앉았다. 하긴 아무 병에도 걸리지 않은 것도 같았다. 자기가 생각해 봐도 신기할 정도로 몸이 거뜬했다. 그래서 그녀는, 죽었다가 살아나서 병이 낫고 건강해지고 이런 너무나도 기다란 과정이 순식간에 자기에게 일어났음을 깨달았다. 이런 너무나도 기다란 과정이 순식간에 이루어졌다는 것은 도리어 믿어지지가 않았으나 사실은 사실이었기에, 그녀는 좁은 이마 속의 암흑이 갑자기 뒤틀려지고 있는 듯한 감동을 느꼈다. 마치 새로 소생한 듯한 기분이었고, 거기에서 싱싱한 힘을 얻은 그녀는 자기를 둘러싸고 있는 사람들의 멍청한 몰골을 바라보고 있었다.

그 멍청한 얼굴 중의 하나인 나합돈 영감이 머무적거리며 헤프게 웃고 있었다.

"종애야."

나합돈 영감은 사근사근하게 물어왔다.

"왜 그러세요, 아버지?"

종애는 전혀 예상하지도 못하고 이렇게 말대답을 했다. 말대답을 하고 나니까 그것은 스스로 생각해봐도 너무 놀라웠다.

그러자 나합돈 영감을 위시해서 변 노인이랑 구 여사며 기가 죽어 있었다. 나종애는 더욱 말똥말똥한 시선으로 이들을 보면서 무슨 일이 있긴 있음을 짐작했다.

"다름이 아니라……."

나합돈 영감은 슬금슬금 눈치를 보면서 말을 꺼냈다.

"말씀하세요, 아버지."

"그렇게 어른에게 말 재촉을 하는 법이 아니다."

변 노인이 훈수를 두었고,

"아니 여보. 당신 얘길 하려는 거우? 편지 얘길 하려는 거우?"

구 여사가 머쓱해진 표정으로 나합돈 영감을 눈 주었다.

"편지라니요? 정의도 씨, 그분한테서 편지가 왔나요? 그렇죠? 편지가 왔죠?"

"원, 망할 것 같으니라구! 그런 게 아니라니까."

구 여사가 당황해서 말했으나,

"공갈 마세요. 편지 온 거 일루 주세요. 일루 주세요."

종애는 당당한 태도로 아버지 어머니를 보면서 말했다. 그리고 그것은 사실이었다. 어쩔 수 없다는 듯한 표정으로 나합돈 영감은 노란 봉투의 편지를 종애에게 주었다. 종애는 하도 반가운 나머지 눈물이 그렁그렁해서 '나종애 씨'라고 쓴 겉봉을 들여다보았다.

> 종애, 그동안 잘 있었어? 부모님도 안녕하셔? 나는 씩씩
> 한 대한의 남아로서 몸과 마음을 합하여 열심히 일하고 있
> 는 중이야. 참 어제 종애의 오빠 종열이와 193호 과부댁 딸
> 있지, 오미순이를 만났어. 종열이한테 참 좋게 대접받으면

서 네 얘기를 들었어. 네가 고생하고 있을 줄은 잘 알지만 인생은 고해라니 조금만 참아 줘. 이번에 새로 생긴 서울극장에서 고용원을 모집하는데 나는 거기에 응모해 보려고 해. 아마 취직이 될 것 같고, 그러면 내가 사랑하는 종애를 모셔 올 수 있을 거니깐 잡담 제하고 날 믿어. 쓸 말은 태산 같지만 이만 그친다. 나의 영혼 종애, 그럼 잘 있어.

그리고 그 밑에는 '정의도'의 멋있는 사인 글씨가 약간 왼쪽으로 드러눕고 싶어 하는 것 같은 필체로 씌어 있었다.

종애는 편지를 다섯 번이고 여섯 번이고 계속해서 보았다. 나긋나긋한 정의도의 목소리가 귀에 쟁쟁하니 들려오는 것처럼 여겨지도록 계속해서 보았다. 그리고 종애는 너무나도 감동해서 소리 없이 울었다. 그리고 종애는 마냥 뽐내고 싶었다. 아버지 어머니로부터 받아온 설움에 대해서 큰소리로 뽐내보고 싶었다. 그래서 종애는 큰소리로 정의도의 편지를 읽었다.

"아버지, 어머니, 전 그분을 찾아갈래요. 갈래요."

편지를 아쉽게 내려놓으면서 종애는 말했다.

"무어가 어째, 이것아. 아, 편지를 봐서 몰라. 그놈은 너를 차버렸어. 원 철딱서니가 없어두 유분수지."

"흥, 이러지 마세요. 그분을 저는 사랑해요."

"아이구, 사랑이라구?"

구 여사가 큰소리로 말했다. 구 여사는 입을 비죽거렸다.

"영감은 좋으시겠우, 저렇게 잘난 따님을 두셨으니."

"어머니는 그거 제 편지나 내놓으세요. 흥, 제 편지나 내놓으세요."

종애는 더욱 큰소리로 말했다.

그래서 다시 방 안의 공기는 험악해졌다. 단지 다른 것이 있다면 종애가 그전과는 달리 공격적으로 나왔다는 것이었다. 그에 따라서 나합돈 영감은 어쩔 줄을 몰라 했다.

"아, 이보렴. 종애야."

변 노인이 그때 의젓하게 말을 꺼냈다.

"왜 그러세요, 할아버지."

"그렇게 어른 말씀에 대꾸하는 게 아니래두. 내 너에게 할 말이 있어."

　변 노인은 적잖이 체통을 세우면서 말했다. 그러자 분위기는 단박에 조용해졌고, 변 노인은 마치 종애에게 담배를 권하려는 것처럼 고의춤에서 파고다를 꺼냈다.

　변 노인은 나합돈 영감에게 담배를 권하고는 암말도 없이 뻐끔뻐끔 담배를 피웠다. 구 여사는 이윽고 풀이 죽은 태도로 얌전히 앉아 있었고, 종애는 다시 정의도로부터 온 편지를 읽었다. 그러자니 어느덧 떠들썩하니 흥분되었던 일이 어째 우습게 여겨지고, 종애는 조용히 생각에 잠겼다. 파리란 놈들이 잘난 체하면서 낮은 천장을 뱅글뱅글 맴돌고 있었다. 열심히 쫓아가는 놈이 있는가 하면, 죽자고 달라 빼는 놈들도 있었다. 종애는 그러고 있는 파리에게 눈 주면서 시름에 잠겨갔다. 막상 정의도의 거처를 찾아낸다는 것도 문제였고, 설사 정의도를 찾아냈다고 해봤자 그가 꼭 반갑게 대해 줄 것이라는 보장도 없었다. 그렇다고 허구한 세월을 집구석에 박혀 기다리고 있기도 싫었다. 그리고 그녀는 맥을 놓고 앉아 있는 부모를 바라보았다. 딱히 효심이 발동해서는 아니었지만 부모님을 돌봐드려야 한다는 생각도 났다. 종애는 저도 모르게 푹 한숨을 쉬었다.

"종애야."

변 노인은 종애가 한숨을 쉬는 것이 못마땅하다는 것처럼 큰소리로 말했다.

"왜 그러세요, 할아버지."

"너는 참 착한 아이야. 사실 말이지 이렇게 고생하는 것이 네 죄야 아니구말구."

변 노인은 나합돈 영감을 바라봤다.

"그런 말씀은 마세요. 누군 못살고 싶어서 못사나요."

"그래그래. 네 말이 참 어여쁜 말이구나, 그래서 하는 얘긴데……."

"무슨 얘기라구요?"

종애는 의심이 버쩍 들어서 고개를 쳐들었다.

"아냐 아냐, 너한테 해로운 얘길 하려는 게 아니니 그렇게 말똥말똥한 눈으로 쳐다보지 말렴, 이 아이야."

변 노인은 호걸풍으로 웃었고, 이에 따라 나합돈 영감이 고개를 끄덕끄덕했다.

"원 기집애두, 저렇게 도리방정을 찧고 앉아 있을 건 무어람."

구 여사가 가볍게 화를 냈다. 종애는 저도 모르게 자세를 풀었다. 그러나 마음의 무장을 풀고 있는 것은 아니었다.

"너두 내 아들 녀석이 구라파에 광부로 가 있다는 건 알지?"

변 노인은 적잖이 뽐을 내는 어조로 자기 아들 얘기를 꺼냈다. 미처 종애가 '네 알아요.' 하고 얘기하기도 전에 변 노인은 아들 자랑을 하고 있었다. 어렸을 적부터 몹시 고생을 시켜 가며 키워왔는데, 이제 커서 저의 아버지를 용심(用心)하는 성의가 보통이 아니라는 얘기였다.

그런데 그 아들로부터 어제 생활비와 함께 또 편지가 왔다는 것이었다. 변 노인의 얘기는 바로 그 편지의 내용에 관한 것이었다. 변 노인은 '부주전상서(父主前上書)'로 시작되는 그 편지를 한시 읽듯이 읽었다.

그 편지의 내용인즉은 대략 이러했다. 광부 생활은 여전하다는 것. 그리고 저금도 조금 했다는 것. 그런데 조금 더 돈을 받을 수 있는 묘안이 있다는 것이었다. 그것은 무엇이냐 하면 결혼한 광부에게는 가족 수당이라는 것이 있어서 이쪽 돈으로 환산하면 팔천 원가량을 더 준다는 것이었다. 그러니 그 가족 수당을 받아내야 하겠다는 얘기였다.

"알겠느냐 이 아이야. 물론 내 아들놈은 총각이야. 아, 그렇다구 해서 너더러 내 아들놈과 결혼하라는 얘기야 아니구말구. 결혼이야 네가 어련히 알아서 그 정 도령인가 허고 잘 하겠지러."

변 노인은 나종애를 빤히 쳐다보더니,

"문제는 간단한 거여. 구청에 가서 내 자식놈허구 혼인한 양 그까짓 종이에다가 몇 자 끄적끄적해서 내면 그것으로 그만이렷다."

"뭐라구요?"

"원 이렇게 말귀를 못 알아듣다니? 결혼한 광부에게는 가족 수당이라는 것이 붙어서 이쪽 돈으로 계산하여 팔천 원가량 더 준다는 거여. 허니까 네가 문서상으로만 내 자식놈허고 성사를 허면……."

"그러면 저는 어찌 되나요?"

나종애는 갑자기 다그쳐 물었다.

"어떻게 되다니? 아무렇지도 않지. 그리구 넌 매달 사천 원씩을 받게 된단 말여, 사천 원씩."

"그래, 사천 원씩 받게 된대."

구 여사가 감격한 듯이 중얼거렸다.

"그럼 전 어찌 되나요?"

나종애는 다그쳐 물었다. 사실 나종애는 이것이 무슨 꿍꿍이 얘기지 잘 납득이 가지 않았다. 아니 납득이야 갔지만 이러한 대가가, 자기에게 가져올 피해가 무엇인지를 얼른 판가름해낼 수가 없었다.

"아무렇지두 않다니깐그래. 서류상으로만 혼인했다고 그래서 너의 몸이 망가지는 것도 아닐 게고."

"그건 무슨 소리죠, 할아버지?"

"원 이런 맹랑한 애 봤나? 무슨 소리라니."

변 노인이 얼굴을 붉혔다.

그리고 그때 나종애는 맑은 하늘을 뒤덮어 오고 있는 시꺼먼 구름장 같은 것이 바로 자기에게로 덮쳐지는 듯한 느낌에서 진저리를 쳤다.

"전 싫어요, 싫어요."

나종애는 불현듯 정의도를 생각하면서 이렇게 말했다. 정의도와 결혼할 일을 그녀는 생각했던 것이다.

"아니 왜 싫다는 게지?"

"내버려 두세요. 제까짓 게 싫다구 해 봤자 별수 있수. 열녀 춘향이 같다구 해 주니깐 진짜루 춘향이라두 된 것같이 생각하는 모양이지만. 흥, 병신 같은 게 꼴값하지."

한심하다는 듯이 구 여사가 입을 삐죽했다.

나종애는 대답을 하지 않았다. 그러나 그녀는 속으로 항변을 계속했다. 결혼 신고를 계출해 버리면 그것으로 변 노인의 아들과 결혼해 버리고 만 것이 움직일 수 없는 사실이 되어 버리지 않는가? 라는 말은 그러니까, 진실로 사랑하는 정의도와 결혼을 할 수 없다는 말이고 그러니까 그것은 도대체 말도 안 되는 소리였다. 나종애는 간통이라는 말을 알고 있었고 간통이라는 말이 대한민국 법률에서 어떤 때 쓰이는가는 이해하고 있었다. 그래서 그녀는 이 부당한 요구를 물리칠 수 있을 방법을 생각해 봤다. 방법은 없었다. 그녀는 절망을 느꼈다. 눈물이 나오지 않는 것이 이상했지만.

"참, 내 아들 녀석 사진이나 보여주랴."

변 노인은 의기양양하게 말했다.

"아드님 성함은 어찌 되는지요?"

나합돈 영감님이 물었다.

"아, 허기는 그 녀석 이름도 안 댔구먼."

변 노인은 호탕하게 웃어댔다.

나종애가 바깥으로 뛰쳐나간 것은 그 무렵이었다. 변 노인 아들의 사진을 보기 싫다거나 변 노인 아들의 이름이 무엇인지 알기 싫어서라기보다도, 그녀에게 갑자기 기발한 생각이 떠올랐기 때문이었다. 머리카락을 잘라서 팔자고 그녀는 생각했다. 그래서 돈을 만들어 그 돈으로 부모를 구워삶자고 계획했던 것이다.

바깥으로 나와 보니 대여섯 명의 아주머네들이 우물가에 서서 무슨 얘기들을 나누고 있었다. 미순이 어머니인 193호 과부댁도 보였고, 폐병쟁이 최경대 씨의 부인도 보였고, 영곤이 엄마도 있었다. 수다를 떨어 대고 있는 폼이, 아마 동회로 밀가루 배급이라도 타러 가자고 의논하는 모양 같았다. 어제 중앙청에 있는 높은 분이 온다고 하여서 동네로 들어오는 도로를 닦았던 것이다. 밀가루 배급은 도로 공사에 나온 사람들에 한하여 준다고 했는데 그것으로 빨리 국수나 누르자고 의논하고 있는 것 같았다. 식충이들처럼 먹을 것밖에는 생각 않는다고 그녀는 내심 중얼거리면서 영곤이 엄마 앞으로 갔다.

"머리카락을 자르기로 결심을 한 모양이구나."

영곤이 엄마는 반가워했다.

"그래요 아줌마, 영곤이는 잘 있어요?"

나종애는 선선히 대답하면서 영곤이 엄마를 따라서 집 안으로 들어갔다.

"말두 마라 얘, 영곤이 때문에 속 썩는 생각을 하면……. 그건 그 렇고 어떡해서 머리 자를 생각을 했니?"

"아이 아줌마두, 머릴 자르면 사람이 죽어요? 사실은 돈이 좀 필 요하구 그리구 머리 같은 거 아무러면 어때요."

나종애는 한숨을 푹 쉬면서 유럽의 광부 사내와 정의도를 동시 에 생각해 봤다.

"그거 잘 생각했지. 말하자면 넌 지금부터 어른이 되는 거야. 옛날 에는 쪽을 지어주는 것으로 어른이 되었지만, 요새는 머리카락을 짧게 하는 것으로 어른이 되는 거란다."

"하긴 그렇네요, 아줌마."

나종애는 소탈하게 웃으면서, 머리카락 자르기를 거부해 왔던 여태까지의 자기가 아주 병신스러웠다고 생각하는 것이었다. 영곤 이 엄마는 가위와 그릇을 가지고 왔다. 가위를 보는 순간 나종애는 속으로 몰래 진저리를 쳤다. 머리카락을 자르고 싶은 생각이 순간 적으로 달아나 버렸지만, 그걸 그렇게 말해 버리면 비웃음을 살 것 이 창피스러워서, 한숨을 쉬었다. 영곤이 엄마는 가위를 놓고 담배 를 물었다. 나종애는 가위가 무슨 흉기인 듯이 생각했는데, 조금 있 으면 저 흉기가 아가리를 짝 벌리고 자기의 몸뚱이를 X자 모양으 로 싹둑 잘라버릴 것만 같아 다시 몰래 진저리를 쳤다.

그러자 가위가 다가왔고 그녀는 수술대 위에 올라가 있는 듯한 느낌으로 눈을 감아버렸다.

그녀가 마음속으로 상상했던 것과는 달리, 가위는 그녀의 머리를 폭 찌르지는 않았다. 그리고 그녀의 머리에서 피가 솟아나지도 않았다. 그러나 조금 뒤에 그녀는 굉장히 중요한 것을 뺏겨 버렸음을 깨달았다. 그런데 무엇을 뺏겨 버렸는지는 도저히 알아낼 수가 없었다. 비록 그 누군가가 자기의 옷을 하나하나 벗겨 대고 있고, 그래서 몹시도 허전한 쓸쓸한 느낌이기는 했지만. 그런데 자기의 머리카락이었음이 분명한, 새까맣게 반들거리고 있는 흑진주가 불쑥 ㄱ녀의 코앞으로 내밀리어 왔고, 영곤이 엄마의 웃음소리가 들려왔다. 그리고 돈이 왔고, 나중애는 너무 부끄러워서 바깥으로 뛰쳐나갔다. 그녀는 변소로 갔다. 이윽고 정신을 차려서 그녀는 너덜거리는 썩은 나무 판때기로부터 전혀 그녀가 예상할 수 없었던 이런 낙서를 보았다.

　　　진영이 자지는 말방울 자지다.

그녀는 배시시 웃었다. 그 낙서의 문구가 하도 순진하게 보이고, 그리고 아주 마음에 들어서 한참 후에야 수줍음을 느꼈다.

썩은 나무 판때기 사이로 바깥을 내다보면서, 그녀는 그런 채로 쭈그리고 앉아 있었다. 자기의 머리카락이 달아나 버렸음을 그녀는 새삼 느꼈고, 그런 꼴을 해 가지고 바깥으로 나갈 용기가 생기질 않았던 것이다. 바깥은 저쪽 유럽에 있을 어느 이름도 모르는 사내편에 붙어 있는 듯싶었다. 마침 버스가 들어온 모양인지 한 무더기의 사람들이 이쪽으로 오고 있었다. 그중에서 누군가가 말하고 있었다.

“이 동네보다는 내촌동이 나을 거 겉잖어?”

“그래요. 내촌동이 훨씬 나을 거 겉애요.”

동행인 듯싶은 여자가 말을 받았다. 아마 그들은 집 구경을 다니고 있는 사람들인 것 같았다. 그리고 그들이 사라졌다. 정의도가 나타난 것은 그때였다.

《문학》, 1966년 9월호

서울의 방

서울의 방

방을 옮겼다. 하숙집 아주머니는 방값이 이백 원 모자란다고 끝
내 아쉬운 표정을 지었다. 이사하는 날인 오늘까지 포함하여 이틀
이라는 시간을 공짜로 살았다는 것이다. 나는 이것 때문에 적지 않
은 생각을 했다. 이백 원을 과연 주어야 옳을까, 말아야 옳을까? 나
는 끝내 이백 원을 주고야 말았다. 하숙집 아주머니에게 빚진 이틀
나의 시간을 남에게서 빌려왔다는 생각이 떠오르자 그만 참을 수
없었던 것이다. 내가 차용한 방에 대한 책임 있는 보답, 아마 이런 의
미도 생각했을 것이다. 그래서 오늘밤 열두 시까지 이 방을 이용하
기로 마음먹었다. 정확히 따져서 두 달 이틀 동안 들어 있었던 방이
었다.

가재도구라야 별 게 없었으므로 수선부릴 것도 없었다. 리어카
를 하나 불렀고, 간단한 책 나부랭이며 의류는 자전거를 타고 직접
내가 날랐다. 새 하숙집은 직장 관계도 있고 해서 아예 저 멀리 서교
동 쪽에다가 잡아 놓았다. 미스터 현의 고종사촌 집인데, 조촐한 한
옥 기와가 그런대로 마음에 들었다. 점심은 마침 찾아온 미스터 현
과 같이했다. 암만해도 하숙비를 오백 원 더 주어야 할 모양이다. 미
스터 현의 얘기로는 금전 문제 같은 것이야 이쪽에서 주는 대로 받

을 사람들이니 알아서 하라고 했지만.

새 방은 따뜻했다. 난로를 피워야 하는 양식 마루방은 이제 질색이다. 역시 온돌방이 좋음을 알겠다.《플레이보이》잡지에서 오려낸 여자 나체 사진을 새 방에다가는 붙이지 않기로 했다. 그 대신에 지난번 법주사에 놀러 갔을 적에 사 왔던 천하대장군 목재 마스코트를 벽에다가 붙여 보았다. 장승은 정말이지 잡귀를 몰아내 주고 있는 듯했으므로 기분에 맞았다. 책상을 아랫목에 놓고 그 위에다가는 지온이의 사진을 걸었다. 지온이의 맑은 미소는 이 새로운 보금사리를 진심으로 기뻐하는 듯하였다. 그러자 지온이하고의 시간 약속이 자꾸만 생각키어서 일손이 제대로 잡히지 않았다. 아마 오늘 지온이에게 해줄 얘깃거리는 많을 것이다.

그러다 보니 하숙 생활에 대해서 가벼운 염증 같은 것이 일기도 하였다. 과연 언제쯤이나 내 집, 내 방을 가져 볼 수 있을는지?

대충 짐을 옮기고 방을 정돈한 뒤에 안방으로 들어가서 인사를 다시 했다. 아침 일곱 시쯤이면 출근한다는 것과, 점심밥을 싸 주셔야겠다는 것, 퇴근은 저녁 다섯 시 반쯤일 것이고, 밤에 늦도록까지 전기를 켜고 있어야 되니까 아예 전기 값에 대해서도 의논을 드리고 싶다고 말했다. 갓 서른이 넘었을까 말까, 주인아주머니는 서글서글하게 말을 받아 주었다. 주로 먼젓번 하숙집에 대한 것과 나의 직장 생활을 물어보았다. 나는 먼젓번 하숙집에 대해서는 별로 얘기를 하지 않았다. 단지 양옥이 싫어졌다는 것만 얘기했다. "양옥집에서는 겨울나기가 불편하니까요."라고 나는 말했다. 그러나 내가 하고 싶었던 얘기는 이런 것이 아니었다. 굉장히 우스운 말이지만, 고가(古家)의 냄새를 조금이라도 풍겨주는 그런 방이 그리웠던 것이다. 그랬기에 주인아주머니가 "어서 결혼을 해야겠군요."라고 말했을 때 나는 부끄러움을 탔다. 내가 생각하고 있었던 것을 쉽사리 들켜 버렸다는 느낌 때문이었다.

지온이를 만나기 위해서 시내로 들어오는 버스를 타고서, 나는 약간의 감회에 젖었다. 그것은 팔천 원 월급을 받는 내 생활이 제법 안정된 것이라 의식되어서는 아니었다. 물론 배를 곯아야 했던, 저 뼈저린 과거의 고생스러웠음이 새삼 회상되어서도 아니었다. 문제는 내가 너무나도 피로하다는 것에 있었다. 아니 피로라기보다는 그것은 일종의 권태스러움일 것이다. 젊은 녀석이 권태를 말할 적의 저 지나치게 늙은 표정이 사실 얼마나 불유쾌한 것인지를 나도 잘 알고 있다. 그럼에도 불구하고 나는 마음 놓고 권태스럽다는 어떤 느낌을 개방시켜 버리고 싶은 일방, 그것에 저항을 해보려고 애쓴다. 어느 쪽이 진정이고 어느 쪽이 가식인지는 잘 분간이 안 선다. 석 달 이상을 견디지 못하고 자꾸만 하숙집을 바꾸게 되는 것도 이런 때문일 것이다.

먼젓번 하숙집에서 제일 불쾌했던 것은 바로 변소였다. 변소가 너무 깨끗한 것이 부담이 되는 데다가, 놀러 왔던 미스터 현의 말이 이상하게도 내 마음을 찔렀던 것이다. "수세식 변소에서는 자살을 할 수가 없다."라고 미스터 현은 말했었다.

그리고 먼젓번 하숙집 변소에는 거울이 걸려 있었다. 나는 그 거울이 싫었다. 말하자면 그 거울은 현대판 달걀귀신이었다. 한밤중에 부득이 변소에 가게 되는 때, 나는 그 거울이 무서워서 일부러 마당엘 나가곤 했다. 한번은 식모애 윤실이에게 들켜서 망신을 당했지만.

어찌 된 것이 윤실이는 변소 소제에 여간만 정성을 기울이는 것이 아니었다. 타일 바닥을 열심히 문질러 댔고, 행여 분뇨 냄새라도 날까 보아 금붕어 모양의 나프탈렌을 두 개씩이나 꼬박꼬박 비치했다. 그리고 누구에게든 변소 자랑을 하고 싶어서 안달이 나는 것이었다. 자기 시골집의 변소가 얼마나 더러운가를 기를 쓰고 설명하는 것이었다.

그 외에도 내가 싫어한 것은 이 층 방이었다. 처음에야 이 층에 방을 빌린 것을 참으로 기껍게 생각했었다. 이 층에는 방이 네 개 있었고, 다 하숙을 놓고 있었다. 내 방은 동쪽 창을 면하여 있었다. 나는 창으로 길거리를 내다보곤 하였다. 도시는 거기서 잘 전망이 되었는데, 그러자 어느덧 내 방은 아늑한 맛을 잃어버렸다. 떠들썩하고 추접기 한이 없는 시장 한복판에 내 방이 있는 것 같은 기분이 들기 시작했다. 밤새껏 소음이 그치지 않았으며, 어느 때 저 아래의 기와집의 내실(內室)에서 하고 있는 방사(房事)를 목격이라도 하고 나면 마치 망루에라도 올라서 있는 듯한 기분이 들어서 언짢았다.

아이들이 많은 집이었기에 언제나 우르릉 우르릉 소리가 났다. 마루는 노상 삐걱거렸고 재목이 비틀어지기 시작한 도어는 잘 닫히지도 않는 데다가 쇳소리를 냈다. 오십 줄에 들어선 주인아저씨와 아주머니는 싸움이 잦았다. 그러면 집 전체가 어떤 공포감에 우들우들 떨고, 나는 아무것도 할 수가 없었다.

그래서 그곳은 아늑한 집이라기보다는 사람이라고 하는 동물들이 적당히 수용되어 있는 우릿간 같았다. 가족적인 냄새를 맡을 수가 없었던 것이다. 벽이 두껍지 않았기에 옆방에서 하는 일들이 잘 감지되었다. 밤마다 소리가 들렸다. 나는 그 소리에 참을 수가 없었다.

지은 지 고작 이 년 남짓한 건물이었건만, 이미 신축 양옥으로서의 새로운 맛은 사라진 지 오래인 그런 하숙집이었다. 물론 삼백만 이상의 사람들이 득실거리는 이 더러운 도시에서 마음에 맞는 방을 바란다는 것은 굉장한 사치일 것이다. 방이 없이 헤매는 사람이 그 얼마나 많으냐. 그것에 관해서는 내 경험으로도 충분하다. 시립 합숙소에도 못 들어가서 남의 집 처마 밑에서 밤을 꼴딱 새워본 경험을 나 또한 가지고 있으니까.

아마 그래서일 테지만 방을 단지 방이라고 간단히 생각해 버리지 못한다. 방은, 내 경우 한없이 포근하며 마음이 놓이고, 나아가서는 나의 삶을 시인해 주는 어떤 따뜻한 특혜라고까지 생각하게 되었다. 잠자리만 제대로 보장되어 있으면 그 나머지 일들이야 아무렇게 되어도 큰 염려는 없다고 나는 아직도 믿고 있다. 하숙 생활을 해오면서, 그러니까 잠정적으로나마 내 방을 소유하게 되면서부터 나는 간신히 자기가 사람임을 수락하고 있는 듯한 그런 기분에 젖어 들곤 하였다.

밤에 높은 지대에 올라가 시내를 굽어보는 때가 늘었다. 도깨비불 같은 수천수만 개의 등불이 빛을 발하면서 그곳에 지쳐 빠진 영혼들이 허덕이고 있음을 속삭여 준다. 그 속삭임은 바로 시끄러운 금속음의 소음이 되어온다. 거기에서 받는 느낌은 암담한 것이다. 나는 그 불빛에서 아주 강력한 적(敵)을 보게 되고, 가장 무서운 애정을 그 불빛에 보내기도 한다. 그 불빛은 저 밤하늘을 수놓는 별들의 불빛보다도 더 까물대고 허덕인다. 유성과 유성 간의 거리를 논했던 칸트나, 해와 달 사이의 조화된 빛에 감격했던 니체, 또는 그 명동의 밤을 애달파 하는 유행가 가사에 이르기까지. 생명이 있는 곳의 공간은 그럼에도 도리어 항상 혼란스럽다. 그럼에도 나 자신은 쉽게 혼란스러워지지 않는다. 거기에서 그 쉽게 혼란스러워지지 않는 수단으로써 나는 방을 생각게 되고, 나와 방의 경계를 심각하

게 그어놓고 있지 않는 듯한 때의 합치를 가장 엄격한 사랑의 감정
으로써 동경하는 것이다.

　일 년은 사계절로 되어 있고, 계절은 주책을 부린다. 도시에서 기후
가 바뀌고 있음을 느끼는 데에는 보다 엄밀한 감각의 추구를 필요로
한다. 계절 중에서도 제일 싫은 것이 가을이다. 가을은 너무 모호하
다. 바람은 서풍이고 비가 잠깐씩 뜸을 들이고, 그럼에도 너무 건조하
다. 지온이와 알게 된 이번 가을에 나는 한 번도 교외엘 나가지 못했
다. 낙엽이 떨어지는 광경을 보지도 못했다. 가을은 도시 바깥에서만
그내로 통과해 지나가 버리고, 그러면 겨울인 것이다. 계절 간가은 그
대로 지온이와 나 사이에도 적용이 되었다. 가을은 방 안과 방 바깥의
밀도의 차가 겉으로 드러나지 않는, 그런 불쾌한 계절인 것이다.

　지온이가 먼젓 하숙방에 찾아왔을 때 나는 문득 그러한 것을 느
꼈었다. 나는 하숙방 속에서 거리를 보았고 소음을 들었고 쪼들린
직장의 풍경이 나타나고 있음을 느꼈다. 나는 그것이 싫었다. 내가
나 아닌 다른 것들에 의하여 너무나도 박탈당해 있음을 깨달았다.
그러니까 방은 방이 아니었다. 그곳은 소음이 일고 있는 거리 한복
판이었다. 나는 신축 양옥이라는 것에 대하여 혐오를 느꼈다. 방은
밀폐되어 있지 않았고 비밀하게 축소되어 있지 않았다. 그래서 나는
아직껏 문 바깥, 방 바깥에서 서성대고 있는 자신을 깨달았다.

　다방에 들어가려는 순간에, 나는 거울을 먼젓 하숙방에 그냥 놔
두고 왔음을 문득 생각해 내었다. 그러자 이상하게도 가슴이 철렁
내려앉았다.

　내게는 두 개의 거울이 있었는데, 그중 하나가 먼젓 하숙방의 왼
쪽에 걸려 있었다. 그 거울은 면도할 때 쓰기 위하여 삼백이십 원을

주고 산 조그만, 동그란 것이었다.

그 거울은 원래 엉터리 제품이어서 제대로 상(像)을 비추지 않았다. 얼굴을 들여다볼라 치면 코가 주먹코로 변형되어 버리는 것이었다. 표정도 이상하게 뒤바뀌어서 내가 아주 둔한 바보처럼 보였다. 나는 그 거울에 대하여 하나의 편견을 가져오고 있었다. 말하자면 출세한 사람이 가지고 있는 그릇된 대인관 같은 것에 그 거울을 비유시키기를 즐겨했다.

그러므로 내 얼굴이 괴상하게 찌그러져 보이는 것은 아직 초라한 나로서는 그렇게 나타날 수밖에 없다는 생각이 들곤 했던 것이다.

나는 다방 입구에서 잠시 망설였다. 지온이는 나와 있을까? 약속 시간에서 오 분이 지나 있었다. 조금 뒤에 나는 다방 안으로 들어섰다. 지온이는 피곤한 미소를 얼굴에 얹어서 나를 바라보았다. 바깥 날씨가 추웠기 때문인지 다방 실내는 아늑하였다. 적당한 습기처럼 담배 연기가 들어차 있었고, 손님들이 과히 많지는 않았다. 나는 앉았다. 지온이는 여전히 꿈과 현실의 경계선을 그어 놓지 않은 듯한 얘기를 꺼내면서 명랑하게 웃었다. 이삿짐을 거들어주지 못해서 미안하다는 얘기를 했다. 그러나 집을 사서 이사하는 것도 아니니까 많이 미안할 것은 없다고 부인했다. 나는 차라리 소녀적인 그녀의 태도를 무난하게 납득할 수 있었다.

지온이와 함께 있을 때 나는 속으로 다른 궁리를 하곤 하였다. 그 것을 일종의 모반이라고 한다면 나는 그러한 모반을 늘 사랑하고 있었다. 내가 가지고 있지 않은 다른 세계 설사 침묵을 지키고 있을 때라도 지온이는 자기의 세계를 보여주었고, 나는 조용히 그것을 내 세계 속으로 이전시켜가는 데에 재미를 느끼고 있었다. 아름다움이란 보아서 얻는 것이 아니라 느껴서 가지는 것이라고 한다면,

나는 지온이가 아름답기보다도 지온이의 세계가 아름답다고 생각해 가고 있었다.

지온이는 하나의 사내가 하숙을 옮기고 있을 때의 처참한 기분을 알지는 못할 것이다. 그녀는 당연하게 완성된 세계 속에서 살고 있기에, 과연 그것이 왜 당연해야 하는지를 모르는 것이다. 그리고 나도 지온이에게서 그런 것을 바라지는 않았다.

우리는 오후 여섯 시쯤 다방을 나왔다. 주머니에 돈이 좀 있었으므로 한식 음식집으로 들어갔다. 나는 불고기 백반 이 인분에다가 소주 한 홉을 주분했다. 음식점은 붐비고 있었다. 구공탄 냄새가 났고 지저분하게 더웠다. 연기가 자욱이 들어차 있었고 숟갈질 소리들이 요란했다. 그것은 암만해도 내가 익숙해질 수 없는 더러운 풍경이었다. 주문을 받으러 돌아다니는 여자들은 꽤나 불친절했으며, 우리 앞에 음식이 놓이기까지에는 상당한 시간이 걸렸다. 흡사 식사란 자기 집에서 해야 한다고 삿대질을 하는 것처럼.

소주는 나의 혈관을 부풀게 했다. 지온이도 한 잔 들었다. 편지에는 도리어 '아이 러브 유'니 등속의 단어를 심각한 증명서처럼 쓰곤 하던 그녀였지만, 막상 만나고 있을 때의 그녀는 어딘가 이중적이었다. 그녀와의 대화를 진전시켜 하숙 생활에는 지쳐 버렸다고 내가 얘기하자 지온이는,

"그럼 왜 하숙 생활을 하고 있는 거야?"

라고 물었다. 그녀의 질문은 아주 감각적이라고 나는 느꼈다. 그러자 나는 웃었다. 너무도 뻔한 얘기를 가지고 심각한 체하였던 것이 우스웠던 때문이다. 하지만 나는 내가 웃어 버렸다는 것에 대하여 불만을 느꼈다. 웃는 대신 마음속에 간직하고 있는, 어쩌면 절실할지도 모르는 진정을 내보였어야 했다고 생각했다. 아마 나는 약

간 큰소리로 나를 설명했어야 했을 것이었다.

우리는 음식점을 나왔다. 이제부터 무얼 해야 좋을지 갈피를 잡지 못한 채 추위가 침노하여 있는 거리를 이백 미터쯤 팔짱을 끼고 걸어갔다.

바람이 우리에게 달려들었다. 혈관을 돌고 있던 술기운이 그대로 증발되어 버리는 것 같았다. 그 대신 야싸하게 추위가, 전혀 새로운 취기인 양 다가드는 것이었다. 피부가 따끔따끔했고, 얼굴이 화끈거렸다. 추위를 피할 수 있는 곳 나는 자연히 방을 생각했다.

우리가 택시 속으로 들어가기까지에는 약간의 승강이가 있었다. 지온이는 자기 집으로 가겠다고 말했으며, 모레 저녁쯤 내 하숙방으로 찾아오겠다고 말했다. 나는 불만을 느꼈다.

"너한테 보여줄 게 있어."

나는 이렇게 말하면서 약간 강제해 가며 그녀를 택시에 태웠다.

"무슨 일일까?"

지온이는 나를 원망했다.

"응, 먼젓 집에 거울을 놓아 두고 왔어. 거기엘 같이 가 주었으면 해."

나는 그 거울에 대해서 설명했다. 히터가 잘 돌아가고 있는 택시 안은 딱 기분 좋을 정도로 훈훈했다. 나는 지온이의 어깨에다가 나의 팔을 무거운 짐인 양 얹어 놓고 나서 상체를 기울였다. 그녀는 나의 팔을 치웠으며, 우리는 거울에 대한 얘기를 했다. 택시 안에 비치된 라디오는 지금 기온이 영하 십일 도라고 알려 주었다.

나는 택시 운전수에게 먼젓번 하숙집이 있는 곳을 대 주었다. 따뜻한 곳에서 보니까 추위는 그저 안개가 아닌가 싶었다. 가로등과 자동차 헤드라이트가 점차 밝음을 윤곽 잡아서 불기둥의 행렬을 만들어 가고 있었다. 어둠은 도시의 가녘으로 수줍게 밀려 나가고 있었다. 안개는 어둠에서부터 몰려와서 약간 서글프게 도시와 밤거리와 행인들을 휘감고 있는 것 같았다.

전차가 파란 불꽃을 폭죽처럼 터뜨리며 지나갔다. 그 파란 불꽃을 보고 있자니까, 어느 한대지방의 축제를 연상하게 되었다. 추운 나라의 사육제 나는 그런 상상만으로 감동했다. 지온이의 손을 붙잡았을 때 나는 그녀에게 훈훈하게 밀착되었으며 힘껏 껴안아 주고 싶은 갈망을 느꼈다.

차는 전찻길을 버리고 골목 안으로 들어섰다. 모퉁이에는 군밤장수들이 늘어서 있었다.

좌판의 가스 불빛이 겨울과 추위를 쫓아내고 있는 것 같았다. 이윽고 우리는 택시에서 내려섰다. 요금은 백이십 원이나 나왔는데, 내가 돈을 내고 있는 동안에 지온이는 군밤을 이십 원어치 샀다.

나는, 지난 두 달 이틀 동안 나의 몸이 거처했던 곳인 하숙집 대문의 초인종을 눌렀다. 식모애 윤실이가 대문을 열어 주었다. 우리는 구두를 벗고 나서, 말하자면 무엇인가를 조사하기 위하여 나타난 사람처럼 멈칫 서 있었다. 폭이 이 미터쯤밖에 안 되는 마룻바닥에도 겨울은 스며들어가 있었다. 삼십 촉짜리 형광등의 하얀 밝음이 거기의 썰렁함을 드러내 주고 있었다. 마루의 끝, 그러니까 현관과 마주보고 있는 안방으로부터는 마침 텔레비전을 틀어 놓은 모양인지 애달픈 유행가가 흘러나오고 있었다. 주인아주머니가 나타났다. 나는 인사를 한 뒤에 마침 잊어버리고 간 것이 있어서 다시 왔다고 말했다. 주인아주머니는 나를 의심하는 표정이었다. 이틀 더 살았으니 이백 원을 더 주어야겠다고 조르던 아까의 표정 그대로였다. 나는 조금 당돌한 태도로 마루 위에 올라섰다. 우리는 쇠사다리를 타고 승선하는 선원처럼 조심조심 캄캄한 층계를 디뎠다. 그전서부터 늘 못마땅하게 생각해 온 것이지만, 이 집의 층계는 폭이 좁은 데다가 몹시 가파로웠다. 나는 그 못마땅한 느낌의 와중에 다시 섞여 있었다. 지은 지 고작 이 년 남짓한 집치고는 벌써 재목이 썩고 못이 빠져서 층계는 요란스런 소리를 냈다. 그래서 층계가 와삭 무너지는 것 같은 생각이 드는 것이었다.

이제 이 집을 떠난다 생각하니 다시 상쾌한 기분이 되었다. 주인아주머니가 따라 올라왔다. 나는 주인아주머니에게 내려가 계시라고 말했다. 우리는 이 층 마루로 올라섰다. 여전히 캄캄했다. 지온이는 내게 매달렸다. 성냥을 그어서야 간신히 형광등을 켤 수가 있었다. 주위가 환해졌을 때 나는 두 개의 내가 갖고 있던 거울 중, 마루에 걸어 놓았던 하나를 금방 발견해낼 수가 있었다. 나는 그놈을 조심스럽게 떼어내었다. 거울은 아주 차가웠다. 어둠침침한 가운데로 내 얼굴이 비쳤을 때, 나는 얼굴을 비켜 버렸다. 나는 비스듬히 곁눈질해서 지온이의 얼굴을 거울 속에서 찾아내었다. 지온이는 얼굴을 찡그리고 있었다.

나는 내가 쓰던 방의 미닫이문을 열었다. 창으로 도시의 불빛이 새 들어와 방 안은 웬만큼 훤했다. 나는 거울을 가지고 방 안으로 들어와서 형광등을 켰다. 방이 갑자기 밝아졌다. 그러자 예기치 않았던 풍경에 나는 그만 어리둥절해 버렸다. 어느덧 나는 착각의 세계 속으로 휘말려 들어가 있었다.

과연 그곳은 방이었을까? 나는 이쪽저쪽으로 왔다 갔다 하기 시작했다. 몹시 추웠다. 방 안은 지저분하기 짝이 없었다. 가물(家物)들이 있던 자리에는 그대로 먼지가 쌓여 있었다.

벽의 회색의 칠은 벗겨져서 여자의 나체 모습의 얼룩이 생겨나 있었다. 돗자리를 벗긴 방바닥은 시꺼멓게 썩어 있어서 밟을 때마다 푸석푸석 소리가 났다.

방은 두 달 이틀 동안 살았던 나에 대한 기억을 하나도 가지고 있지 않았다. 아니, 내가 이 방에서 두 달 이틀 동안 살았었다는 것이 도저히 믿겨지지가 않았다. 이 집을 지은 것이 불과 이 년쯤밖에는 안 되었다는 것을 상기해 보자 한심스런 생각이 들었다.

고가의 붕괴와도 또 다른 이 퇴락. 표면의 현대식 양상과 이 내부의 지저분함은 어떻게 연관이 될까? 정신의 연륜 축적이 전혀 없이도 발생되는 이 고물. 몇백 년 대대로 이어져 내려왔던 집이 썩고 낡았다면 얼마는지 이해될 만하다. 도리어 사람들은 거기에서 장구한 시간의 부식을 느낄 수도 있다. 낡은 기둥이 버팅겨 준 생활과 유산의 온존(溫存)을 고마워하게도 바꿔칠 의욕을 느끼게도 된다. 하지만 지은 지 이 년밖에 안 되는 집이 썩어 문드러져 있다면 사람들은 무엇을 느끼게 되는 것인가?

내가 어떠한 곳에서 살아왔었나를 생각하자 그만 몸서리가 쳐졌다. 그곳은 그대로 개천 바닥과 다를 것이 없었다. 그래서 나는 자신이 한심스러워졌다. 엉터리 건축가에 못지않게 엉터리인 자기. 그렇게 엉망으로 영위되는 생활의 와중에서 제법 만족하기도 했던 그것은 얼마만큼의 배반일까? 나는 참으로 오래간만에 분노를 되찾아 내었다. 나는 분노를 느꼈다.

그만 내려가자고 지온이가 보챘다. 원래부터가 서울 태생인 그녀는 이 방의 살풍경한 모습에서 단지 염증만을 느낀 모양이었다. 그러나 나는 방을 나가지 않았다. 방의 더러움을 끝까지 되새겨 보고 싶었다.

추위는 완강하게 피부를 쑤셔대고 있었다. 추위는 따끔따끔하게 다가와서 몸뚱이 속에 들어 있는 모든 것을 향하여 드세게 공격을 퍼붓고 있었다. 나는 추위에 대항한다기보다도 추위의 위력에 꼼짝달싹 못 하고 있었다. 내 몸뚱이가 뻣뻣하게 식어가고 있음을 느낄 수 있었다. 전신에서 마비 상태가 일어났다.

주위는 조용하기 그지없었다. 도시로부터 영원히 이탈돼 있는 곳인 듯도 하였다. 형광등이 째앵 소리를 내고 있었으나, 그것은 이미 완벽한 정적의 상태를 확인해 주고 있는 것이었다.

나는 담배와 성냥을 꺼냈고 이윽고 불을 붙였다. 불꽃은 추위를 아는지 모르는지 너울너울 춤추면서 방의 벽으로 빨간 기운을 전파시켜 갔다. 나는 담배를 한 모금 빨았다. 일종의 마취제와도 같이 담배의 알싸한 내음은 속이 텅 빈 가슴속으로 들어갔다. 나는 보다 더 추운 상태, 말하자면 저 북극의 빙하 지대의 단조롭고도 쓸쓸한 상태 같은 것을 연상하고 있었다. 조금 뒤에 나는 흡사 눈사람을 들깨부수는 듯한 짜릿한 기분으로 갑자기 지온이의 입술을 차지했다. 좀 더 괴로워하라. 좀 더 추워하라. 털을 세운 짐승처럼 잔인한, 차가운 흥분이 일고 있었다.

대략 이삼 년 동안의 여러 일들이 뒤범벅이 되어 나를 닦아세우고 있었다. 나는 졌다. 나는 저항 없이, 입술에 묻어나고 있는 저 번거로운 기억들을 내버려 두는 수밖에 없었다. 모든 것이 지루하구나, 귀찮구나, 시시하구나. 허무하다. 텅 비었구나.

위대한 황무지. 과연 무엇을 건설할 수가 있겠으며 어떻게 제정신을 가지고 이 황폐를 부정할 수가 있단 말인가? 누가 이다지도 비참해지는 상태를 얘기해줄 수 있겠는가? 어떻게 해서 우리는 웃을 수 있단 말인가? 어쩔 수 없이 보게 되는 이 더러운 꼬락서니에 대하여 책임을 질 자는 젊은 놈 자신뿐일까. 그 젊은이는 앞으로 무얼 어떻게 하란 말인가? 그냥 실없이 웃고만 있으란 말인가? 아니면 세상이란 그렇고 그런 것이니 일찌감치 파멸을 자인해 버리란 말인가? 그리하여 시궁창 밑으로 들어가서, 오지도 않는 잠을 억지로 청하고 있으란 말인가? 도대체 황폐를 인정하고 그 황폐가 낙토(樂土)인 양 기만하여 우선 기만부터 배우란 말인가?

나는 울음이 터져 나올 듯한 따분함을 참기 위하여 지온이를 껴안고 있는 팔에 힘을 주었다. 그녀를 나만의 황무지라고 확인받지 않으면 거의 미쳐버릴 것만 같은 그런 조급함 때문에 나는 그저 흥분하고만 있었다. 이제는 텅 비어버리고 만 이 방에서 나는 새로이 허무의 거품이 태어나는 것을 지켜보고 싶었고, 그 허무의 기분으로 지온이를 나에게 일치시키고 싶었다. 추위는 무섭게 다가드는 의혹과도 같았다. 나는 추위가 사람을 미칠 정도로 자극시켜 준다는 사실을 처음으로 깨닫고 있었다. 나는 폐허 위에 서 있는 듯한 이런 기분을 도저히 억누르지 못하고 있었다.

"이러지 마."

지온이가 말했다. 나는 지온이의 언어를 무시하고 싶었다. 이 순간에 이르러 절실하게 파고드는, 도저히 울음도 나오지 않는 이 기막힌 상실감을 도저히 차단시킬 수는 없었다.

"이러지 마, 응?"

지온이가 다시 말했다. 입술이 후드득 떨렸고, 나는 석고판처럼 동결되어 있었다.

이윽고 나는 힘을 빼고 나서 멍하니 서 있었다. 지온이는 겁에 질린 나머지 숨을 몰아쉬며 바들바들 떨고 있었다. 이윽고 지온이가 울기 시작했다. 나는 지온이를 달랠 수도 없었다. 한참 뒤에 우리는 방 바깥으로 나갔다. 나는 거울을 가지고 있지 않았다.

《문학춘추》, 1966년 12월호

푸른 하늘

푸른 하늘

이 이야기는 도대체 이야기라고 할 수 없을지도 모르겠다. 이야기가 가지고 있는 어떤 엄숙성을 이 이야기가 가지고 있지 않기 때문이다. 그렇다고 해서 이 이야기가 그저 싱겁고 우습기만 한 것은 아니다. 이 이야기는 시골에서 태어난 어떤 녀석이 출세하고 싶은 기분으로 무턱대고 상경하여, 비겁한 도시에서 비겁하게 겪어낸 이야기이다. 그렇기에 이 이야기는 도대체 이야기라고 할 수 없을지도 모르겠다.

지만이는 기차에서 내려서 서울역을 빠져나오는 때부터 원시인이 되어 있었다. 신촌을 가려고 생각하면서 탔던 버스가 신촌으로 가지 않고 박석고개에 가 닿았을 때에도 지만이는 원시인이었다. 통금 시간이 지났기에 그는 여관으로 들어갔다. 여관집의 문란한 풍경이 그가 처음으로 깨닫게 된 서울의 얼굴이었다. 여관 값은 호되게 비쌌고, 다음날 여관을 나와서, 여전히 이름을 알 수 없는 골목과 큰 거리를 걸으면서 몹시도 외로움을 탔던 것이 그가 처음 깨닫게 된 도시 감정이었다. 빽빽하게 들어차 있는 간판들을 바라보며 그는 이 새로운 땅에서 살아가기가 힘듦을 느꼈다.

그는 세 시간 반 걸려서야 철규네 집을 찾아낼 수가 있었다. 그가 서울에 와서 처음으로 울음을 터뜨린 것은 좁다다한 방에서 다섯 시간을 기다린 후에 철규를 만났을 때였다. 철규가 반가와한 것 이상으로 그는 철규가 반가왔다. 철규는 대학교 이 학년 재학 중이었다.

철규와 함께 가 본 막걸리 집이 지만에게 있어서는 처음으로 맞이한 서울 생활이었다. 철규는 선자라는 작부의 속살을 만지고 그랬는데, 지만이는 가족이 아닌 여자의 살에 손을 대 본 것은 그때가 처음이었다. 둘은 석 되의 술을 마셨는데 그때에 지만이가 술값으로 치른 돈이, 그가 개인적인 여건으로 써본 돈치고는 가장 액수가 많은 것이었다. 다시 철규의 방에 들어왔을 때에는 웬 여자가 한 명 앉아 있었다. 남자와 여자가 그렇게 같은 방에 앉아서 연애를 할 수 있다는 것을 깨달았을 때부터 그는 원시인의 상태에서 조금 풀려 나와 있었다.

아마 일주일쯤 시간이 흘러갔을 때 지만이는 서울에 와서 처음으로 몽정을 했는데, 바로 그의 옆에서는 철규와 희야가 같이 끼고 자고 있었다. 그는 안현필 영어책을 들여다보며 대입 공부를 하고 있었고. 어떻게 서울에서부터 밀려 나가질 않고 그대로 견뎌낼 수 있을까를 궁리하고 있었고, 어떻게 하면 철규와 마찬가지로 서울 사람이 될 수 있을지를 따져보고 있었다.

바로 그다음 날 철규가 학교로 가 버리고 났을 때 희야는 말을 붙여 왔다. 희야는 예쁘게 웃기까지 하였다. 그가 희야를 피한 것은 희야가 싫어서가 아니라 철규의 여자라고 생각했기 때문이었다.

한 달쯤의 세월이 지나갔을 때에 그는 어느덧 원시인의 상태에서 탈피되어 있을 수가 있었다. 철규는 그에게 직장을 하나 마련해 주었다. 천여 개가 넘는 서울의 다방엘 다니면서 홍차에 넣는 잣을 파는 일이었는데, 지만이는 그것의 배달과 수금을 맡아서 했다. 이 직업의 덕택으로 그는 서울 시내를 샅샅이 답사할 수가 있었다. 그는 한 달에 이천 원을 벌 수가 있었고, 교통비와 점심값에서 오백 원가량을 절약할 수가 있었다. 그는 천오백 원을 철규에게 주었는데, 그 금액으로는 아직 철규에게 신세를 지고 있는 셈이었다. 철규는 '희망교육원'이라고 하는 것을 만들어서 국민학교 6학년생들 과외 지도를 맡아 하고 있었기 때문에 한 달 수입이 이만 원 이상 되었다.

또한 철규는 '희망 펜팔협회'라는 것을 만들어 가지고 있었다. 그는 광화문 우체국 사서함을 하나 빌려 가지고 있었는데, 이것을 이용하여 펜팔을 소개해 주고 수수료를 받고 있었다. 지만이가 은성이라는 이름을 가진 아가씨와 펜팔을 트게 된 것은 전혀 철규의 덕택이었다. 은성이는 모 여대 생활미술과 이 학년 재학 중이라고 했다. 철규는 지만이로부터 수수료를 받지는 않았다. 그가 이런 놀음을 해서 버는 돈은 한 달에 오천 원가량은 되는 모양이었다.

지만이는 일주일에 한번 정도로 은성이에게 편지를 보냈다. 은성이로부터 오는 편지도 그 정도는 되었다. 은성이는 서울 본토박이인 듯했다. 서울 사람이 가지고 있는 호들갑스런 친절심을 그녀는 편지에다가 써 보내곤 했다. 지만이를 애인이라거나 이성으로 의식하고 있지는 않은 듯한 어투로 그녀는 학교 생활에서의 자잘한 웃음거리들과 젊은 여자가 이따금씩 당도하게 되는 외로움과, 각박한 세정에 부닥치게 되는 때의 퇴폐 같은 것을 얘기해 주고 있었다. 그러면 지만이는 어떤 소원감(疎遠感)과 격리감을 그녀와 서울에서 느끼게 되곤 하였다. 그는 서울 거리를 싸돌아다니면서 주운 신기한 광경이나 놀라운 일들을 시골 사람의 안목으로 그녀에게 편지 보내곤 하였다. 이따금씩 철규는 지도를 해 주었다. 이러저러한 식의 문구를 집어넣으라고 말해 주기도 하였고, 어떤 때에는 아예 자기가 대필해 주기도 하였다.

철규의 애인 희야는 두 주일에 한 번 정도로 철규에게 왔고, 그러면 둘이는 여관엘 가거나 하였다. 그렇게 혼자 자게 되는 날이면 지만이는 외로움을 탔고, 쓸데없이 기다랗게 은성이에게 보내는 편지를 쓰곤 했는데, 물론 그런 편지는 대개 부치지는 않았다. 그런 밤이면 얼굴도 모르는 은성이와 끼고 자는 꿈을 꾸곤 했다.

그러다가 사월로 접어들면서 철규와 지만이는 광화문으로 이사를 했다. '희망교육원'은 작년에 맡아서 가르쳤던 애들을 대개 일류 중학에 입학시켰기 때문에 평판이 좋았고, 그래서 아예 시내 중심가로 발전하여 나올 수가 있었던 것이다. 이사 가게 된 곳은 오 층짜리 빌딩의 오 층에 자리 잡고 있었다. 그 건물은 신신빌딩이라는 이름으로 불리고 있었다. 일 층은 '새로운 다방'이었고, 이 층은 '명랑 당구장'이었으며, 삼 층은 '민병곤 건축사무소'와 '대한 고물자 수집 협회' 사무실로 쓰이고 있었고, 사 층에는 이 빌딩의 소유자인 민흥기 영감의 장손 부부가 신접살림을 차리고 있었고, 그리고 나면 오 층이 되는데, 오 층은 원래는 옥상이었다. 그 옥상 한구석을 베니어 판으로 막아서 만든 길쭉한 칸막이 방이 이번에 그들이 이사 온 방이었다. 이만 원 보증금에 이천 원씩 물어 나가는 형식으로 빌린 것인데, 아마 겨울철에는 사용하지 못할 듯했다.

철규는 따로 조그만 방을 하나 더 구하여 놓았다. 이런 옥상에서는 자기 싫다고 말했으며, 그는 약 한 달 전부터 알기 시작한 애현이라는 아가씨와 동거 생활을 할 수 있는 방을 청진동에 있는 한옥 기와집에 얻어 놓았다.

따라서 지만이는 아주 흡족한 기분이 되어 있었다. 비로소 제 혼자 잘 수 있는 방이 마련되었다는 생각에서였다. 이삿짐을 대개 옮겨 놓고 나자, 철규는 아예 '희망교육원'이라고 그 베니어 방 문턱에다가 현판까지 걸어놓았다. 오후 세 시쯤 국민학교 6학년 꼬마들과 그 자모들이 찾아왔다. 철규는 그들에게 어떻게 공부시키면 일류 중학교에 붙을 수 있는지를 설명해 주었고, 지만이 보고는 '조수'라고 소개해 주었다. 그들은 아주 흡족한 표정을 지으며 돌아갔다. 내일부터 과외 지도는 시작하기로 되어 있었다. 한 달에 오천 원을 월급으로 주겠다고 철규는 웃으면서 말했다.

그리고 그날 저녁에 철규에 의해서 이미 버림을 받은 희야가 찾아왔다. 희야의 방문에는 철규도 놀란 모양이었다. 그녀는 잔뜩 화가 나 있었다.

"이봐, 철규."

희야는 분노와 슬픔을 가득 담고 있는 눈을 들어 철규를 쏘아보았다. 철규는 대답하지 않았다.

"난 네가 그런 인간인 줄은 몰랐어. 애현이하구 네가 그럴 줄은 몰랐어."

희야는 소리 없이 울면서 말했다. 철규는 아무런 대답도 하지 않았다.

지만이는 그 자리에 끼여 있기가 몹시도 쑥스러웠다. 물론 지만이는 그가 하여야 할 일이 어떤 것인지를 잘 알고 있었다. 며칠 전에서부터 철규는 말하곤 했었다.

"너두 이젠 총각 딱지를 떼어버릴 때가 됐어. 성행위를 할 수 있다는 능력을 하느님 앞에서 증명해야 할 나이가 됐어. 그걸 증명해 보이기 전에는 어른이 될 수가 없어." 이렇게 말하고 나서 철규는 그윽한 표정으로 지만이를 굽어보는 것이었는데, 그럴 때마다 지만이는 녀석의 코가 아주 잘생겼다고 생각하였다. 철규는 한국의 풍습이 얼마나 과학적인가를 이해한다고도 말했다.

그러니까 장가 안 간 서른 살짜리는 아직 어린애 취급을 하되, 장가간 열두 살짜리는 어른으로 대우하였던 그런 풍습이야말로 진실의 정곡을 뚫고 있다는 것이었다. 생식 능력이 실천 단계에 들어서지 못한 사람은 어린애일 수밖에 없고, 그것은 하느님이 암암리에 시인하고 있는 것이라고 했다.

희야는 더욱더 서럽게 울어대고 있었고, 철규는 무료에 겨운 사람처럼 암말 않고 담배만 태우고 있었다. 지만이는 한참 생각하다가 이윽고 결심을 하고 나서, 철규의 옆구리를 슬쩍 건드렸다. 철규는 여전히 무료한 표정을 지으면서, 희야가 눈치채지 못하게 이천 원을 지만이에게 주었다. 조금 뒤에 셋이는 바로 아래층의 다방으로 나가서 앉았는데, 이내 철규는 변소 간다고 바깥으로 사라져 버렸다. 지만이는 그녀를 데리고 흑맥주 집에 가서 흑맥주 세 무족기를 마셨다. 둘이는 여관으로 가서 같이 끼고 잤다. 희야는 그가 서울에 와서 처음으로 같이 잔 여자였다. 바로 그날 밤부터 지만이는 서울 사람이 되어 있었다.

"잘됐니?"

아침에 '희망 교육원'에 지만이가 당도했을 때, 여전히 무료한 표정을 짓고 있는 철규가 물었다.

"응, 잘됐어."

하고 지만이는 시무룩하게 대답했다.

그러나 지만이는 마음껏 흥분하여 있었다. 이런 느낌은 그에게는 처음이었다. 굵직하게 인생을 가로질러 놓았던 걸쇠를 걷어 버렸다는, 그런 기분이었다. 그는 바깥으로 나가서 스포츠 머리 대신에 리

젠트 머리로 이발을 했다. 단학 포마드로 발라 버렸다. 거울에 비춰 보니 전혀 딴판으로 자기가 달라져 있는 듯했다. 더벅머리 대신에 상투를 틀어 놓고 있는 듯한 기분이기도 하였다.

생활은 그런대로 안정이 되어 있었다. 그는 사립 국민학교에서 시험 문제를 빼내다가 그것을 복사하여 국민학교 애들에게 풀도 록 시키고, 그것을 채점하고 틀린 곳을 다음번에는 틀리지 않도록 교육시키는 일을 맡았다. 오후에는 한 시간가량 다방에 돌아다니 며 잣을 파는 일을 계속해서 했고, 밤에는 두 번째로 안현필 영어책 을 들여다보며 대입 공부를 했다. 그리고 이따금씩은 철규가 차 버 리고 싶어진 여자들의 뒤처리를 맡아서 해주었다. 물론 그 뒤처리는 언제든지 성공했다. 희야의 경우만 하더라도 다시 나타나지 않았던 것이다.

은성이와의 서신 연락도 이미 석 달을 굽어보고 있었다. 그는 만 나자는 말을 아직 하지 않았다. 막상 만났다가 바람이라도 맞으면 김샐 것이 두려웠고, 설혹 그렇지는 않다손 치더라도 그녀만은 그 런대로 신비 속에 두어 놓고 싶었다.

　　은성이. 당신의 사진을 한 장 부쳐주었으면 좋겠어. 난 당
　신의 얼굴을 사진으로나마 보고 싶어. 지금까지 내가 알아
　온 당신은 어느 감미로운 봄바람이 부는 아름다운 풍경처
　럼 아늑한 것이었어. 또는 설비가 잘된 어느 정갈하고 산뜻
　한 서울의 방에서 느낄 수 있는 것과 같은 것이었어. 이제 나
　는 당신을 하나의 여자로서 이해해야 할 때가 되지 않았나
　생각하는 거야. 아름다운 서울 여자라고 이해할 때가. 그럼
　이 밤 안녕히 잠들게 되기를.

다음 번에 은성이에게서 온 편지에는 그녀의 사진이 들어 있었다. 그것은 대학교 교문 앞에서 다른 친구들과 찍은 사진이었다. 어여쁘게 웃고 있는 아가씨가 다섯 명이었는데, 은성이는 누가 자기인지를 밝혀놓지는 않았다. 그러나 지만이는 은성이를 알아볼 수가 있었다. 하긴 그것은 간단했다. 그 사진에서 제일 아름답게 찍혀진 여자가 은성이일 것은 거의 자명했다. 그렇지 않고서야 여럿이서 찍은 사진을 보냈을 리는 만무했다. 지만이가 은성이리라 짐작한 아가씨는 그중에서도 제일 키가 작았다. 눈이 컸고, 콧날이 오부죽했고, 입술이 얄팍했고 얼굴 윤곽은 갤죽한 편이었다. 꼭 어디선가 본 듯이 여겨지는 인상이었는데, 아마 나탈리 우드가 이렇게 생기지 않았었나 하고 지만이는 어림해 보았다.

　　사진을 보내라는 편지를 받고 저는 당황했더랬어요. 저 자신을 지만 씨에게 송두리째 알려드리고 싶은 마음은 아직 없습니다. 제가 혼자서만 간직하고 있는 아름다운 비밀들 중에는 깨뜨리지 않고 싶은 것이 의외에도 많은지 몰라요. 저는 오늘 기분이 나쁜 일들을 많이 겪었어요. 지만 씨의 편지를 다섯 번 반복해 읽었을 때, 그만 바보같이 저는 쓸쓸한 기분에 젖어 있었어요. 그것은 제가 지만 씨의 편지 문구 중에서 가슴에 저며 드는 것을 발견했기 때문입니다. 지만 씨는 저를 하나의 여자로서 이해하겠다고 그러셨지요. 아마 그 문구 때문에 저는 당황해진 거 같아요.

지만이는 철규에게 이 편지를 보여 주었다. 철규는 침착하게 편지를 읽어 보더니 암말도 없었다. 지만이는 아무 말 하지 않았다. 꼬

맹이들은 철없이 웃고 떠들며 장난들을 하고 있었다. "선생님. 이순신 장군이 울돌목에서 왜놈들과 싸웠을 때 말예요, 이순신 장군은 하루 종일 오줌도 누지 않았나요?"

"안 누었어."

하고 지만이는 얼른 대답해 주었다. 그는 공연히 모욕을 받은 느낌이었다. 그리고 나서 수업은 시작이 되었다. 봄이 지나가고 여름이 오는 모양이었다. 열어놓은 창문으로부터 개입하여 오고 있는 전차의 금속성 경적에서 지만이는 그것을 느꼈다. 갈증을 가져다 주는 바람 속에서도 소음은 유달리 부풀어 있는 듯했는데, 소음은 거의 신경질적인 흥분과 열기를 몰아다 주었다.

철규와 지만이는 목이 칼칼하고 피로하기도 하여 국제극장 뒷골목으로 가서 막걸리를 마셨다. 철규는 돈 벌 수 있는 새로운 방도를 발견하였다고 말했다. '희망 펜팔협회'를 좀 더 확장시켜야겠다고 그는 말했다. 펜팔을 소개해 주는 것이 아니라 바로 여자를 소개해 주는 그런 체제로 변환시킬 예정이라고 그는 설명했다. 즉 여자 회원들의 숫자를 확보하여 놓은 다음에 그 여자들을 남자들과 접선케 해 주는 것인데, 요컨대 여자들의 성격을 약간 알쏭달쏭한 족속들로 채워 놓는다는 얘기였다. 알쏭달쏭파는 의외로 서울에 많으니까 이 계획은 무난하게 성공할 수가 있다고도 말했다.

"임마 그건 뚜쟁이 노릇 아니가?"

본의 아니게도 지만이의 음성은 커져 있었다.

"아니지. 우린 메말라버리고 공허해져 버린 사람들에게 감정을 찾아 주고 사랑을 찾아 주고 인생을 찾아 주는 거야. 그리고 그 대가로 돈을 버는 거야."

철규는 더욱 침착하게 말했다.

"그래? 하긴 좋은 일이군, 무어 생각할 것도 없이 우선 나에게 그걸 찾아주라마. 감정과 사랑과 인생을."

"그럴까? 너 오늘 내 방에 가서 자렴. 애현이가 기다리고 있을 거야."

"뭐라구? 그러니까 애현이하구두 헤어지게 됐구나?"

"그렇게 됐어."

그들은 바깥으로 나가서 열한 시 이십 분의 서울을 백 미터쯤 같이 걸어갔다. '희망 교육원'에는 지만이도 한번 본 적이 있는 평자가 기다리고 있었다. 평자는 철규에게 고혹적인 미소를 보내고 있었는데, 지만이는 이내 바깥으로 나와버리고 말았다. 아마 평자가 철규의 새로운 애인인 듯싶었다. 지만이는 청진동에 있는 한식 기와집으로 갔다. 철규의 말마따나 애현이가 밥상을 놓고 기다리고 있었다. 그날 밤 지만이는 애현이를 끼고 잤다. 암만해도 놀라운 것은 애현이가 전혀 즐겁고 명랑한 표정을 짓고 있었다는 사실이었다. 지만이는 서울을 정복해가고 있다고 느꼈는데, 그 느낌은 거의 비참했다.

일주일 동안 지만이는 청진동에 있는 한식 기와집에서 잠을 잤고, 철규는 '희망 교육원'에서 평자와 같이 지냈다. 일주일이 지나갔을 무렵 드디어 애현이가 울음을 터뜨렸다. 그는 철규에게 무지무지한 욕설을 퍼붓고는 사라져 버렸다. 지만이는 다시 '희망 교육원'에서 자게 되었다. 그는 밤새껏 창 바깥을 내려다보고 있었다. 아이디알 미싱 광고와 진로 소주 네온사인과 미원 네온사인, 하얀 아크릴 간판, 가로등의 행렬은 통금이 되어 사람 하나 얼씬거리지 않는 비어 버린 도시 속에서도 열심히 꺼졌다 켜졌다 하면서 빛을 발하고 있었다. 도시가 존속되는 한 그것들은 언제고 극성스럽게 빛나고 있을 듯했다.

이윽고 희미하게 도시가 밝아가고 있을 무렵쯤해서 그는 자리에
드러누웠다. 드러누운 채로 그는 은성이의 사진을 가만히 들여다
보고 있었다. 순진한 서울 아가씨 은성이. 이윽고 그는 은성이에게
편지를 쓰기 시작했다.

　　은성이 사진을 들여다보고 은성이가 보낸 편지를 지금
　봤어. 은성이라는 이름과 은성이의 사진을 일치시키기는 어
　렵지 않았어. 난 당신의 조용하면서도 꽉 충만되어 있는 듯
　한 부피를 지금 새벽이 돼 가고 있는 이 방의 서늘한 식혀짐
　속에서 느껴. 당신에게로 닿아져 있는 듯한 나의 마음의 뿌
　리가, 쉽사리 노출된 거짓이라 화낼까 봐 두렵지만, 나는 그
　러한 두려움으로 당신을 만날 수 있게 되었으면 싶어. 당신
　을 만나고 싶어. 아무런 이유 없이 그저 만나고 싶어.

　편지를 다 쓰고 나서 지만이는 감미롭게 피로해진 몸을 반듯이
뉘었다. 안현필 영어책을 세 번째로 들여다보아야겠다고 그는 생각
하고 있었다. 그는 또한 마음속으로 은성이와 만날 장소로 어디가
좋을까를 궁리해 보고 있었다. 떠들썩한 다방이나 빵집 같은 데에
서 그녀를 만나고 싶지는 않았다. 조용한 방, 폐쇄된 밀실, 아늑한
음성, 포근한 감촉, 지만이는 벨벳으로 둘러싸여 있는 어느 조그만
방에 은성이와 같이 뽀뽀하고 있는 꿈을 꾸었다. 그가 눈을 떴을 때
에는 이미 오후가 되어 있었다. 그는 이빨만 들들 닦고 난 후에 우체
국으로 가서 편지를 부쳤으며, 십오 원짜리 우동을 먹었다.
　그리고 그다음 날 오후에 그는 철규로부터 빨간 넥타이를 빌려
매고 은성이를 만나러 거리로 나갔다. 시각은 오후 다섯 시를 조금

넘어 있었다. 약속 장소로 그는 청운동에 있는 산양의 집을 택했다. 그가 잣을 팔러 다니다가 알아 둔, 아담하고 조용한 집이었다. 그 집에서는 산양을 열 마리쯤 기르고 있었고 그 젖을 팔고 있었다. 지만이는 진달래 담배를 안 속 깊이 감춰 두고 파고다 담배를 한 갑 사서 그놈을 한 개비 피워 물었다. 그는 천천히 걸어갔다. 약간 더웠다. 아직 저녁놀은 져 있지가 않았지만, 도시는 늙어 버린 호랑이의 지친 꿈틀거림처럼 어딘가 하면 늦은 봄의 들뜸을 억지로 응대해 주고 있는 듯이 시끄러웠다. 그는 산양의 집에 도착했다. 조급하게 늙어 버린 듯한 오십 대의 아주머니가 미소를 보내 주었다. 그는 오리 의자에 팔을 괴고 앉아서, 가만히 은성이의 사진을 들여다보았다.

그 사진에 박혀 있는 얼굴이 산양의 집에 나타난 것은 약속 시간보다 이십 분쯤의 시간이 더 흘러갔을 때였다. 그녀는 옅은 초록의 앙상블을 입고 나타났는데, 옷을 적에 덧니가 반짝거렸다. 사진에서 볼 때보다는 더 어여쁘다고 지만이는 생각했는데, 그녀의 어여쁨은 그녀의 쾌활한 동작에서 생생한 기운을 더하고 있었다. 그녀는 가만히 지만이의 맞은편 의자에 앉았다. 오부죽한 그녀의 콧날에는 송글한 땀방울이 매끄럽게 번져 있었다. 그녀는 파랗고 빨간 무늬가 있는 손수건을 꺼내서 땀방울을 닦았다.

"만나게 되어서 기뻐."

지만이는 별로 할 말이 없었기에 이렇게 서두를 꺼냈다.

"날씨가 더워졌어요. 내일부턴 장마가 질 거라구 관상대에서는 예보했어요."

그녀는 약간의 거리감을 의식적으로 굳혀두고 있는 듯한 태도였다. 아무려나 지만이는 파고다 파고다 담배를 한 대 물고 나서, 신성일과 엄앵란이 부둥켜안고 있는 영화 포스터를 잠깐 쳐다보았다.

그는 산양 젖을 주문했다. 아주머니는 형광등을 켰고 방안은 밝아졌다기보다도 찬란해져 있었다. 지만이는 담배 불꽃으로 자꾸만 8자 모양을 만들고 있었다. 별로 할 말도 없으려니와 이런대로의 침묵이 그는 더 좋았다. 그녀와의 사이에서 느껴지는 어떤 이해는 차라리 표현이 안 되는 채 깊숙이 마음속에만 잠겨 있는 편이 좋은 듯했다. 여자도 그것을 알아줄 거라고 그는 생각했다. 창으로는 고대의 빈민가를 연상시키는 계곡의 판잣집들이 보였다. 그 위쪽으로는 아스팔트 길이 자하문으로 올라가고 있었다. 아마 해가 진 모양이었다. 거의 눈치채지 못하는 동안마다 차츰차츰 어두워 오고 있었다. 산양 젖이 왔다. 지만이는 잘못을 저지른 소년처럼 웃으면서, 그녀에게 들어 보라고 손짓을 하였다. 그녀도 웃었다.

이윽고 바깥으로 나왔을 때에는 밤이 되어 있었다. 동네에 사는 꼬마들이 〈빨란 마후라〉를 부르면서 겅정겅정 뛰어다니고 있었다. 그들은 천천히 그 사이를 빠져나와 있었다. 그녀는 새침한 표정으로 일 미터쯤 지만이와 간격을 두며 걷고 있었다. 지만이는 그녀가 보냈던 편지와 실제의 그녀를 마음속으로 일치시키면서 다시 파고다 담배를 물었다. 그들은 경복궁 돌담을 끼고 돌아 세종로 네거리로 걸어갔다. 차들의 헤드라이트가 잇닿아 있었고 도시는 축제를 준비하는 것처럼 소란스러웠다.

"전 가겠어요."

저녁 식사를 하러 가자고 지만이가 말했을 때 그녀는 단호한 어조로 말했다. 지만이는 깜짝 놀라서 그녀를 쳐다보았다. 그녀가 도무지 이상했다. 그녀는 잔뜩 모욕을 당했다는 듯한 표정이었다.

"전 모욕을 당했다고 생각해요. 어쩜 그러실 수가 있지요? 순진한 건 좋지만 여자를 그렇게 취급하는 법이 어디 있어요? 그리구 전

은성이가 아닌 걸요. 은성이 친구 선희예요. 이제 아시겠어요?"

"거짓말."

지만이는 간신히 이렇게 대답했다.

"거짓말이 아니에요. 거짓말은 지만 씨가 하구 있는 거예요. 저를 은성이라구 진짜로 믿었다는 게 거짓이 아니구 무어예요?"

"거짓말."

지만이는 간신히 이렇게 대답했다.

은성이는, 아니 선희는 앞으로 걸어가고 있었다. 지만이는 파고다 담배를 얼른 물었다. 자동차의 헤드라이트가 놀려대는 것처럼 그에게 쫙 비치고 있었다. 그는 성냥을 켰다. 그의 그림자는 세 개가 생겨나고 있었다. 하늘에는 그믐달이 떠 있었다. 그는 얼른 담배를 한 모금 빨았다. '백만 인의 애인은 카니발 디'라고 쓴 약 광고 네온사인이 빙글빙글 돌아가고 있었다. 그것은 파랗게 되었다가 빨갛게 되었다가 하였다. 지만이는 뜀박질을 시작했다. 선희는 보이지가 않았다. 그는 더 빨리 뛰어갔다. 선희가 마악 합승을 타고 있었다. 그는 합승 안으로 급히 들어갔다. 차장이 정원이 되었으니 내리라고 야단을 치고 있었다. 그는 선희의 팔을 붙잡아 당겼다.

지만이는 대담해져 있었다. 그는 포도를 걸어가면서 선희의 팔을 꼈다. 그녀에게서는 휘발유 비슷한 냄새가 났다. 그 냄새는 그에게 도전해 오고 있는 듯하였다.

"아저씨 미제 껌 한 통 팔아 주세요." 열 살쯤 들어 보이는 계집애가 졸졸 따라왔다. "흥, 이런다구 누가 까딱이나 할 줄 아세요?" 선희가 말했다. 술 취한 사내들이 떠들썩하게 웃어 대면서 지나갔다. 지만이는 '둠섬' 표지판을 바라보았다. 그 표지판은 희미하게 밝은 거리가 못마땅하다는 듯이 차갑게 야광대고 있었다.

"난 당신이 좋아졌어."

지만이는 말했다. 그는 파고다 담배를 버렸다.

"그런다구 누가 까딱이나 할 줄 아세요? 순진한 척하는 그런 수법에 걸려들 여자가 있을 줄 알아요? 거기가 은성이에게 보낸 편지를 보구서 난 거기가 어떤 인간인지를 단박에 알아낸 거예요."

"난 당신이 좋아졌어. 당신두 날 비난하기 전에 아마 프로이트의 책이나 보아두는 게 그럴 듯할 걸."

"이러지 말아요. 난 가겠어요. 가겠단 말예요."

"그럼 가쇼. 내일 오후 세 시에 지하실 다방에서 만나겠다구 약속한다면."

"그런 약속은 하지 못해요."

"그럼 당신은 갈 수 없어."

선희는 갔다. '희망 교육원'으로 걸어가면서 지만이는 훨씬 개운한 기분이었다. 그는 도시의 서성거림에 적셔지는 듯한 느낌이 좋았다. 아마 내일 선희는 틀림없이 약속을 지킬 것이라고 그는 생각했다.

그리고 그다음 날 지만이가 지하실 다방에 나가서 앉아 있기 이십 분쯤 되었을 때 선희는 나타났다. 그녀는 약속을 지켰던 것이다. 웃고 있어야 옳을까 화난 표정을 하고 있어야 좋을까를 생각하다가 지만이는 화난 표정을 꾸미기로 했다. 다방은 만원이 되어 있었다. '바바라 센티멘탈 브라더즈'들이 〈캡슐 속에서의 연애〉를 부르고 있었다. 비틀즈 머리를 한 녀석들이 구두 끝을 딱딱 때리며 박자를 맞춰 가고 있었다. 선희는 시큰둥한 표정을 지으면서 앉았다.

"거기하구의 약속을 지키기 위해서 나온 건 아녜요."

선희는 분개한 듯한 어조로 말했다.

"나두 그래."

하고 지만이도 말했다.

"은성이가 거기에게 할 말이 있대요. 그걸 전해 주기 위해서 나왔어요."

"그 얘긴 듣고 싶잖은데?"

그리고 그때 철규가 다가왔다. 철규는 알로하 샤쓰에다가 후란넬 바지를 입고 있었다. 그는 지만이 옆에 앉았다. 선희가 잘 볼 수 있도록 누런 금반지를 낀 왼손을 치켜들면서 그는 론손 가스라이터로 파고다 담배를 물었다. 그는 씨익 웃었다. 선희는 위압 당한 눈치였다.

"난 당신에게 내 친구를 소개해 주겠어. 이 친구 이름은 철규야."

지만이는 선량하게 웃으면서 말했다. 철규가 거드름을 피우며 고개를 끄떡해 보였다. 최숙자의 〈강원도 아가씨〉가 흘러나오고 있었다. 레지가 다가와서 차를 주문하라고 말했다.

"쓸 만한데?"

철규가 지만이에게 속삭였다. 지만이는 빙긋 웃었다. 그는 오줌을 누러 가는 척하면서 바깥으로 나갔다. 오후의 햇빛이 환한 거리를 걸어가면서 그는 유쾌하게 웃었다. 웃음은 자꾸 터져 나왔다. "저기압골은 동해 쪽으로 빠졌다고 관상대는 발표했습니다. 어제 관상대 발표로는 오늘부터 장마가 지겠다고 했던 것입니다." 라디오에서 나오고 있는 아나운서의 얘기에 귀를 기울이면서, 그러나 자기가 뚜쟁이 노릇을 한 것은 아니었다고 지만이는 속으로 중얼거리고 있었다. 중앙극장에서 시간을 보내다가 밤 열 시쯤 되어 지만이는 청진동으로 갔다. 철규의 세 번째 동서 생활 대상자였던 평자는 밥상을 놓고 있었다. 지만이는 평자와 끼고 잤다.

여름이 오고 있었다. 지만이의 한 달 수입은 이제 팔천 원쯤 되었다. '희망 교육원'에서 받는 돈이 오천 원이었고, 다방에 잣을 팔아서 생기는 돈이 이천 원쯤이었으며, 나머지 천 원쯤의 나머지 천 원쯤의 돈은 '희망 펜팔협회'에서 생기는 것이었다. '희망 펜팔협회'는 순조롭게 자라나고 있는 중이었다. "당신의 인생에 개재할 연인을 소개해 드립니다." "당신에게 인생이 무엇인지를 가르쳐 드릴 이성을 소개해 드립니다." 철규는 전화까지 한 대 샀다. "전화를 통한 펜팔 회원을 구합니다." "애인을 구하시는 분은 다이얼을 돌리십시오. 수수료는 받지 않습니다."

그리고 그동안에 선희는 철규의 애인이 되어 있었다. 그녀는 몰라보리만큼 예뻐져 있었다. 표정이 풍부하고 날씬한 몸뚱이에서는 그대로 신선한 젊음이 발산되고 있었다. 선희는 진심으로 철규를 사랑하고 있는 듯하였고, 이제는 지만이를 보아도 쑥스러워하지도 않았다.

"은성이한테는 요새두 편지 보내나요?"

어느 날 선희는 이렇게 물어왔다. 낮 더위가 마악 풀리기 시작하는 오후였다.

"아아니."

하고 지만이는 대답했다.

"그러지 말구 계속해서 편지 보내세요."

"싫어. 그 대신 말야 은성이하구 진짜루 한번 만나구 싶어. 가짜가 아닌 진짜 은성이를 말야."

말하면서 지만이는 유쾌하게 웃었다. 철규의 다섯 번째 동거 생활 대상자가 된 선희도 유쾌하게 웃었다.

"그러지 말구 편지 보내세요. 한번 만나자구 편지루 쓰세요."

선희는 명랑하게 말했다.

밤이 되면 도시는 마귀 할망구의 요술 단지처럼 되는 듯했다. 신신빌딩의 오 층에서 바라다보면 그것은 더욱 그러했다. 그 오 층에 있는 '희망 교육원'은 서울을 바라보기에 좋은 전망대였던 것이다. 지만이는 자기의 청춘을 이 전망대에다가 묶어 놓고 있었고, 뿐만 아니라 그것을 진심으로 좋아하기까지 하였다. 그는 서울에 오면서부터 일기를 쓰기 시작했는데, 그 일기는 이제 편지체로 바뀌어 있었다.

은성이 당신은 유월 십삼일을 어떻게 보냈는가? 나는 오늘 늦잠을 자 버리고 말았다. 초등학교 6학년 애들은 이제 공부를 꽤 잘한다. 하긴 열심히 가르쳐 준 탓이다. 오늘부터 신동운이가 지은 『영어 삼위일체』를 보기 시작한다. 내년 대학 입시에 나는 합격하리라는 자신을 갖고 있다. 은성이, 당신의 친구인 선희는 오늘 브래지어가 비치는 나이론 블라우스를 입고 희망 교육원에 열 시쯤 철규를 만나러 왔었다. 그들이 지친 듯한 태도로 키스하고 있는 것을 보면서 나는 당신을 생각했다. 그때 당신이 왜 나오지 않았을까도 생각했다. 청운동에 있는 산양의 집으로 나오라고 했을 때, 왜 당신은 나오지 않고, 그 대신 선희를 보냈을까도 생각했다. 나는 이 밤의 서울 공기 속에서 당신의 호흡을 가려낼 수 있을 것 같은 기분이다.

은성이 당신은 유월 십칠일을 어떻게 보냈는가? 나는 생각한다. 고로 존재한다. 따위의 명제에 매달려 있는 한 인간은 언제든 불행할 수밖에 없다고 철규는 말했다. 그 명제는 당연히 이렇게 바뀌어야 한다고 그는 주장했다. 나는 생각 않는다. 거기의 실상이 나의 존재다. 바로 그런 식의 주장에 입각하여 그는 선희를 사랑하게 되었다고 나에게 말해 주었다. 그들의 사랑을 증언하는 입장에서 나는 철규가 했던 말을 여기에 하나 더 첨가한다. 철규는 자기가 동물임을 느낄 때 무한한 안도감을 갖게 된다는 것이다.

은성이 당신은 칠월 십오일을 어떻게 보냈는가? 오늘은 초복이자 나의 생일이다. 만 21세의 첫 하루인 오늘 나는 비로소 성년(成年)이 된 듯한 느낌이다. 자식을 생산할 수 있는 모든 여건을 갖춘다는 것에 바로 성년의 의미가 있다. 물론 꼭 자식을 생산해야 한다는 뜻이 아니다. 자식을 생산해 낼 수 있는 모든 여건의 총화, 그것만을 의미하게 된다. 그리고 오늘 나는 구청에 가서 서울 시민증을 발급받을 작정이다. 이제 나는 당신을 안 만나도 그만 만나도 그만인 그런 평활한 감정으로서 당신을 만나 보고자 한다. 모든 것이 활짝 개방되어 있는 이 날카로운 도시에서 당신은 폐쇄가 아닌 능동적인 자세로서 거리를 걷고 있는 행인이 될 수 없을지.

국민학교 6학년 학생들이 여름 방학을 맞이했다. '희망 교육원'에서는 아침 일곱 시 반에서부터 열두 시까지 공부를 시키고 오후에는 쉬었다. '희망 펜팔 협회'에서는 바캉스 회원을 모집하고 있다. 남자 한 명과 여자 한 명을 한 조 단위로 하여 여름 한철을 바닷가에서 쉬도록 짝지어 준다는 취지였는데, 주로 사오십 대의 영감님 마나님들에게서 신청이 들어오고 있었다. 그리고 철규와 선희는 동해안으로 벌써 떠나고 없었다. 둘이는 아마 이번에 바닷가를 다녀오고 나서는 헤어지기로 서로 합의를 본 모양이었다. 그리고 그런 어떤 날 지만이는 은성이를 만나러 갔다. 그는 은성이에게 만나자는 편지를 보냈던 것이다. 만나고 보니 은성이는 명동 선인장 바의 바걸이었다.

"여관으로 가시자면 가겠어요."

두 시간가량의 데이트가 거의 끝날 때쯤해서 은성이는 조용하고도 수줍은 어조로 말했다. 둘이는 여관방으로 갔다.

그리고 그다음 날 철규와 선희가 상경했다. 그들은 싱싱하게 피부가 그을어 있었다. 야성적인 냄새를 풍기고 있었고, "우린 다시 그대루 살기루 했어." 하고 철규는 말했다.

그다음 날 지만이와 은성이는 동해안으로 가는 기차를 탔다. 그러나 지만이는 서울에서 벗어나서 다른 곳으로 간다는 것이 두려웠다. 그들은 청량리역에서 내려 버리고 말았다.

"서울을 벗어날 수가 없어서……."라고 지만이는 같은 말만 되풀이했는데, 아마 은성이도 지만이의 기분을 이해하는 것 같았다.

"그럼 이만 헤어지기로 할까요?"

빵집에 가서 사라다 빵을 먹고 나올 때 은성이는 아무 미련도 없는 사람처럼 말했다.

"그러기로 하지. 그럼 잘 가요."

지만이는 은성이와 악수를 나누었고, 그리고 헤어졌다.

그날 지만이는 철규한테 가지 않았다. 그전에서부터 막연히 생각해 오고 있었던 것이기는 하지만, 이제는 저 스스로 독립하여야겠다는 결심이 새로워졌기 때문이었다.

당장은 고생을 할지도 모르겠다고 그는 싸구려 여인숙에서 밤새껏 생각해 보았다. 굉장히 더웠고, 주변에서는 악취가 풍겼다. 그러나 지만이에게는 그런 것이 문제되지 않았다.

지만이는 결국 서울이라는 곳도 시골과 마찬가지로 어수룩한 사람들이 사는 곳이라고 생각하였고, 그런 의미에서 공연히 자기가 힘들여, 그리고 비겁하게 보냈던 지난 반년 동안의 생활을 후회하였다. 이 세상에 비겁한 장소란 없었고, 그리고 지만이는 언제나 가장 정상적인 사람이 되고 싶었을 뿐이었다. 지만이는 그때 참으로 이유가 분명치 않은 슬픔을 느꼈다. 그것은 흐리터분한 정신 상태 속에서 스스로가 굉장히 거추장스럽다고 생각되었기 때문이었다.

《문학》, 1966년 12월호

생각의 시체

생각의 시체

어제저녁에는 꽤 기분 좋게 취했었다. 우리는 아홉 시 반쯤 광교 앞에서 헤어졌다. 나는 네거리의 차도를 건넜다. 집에 와서 바로 잤다. 그런데 오늘 아침 생각해 보니, 어떻게 광교에서 집으로 왔는지 그것이 기억나지 않았다. 전혀 회상해낼 도리가 없었다. 걸어왔는가 차를 타고 왔는가? 그것은 신비에 싸여 있다. 단지 어렴풋이 떠오르는 바로써, 그 전체적인 분위기, 약간 싸늘한 초겨울의 감각, 소음이 만들어 놓은 그 수선스러움, 술기운으로 인하여 생긴 과장이 섞인 순수한 마음, 콧물을 씨익 추킬 때의 그 이상한 고독감 등 그런 막연한 기분이다. 아마 그 기억되지 않은 어젯밤의 부분은, 그러니까 내가 내 속에서 탈출되어 있었던, 말하자면 부재의 기간이었을 게다. K는 어젯밤 만족했을까? 그 사교적인 좌석, 내가 그런 것을 통하여 K에게 강조시켜 놓은 나의 이미지가 어느 정도 효과를 나타냈을지, 지금 알아봐야겠다.

K를 만났다. K는 어젯밤의 얘기를 전혀 하지 않았다. 새로운 사건이 생겼다는 것이다. 홍운표 씨가 말을 들어먹지 않는다는 것이다. "곤란하게 됐어, 이번 일은." 하고 K는, 저 사십 대의 사내가 가지는 뚱한 표정으로 말했다. "그래도 해야지요."라고 나는 이십 대의

배짱과 열정을 보이느니라 하였다. 내일 밤 일곱 시에 홍운표 씨랑 같이 오동동 다방에서 만나기로 약속을 했다. 그리고 나는 진삼이를 만나 편의를 봐 달라고 하자고 마음먹었다.

진삼이에게 갔다. 관공서 건물은 언제든 나를 위압시킨다. 왜정 시대에 지은 것임에 틀림없는 그 오 층짜리 건물은 바깥에서 볼 때보다도 안으로 들어서니까 더 침침했다. 더욱이 건물을 지배하고 있는 관료적인 분위기는 건물의 노후함보다 더 음침하고 탁했다. 좁은 낭하를 많은 사람이 반들거리는 눈으로 경계들을 하며 지나다니고 있었다. 날카롭고 음침한 족속들이 전부 이곳으로 몰려든 것 같았다. 사람들의 생김새는 서로서로가 천양지판이었으나, 그들의 표정은 대개 일치되어 있었다. 수없는 확대 재생산품들. 저들은 무표정이라기에는 너무 무엇엔가 압박을 받고 있는 듯한 그런 차가움과 두려움을 가지고 있었다. 그것은 또한 어느 정도 저들을 여무진 사람들처럼 보이게 했다. 그리고 또한 저들은 특수한 직장인들에게 있는, 제한된 몸짓, 태도를 하고 있었다. 그곳에 서너 시간만 계속하여 서 있노라면 사람 살아가기를 다르게 보아야 할 그런 변모가 내게도 올 것만 같은 기분이었다. 그런데 진삼이는 없었다. 나는 분개한, 어쩌면 기만당한 심정으로 바깥으로 나와 버렸다.

아침에 마치 눈이라도 퍼부을 것처럼 땅 가까이 내려 덮였던 안개는 거짓말같이 사라져 있었다. 정오를 향해 다가가고 있는 도시로, 햇빛은 유달리 밝게 떨어지고 있었다. 걸었다. 결혼식은 오후 한 시에 있으니까, 아직 한 시간 반 정도의 여유가 있다.

K에게 전화를 걸었다. 지금 홍운표 씨에게 내가 직접 찾아 갈란 다고 말했다. 그 사람을 만나서 정확하게 모든 걸 얘기하고, 그리고 실정을 들려주어야겠다고도 말했다. K는 탐탁지 않다는 어조였다. "글쎄, 그러다가 일을 망쳐 버리는 게 아닐까?" K는 이렇게 말했다. 사내들이 하는 일이라는 것, 사업이라는 것은 그저 무작정 시간을 끌고 배짱을 내세우고, 그러다가 미련한 곰처럼 덮쳐 눌러 버려야 하는 것이라고, 그의 뚱한 어조는 암시하고 있었다. "정찰이라도 하 는 셈 잡지요." 하고 나는 말했다. K는 그럼 가 보라고 말했다.

시계를 보니 결혼식에 늦지 않으려면 홍운표 씨에게는 오후에나 가 보는 수밖에 없었다. 그래서 다시 공중전화소로 들어가서 진삼 이에게 전화를 걸었다. 신호가 떨어지고, 여자 교환수는 잠깐 기다 리라고 했다. 여자교환수의 목소리는 거세기 짝이 없었고, 그래서 기분이 안 좋았다. 기계의 정확함에 비하여 사람들은 어찌하여 이다 지도 부정확하단 말인가? 엉뚱한 곳이 나왔다. 그 중년 사내는 화 난 어조로, "여기는 총무꽙니다." 하고 말했다. 그래서 다시 교환 좀 바꿔 달라고 얘기하려는데 저쪽에서는 수화기를 놓아 버렸다. 훅을 톡톡 쳤더니, 재수 없게도 선이 끊어져 버렸다. 전화국의 기계는 찰 카닥 안심했다는 것처럼, 이쪽 공중전화를 다시 고립된 상태로 환 원시켰을 것이다. 동전이 없기에 담배를 한 갑 사 가지고 다시 전화 기 있는 곳으로 왔다. 그런데 어떤 아가씨가 전화를 걸고 있었다. 기 다렸다. 아가씨의 통화는 좀처럼 끝날 줄을 모른다. 담배를 물고 하 늘을 치어다봤다. 가장자리에서부터 높은 겨울 구름이 다가오고 있으나, 하늘 한복판은 여전히 파랗다. 겨울 하늘의 파랑은 특색을 가지고 있다. 너무 진하지 않은 파랑이다. 그래서 넓게 보이는 하늘이다. 이번 겨울은 특히나 그 서주부가 길다는 느낌이 든다. 초겨울 간밤에 마신 술기운이 아직껏 남아 있다. 말하자면 내 몸뚱이가 여기의 싸늘한 기후를 인내하지 않으려고 하는 것 같은 그런 느낌이다. 아가씨의 전화가 끝났다.

진삼이는 전화를 받았다. "아, 웬일이지?" 하고 그는 약간 반갑다는, 호들갑스럽게 정리되지 않은 음성으로 말했다. "결혼식엔 갈 거겠지?" 하고 나는 물었다. "결혼식? 아아 참, 떼부의 결혼식이 오늘이지? 생각나게 해줘서 고맙다." 저쪽에서는 엉뚱한 치하를 하였다.
"나 무얼 좀 부탁하려는데 말야." 하고 나는 말했다. "그래, 이따 결혼식장에서 얘기하지." 하고 그는 말했다. 우리는 통화를 끝냈다.
결혼식이 있기까지는 아직도 삼십여 분의 여유가 있다. 이발을 하기에는 짧은 시간이다. 막상 갈 곳이 마뜩지 않았다.

세련된 인간과 의식된 인간. 세련된 인간은 돈을 벌 것이고 권력을 잡을 것이고 좋은 집을 지을 것이다. 세련된 인간은 자기를 말끔히 정돈된 상태하에 놓아둘 것이다. 그는 마음의 부조화를 느끼기를 도리어 거부하고 그 바깥에 나타나는 양상에 따라서 자기의 능력을 측정할 것이다. 그러면 의식된 인간은?
마침 한가한 기분이어서, 지난번 투고에서 입선이 된 내 소설에 대해서 생각을 해 보았다. 내가 소설을 쓰게 되리라고는 나 자신조차도 짐작 못 했었다. 그러나 어느 몹시도 미흡하다는 느낌 속에서 글은 써지고 있었고, 어느 때부터인가 그것은 소설의 형태로 나타났다. 그리고 그것은 소설이라는 저것이 가지고 있는 예술의 그 아름다운 경치를 내게 보여주게 됐다. 나는 내 마음속에 예술의 아름다운 경치를 늘 가지고 다닌다. 그것이 외계의 사물과 어느 정도 일치될 때의 비밀스런 기쁨, 그 충만한 추상 세계, 말하자면 이 세상이 실로 샤갈의 그림과 같이 엉뚱하게 변형되어 있고, 또는 바흐의 음악에서처럼 완고한 고전적 안정감을 가지게 될 적에, 그 순간의 현재에서 나는 이상한 탈진 상태에 빠진다. 나는 그것을 무척 즐긴다. 소설을 쓰는 것은 그런 고립 속에 변형된 세계와 악수하는 것이 아닌가.

그래서 그것은 투고되기 시작하였다. 이제 내 더러운 글씨에 의해 이루어졌던 소설이 활자화된 지도 한 달이 넘었다. 세상의 질시 속에서 무질서를 찾는 이 일. 1964년의 이 변동을 나는 아직 흔쾌히 접수할만 한 마음가짐이 돼 있지 않다. 한 사람의 글이 원고지에 나열되어 있는 그 상태를 지나쳐 활자로써 공개되는 데에는, 보다 완고한 어떤 그렇게 되어야 할 까닭이 납득되어야 할 것이다. 그래서 내 소설이 발표되고 난 뒤의 이 한 달 동안은 바쁘게 지나가 버렸다. 처음의 그 무거워진 듯한 몸뚱이며, 약간 빡빡했던 의식의 정지 같은 것은 이제 사라져 버렸다. 하여튼 소설의 응모 입선은, 취직 시험의 답안지와는 다를 것이다. 아무리 응모 작품이었다 하더라도 그것이 소설인 이상, 응모니 입선이니 하는 것은 그 작품을 내적으로까지 수식할 수 있는 것은 되지 못한다. 하나의 소설은 결국 하나의 예술로서만 그 생명과 가치를 획득해낼 것이다.

활자화된 자기 작품을 읽으면서 느끼게 되는 부끄러움 그것은 예술의 경지를, 또는 하여야만 했던 책임 있는 완결을 내가 소설에다가 해 놓지 못했다는 불충실감에서 일어나는 것이리라. 나는 지금껏 그 불충실감에 시달려 오고 있고, 그리고 그 불충실감을 없애기 위하여서 해야지만 될 것을 너무도 많이 가지고 있다. 그리고 그때 나는 존재감을 가진다.

사람은 얼마만큼이나 자기 혼자일 수가 있을까? 자기가 자기 혼자로 끝나지는 않는 이 광범한 세상과의 연결 그러면서도 자기는 혼자로서 존속되는 것 같은 그 질서에서 결국 자기가 취해 가고 있는 균형. (쉽게 싸구려 철학 서적을 들추면 찾아낼 수도 있는 이런 생각을 하면서 나는 신호등이 바뀌기를 기다리며 서 있었다. 나는 내가 왜 소설을 쓰려고 하는지를 그때 곰곰이 생각하고 있었던 것이다)

신호등이 바뀌었다. 나는 건너갔다. 이제 결혼식이 거행될 시간이 알맞춤되어 간다. 그 친구는 오늘 멍청한 피에로가 돼 있을 것이다. 아니 인생의 중앙에 위치하는 감정을 맞이하게 되었음을 뻐근하게 여길지도 모르겠다. 차라리 실감(實感)들은, 평범하게 표현이 이루어지는 그러한 행사 자체에서 확인되어 갈 것이다. 결혼식에의 참여 또는 엄밀하게 말하여 형식에의 참여 바로 그것을 중요하다고 의식했을 때, 다른 것은 중요함도 아울러 깨닫게 될 것이다.

결혼식은 거행되었다. 그것은 오후 한 시 아스토리아 호텔 일층 예식부에서 있었다. 열두 시 사십 분경부터 결혼식에 관계된 사람들이 모이기 시작했다. 열두 시에 거행된 다른 결혼식이 그때 한창 사진을 박고 있는 중이었기에 낭하는 아주 혼잡스러웠다. 여기저기서 악수를 교환하고 있다. 마침 내가 아는 얼굴도 몇 명 눈에 띄었다. 우리는 식장 입구에서 왼편 쪽으로 멀찌감치 서서 잡담을 나누었다. 우리나라에 있어서 결혼식이라는 것은 거의 유일이다시피 한 일반 서민의 공적인 집회의 기회이다. 거기에 모여드는 사람들은 어찌 되었든 축하를 준비해 가지고 있는 것이고, 그리고 찾아와서 보통 때 별다른 볼 일 없이 만나기 힘든 친지들을 만나게 된다. 친지들과 만나면 결혼식과는 직접적으로 연관이 닿지 않는 얘기들을 나눈다. 저들은 인생의 한복판에 위치하고 있는 듯한 저들의 떠들썩한 존재를, 말하자면 그런 식으로 하여 재확인해 보고 싶은 것이다. 그것은 다분히 토속적이고 그리고 은밀한 감정이다. 식이 시작되었다. 우리는 의자에 가서 앉았다. 소녀가 피아노를 치기 시작하고 신부가 들어온다. 신부 아버지의 굳은 표정과, 신부의 거추장스런 의상이 묘한 부조화를 이루는 가운데, 장내에서는 신부의 키가 너무 크다는 소리가 들려왔다. 그리고 상견례가 있었다. 정석회한 엄숙이 그대로 지탱되었고, 무감각한 새 출발의 의미가 고취되었다. 그리하여 결혼식은 끝났다.

결혼식의 무의미성 그런 것을 느끼기는, 조그만 상자를 하나 받아 쥐고 바깥으로 나왔을 때였다. 비록 한낮이었으되, 무엇인가 서운하였다. 한 사람의 결혼을 인정해주기 위해서는 보다 푸짐한 향응이 베풀어져야 마땅할 것 같은 기분이었다. 그래서 결혼은 실감이 안 났고, 그리고 나는 금방 식에의 도취에서 풀려나왔다.

나는 진삼이를 만났다. 이삼 년 동안에 진삼이는 살이 쪄 있었다. 진삼이는 재빠르게 이십 대의 선병질을 청산해 버린 듯했다. 웃음도 다분히 관료적인 것이었고, 그리고 제스처도 거의 세련된 허세에 가까운 게 모션이 컸다. 그는 결혼식에 대해서 한마디 던졌다. 신랑 신부 퇴장할 때, 딱총 터뜨리는 거 제발 좀 집어치울 때가 됐다고 그는 개탄하더니 "그래 나한테 볼일 있다는 건 뭐지?" 하고 물어왔다. "응, 별게 아니구⋯⋯." 나는 K와 홍운표 씨에 관해서 약간의 얘기를 했다. "아, 그거 알아보지." 하고 진삼이는 선뜻 대답했다. 너무도 쉽게 긍정해 버리는 탓에, 그의 말에는 성의가 없었다. "응, 이번 일은 말이지…… ." 나는 그에게 새삼 동의를 구했다. "아, 알았어. 어디 가서 점심이나 했으면 좋겠지만……." 진삼이는 말꼬리를 흐렸다. 그것도 역시 약간 무성의한 대꾸였다. 부탁 같은 걸 막상 받게 되니 기분이 언짢다는 듯이도 보였지만, 나는 그것에 구애되지 않기로 했다. "그럼 이따 저녁때 시간 좀 내 주겠어?" "글쎄, 오늘은 좀 바쁜데?" "그럼, 내 전화를 하지." "그럴 테야? 그럼 그렇게 해줘." "참 넌 장가 안 가나?" "장가? 아마 가겠지." 우리의 얘기는 우호적으로 끝났다. 그리고 진삼이가 가고 났을 때 나는 맥살을 내었다. 무엇인가 아슬아슬하다는 느낌이었다. 사회의 표면 그것은 도리어 필요한 것 같지도 않은 주름살을 너무도 많이 가지고 있다. 그 하나하나의 주름살을 거머쥐고 있는 인간들, 사무실들, 서류들. 그래서 사회는 표면적으로는 풍요하다. 실속 없이 풍요하다. 그 풍요에 맞추어가다 보면, 개인은 자기의 초라함을 자각하기에 앞서, 몸의 표면적을 극도로 늘려야 한다. 그래서 몸의 표면적을 아스팔트와도 같이 만들어 놔야 한다. 제기랄, 이 얼마나 화나는 일인가?

시장하였다. 홍운표 씨에게 가야 하였지만, 그것보다도 우선 식사나 해야겠다고 생각했다. 어디 가서 무얼 먹는다? 어느 음식점이고 이맘때면 다 만원일 것이다. 이 살아 있는 짐승 같은 도시는, 커다란 입을 벌리고 아귀아귀 음식을 만들어 내고 처먹고 있을 것이다. 물만두 집에 들어갔더니 도저히 앉을 틈새 없이 만원이었다. 다시 걸으면서 이왕지사 조금 돈을 더 들여 식사하기로 생각하고 한식집엘 갔다. 갈비탕을 간신히 주문했는데, 그러자 식사가 오질 않는 것이었다. 사람들의 식사하는 모습을 지켜보기란 확실히 고역이었다. 식사 중일 때 저들은 단지 동물일 뿐이다.

버스를 탔다. 너무 급히 처먹어댄 탓인지 속이 좋지 않았다. 홍운
표 씨는 자기 자리에 붙어 있기나 할는지, 버스도 만원이었다. 손잡
이 쇠판을 붙잡고 그대로 흔들려졌다. 그리고 그때 우스운 생각이
문득 떠올랐다. 버스에 타고 있는데 갑자기 아래의 그 정밀한 부분
이 크게 부풀어 올라서 혼이 났다고 어떤 친구가 얘기를 꺼냈었다.
다른 친구가 그러자 처방을 내려 주었다. 혀를 위로 올려 입천장을
열심히 핥으라는 것이었다. 그러면 아래의 부분은 원상 복귀될 것
이라는 얘기였다. 그 생각이 떠오르자 나는 그럴 아무런 이유가 없
는데도 불구하고 혀를 올려 입친징을 핥아보았나. 약산 까슬까끌
한 접촉감이 거기서 생겨났고, 그러자 웃음이 나왔다. 나는 문득 J
를 마음속에 그렸다. 그녀에게 만나자는 얘기를 띄워 본다? 그러나
막상 만나면 나는 박제(剝製)라는 단어를 실감하곤 했었다.

홍운표 씨는 자리에 없었다. 어디 갔느냐고 물으니까 모르겠다
고 사환 애는 짜증난 목소리로 대꾸하였다. 기다리기로 하였다. 다
섯 평쯤 될 만한 크기의 방. 형광등이 그대로 켜져 있었다. 농사를 짓
고 있어야 마땅할 것만 같은 그런 건장한 네 명의 사내가 사무를 보
고 있었다. 벌써 세 시가 가까웠다. 약간 졸음이 왔다. 오후의 햇살
은 피곤한 황금빛이었다. 방 안이 누렇게 공중으로 들떠 올라가 있
는 듯싶었다. 한국의 현재가 이렇게 지나가고 있는 것이다, 라는 식
의 거창한 생각을 그때 해보았다. 그것은 실감나지 않았다.

홍운표 씨가 온실다방에 있다고 사환 애가 알려주어서(전화가
왔던 것이다), 찾아주는 대로 거기엘 갔다. 조그만 다방이었다. 빨간
치마 파란 저고리의 마담이(그 여자는 징그러운 소녀가 되고 싶어

하는 것 같았다) 홍운표 씨와 잡담을 나누고 있었다. 가서 앉았다. "아, 이거 오랜만이외다."라고 홍운표 씨는 1930년대의 어투로써 말했다. 마담이 지나갔다. 나오고 있는 음악은, 판 질이 좋지 않은 〈엘리제를 위하여〉. 홍운표 씨는 슬쩍 거드름을 피우면서 나를 정시(正視)했다. 나는 분위기를 조금 늦추기로 하였다. 떡판 같은 이 영감님을 어떻게 하면 센티멘털하게 만들 수 있을까 생각하자니, 그만 절망감이 앞섰다. 우선 간략하게 용건을 말하기로 했다. 말했다. 저쪽에서는 여전히 "그래서요?" 하는 표정이다. 그래서, 그래서, 그래서…… "홍 선생님, 전화 받으세요." 빨간 스웨터를 입은 레지가 고함을 질렀고 홍운표 씨는 일어섰다. "누구한테 온 전화야?" "여자분인데요." "어디래?" "내수동이래요." "이런 제기랄, 없다지 그래." "아이 계신다구 했는 걸요." 홍운표 씨와 레지 사이에는 이런 말들이 교환되었다. 그리고 그동안에 나는 맹꽁해져 갔다. 동그란 지구의 어느 표면에 국자와도 같이 파진 흠이 하나 있어서, 그 흠에 나 혼자만 살짝 빠져들어 가 있는 듯한 기분이었다. 기어 나와야 한다. 홍운표 씨가 돌아왔다. 과히 기분 좋은 안색이 아니었다. 눈에 띄게 퉁명스러워졌다. 귀찮아하는 내색이 여실하였다.

결국 사내들의 일이란 그런 것이다. 홍운표 씨가 볼일이 있다고 가 버리고 난 뒤에 나는 그만 화가 났다. 그 울화는 마음 놓고 확대돼 갔다. 탁자를 탕 두들기고 일어났어야 했을 것이 아니냐. 엉망진창으로 손해를 입고서도, 도리어 커다란 빚이라도 진 것처럼 어기적거리다니……. 도대체 그것은 무엇이란 말인가? 겸손인가, 미덕인가, 점잖음인가? 천만에. 국자와도 같이 생긴 흠에 처박혀 들어간 그 위를 지나가고 있는 약육강식의 발자국. 나는 내 마음속에 생긴 분노에 의하여 여지없이 파괴되어 버렸다.

　바깥으로 나왔다. (찻값을 두 사람분 내고 있을 때의 멍청스러운 기분이여) 복잡한 거리가 나 혼자만을 완전하게 무시해 놓고 있는 듯하였다. 그래서 어떤 자는 키가 크고, 어떤 자는 일부러 뭉툭한 코를 가지고 있고, 어떤 여자는(오로지 나를 놀리는 재미로써) 화려한 옷을 입고 있는 듯하였다. 저들은 다 유지되고 있다. 그런데 나는? 소년 하나가 종이쪽지를 굳이 내 손에 쥐여주었다. 읽어 봤다. 임질 매독……에는 재생한의원으로. 나는 그 종이를 무시해 버리는 데에 너무도 극심하게 마음의 경비를 들였다. 내 약점을 포착한 저들은 이렇게, 저렇게, 악랄하게 나를 파괴시키려 드는 것이 아니냐. 아아 제기랄. 약방에 들어가서 사리돈 두 알을 사 먹었다. 그래도 여전히 골치가 아팠다. 마침 아는 사람이 다가오고 있었다. 얼른 피했다. 내가 피하고 있음을 저쪽은 알아보았다.

　어제 나는 이런 식으로 시작되는 소설을 꾸미고 있었다. "젊었던 시절의 여러 정확하지 않은 행위는 젊음이 지나가고 난 뒤에라야만 해명될 성질의 것이다." 과연 그것은 맞는 이야기일까? 자신이 없다.
　하늘은 약간씩 흐려 들고 있었다. 바람이 세차졌다. 다시 추워지는 모양이다. 조그만 네거리에 나왔을 때, 갑자기 바람과 함께 날고 있던 조그만 돌멩이가 눈 속으로 들어갔다. 손을 갖다 대어 부벼 보고, 눈꺼풀을 찔끔거려 봤으나 그것은 빠져나오지 않았다. 아렸다. 눈물이 나왔다. 손수건을 꺼내어 눈을 가린 채 골목길로 접어들었다. 계속 손수건으로 눈알을 뒤집어 보았지만 아픔만 더할 뿐 조그만 돌멩이는 빠져나오지 않았다. 어이없게도 자꾸 눈물이 흘러내렸다. 지나가던 사람들이 쳐다본다. 저들은 나를 동정하고 싶어진 모양이다. (바로 저들이 건강하다는 것을 그런 식으로 확인하고는 행복감에 젖을 것이다) 바람이 계속 얼굴을 때렸고 어처구니없이 흘러내리는 눈물은, 그러자 슬픔을 가져다 주었다. 나는 슬퍼졌다. 그래서 눈물은 아픔 때문에 나오는 것인지, 슬픔 때문에 나오는 것인지 불분명하여졌다.

애드벌룬이 몹시 흔들리고 있었다. 그것은 애드벌룬이 땅으로 매어져 간 줄을 벗어나려고 안타깝게 몸부림치고 있는 것으로 보였다. 그리고 사이렌 소리가 들렸다. 그것이 차츰 사라져갔을 때, 또 새로운 커다란 사이렌 소리가 들렸다. 불자동차가 지나가는 것인지 경찰 백차가 지나가는 것인지 알 수 없었다.

드디어 나는 눈물 흘리기를 멈추고, 다시 걸어갔다. 홍운표 씨에게로 갔다. 단단히 따지리라 생각하였다.

하나의 사회학적인 명제로써, 국가의 제반 세력 분포가 오로지 한 세대에 의하여 독점 운영되는 사회에서는, 그만큼 불안정한 삶을 누릴 수밖에는 없게 된다. 세력을 독점한 한 세대 이외의 연령층은 그 세대에 의하여 단지 예속 부가되는 수밖에는 없고, 세대 간의 정당한 교섭이란 성립할 수 없게 된다. 불효를 전통으로 가지고 있는 집안의 가부장제와도 같은 이런 사회 체계에 있어서, 실상 제일 억울하고 부당한 대우를 받는 것은 바로 어린 놈, 젊은이들인 것이다. 그들의 행위는 일차 그 정당성을 인정받지 못할뿐더러 겨우 그 정당성이 인정받았다 할 경우에는 그 세대 특유의 창의성이 수락되지 않거나 용납 안 되는 것이다. 그래서 여기의 사회에는 사십 대의 가치 판단이나 실력 행사가 허용되고, 육십 대나 이십 대의 가치 판단이나 실력 행사는 인정되지 않는 경우가 많다. 그것은 마치 사십 대의 연령층만 여기에 살고 있는 듯한 착각을 빚어내 주기도 하며, 바로 그런 이유로 해서 체험과 인벌(人閥)이 가장 중요한 행위 결정 권을 가진다. 어서 빨리 나도 사십 대나 되고 볼 판이다. 사회는 근 대화되어 그 표면만큼은 풍요해졌지만, 그것의 표현만큼은 예나 다름없이 단조하기 짝이 없는 것이다.

홍운표 씨는 무턱대고 내게 반말로써 대하려 들었다. 나는 그런 태도의 일방적인 봉건성을 은연중에 지적 않을 수 없었다. 그래서 나는 건방시나는 소리를 들었다. "물론 건방시나는 꾸사람을 내리 시는 건 좋습니다. 하지만 나는 나라는 사람에 관해서 말씀드린 것 이 아니라, 이번의 일에 대해서 말씀 올린 것입니다." 하고 나는 말 했다. 내 말은 통하지 않았다. 뿐더러 홍운표 씨는, 마치 화를 내기 로 작정이라도 한 것처럼 고함을 질러대기 시작하였다. 그 고함 또 한 이번의 일에 대한 것이 아니라 주로 나에게 대한 것이었다. 그래 서 나도 어느 정도 화를 내었다. 이번 일로 인해서 가장 피해를 많이 입고 있는 것은 나였다. 어쩌면 내게 있어서는 아주 중요한 인생사 에 관계되는 것이었다. 그럼에도 홍운표 씨는 나라고 하는 인격체 와 일이라고 하는 객관 세계를 여전히 혼동하고 있었다. 아니 구태 여 혼동하고 있는 체하려는 것으로도 보였다. 바로 그것이 한 세대 에 의하여 이 거대한 사회가 독점 운영되고 있음의 보기인 것이다. 나는 거의 비참한 심정이 되어 있었다. 다시 들르겠다고 말하고는 나왔다. 그러나 생각해보니 내가 여간한 바보짓을 한 것이 아님을 깨달았다.

급작스럽게 쌀쌀해졌다. 그래서 거리는 순식간에 음침해져 있었 다. K에게 전화를 걸었다. K는 나의 흥분한 목소리를 가만히 듣고 있더니, 단지 "그래?" 했다. 이미 그럴 줄 예상했다는 어조였다. 나는 K의 어조에 대해서도 불만을 느꼈다. 하긴 그 불만은 의당 나 자신에게로 회수되어야 할 성질의 것일 터였다. K는 간략하게 나의 처신을 나무라고는 전화를 끊었다. 도리어 여유만만이었고, 무엇인가 상대방을 꼼짝 못 하게 할 만한 무기를 소지하고 있는 듯하였다. 약간의 냉정성을 회복하고 나서 이번에는 진삼이에게 전화를 걸었다. 나는 홍운표 씨가 얼마나 몰염치하게 나에 대하여 피해를 입히고 있는지 요령껏 설명했다.

"그런 얘기는 암만 해 봐도 소용없고 말이지." 하면서 진삼이는 나의 말을 중도에서 끊게 하더니 "그거 네가 가지고 있는 증서(證書)로서는 좀 약한데 어쩐다?" 하고 느릿느릿 말했다. 그러고 나서 진삼이는 구제될 수 있는 서너 가지 방법을 설명해 주었다. 그의 음성은 흡사 기계 소리 같았다. 나는 서서히 압도되어갔다.

그리고 바깥으로 나오니까 아주 추웠다. 온몸이 떨렸다. 순간적으로 어찌나 추운지 그대로 내 몸뚱이가 얼음이 돼 버리는 것이 아닐까 싶을 정도였다. 나는 바삐 포도를 걸어갔다. 행인들이 많았음에도 결국 나는 나 혼자였다. 겨울은 인간과 인간과의 거리감을 확실히 해준다. 체온과 체온의 연결이 따뜻하게 이루어지지 않기 때문일 것이다. 그래서 저 앞으로 육교를 보았을 때 나는 마치 얼음의 바다 위를 억지 억지로 떠가고 있는 얼음 조각인 듯한 느낌이 들었다.

네 시 반이었다. 벌써 저녁 기운이 감돌고 있다. 여전히 흐린 날씨이고 눈이라도 퍼부을 것 같은 징조가 보인다. 눈이 오려고 하는 때의 도시의 일기 개황 그 카타르시스를 마음껏 흥분하여 예찬하고 싶었던 시절도 있었다. 그런데 지금은? 지금도 어느 정도는 그렇다.

어이없게도 내가 끼어들게 된 이번 일 그것은 어떻게 끝장이 나려는가. 도대체 일이란 무엇일까? 그것에서 해방되어 버리고 싶다. 나는 나를 적절하게 유지하지 못하고 있다. 그래서 나의 생각은, 나의 표현은 도전이 되고 분노가 되고 고함이 된다. 도전하지도 말고 분노하지도 않고 고함지르지도 않는 그 가운데를 도도하게 흘러가는 인생도 있는 것이다. 아니 인생이란 그래야만 하는 것이다. 나는 철저히 함락되기를 원한다.

현재는 잘못돼 있는가? 과거와 미래는 하나의 허상에 불과한 것처럼 느껴지게 되고, 그러한 황야 지대를 현재라고 하는 기차는 굉음을 내며 달려 나아간다. 나의 현재. 그리고 다음 순간의 나의 현재, 그 현재를 끊어 버리고 싶다. 또는 현재를 끊어 버릴 수 있으리라고 생각되는 어떤 망상이라도 하고 싶다. 시간의 신(神).도시에서 시간의 신은 쇳소리를 내고 있다. 신음 소리를 내고 있다. 나는 나 자신을 너무도 구체적인 상황하에 놓아두고 있다. 나를 구체적이 아니게 만든다기보다도 상황 자체를 구체적이 아니게 만들고 싶어진다. 도대체 문명이라는 것은 그것을 특히나 터무니없는 수입품처럼 생각하는 여기에 있어서는, 언제나 어색한 것이다. 나는 차라리 쉽게 이루어진 박제이길 원한다. 의식이 없을 때 또한 고통은 없는 것이나 아닐는지. (제발 이따위의 상식적인 고통은 일어나지 말았어야 했을 것을)

오후 다섯 시쯤 잠깐 눈이 내렸다. 회색의 하늘로부터 하나의 거짓말 같은 사실이 이루어진 것이다. 그것이 눈이라는 것을 알았을 때 어쩐지 추위가 몸에 잠겨왔다. 그리고 밤의 가라앉음과, 설사 도시가 아무리 소란스럽다 할지라도 밤의 잦아져 들어가는 온화함이다가서고 있었다. 눈은 조용하게 하강되고 있었다. 그것은 소리 없이 간간이, 약하게 그리고 가볍고 느리게 떠돌아다니며 인파의 중압을 헤쳐 버리려는 듯 흡사 중압을 무시하려는 것처럼 옆으로 옆으로 내리고 있었다. 그러자 이내 눈은 그쳤다. 조금 뒤에 나는 중학교 이 학년생인 사촌 동생을 우연히 만났는데, 그 애는 눈이 내렸다는 사실조차 모르고 있었다.

오늘 결혼을 한 그 친구 집이 마침 가까운 곳에 있기에 가 봤다. 그냥 부모님께 인사나 드리고 나올 작정이었다. 그런데 가 보니 신랑신부가 마침 폐백을 올리고 있었다. 친구도 몇 명 모였다. 술을 얻어먹었다. 잔칫집이라 역시 잘 차려냈다. 웃음판이 벌어졌고 뒤늦게 들어온 신랑은 넙죽넙죽 술을 받아 마셨다. 그는 의무적으로 행복해했다. "제에기랄." 하면서 그는 자꾸 술을 먹이면 어떻게 하느냐고 즐거운 신경질을 올렸다. 밧줄을 누군가 가지고 왔다. 신랑을 달아매야 하겠다는 것이다. 신랑이 도망치려는 것을 막고, 그러자 누군가가 신부를 데리고 왔다. 신부는 쩔쩔매고 있었다. 신랑이 비명을 질렀다. 신부가 노래를 불렀다. 잘 부르지는 못했다. 그리고 신랑과 신부가 이중창을 불렀다. "첫날밤은 집에서 지내야 한다고 우겨서 말이지." 하고 신랑은 신혼여행을 떠나지 않은 것에 대한 변명을 하였다. 새 이불, 새 요, 새로 단장한 자기 방에서 첫날밤은 보내야 마땅하다는 것이 가노(家老)들의 주장이라는 것이었다. 우리는 그것이 일리 있는 얘기라고 머리를 끄덕였다. 그러나 우리는 우리가 머리를 끄덕이고 있었을 때 진실로 우리가 긍정하고 있었던 것이 과연 무엇인지는 모르고 있었던 것이다. 그리고 그것은 나도 모르고 있다.

엘리엇은, 이십오 세가 넘어서도 시를 쓰기로 생각한 자는 역사 의식을 가져야 한다고 말했는데(물론 한글이 아니라 영어로써 말이다), 나는 어떤 전통적인 공감, 한국적인 따뜻한 생활 방식을 의당 보아야 했고 거기에 따라서 그 친구를 과거와 미래로 연결된 커다란 흐름의 주인공으로서 이해해야 했을 것이었다. 그런데 나는, 오늘따라 가지고 있는 나의 '현재의 한계'로 해서 신랑과 신부의 행동거지에 뿌리를 내려서 관찰하지는 못했다. 그리고 그것은 아마 신랑과 신부도 마찬가지인 듯했다. 아니 도리어 신랑과 신부는 어떤 자기들만의 독특성을 강조해서 생각하고 있는 듯하였다. "집을 나가서 독립된 살림을 차리려구 해." 하고 신랑은 말했다. 신랑은 김천에 취직이 되었고 그래서 거기에 내려가 살겠다는 것이다. "어쨌든 이제부터는 신경질 부리지 않고 늙어질 수 있으니까 말이지." 하고 신랑은 우스갯소리를 하였다.

나 혼자만 먼저 바깥으로 나왔다. K의 집엘 찾아가야겠다는 생각이 들었기 때문이었다. 어쨌든 K를 만나서, 사정을 자세히 검토해볼 필요가 있었다. 최악의 경우 이번 일이 아주 엉망이 되어 버리면 나는 상상도 할 수 없는 비참한 처지에 빠지고 말게 된다. 사회는, 개인이 개인 자격으로서 남아 있는 것을 거부하는 듯이 보이며, 그런 때 개인은 자기를 타자로서 취급하지 않을 수 없다는 의미에서 사회 참여를 해야 한다. 이번 일은 그러한 나의 사회 참여와 결부되어 있다. 이번 일이 파토가 나 버리면 나는 그만큼 속으로 골병 걸리는 피해를 입게 된다. 끊임없이 내출혈을 하고 있는 환자와도 같이.

하나의 인간이 유지되고 있다는 것은 많은 전제를 내포하고 있는 말인 것이다. 우선 그는 필요한 돈에 의하여 부풀어져 있어야 하며, 밤이면 잘 곳과, 입을 것이 있어야 하고, 나아가서는 경찰서와 인연이 멀어야 하고, 의사와 서먹서먹한 관계에 있어야 한다. 그것이 종합적으로 그리고 유기적으로 잘 운영이 되어야 한다. 삶의 유치한 공학.

K는 나를 그리 반가워하지는 않았다. 두 간이 될까 말까 한 방에 그는 잠옷바람으로 앉아 있었다. 네 살쯤 된 아들이 재롱을 부리고 있었다. 그는 아들의 재롱에 정신이 팔려 있었다. 나는 말을 꺼냈다. 그리고 K는 나의 말을 들었다. 나는 말을 해 가는 동안에 점점 K에게 미안해졌다. 도대체 일이라는 것은 K와 어떤 직접적인 연관을 가지는가? 그리고 한밤중까지 잠이 안 와서 시달림을 받곤 하는 나 자신과는? 나는 사 가지고 온 사과 봉지를 내밀었다. "그런 건 왜 사 가지고 오누?" 하고 K는 심상찮게 말했다. 사과를 먹으면서 나는 도리어 신문에 났던 정치적인 움직임을 화제에 담았다. "글쎄 정치란 원래 그런 것이지 뭐." 하면서 K는 소리 내어 웃었다. "그러면 제 일도 그저 그런 걸까요?" 하고 나는 물었다. "그렇구 말구. 젊은 사람들은 너무 성질이 급해서 탈이야. 어디 사람 하는 일이 이쪽 뜻대로만 되는가? 줄다리기에서 밀구 당기구 하는 때처럼 밀려났다 당겨왔다 하는 거라." K는 약간 장황하게 설명해가다가 자기 말에 자기가 도취되었던 것이 싱거웠던지 가볍게 웃었다. 그리고 나도 웃었다. 우리는 바둑을 세 번 두었다. 두 판은 내가 이겼고 한 판은 내가 졌다. "그럼 이만 가보겠습니다." 하고 나는 일어섰다. 바깥으로 나오면서 나는 공연히 K의 집엘 찾아왔던 것만은 아니었다고 생각하였다.

집엘 거진 다 와서 목욕탕엘 들어갔다. 일하는 애는 아홉 시가 다

됐으니 목욕은 곤란하다고 했지만 나는 부득부득 옷을 벗고 탕 안으로 들어섰다. 목욕탕에는 두 사람밖에 없었다. 조금 있다가 뜨거운 탕 안으로 들어섰다. 그리고 차가운 탕으로 들어섰다. 온몸이 빡빡한 밀도 속을 침투해 들어가려는 때처럼 저며들었다. 살갗이 축소되려 하였고 화끈하면서도 부풀었던 감각들이 순식간에 차가워졌다. 그래서 마디마디가 동강이 나는 듯하였다. 서서히 발을 집어넣고 가슴을 담가 가는 동안에 뱃가죽이 아렸고, 정강이가 아팠다. 그러나 일단 물속에 잠겨서 움직이지 않으니까, 그 찬물이 여간만 상쾌한 것이 아니었다. 전혀 차갑다는 느낌이 아니었다. 도리어 피부는 만질만질해지고 발가락으로부터 선뜻한 기운이 미꾸라지처럼 빠져가곤 하였다. 조금 뒤에 찬 탕에서 나와서 바로 뜨거운 탕으로 들어갔다. 그러자 마디마디의 신경이 매워지고 뜨거운 아픔이 묵중한 섭리처럼 몸을 지그시 눌렀다. 그 아픔이 오는 대로 가만히 내버려 두었다. 아픔은 차츰 변형이 돼 가고, 수축과 팽창의 불연속이 이루어지고 있어서 쾌감이 왔다. 그 쾌감을 놓치는 것이 아까웠지만, 일하는 애의 독촉도 있고 하여 바깥으로 나왔다. 체중이 일 킬로그램이나 줄어들었다. 이발은 내일 식전에 하기로 생각하였다.

집에 돌아왔다. 지금 밤 한 시를 조금 넘은 시각. 바람이 몹시 불고 있다. 바깥에 나가 보았더니 의외에도 하늘이 파랗게 개어 있고 달빛마저 비쳐서 좁은 뜨락을 하얗게 칠해주기 때문에 이것이 몹시 이상스럽게 생각되었다. 다시 방으로 돌아와서 문을 꼭 닫았다. 암만해도 바람이 새어 들어온다. 우르릉우르릉 소리가 사방으로부터 들려오고 있다. 다시 방문을 꼭 닫았다.
그리고 약 한 달 전부터 계속되고 있는 글을 들여다본다. 한 장

생각의 시체　　　　207

쓰고 찢어 버린다. 또 한 장 쓰고 찢어 버린다. 담배를 태운다. 여태 껏 써왔던 것을 읽어본다. 마음에 들지 않는다. 멍하니 담배 연기를 눈 준다. 형광등이 소리를 내고 있다. 개새끼가 짖는다. 그리고 담뱃 진이 섞인 생각이 펼쳐져 간다.

내일은 K를 만나서 좀 완강하게 얘기해 봐야겠다. 그리고 홍운 표 씨는 결국 나를 시인(是認)하게 될 것이다. 내일도 오늘이 될 것 이고, 그리고 오늘은 어제가 될 것이다. 시간에 대하면 모든 것은 그 저 시간의 구성물에 불과하게 될 것이다. 그런 식의 대범성을 살려 두기로 하자.

나는 옛날 노트의 낙서들을 읽어 본다. '나는 극히 개성적인 상황, 또는 아주 주관적인 상태하에서 그 누구도 아닌 나의 얘기를 아주 두서없이 적어 놓는다.' 아아, 제기랄 나에게도 이런 유치한 시절이 있었구나. '그것은 지금 내 기분이 놀라우리만치 섬세해져 있고 내 몸뚱이가 굉장히 세밀한 악기와도 같이 느껴지고, 여기로부터 맑 은 소리가 새어나오듯 하기 때문이다.' 무어가 어쩌고 어째? 과했군 과했어. '몸뚱어리의 신비하게 굴곡진 동굴로부터 과거는 메아리 되어 부딪치고 현재는 부단히 감각적으로 접촉되어오고 있는 듯하 다.' '비록 시인은 아니지만, 나는 인간과 자연을 굳이 구별하여 두 지 않은 채, 그 사이에 무수한 영교(靈交)가 가능하다고 생각했을 원시 시대의 주술적인 환각을 지금의 내게서 예상한다.'
나는 옛날 낙서를 읽는 이런 감정의 낭비를 더 계속하다가는 큰일 이라는 생각이 들어 담배를 물고 화를 내면서 그것을 찢어 버렸다.

그리고 일기를 썼다. '도시의 하루 음향과 풍경이 완전히 분리되어 나간다. 악인의 이미지를 가지고 나 아닌 다른 사람을 관찰할 때 그 관찰은 대개 정확하다. 그것은 내가 나이지 결코 다른 사람일 수는 없다는 주체자로서의 입장이 악인의 그것과 같기에 그러했다. 구태여 선인들이라는 의식 때문에 모호해지는 인간 집단군에게 대하여, 도리어 그렇게 나 자신이 악인일 수만 있다면. 인간을 용기에 비교하여 내가 수용할 수 있는 폭 그것을 오로지 나만으로 채워 놓고 있는 듯한 저 어색한 에고이즘. 그것에서 탈피하여 자기를 갖지 않은 듯이 행위하는 양각적인 인간이 되어야겠다는 의식이 다가든다.'

'자부심을 찾아라. 그 자부심이 하찮은 곳에서부터 생기는 것이면 생기는 것일수록 당신은 더욱 우월하게 될 것이고 자신에 꽉 찰 수 있을 것이다. 왜냐하면 사회는 그 누구도 상상 못 할 유치함 속에서 자부되고 있으니까.'

잠자리에 들었다. 눈을 감고 자는 체하고 있었다. 나는 내 경우의 모순을 생각하면서 밤공기를 마셨다. 어둠은 비단처럼 결을 이루어 무늬를 만들고 있었다. 나는 눈을 감고 그리고 어둠을 보았다. 그리고 이제부터는 일기를 쓰지 말아야겠다고 생각했다. 일기에 있어서 가장 나쁜 것은, 일기가 도리어 어떤 위안이 되어주는 데에 있었다. 위안이 되다니, 어찌하여 그것이 위안이 될 수 있단 말인가. 일기를 그만두고 나는 나 자신으로부터 탈출하여 나와야겠다고, 그전부터 매양 생각해 오던 것을 또 생각하였다. 과연 그것은 가능할는지? 그러고 나서 나는 턱을 문질러 보았다. 턱수염이 자라나고 있었다.

《세대》, 1967년 1월호

벌거벗은 마네킹

벌거벗은 마네킹

    흔히 사람들은 우리나라 기후가 좋다는 것을 자랑으로 알고 있다. 그것을 나도 자랑으로 안다. 오늘도 하늘은 맑다. 아침에 그만 늦잠을 자버려서 골치가 아픈데, 바깥 날씨가 하도 청명하여 나 자신이 아주 불결하다는, 그러한 생각이 들었다. 세수를 하고 푸른 하늘과 녹색의 정원을 한참 동안 바라보았다. 그래서 우리나라 사람들은 자연과 인간과의 합치를 가장 순수한 것으로 생각해 오는 전통을 가지고 있는 모양이다. 무어라고 할까, 자연과 인간 사이의 경계를 의식하지 않고 이를 말끔히 혼동한다고나 할까 그러한 사고 습관 때문에 대 인간관계를 세속의 더러움으로 간주하는 풍습조차 있는 듯하다.

    그리고 이와 같이, 내가 그러하다고 말하지 아니하고 우리나라 사람들이 그러하다고 말하는 편리한 명분을 세워 나는 이틀 전에 이 절간을 찾아들어, 옛날 선비들의 흉내를 내고 있는지 모른다.

    일종의 도피벽이 내게도 남아 있다는 말이 되는데, 그러한 생각이 한 달여 전의 복잡다단했던 사건들을 감미롭게 채색해 주는 듯도 하다. 마치 그러한 사건들은 일종의 악(惡)이며, 내가 그것에서 도망 오지 않을 수 없었음은, 처용(處容)의 태연한 회피와도 같이 어쩔 수 없다고 하는, 그러한 자기 화해의 기분이 있다.

고국에 있을 적에는 몰랐었는데, 외국에 나와 보니 애국심이 발동되더라고 하는 말에는 틀림없이 위선이 포함되어 있다. 그것과 비슷한 얘기인데, 도시에서의 생활은 추한 것이고, 그 도시를 벗어나서 자연을 맛보게 되니까 아주 상쾌하다고 하는 도시인의 상투어에는 간과할 수 없는 자연에의 모독이 포함되어 있다.

이 절간에는 대학교 입학시험을 준비하는 젊은이가 한 명 있고 그리고는 나 뿐이다. 한밤중에 울려 퍼지는 종소리는 평화스럽기는 하다. 일종의 유혹처럼, 그 단조한 평화스러움에 매달리고도 싶다.

은은히 퍼지는 종소리의 결…… 가만히 듣고 있노라면 거기에는 파도 소리와도 같이 흔들리고 있는 어떤 설렘이 있는 것 같다. 세속에의 설렘일까? 하지만 종소리의 전반적인 흐름은, 부분 부분의 흔들림을 꽉 묶어 놓고 있다. 일종의 박제된 안정 또는 증발한 평화라고나 하겠다.

나는 그것을 싫다고 생각한다. 세속의 복잡함을 회피하여 얻어지는 무미한 단순함, 또는 머리통이 빠개질 듯한 인생고들. 그렇다. 증발시켜서 만든 즐거움은 젊은 나로서는 용서할 수 없다. 그러한 즐거움과 초탈보다는, 초탈하지 않은 상태로서의 혼란함이 나을 것 같다는 그런 생각이다. 중국 유가(儒家)들의 말처럼 세속에 살면서 세속을 벗어나는(卽世間而出世風) 그러한 소강적인 자세에도 불만이지만.

이렇게 말하다 보니 이것이 장영선 씨에게 보내는 편지라고 하는 사실이 우스꽝스러워진다. 나는, 아마 장영선 씨와의 사이에 있었던 일종의 인간관계(그것은 확실히 사랑이었지만)에서 일어난 감정의 홍수를 수습해야겠다는 명분을 세우고 있는 것 같다. 그래서 자연이라고 하는 고요한 대상에다가 더러워진 나 자신을 비춰 보고 있는 것이다.

이 말에서 오해 않기를 바란다. 더러워진 것은 나 자신이지, 나와 장영선 씨와의 대인 관계가 아니라고 우선 생각하는 것이기 때문이다. 어쩌면 일종의 종교적인 의식처럼 나 자신을 자연으로써 세례하고 싶다는 그 마음뿐인지 모른다.

나는 조금 전에 방에 돌아와서 장영선 씨가 내게 주었던 「흔들리는 갈대」라는 소설을 읽었다. 그 소설은 아주 내 마음에 든다. 하도 감동적이기에 읽는 것이 도리어 힘들었다. 말하자면 거기의 활자들을 전부 육필로 써놓아야지만 그것을 읽은 것이 되었다고 할 수 있지 않을까, 하는 느낌이 들었던 것이다.

그 소설에는 확실히 인간이 있다. 인간이 없는 소설이 얼마나 많으냐? 괴상한 방법으로 인간을 변질시켜 버리고, 추상시켜 버리고, 소외시켜 버리는, 그러한 것이 아님을 알겠다. 그것이 육감적으로 내게 달려들어, 아마 나는 그 소설에 나타난 것만이, 가장 옳다고 믿어버렸는지도 모르겠다.

사랑과 증오는 그렇게 멀리 떨어져 있는 것은 아닐 게다. 도리어 그것이 판별 안 되게끔 붙어 있을 적에, 육성이 터져 나오는 것이리라.

다만 내가 놀란 것은 그 육성이 너무 조용하게 터져 나오고 있다는 데에 있다. 사실 말이지, 우리는 조용하게 얘기하는 관습을 아주 잊어버린 듯하다. 모두 큰소리로 고함이나 지르는 데 익숙해져 있고, 그렇게 떠들어 대고 있어야지만 말하고 있다는 실감을 얻을 수 있는 모양이다.

그런데 그 소설은 나지막한 육성을 내고 있다. 그 육성이 전체의 천둥과 같은 소리를 절감케 한다.

그것은 활자 하나하나가 살아 움직이며, 인간의 목소리를 발하고 있는 것 같은 것이었다. 나는 그것을 귀로 읽고 있다. 그것이 아름다운 소리를 내는 하나의 악기도 아니고 세계고를 무찔러 버릴 수 있는 어떤 것이 나를 그 소설과 자신을 일치시킬 수 있었고, 그리고 바로 나의 곁에서 장영선 씨를 느끼게도 되었다.

　다시 종소리가 울려 나온다. 소설 속의 소리와 종소리가 내 마음속에서 합주 되고 있다. 그것이 혈관 내부의 공동을 교류하고 있다.

　그리고 이제 가느다랗게 바람 소리가 들리고 있다. 산의 나무들이 떠는 소리다.

　나는 이제 산의 소리를 듣고만 있다. 나의 청각은 그리 발달하여 있지 않으므로, 바람 소리를 구성하고 있는 그 하나하나의 산의 흔들리는 소리를 구별해낼 도리는 없다.

　다시 바람 소리는 아득해지고, 종소리가 앞으로 크게 튀어나왔다. 종소리와 바람 소리는 묘하게 어울려 듣고 있다. 마치 바람 소리보다 섬세하게 그 종소리가 정리해 두고 있는 듯하다. 아니 종소리에 딸려 바람 소리가 호응하고 있는 것 같다. 아, 너무나도 평화스럽다.

　이제 나는 이 평화스러움을 깨뜨린다.

　마치 여행을 끝내고 다시 서울로 기차를 타고 있는 듯한 기분이다. 서울에서 살던 사람이 다시 상경하고 있을 때 빠지는 탈진 상태.

　그때의 열차 안에서도 나는 그런 것을 느끼고 있었다. 서울에는 무엇인가, '시끄럽다'라는 어떤 느낌이 고정적으로 기다리고 있었다. 그런데 그 '시끄럽다'는 느낌에 익숙해 있다는 생각이 들면 일종의 배반되는 느낌을 가지게 된다. '시끄럽다'는 것을 기피하고 싶은 간절한 생각과, 그 '시끄럽다'는 것에서 받는 몹시 친근한 감정이 그것이다.

열여섯 살 적에 정신 박약증에 걸린 나는, 남보다 여행을 많이 한 편이었다. 거의 상식적인 용어가 되다시피 한, 그 '스트레스'라는 것을 피하기 위하여 나는 중학교 2학년 때 휴학하여 먼 일가가 사는 충청도의 조그만 산골에 내려가서 넉 달 가까이 지냈었다. 그러다가 나는 무료해서 견딜 수가 없게 되어, 돈을 훔쳐 가지고 부산으로 내려갔다. 부산에서는 사흘 동안 있었다. 나는 그 사흘 동안에 동정을 버렸다.

서울로 다시 와서도 학업을 계속하지는 못하였다. 통 생각할 수가 없고, 교복과 교모를 착용하고 있으면 불안해서 견딜 수 없었던 것이다.

나는 무단가출이 잦았었는데, 그것을 그냥 십 대의 반항이었다고 간주한다면 억울한 느낌이 들 것이다. 친구가 많은 쪽이 아니었던 나는, 대개의 경우 조숙한 어린애로서 창녀촌에 드나들거나 아니면 시립 합숙소에 묻혀 지냈었다.

장영선 씨를 만났었던 그 기차간을 나는 자세히 기억하고 있다. 내게는 어떤 사람을 처음으로 마주쳤을 때, 그 사람의 모든 것을 단숨에 꿰뚫어 볼 줄 아는 그런 능력이 있다. 그것은 나의 내부의 동굴에서 자라난 언어들이 징그러울 정도로 성숙하여 있었기에 그 언어들의 반응을 마주친 사람의 순간적인 표정에서 구할 수 있었던 것이다. 말하자면 나의 내부 동굴에 간직된 언어와 처음으로 마주친 사람들에게서 받은 인상이 화학 작용을 일으켜, 전혀 색다른 형태의 느낌을 만들어내는 것이다.

장영선 씨는 어딘가 한구석이 아주 모자라고 있다는 그런 인상이었다. 봄철이었을 게다. 장영선 씨는 우두(牛痘)를 맞은 자국이

보일락 말락 하게, 팔뚝이 그 근처까지 내려온 블라우스 종류의 상의를 걸치고 있었다. 다만 그 옷의 빛깔만은 지금도 분명히 기억하고 있는데, 그 파란 빛깔이 내 마음속에 들어와서 갈등을 일으켰었다. 장영선 씨가 상의에 걸침으로 인하여 파생된 특수한 파란 빛깔…… 나는 순간적으로 얼떨떨했었다.

도대체 이 여자는 어떻게 생겨 먹은 것일까? 파란 빛깔과, 그 표정에 서린 완고한 직선적인 느낌이 조화가 안 되고 있었다. 더구나 그 완고한 직선적인 표정이 나를 불안하게 했었다.

말하자면 시네마스코프 영화를 십오 밀리 스크린에 받아내고 있을 때 나타나는 사람의 얼굴과 흡사했었다. 조금 뒤에 나는 장영선 씨의 인상에 그만 압도되었다. 그것은 나를 아주 조그만 어린애의 심경으로 만들어 주었다. 나는 석연찮은 불만을 느끼고, 골치가 아파지고, 그래서 장영선 씨에게 나 자신을 내세워야겠다고 생각하기 시작했던 것이다.

사실 그때의 내 인상에는, 사춘기적인 과장이 섞여 있었을 것이다. 자기 자신에게만 골몰해 있는, 그런 연령에 있어서는 왕왕 다른 사람의 사소한 특징을 하나라도 발견하면, 그 사람을 무조건 숭배하는 버릇이 있다. 그리하여 자기가 자기를 느낄 때면 발견되는 개성 이상으로, 다른 사람을 개성적으로 인식해 버리는 것이다.

부풀어 오르는 나의 인상 속에서, 장영선 씨는 점점 커져 갔다. 나는 장영선 씨가 나 이상으로 비참한 상태에 빠진 여자일까 봐 걱정이 되었다. 나는 아주 비참한 상태에 빠졌다고 생각하고는, 그렇게 생각함으로써 자신을 구제하고 있었던 것이다.

그리고 또 다른 하나는 장영선 씨의 나이가 나하고 비슷하지나 않을까 하는 의구심이었다. 어렸을 적에 나보다도 십여 년 이상씩이나 나이가 많은 여자들 속에 섞였었던 내게는, 나와 비슷한 또래의 여자들을 아주 깔보는 그런 습관이 있었다. 이러한 나의 성질을, 정신분석학자들은 모성애라든가 따위의 논리성을 증명하는 도구로 삼을 테지만, 그러한 것만은 아니었다고 나는 말할 수 있다.

정신 박약증이라는 것은 단지 메마른 육체만을 자신에게 환기해 주는 그러한 병이다. 정신은 가냘픈 한 가닥 실오라기 같은 것처럼 느껴지고, 그 실오라기가 뽑혀 나오고 있는 육체의 부분만 괴롭게 살이 쪄서 아픈 것 같은 그러한 병이다. 아마 그래서겠지만 나는 정신이 시작되는 곳을 인제든 느끼고 있다. 즉 이 부분에서부터 정신이 시작된다고 하는 그곳을, 나는 지적할 수는 없지만 가지고 있다.

바로 그곳은 내 경우에 있어서 행동의 시작이기도 하다. 그러니까 나의 행동은, 육체의 살이 쪄 있는 것 같은 부분, 투미한 정신이 시작되고 있는 것 같은 그곳에서 돌발적으로 솟아 나오는 경우가 많다.

기차가 서울역에 도착하고 승객들에 섞여 개찰구를 향하면서도 나는 장영선 씨를 놓치지 않았다.

대단히 우스운 말이지만 그렇게 걸어가고 있는 장영선 씨가 내게는 아주 신기했다. 말하자면 한 그루 나무처럼 한 곳에 고정되어 있는 것이 아니라, 이동할 수 있다는 사실이……

그것은 흔히 내가 겪는 어떤 느낌에서 연유된 것인데 즉 내가 걷고 있을 때, 그 걷고 있다는 자체로서 자각이 되면, 흡사 내 몸속에 개개의 세포의 미묘한 흔들림을 의식하는 것처럼 기뻐서 어쩔 줄을 모르게 되는 것이었다. 그것은 또한 나의 행동, 즉 육체의 살이 쪄 있는 부분, 투미한 정신이 시작되는 그곳에서 걸음이라고 하는 돌발적인 사태가 일어난다고 생각하게 되는 어떤 원시적인 쾌감과도 통하는 말이다.

바로 이러한 정신병적인 자각 증상이, 서울역 광장의 어수선한 광경에 합세하여 굉장히 성적인 상태를 연상케 해주었다. 나는 광장을 가로질러 가면서도 너무나 흥분하여 거의 숨이 막힐 지경이 되어 있었다.

그때 나는 장영선 씨를 놓쳐 버리고 말았다. 그것의 아득함이란 이루 말할 수 없었지만, 한편으로는 그 아득하다는 느낌을 나는 즐기고 있었다. 아니 솔직히 얘기하자면 나는 일부러 장영선 씨를 놓쳐 버렸던 것이다. 그러고는 아득하다는 느낌이 찾아오자 후회와 실망으로 초조하다고 생각했던 것이다.

그와 같이 비정상적인 상태로서 나 자신을 몰아가다 보면, 행동하기가 아주 수월해진다. 모든 행동은 비정상적인 상태를 카무플라주 시키기 위한 어쩔 수 없는 방편이 된다. 나의 행동에는 윤이 나고, 잘 닦여진 구두 끝을 만족한 눈으로 바라볼 적에처럼, 나의 전체를 차오르는 기쁨에 맡기고 만다. 그러면 나 자신은 속이 텅 비어 버린 대나무처럼 되고, 도저히 감당할 수 없는 행동, 그것만이 도도하게 나를 이끌어 나가는 것이었다.

대략 이렇게 하여(아마 장영선 씨는 전혀 몰랐을 테지만) 나는 장영선 씨와 알게 된 것이다. 내 마음의 종이에 장영선 씨의 몸뚱이가 인쇄되었던 것이다. 사실 그러한 인쇄에는 장영선 씨의 입장이 크게 문제 되는 것은 아니다. 그런 연후에 나는 한가할 적마다 그 부분을 들여다보며 인쇄된 장영선 씨를 읽곤 하는 것이었다. 그리고 시간이 흘러가자 나는 그 '페이지'를 넘겨 버렸고, 여간해서는 들춰 보지 아니하게 되었다.

어떤 순간에 대한 기억, 그 기억을 쭉 연장하고 있을 때, 거기에 나타나는 감미로운 직선 또는 직선들의 교차, 또는 한 개의 점, 또는 원형 같은 것들로서 말하자면 생생한 추상화를 만들어, 나는 그 추상화를 무척 즐기고 있었다. 좀 더 부연해서 설명하자면, 장영선 씨에 대한 나의 기억은 시간을 타고 흐르는 한 가닥 직선이 되어 나와 생명 속에 살고 있었던 것이다. 길을 가다가, 또는 한가하게 담배를 물고 있을 적에 장영선 씨가 의식의 밑바닥에 문득 솟구쳐 오르는 것이었다. 그것은 흡사 음악의 짧은 소절처럼 전체의 교향곡 속에서 간간이 반복되고 있었다. 나는 그러한 것들로서 살이 쪄 있었고, 우연히 기억의 신선에 보존된 장영선 씨를 내가 가지고 있는 아름다운 비밀이라고 생각했던 것이다.

이미 레디메이드의 세계는 아닌 것이다. 매 순간 새롭게 탄생하여 가는 세계이며, 쌓아 올린 재산을 새롭게 확인해 가는 세계인 것이다.

기후는 매 순간 변한다. 온도계가 떨고 있을 것이다. 항상 바람이 불고 있다. 침침한 도시의 한가운데로 햇살이 부어진다. 어느 건물을 들어서면, 바깥의 초라한 인상과는 달리 상상도 못 했던 방이 나타난다. 전차가 소리를 내지르고 있음이 전혀 엉뚱한 구석까지도 들린다.

햇빛이 노랗게 떨고 있다. 햇살이 기적을 만든다. 손을 대기만 하면 모든 것이 황금으로 변하게 되는 동화의 기적이 실현된다. 자연은 도시 속에 잠복한다. 도시의 화려한 표정, 인공적인 화장이 지워지고 나면, 자연이 아름다움을 디민다. 남산이 자꾸 낮아진다. 무교동 뒷골목에 있는 막걸릿집들은 여전히 세월을 망각하고 있다. 사람들은 영리하여, 아무리 과학자와 정치가와 예술가들이 현대를 떠들어 대도 속아 넘어가지 않는다.

내가 시간의 내용물을 복잡하게 윤색해 나가고 있었던 그 시기에 있어서(이런 말이야말로 무의미하기 짝이 없기는 하다. 누구의 시간이나 그 내용물들이 복잡할 테니까) 내게 중요했던 것은 어떠어떠한 사건이 있었나 하는 것이 아니었고, 그 사건이 내게 어떠어떠한 느낌을 주었나 하는 것이었다.

그런 어느 날 새벽에 나는 벌거벗은 마네킹을 본 적이 있다. 그 전날 길거리에서 아가씨를 하나 주워서 여관방엘 다녀왔으므로 아직 어두컴컴한 새벽길은 내 혼란과 마찬가지로 불명료하였다. 진열장에 전시된 마네킹들은 의상을 벗고 있었다. 나체가 된 마네킹을 보는 순간, 나는 분노를 느꼈다. 인간의 육체를 드러내고는 있지만, 벌거벗은 마네킹들은 잔인하게 보였고, 추하기 이를 데 없었다. 마네킹은 옷을 입히기 위하여서만 만들어진 것이고, 옷을 입고 있어야지만 아름답게 보이는 것이 아니었던가? 그러한 마네킹들이 발가벗겨져 있었다. 반드시 있어야 할 '의상'이라는 것이 제거되어 있었다. 그때처럼 인간의 육체가 거북살스러워 보인다고 느낀 적은 그 후에도 없었다.

아니 거북살스러웠던 것은 인간의 육체가 아니었다. 벗기어져 있다는 그 상태가 말할 수 없이 혐오스러웠다. 나는 아마 그 뒤로 나 자신과 벌거벗은 마네킹과의 거리를 재고 있었을 것이다.

내가 장영선 씨를 다시 만나게 되었을 때도 나는 그러한 거리를 재고 있었다.

그것은 이미 내 나이 삼십이 가까워져 오는 이 근래의 일이었다. 나는 벌거벗은 마네킹이 상징하고 있는바 무생명성의 잔학한 풍경을 내게서 발견하기도 하였지만, 그와 반대로 더욱 잔학한 생명의 현장도 내게서 찾을 수 있었다.

어떤 동물적인 예감이라고나 할까, 그러한 것이 내게 싱싱하게 움터 올라, 잘 알 수는 없지만, 벌거벗고 있는 마네킹과도 같이 화석이 되어 있는 내 육체에다가 피를 부어 넣었던 것이다.

내가 다니고 있는 직장은 오후 다섯 시쯤 문을 연다. 나는 네 시 반쯤 집을 나와 직장이 있는 곳까지 걸어간다. 오후의 햇빛은 언제든 황홀하다. 남대문 지하도를 걸어갈 적마다 내게는 꽃을 파는 소녀가 눈에 띈다. 그 소녀에게 어떤 변화가 없는가를 나는 매일 관찰한다. 변화는 별로 없고, 그 소녀의 행동거지에는 호들갑스러움이 있다. 나는 한 번도 꽃을 사 본 적은 없었다. 하지만 일종의 공범 관계라고나 할까, 그 소녀와 나는 아주 친해졌고, 우리는 그것을 날마다 교환한다. 둘에게만 통하는 묵시적인 교환이다. 나는 그 소녀가 어서 자라서 사내의 품에 안기기를 바라고 있고, 미래의 어느 순간을 향하여 그 소녀는 무럭무럭 여성을 키우는 것이었다.

"아이 보기 싫어."

라고 소녀는 말한다. 그리고 나서 소녀는 웃는다.

"오늘은 얼마 못 팔았어요, 참."

소녀는 혀를 차며, 꽃을 못 판 것이 내 책임이라는 듯 말하는 것이었다. 그러면 나는 소녀의 감시자나 된 듯한 기분으로 이러쿵저러쿵 잔소리를 하는 것이었다. 그리고 어느 때 기분이 상쾌하면 왕사탕을 오 원어치 사서 주기도 하는 것이었다. 소녀는 그것을 받고, 그리고 장난기가 가득 담긴 눈동자로 나를 흘겨보며 어서 가 버리라고 매정스럽게 말한다. 나는 소녀의 깜찍한 여성에 혀를 차며, 늙은이처럼 지하도로 들어가는 것이었다. 그런 식으로 그 소녀는 나에게 사람살이의 일면을 보여주는 것이었다.

지하도에 다시 나와 그랜드 호텔 앞으로 걸어가노라면, 비로소 직장이라는 것이 생각킨다. 내 직장은 조그만 비어홀 안에 있다. 그 비어홀에는 의자가 60개쯤 있고, 아가씨가 30명 가까이 근무를 한다. 내가 들어설 때쯤이면 아가씨들이 서울 시내의 사방 변두리로부터 하나둘 몰려오기 시작할 무렵이었다. 아가씨들은 명랑하고, 말이 많고, 그리고 신경질이 대단들 하다. 다채로운 빛깔의 옷을 벗고, 유니폼을 입는다.

담배를 물고 재잘대고들 있다. 제법 위트를 발휘하고, 간밤에 같이 가게 되었던 사내들의 흉을 보기도 하고, 또는 철학적인 발언들도 한다. 다만 저들에게 있어서 삶은 엄숙한 것이며, 생존에 저항을 일으켜서 안 되는 것이므로 가슴 가득히 뭉쳐 있는 비밀을 드러내는 법이란 없다. 일상화된 환락을 제공하기 위하여 저들은 어떤 준비 자세로써 공연을 앞둔 여배우들처럼 들떠 있는 것이었다.

사내란 그러한 분위기에 있어서 아주 어색해지기 마련이다. 나비넥타이는 머슴처럼 게실거리고, 청소하는 녀석은 시무룩하여 반응이 없는 울분을 터트린다. 그리고 나는 영업을 준비한다. 내가 하는 일이란 변소간에다가 싸구려 향수를 늘어놓고 나서, 술 취한 손님이 오줌을 누기 위하여 들어서면 향수를 뿌려 주는 체하다가 돈 십 원 짜리 한 장을 얻어 내는 그러한 것이다. 하룻밤을 그렇게 십 원짜리들로 긁어모으면, 그래도 천 원이 된다. 환영할 만한 직업은 아니지만 수입은 괜찮은 편이다.

거기다가 나는 이런 직업이 마음에 맞는다. 얼마나 근대화된 직업인가? 그리고 얼마나 아름다운 풍경인가? 술 마시러 비어홀에 드나드는 사람에 있어서 십 원 이십 원은 차라리 마음의 사치 또는 아스피린 같은 것이다. 나는 그들의 기분을 맞추어 주고 향수를 뿌려 줌으로 술 마시러 온 그들의 기분을 유쾌하게 해 주려고 노력하는 것이다. 결코 그들에게 돈을 내라고 강요하지는 않는다. 그들이 내 서비스를 고맙게 생각했다면 그와 같이 고마운 심정을 가지고 돈을 주는 것이겠고, 그리고 나는 감사히 받는 것이다.

나는 이 비어홀에서 변소에 관한 부분만큼은 샀다. 비어홀 주인에게 5만 원의 보증금을 주었고, 그리고 매달 삼천 원씩 자릿세를 물고 있다. 비어홀 주인의 입장에서 생각해 봐도, 아마 나는 감사를 받아야 마땅할 것이다. 그래서겠지만 비어홀에서 내가 차지하는 위치는 아주 유니크하다. 아가씨들은 손님에게 시달림을 받으면 변소로 달려와서 한참씩 울고 가기도 하고, 그리고 나에게 모든 걸 얘기해 준다. 나는 그들을 위로해 주느라 애를 쓰고, 그들은 나를 마음 놓고 의지한다. 나는 일종의 피에로 인생의 깊이를 웃음으로써 이해해야 하는 그러한 처지에 놓이게 되고, 나는 그러한 일을 수행해 나가기가 얼마나 힘든가를 느끼곤 하는 것이었다.

밤이 무르익어 터진다. 와자하게 웃음판이 벌어지고, 붉은 등불 아래에서는 남녀의 수작이 그대로 계속된다. 중세 시대의 유랑 악단처럼 네 명의 캄보 밴드는 여러 곳을 들러서 우리 비어홀에도 나타난다. 주인은 수전노여서 전속 악단을 두지 않았던 것이다. 손님들의 청에 못 이긴 23번 아가씨며 37번 아가씨는 뚱뚱한 사내들과 무대로 올라가 노래를 부른다. 밴드는 음악을 통하여 태양이 작열하는 아프리카의 뜨거움을 몰아다 주고, 실내의 밀도는 지구를 돌아 상승하기 시작하는 것이었다.

아마 나처럼 음악을 열심히 듣는 사람도 없으리라. 나는 그 음악이 어떤 종류의 것이건 간에 넋을 빼앗겨 듣는다. 그리하여 음악이 말하여 주는 감미로운 순간을, 애달픈 사연을 진심으로 감동하여 체험하는 것이었다.

저녁 아홉 시 반이면 쇼가 시작된다. 쇼걸은 옷을 입고 나타나서 몸을 비튼다. 그 동작 하나하나에 인간의 애잔한 동물적 습관이 남김없이 표현된다. 순간순간은 쇼걸에 의하여 영원히 동떨어진 것처럼 느껴진다. 실내의 푸른 전등불이 차츰 희미해 가고, 이윽고 물큰한 피의 냄새를 풍기며 쇼걸은 하나하나 옷을 벗기 시작한다. 악기가 계속 울고, 진한 슬픔처럼 사람을 싸고도는 허위가, 사회생활이, 윤리가, 습관이 벗겨져 내리는 것이었다.

쇼걸은 흡사 울음을 터트리려는 것 같고, 그의 몸뚱이는 아직 나락을 헤매고 있다. 추구는 계속되지만 해방은 찾아지지 아니한다. 여전히 몸뚱이는 무겁고 둔하고 더럽다. 그러나 몸뚱이는 차츰 세련되어 가고, 이윽고 투명해지기조차 한다. 그러면 사람은 몸뚱이로부터 마음으로부터 해방되고 있는 것이었다. 쇼걸은 아랫부분을 흔들리는 천 조각 하나만으로 가리고 있을 뿐 거의 방심이 되어 있고, 그러면서도 안간힘을 다하여 자신을 빼앗겨 버리려고 애쓴다. 손을 공중으로 뻗치기도 하고, 다리를 벌리기도 하고, 가슴을 들먹거리기도 하고, 떨구어 내리는 것처럼 궁둥이를 뒤흔들기도 하는 것이었다. 음악은 쇼걸을 진심으로 이해하기 시작한다. 이 마지막 기도를 위하여 아직도 남아 있는 영혼이 떨기 시작한다. 그러자 쇼걸의 표정에는 애원과 원망을 넘쳐나는 거의 무감동한 듯한 숭고한 빛이 어린다. 음악은 바이브레이션에서 벗어나 이윽고 잔잔해진다. 그리고 조금 뒤에 알몸뚱이를 서서히 펴면서 퇴장하는 것이었다.

다시 밴드가 활기를 띠고 연주되지만, 장내의 분위기는 그리 쉽사리 회복되지 않는 것이었다. 아가씨들의 호들갑이 계속되고 춤을 추러 나오는 사람들까지 생기면 그제야 변소로 오는 사람들의 숫자가 늘어나고, 다시 술이 나가는 것이었다.

나는 바빠진다. 나의 행동은 윤택해지고 손님들은 돈을 잘 내놓는다. 기분을 가지고 일을 하는 내게 있어서 쇼가 끝나고 난 뒤에처럼 흥겨울 때는 없다.

이제 조금 있으면 옷을 갈아입기 위하여 쇼걸이 나타날 게다. 그 쇼걸이 장영선 씨임을 아는 데에는 오랜 시간이 걸리지 아니하였다.

나는 마음의 책갈피를 다시 열고, 거기에 인쇄되어 있을 숱한 얼굴들을 찬찬히 읽었던 것이다. 추억이란, 그 얼마나 보람 있는 것인가? 영혼을 확대해 주는 것, 또는 삶을 깊이 뿌리 내려 주는 그런 것이 아니더냐? 꼬불꼬불하게 펼쳐져 간 과거의 소로에서 문득 만난 파란 빛깔의 옷을 입고, 얼굴 한구석에 텅 빈 표정을 하고 있는 장영선 씨의 먼 옛적 모습을 나는 찾아내었다.

나의 과거의 어느 순간이 장영선 씨와 관련을 가지고 있다는 것이 말 못 할 기쁨을 안겨다 주었다. 더구나 그것을 장영선 씨가 모르고 있다는 사실이 나를 즐겁게 해 주었다. 장영선 씨는 자기의 과거를 나에게 도적맞고 있었던 것이다.

그동안에 사 년이라는 기간이 지나갔다. 그 사 년 동안에 우리는 얼마나 변해 버렸는지? 장영선 씨의 표정을 싸고도는, 일종의 천치와도 같은 또는 마네킹과도 같은 인상을 나는 놓치지 않았다.

그리고 장영선 씨를 향하고 있는 나의 마음에는, 어느 날 새벽에 보았던 벌거벗고 있는 마네킹의 기억이 되살아나고 있는 것이었다. 바로 이러한 공유점으로 인해서 우리는 다시 만나게 되었던 것이 아닐까? 나는 흥분에 떨고 있었고, 피를 신선하게 해 주는 일이 일어나리라는 예감에 사로잡혀 있었다.

"아이 피로해."

장영선 씨는 오만했다. 누드쇼를 계속하던 때의 긴장을 말끔히 풀고 나서, 아마 완전히 연소되어 버린 심정이 피곤했었던 모양이었다.

"가만 있어요. 내 향수를 뿌려 드릴 테니."

"고마워요."

장영선 씨는 이러한 내게 돈을 주는 것이었다.

나는 언제든 돈을 받았다. 그것을 거절할 만한 요기가 준비 안 되곤 하였던 탓이다.

그러다가 어느 날 저녁, 참지를 못하고 말했었다.

"이왕 돈을 주려면 많이 주셔야지."

"어마? 치사하게 돈을 벌려구 하네?"

"그게 아닙니다. 친절이 돈으로 환산된다는 게 괴로운 거예요."

그러나 그날도 장영선 씨는 내게 돈을 주었다. 거울 앞에서 화장을 지우고 있는 모양을 가만히 바라보고 있기란 괴로웠다. 날개가 달렸다가 떨어진 것처럼 장영선 씨의 양쪽 어깨는 위로 튀어나와 있고, 그 아래로 포근한 곡선이 거침없이 나를 유혹하는 것이었다. 벌거벗고 있다는 것에 대한 부끄러움이 덜한 장영선 씨는 신비스러운 그 육체의 주인 같지가 않았던 것이다.

나는 기회를 노리고 있었다. 그리고 장영선 씨에게로 향하여져 있는 나의 자세가 보다 세련되기를 기다리고 있었다. 자연스럽게 우리의 시선이 맞닿아 서로를 읽어낼 수 있도록 준비하고 있었다.

매 순간마다 장영선 씨를 사랑하려 한다는 것이 환기되어 오고, 나는 지구의 자전을 느낄 수 있었다.

나는 평범한 가운데에서 일어나고 있는 이 돌변스러운 나의 '비밀'이 차츰차츰 장영선 씨에게 발각 나고 있음을 깨달아가고 있었다. 그것은 즐거운 노릇이었다. 장영선 씨는 누드쇼라고 하는 예술적인 맹목에 사로잡혀 있다가, 그것을 벗어나서 멍한 표정으로 깜짝 놀라기라도 한 듯 나를 주시하는 것이었다.

장영선 씨는 풍요로운 자신의 육체를 나의 신선한 시계(視界)에 나타내고 있었다. 예술가들의 상투적인 행위와 흡사하게, 자기가 그렇게 하고 있다는 것을 알지 못하다가, 황홀한 내 시선에 조난 당하고 있음을 느끼게 되었던 것이다.

나는 장영선 씨의 육체가 점점 일정한 표현을 꾸미고 있음을 알게 되었다. 나의 시선이 의식된 그런 표현이었다. 당돌하게 개방적인 살결, 도전해오는 듯이 출렁이는 유방, 그리고 무엇보다도 쌀쌀한 표정이 나에게 감전되어 오는 것이었다.

그것은 흡사 장영선 씨가 나 하나만을 위하여 '쇼'를 하고 있는 것 같았다. 내게 반발하고 내게 순종하고, 내게 거부하면서 장영선 씨는 온갖 매혹적인 자세들을 동글동글 굴리고 있는 듯하였다.

"참 당신은 이상한 분이에요."

어느 날이던가 장영선 씨는 이렇게 말했다.

"이상하게 보고 있는 게 아닐까요?"

이러한 나의 말에,

"그럴지두 몰라요. 아주 나를 잘 아는 사람 같은 표정이니……"

장영선 씨는 알 수 없다는 듯이 눈을 조그맣게 떠서 나를 주시하며 흥미로워 했다. 나는 장영선 씨의 마음이 내게 집중되어 있다는 것을 느낄 수 있었다. 나의 마음도 장영선 씨에게 집중이 되어 있었다. 공유된 상대방에의 관심, 그것은 두 마음이 그 마음의 임자를 벗어나서 상대방의 육체에 달라붙은 것 같은 것이었다.

그리고 그것은 벌거벗고 있는 마네킹을 추방해 버리는 그러한 의미를 내게 띄우기도 하는 것이었다. 마네킹은 의상을 입어야 하겠지만 반대로 나는 의미의 살이 찐 의상을 벗어야 했다. 다만 마네킹과 내가 공통되어 있는 것은 그 완고한 육체였던 것이다.

어떤 사람들은 육체를 혐오한다. 그리고 어떤 사람들은 육체를 신비스럽게 생각한다. 나는 어느 쪽에도 기울어지지 못하고 있었다. 그것은 내가 가지고 있는 일종의 숙제였다.

다만 장영선 씨가 넋을 빼앗긴 듯이 누드쇼를 벌이고 있을 때 나는 완전히 매혹되어 버리고, 그 무엇이랄까, 사람이 살아 있다는 것이 교묘하게 꿈틀거리고 있는 그러한 상태를 쭉 지속시켜 가는, 그러한 의미가 아닐까 생각하게 되는 것이었다.

최소한 장영선 씨는 자신의 육체를 버겁게 생각하고 있지는 않은 듯하였다. 굉장히 모순된 표현이지만, 장영선 씨와 장영선 씨의 육체는 기다란 율동에 헤매면서 하나하나 옷을 벗어가는 그러한 과정 속에서 일치되어 가는 것 같았다.

그리하여 하나의 남자와 하나의 여자를 부모로 하여 만들어진 자기의 육체를 어떻게 보면 잃어버리려고 애쓰는 것 같기도 했고, 또는 찾아내기 위하여 애쓰는 것 같기도 했다.

그리고 거기에서 장영선 씨는 세상과 분리되어 자기 자신을 우뚝 세워 올리는 것 같았다. 나는 장영선 씨와 알아가는 동안에 장영선 씨의 현실이 단단하다는 것을 알았다. 아마 나는 그것을 허물기를 바랐을 것이다. 그것은 반대로 나 스스로도 허물려고 한다는 뜻이 되었으리라.

계절은 봄이었고, 태양은 귀찮을 만큼 밝게 빛나고 있었다. 장영선 씨는 달콤한, 애잔한 표정을 띠우면서 밤에만 내가 있는 곳으로 왔다. 나는 장영선 씨의 표정에 나타나는 어떤 빛깔을 읽고 있었다. 그리고 나는 장영선 씨를 그리워하게 되었다. 잠깐씩 만나게 될 적마다 세상은 변경되고 있었다. 거기에는 일종의 긴장된, 그러기에 아찔할 정도로 팽팽한 탐색이 벌어지곤 하였다. 차차 우리는 말을 많이 나누게 되었다. 말은 우리가 속을 드러낼 수 있는 거의 유일한 수단이었다. 말은 웃고 있었다. 말은 울고 있었고, 교묘하게 위장되고 깊은 체험을 겪어가고 있었다. 그러나 말은 순수하지는 않았다. 내가 과거를 이야기하였을 때에도 그러하였다. 그 과거의 순간에 있어서 나와 장영선 씨가 합쳐져 있었다는 것을 밝혔을 때에도 그러하였다. 장영선 씨는 놀라기는 했다.

"맞았어 맞았어, 기차를 탔던 적이 있었어. 그때 나를 보았단 말이죠, 아이 기막혀. 왜 그때 얘기를 진작 하지 않았을까?"

"그건 내가 갖고 있는 비밀이었으니까."

"하지만 아름다운 비밀은 아니었을 거예요. 그때 나는 비참한 상태에 있었어요. 아아 끔찍해라, 그걸 당신이 알고 있다니……."

장영선 씨는 분노하였다. 장영선 씨가 정신적인 허탈 상태에 빠져 오빠에게 얻어맞고 집을 뛰쳐나왔다는 것을 내가 알고 있다는 사실로 해서 나를 경멸하고 증오하였다. 여자에게 있어서 과거란, 다만 설득력이 강한 무질서일 뿐인 모양이었다.

어느 날 나와 장영선 씨는 대낮에 만났다. 밤에만 활동하는 우리에게 있어서 대낮을 이용한다는 것은 결코 바라는 일은 아니었다. 하지만 우리에게는 낮밖에는 시간의 여유가 없었다. 우리는 걸었다. 너무나도 환한 세상이, 너무도 드러나 있는 서울이 우리에게는 어색하였다. 우리 자신이 어색하였다. 남대문 지하도 입구에서 꽃을 파는 소녀가 친절하게 우리를 놀려 주었을 때, 장영선 씨는 참지 못하고 화풀이를 하였다.

"왜 놀림을 받았다고 생각하는 거요?"

내가 당황해서 물었으나 장영선 씨는 이미 뺑소니를 쳐 버렸다. 나는 소녀에게서 꽃을 사서 그것을 구두로 짓이겨 버렸다. 그리고 그날 밤 열한 시 사십 분쯤 나는 장영선 씨의 집 어귀에 서 있었다. 장영선 씨는 우리 비어홀 말고도 또 다른 곳에 가서도 쇼를 하여야 했고, 그리하여 귀가하는 시간은 열한 시 오십 분이 넘기가 일쑤라는 것을 나는 알고 있었다.

통금 시간이 임박하였기에 밤은 더할 수 없이 팽팽히 긴장되어 있었다. 나는 습기에 찬 밤공기를 마시면서 떨고 있었다. 장영선 씨를 꼭 만나야만 하겠다는 그것이, 통금이 임박한 밤의 긴장을 역행하여 나를 말할 수 없이 초조하게 하였다. 이제 통금이 되면 도시는 멸망하고 만다. 죽어 있는 상태가 도시를 꽉 잠궈 놓는다. 도시가 그렇게 죽어 버리기 전에 장영선 씨를 꼭 만나야만 하겠다는 진실한 마음의 요청이 여간만 전율을 불러일으키는 것이 아니었다. 그리하여 나는 그 순간의 압력을 이겨내지 못하고 그만 터져 버리는 것만 같았다. 나는 시간이 증발되어 가고 있는 것 같은, 또는 시간이 옛날 신화에서처럼 지질학적인 시간이라고나 할까로 변질이 돼 가고 있는 것 같은 느낌을 가지고 있었다.

장영선 씨가 나타났을 때 나는 화석이 되어 있었다. 장영선 씨는 숨을 쌔근쌔근 쉬면서 말을 하고 싶어 안달하였다. 그럼에도 말은 나오지 않고, 우리는 서먹서먹한 사람들처럼 서 있기만 하였다.

밤이 장영선 씨와 나 사이에 개입하였고, 우리는 밤의 홍수 저 바깥에서 영원히 서성대고 말 것 같아 여간 초조해지지 아니하였다. 우리는 꼼짝달싹할 수 없었다. 시간은 일종의 물질처럼 우리에게 달라붙는 것이었다. 나는 장영선 씨의 손을 잡았다. 장영선 씨의 손은 사람 손 같지 않게 차가웠다. 나는 장영선 씨를 애무하기 시작하였고 금방이라도 터질 것 같은 흥분을 느끼면서 방을 찾았다. 아직 통금 시간에서 이삼십 분 여유가 있었다. 그러자 통행금지 시간이 되었다. 시간은 높이높이 쌓았던 제방을 허물어버렸고, 그러자 시간은 강물같이 흘러가고 있었다. 우리는 같이 밤 시간을 보냈다. 어둠은 비단결같이 무늬를 이루어 우리를 핥으며 지나갔다. 밤공기는 부드러웠으며, 우리는 드러누워 사랑하였다. 다만 그다음에 우리는 약간 거북하였었고, 약간 살이 쪄 버린 것 같은 느낌을 가지게 되었다. 우리는 별반 원망을 가지지도 않고, 서로가 타인이 돼 가고 있음도 느꼈다.

장영선 씨는 무서워하는 것 같았다. 장영선 씨의 계속되는 얘기를 들으면서 나는 행복하다고 생각하였다. 너무 식사를 잘해서 게을러져 버린 그런 느낌이었다고나 할까? 장영선 씨는 무서움에 떨며 그것에 저항하고 "무서워요."라고 얘기하였다. 장영선 씨는 자신의 육체에 대해서 얘기하였다.

그리하여 아침이 되었을 때 우리는 햇빛을 맞이하기가 대단히 서먹서먹하였다. 나는 혼자 바깥 거리를 헤매였고 어느 상점의 진열장에서 다시 벌거벗고 있는 마네킹을 보았다. 마네킹은 벌거벗었으면서도 미소짓고 있었다. 얼굴과 몸뚱이가 완전히 분간되어 있었다. 얼굴은 옷을 입고 있는 사람의 표정을 짓고 있었다. 하지만 몸뚱이는 옷을 벗었고, 추잡함을 그냥 내보이고 있었다. 그리고 그날 밤 열한 시 사십 분에 나는 다시 장영선 씨 집 앞에 서서 기다리고 있었다.

밤은 어제와 마찬가지로 팽팽하게 긴장되어 있었다. 밤은 성난 짐승처럼 갖가지 사소한 증세에 대해서도 벽력같이 반발하는 것이었다. 장영선 씨는 열한 시 오십 분에서 이 분이 더 지나갔을 무렵 어둠을 거느리고 나타났다. 어둠은 깊었지만, 우리는 그 어둠을 물리치지 못하고 서로의 몸뚱이의 안부를 확인하고 있었다. 우리는 다시 방을 찾았으며, 강물과도 같은 소리를 내면서 흘러가는 시간을 즐겼다. 장영선 씨는 무서움에 떨며 얘기를 시작하였고, 나는 다시 살이 쪄 버린 것과도 같은 느낌을 가지고 있었다. 그리고 아침이 왔을 때 태양은 역겨웠고, 바깥으로 나와서 어느 상점의 진열장으로부터 벌거벗고 있는 마네킹을 바라봤을 때 나는 그 마네킹의 얼굴에 떠 있는 미소를 내게 대한 조소인 것처럼 느꼈다. 그리고 그날 밤 열한 시 삼십 분에 나는 다시 장영선 씨의 집 앞에 가 있었다. 밤은 이제 신음을 내지르고 있었다. 통금을 향하여 밤은 발악을 하고 있었다. 통금이 오면 밤은 멸망하고 말 것이기 때문인 것이고, 장영선 씨가 나타났을 때 나는 하도 괴로워 울음을 터뜨릴 뻔하였다. 장영선 씨는 겁에 질려 있었고, 나는 통금 직전에 해야 할 일이 굉장히 많다고 느끼고 있었다. 우리는 서로를 증오하고 있었다. 이렇게 통금을 눈앞에 두면서 만나야만 하는 우리의 처지를 증오하였다. 서울 시가지의 불빛이 하나둘 사그라들고, 술 취한 사내들이 전봇대와 씨름을 하고 있었다. 어느 집의 창이 갑자기 어두워졌고, 우리는 방으로 들어가서 불을 끄고 우리의 육체를 꺼내어 서로를 사랑하였다. 시간은 강물처럼 평탄하게 흘러만 갔고, 우리는 통금 직전의 거리에서 느끼고 있던 긴장을 말끔히 풀었다. 장영선 씨는 다시 무서움에 떨며 씻을 수 없는 고통을, 말 못할 슬픔을, 삶의 아픔을 얘기하였고, 나는 나의 몸뚱이가 시원하게 다리미질 된 것 같아 만족을 느꼈다. 그리고 다음날 아침 나는 벌거벗고 있는 마네킹을 보았다. 마네킹은 약간 살아 움직이는 것 같았다. 그리고 오늘 밤에는 장영선 씨를 찾아가지 아니하리라고 굳게 생각하였지만, 밤이 열 시를 넘었을 때부터 나는 일 초 일 초를 충실하게 계산하다 못해 다시 장영선 씨의 집 앞으로 가서 기다렸다. 통금 직전의 도시는 성적인 상태에 싸여 있었다. 황폐한 풍경이었다. 나는 장영선 씨가 제발 나타나지 말았으면, 하고 생각했다. 그러다가 장영선 씨를 만나니까 다시 괴로워지기 시작하였다. 통금 직전의 압축된 시간이 다시 우리를 타 누르고 있었다. 우리는 증오하면서 싸웠다. 거리를 돌아다녔다. 차들이 뺑소니치고 있었다. 헤드라이트가 지옥의 불꽃처럼 난무하고 있었다. 우리는 텅 빈 도시를 버리고, 통금이 지나서 방으로 돌아왔다. 전쟁은 끝이 나지 않았다. 가슴 가득히 허무를 가득 안고서, 우리는 그 허무로써 사랑의 행위를 하였다. 시간은 막혀 버린 강물처럼 우리 앞에 고여 있다가 이윽고 빨리 흘러가기 시작하였고, 그리고 장영선 씨는 무서움에 떨며 얘기를 하였고, 나는 그 얘기를 들으면서 다시 내 몸뚱이가 화석같이 돼 가고 있음을 느꼈다. 다음 날 아침 나는 벌거벗고 있는 마네킹을 다시 보았다. 그리고 나는 장영선 씨를 다시는 만나지 않겠다는 생각을 하였다. 왜냐하면 장영선 씨를 만나게 되면, 또 벌거벗고 있는 마네킹을 보지 않을 수 없었던 것이다. 그런데 나는 벌거벗고 있는 마네킹을 보기가 싫었다.

《동서춘추》, 1967년 5월호

뜨거운 물

뜨거운 물

삼 년 전 얘기로 돌아가게 된다. ㄱ 어느 날, 밤 열두 시가 쉽사리 넘어 버리고 이윽고 밤 한 시에서 두 시가 되어 가고 있을 무렵 별로 하는 일도 없이 심심찮게 담배나 태우고 있으면서 겨울의 한가운데에 와 있음을 새삼스레 느꼈었다. 침침한 계절, 그 겨울의 세계가 펄펄 휘날리는 눈송이가 차곡차곡 마음에까지 닿여 오고 있는 듯한 그런 분위기가 살아나 있었다. 피로감 권태감이 서서히 몸의 밖으로 쌓여 가고 있었다. 그래서 몸이 약간 무거워진 것처럼 느껴졌고, 그러다 보면 이렇게 살아 있다는 것이 약간 무거워지는 것처럼도 느껴졌다. 그날 낮에 나의 소설이 처음으로 활자화된 것을 나는 보았고, 그리고 나의 소설을 활자로써 나는 읽었었다.

그리고 그 열흘쯤 뒤였다. 그날 밤에는 꽤 기분 좋게 취했었다. 우리는 열 시 반경까지 광교를 중심하여 여기저기의 막걸리 집을 돌아다녔다. 정(鄭)은 술이 오르자 울기 시작하였다. 일행은 다섯 명이었는데 모두들 엔간히 취해 있었다. 정의 울음은 커져 갔다. 나는 그의 울음을 말리지 않았다. 아니 도리어 나도 울고 싶었었다. 술에 의하여 마비되고 저며 오는 것, 나는 그것을 차라리 순수라 생각고자 하였다. 저 완고한 모순들에 관해서는, 술기운의 그 단순함으로써 통곡이나 해 버렸으면 하고 생각할 만치 나도 취해 있었다. 정이 우는 것은 슬퍼서가 아니었다. 그것은 이쪽에서 도저히 대항해 볼 도리가 없는, 저 모순들에 대하여 갑자기 두려움 같은 것을 느꼈기 때문이었다. 추웠다. 찬바람이 불고 있었다. 술을 마셨어도 추위는 그대로 느껴졌다. 우리는 정 때문에 적잖이 용심했다. 누군가의 제안에 따라서 그를 여관으로 보내자고 하였다. 그래서 차비를 빼놓고는 톡톡 털어냈다.

나는 정과 함께 광화문 쪽으로 비틀거리며 걸어갔다. 내게는 오백 원권 한 장이 시계 주머니 속에 있었다. 그것은 비상금으로 놔둔 것인데, 그 돈으로 여자나 하나 사서 정에게 붙여 주어야겠다고 막연히 생각하고 있었다. 우리는 서로 고함을 지르고 있었다. 그러자 정이 울음을 그쳤다. 무교동 쪽은 활기를 띠고 있었다. 연방 택시들이 다가오고 화장이 짙은 여자들과 뚱뚱한 사내들은 짝을 맞춰 가고 있었다. 결국 정은 여관으로 가지 않았다. 술을 더 마시겠다는 것이었다. 그래서 우리 집에 가서 잠은 자기로 하고 남아 있는 돈으로 막걸리를 마셨다. 정은 취한 것 같지 않았다. 계속 담배를 태우면서 슬픔에 젖어 자기의 사랑 얘기를 하였다. 나는 그 멋없는 사랑 얘기를 들어주는 수밖에 없었다. 바깥으로 다시 나오니 열한 시가 넘었다. 소주 사 홉들이를 한 병 사고, 그리고 노점 가게에서 오징어를 한 마리 구워 받았다. 우리는 골목길에 가서 방뇨하였으며 열심히 오징어를 씹었다.

그리고 우리 집으로 왔을 것이다. 그런데 어떠어떠하게 우리 집으로 왔는지가 잘 생각나지 않는 것이었다. 눈을 뜬 것은 아침 다섯 시 반쯤이었다. 목이 말라서 물을 찾았다. 어두운 속에서도 내 곁에 정이 누워 있는 것을 의아하게 생각하였다. 그러나 더 생각하기도 귀찮고 골치도 아프고 하여 다시 잠들었다. 여덟 시쯤 일어났다. 정은 아직 자고 있었다. 속이 쓰렸다. 간밤의 일이 하나하나 생각났다. 약간 후회가 되는 일이었다. 뭣 때문에 그렇게 술을 마셨담. 정이 일어났다. 그런데 그의 얼굴이 피투성이였다. 우리는 놀랐다. 우스운 것은 정 스스로도, 어이하여 자기 얼굴이 피투성이가 되었는지 모르는 것이었다. 물수건을 가져와서 정은 얼굴을 닦았다. 우리는 어떤 일이 나중에 있었는지 곰곰 따져보았다. 집엘 거진 다 와서 누구랑 시비를 벌였던 듯했다. 그런데 자세히 생각나지는 않았다. 취했었으니까. 그래서 우리는 생각을 그만두기로 하였다. 그리고 나는 내 시계가 없어진 것을 그때 발견하였다. 그러자 생각이 났다. 누군가 내 시계를 강탈해 가려고 했던 것이다. 그것으로 시비가 생겨서 나는 팔을 휘둘렀고 저쪽에서는 정을 갈겼었다. 대개 이런 것이 어렴풋하게 회상이 되자 우리는 그만 웃어 버렸다. 도리어 어제의 여러 일들 중에서도 그것은 아주 산뜻한 사건이었는지 모른다. 그런 사건이 없었더라면 우리는 모든 일에서 도리어 체념되는 것들만을 보게 될 것이다.

이미 아침 아홉 시가 지나 있었다. 소주와 오징어가 그대로 남아 있었다. 부엌에 가서 총각김치하고 동치미를 가지고 왔다. 우리는 술을 마셨다. 술은 독했다. 우리는 그 독하다는 것을 사랑하였다. 술이 우리의 몸을 배반하려고 하는 때의 그 짜르르한 미각을 우리는 놀랍게 칭찬하고 있었다. 즉, 목구멍을 넘어갈 때 아침의 소주는 우리에게 반발했다. 우리는 그 반발에 관해서 얘기했고, 미각의 개척이라는 문제를 논의하였다. 제법 커다란 총각김치를 손에 들고 간간이 오징어를 저작하면서, 우리는 미각에 있어서 미개척 분야가 많다는 데에 의견 일치를 보았다. 우리가 아침의 소주를 좋게 받아들인 것은 그런 미각의 개척 때문이었던 것이다. 마늘의 맛, 개고기의 맛, 살아 있는 뱀을 씹는 맛 등, 우리는 그런 것들을 경험해 두어야겠다고 그때 약속했다. 마침 소설에 관한 이야기도 나왔다. 정은, 나의 타락을 진심으로 슬퍼한다고 말하였다. 문학 행위는 자기 혼자서 간직하거나 나이가 오십이 넘어서 할 수 있는 일이라고 그는 주장했다. 무슨 잘난 간판처럼 이름 석 자를 앞에 내세워서 여러 책에다가 공개할 일은 되지 못한다고 그는 말했다. 그것만으로도 자기는 퍽이나 내 처지를 동정하고 싶어진다고 말했고, 거기에 대하여 나는 아무 말도 하지 않고(무슨 말을 할 수 있으랴) 정에게 아부하였다. 이 문제 때문에 울지는 말라고 나는 말했던 것이다.

이내 취해왔다. 그 취기는 미각의 새로운 개척에서 얻어진 만큼 우리는 감미로웠다. 술이 동이 났는데, 부엌에 가서 인삼주를 가지고 왔다. 말이 인삼주지, 인삼 뿌리 하나에다 싸구려 소주를 몇 번이나 재탕해서 놓아 둔 것이었다. 우리는 그것을 마셨다. 정은 총각김치도 미각의 개척이라는 견지에서 조금 더 탐구해 두자고 얘기를 했고, 그래서 나는 그것도 한 양재기 담아 가지고 왔다. 마침 집에는 커피가 있었다. 나는 커피도 가지고 왔다. 이리하여 우리는 인삼주 한 잔, 총각김치 한 조각, 그리고 사이사이에 커피를 마셨는데, 그런 때에 있어서 커피의 맛은 미각의 신 개간지에 속해 있었다. 그리고 우리는 술이 취했다. 정은 말을 끊고 다시 심각한 얼굴이 되었다. 그는 담배를 물고 그리고 냉수를 마시면서 술기운을 서서히 대항해 가고 있었다. 나도 말이 적어졌다. 한바탕 으르렁대며 싸우기라도 한 것처럼, 우리는 이해된 침묵 속에 그대로 놓여 있었다. 나는 그해 겨울철의 정리되지 않은 생활을 막연히 따져 가고 있었고, 너무도 소설 쓸 것이 많아서 걱정에 싸여 있었다. 모든 것에 대해서 나는 소설을 써야만 했다. 그것은 내 의무이자 권리였다. 나는 소설가가 되려 하고 있었고, 약간 고지식하게 소설가란 소설을 쓰는 사람이며 그 소설을 발표할 의무를 지닌 사람이라고 생각하였는데, 발표하고 안 하고는 뒤에 결정할 노릇이고 무턱 소설을 써야만 하는 사람이라고 규정하고 대개 만족해 했다. 나는 마음속에다가 어렴풋이 아름다운 예술의 경치를 간직하고 있었다. 그 내재된 예술의 경치와 바깥의 사물이 악수를 하고 있을 때 나는 비밀스러이 감동되었고, 그 감동은 어쨌든 소설이 되지 않으면 아니 되었다. 나는 그 감동을 과학적으로 분석하려 들지는 않았다. 그리고 그 감동이 사회적인 의미, 개인적인 의미, 정치적인 의미, 나아가서는 미학적인 의미를 동시에 거느리고 있어야 한다고 굳이 자세하게 따지기를 보류해 두고 있었다. 그것을 따지다 보면 감동이 죽어 들고, 사람은 기계로 조합돼 있는 것 같고 그리고 설사 분노한다 할지라도 싱겁게 끝나 버리는 것이었다. 그리고 활자화가 된 이후로 나는, 이 괴롭고 어두운 세계에서 막상 소설이라는 것으로 허용이 될지도 모르는 술회에 대하여 어떤 두려운 책임감을 첨부해 가지고 있었다. 그리고 바로 그런 때 우스꽝스럽게 보이는 소설 쓰기는 갑자기 완고해지기 시작하는 것이었다. 신문의 기사나, 애달픈 호소가 담긴 수기와는 다르게 그것은 일종의 강력한 질서를 요구하는 것이었다. 소설이 되어야 마땅할 이쪽의 사물들, 또는 소설이 되어 나타나지기를 쉬임 없이 요구하고 있는 저 기막힌 일들(나 자신은 그런 기막힌 일들을 소설로 쓰고 싶지는 않은 기분에 있었지만)에 대하여, 나는 스스로 가장 비참한 상태의 무력감을 가지고 있었고 반면에 가장 고압적인 높은 태도를 보고 있었고, 그래서 거기에 대하여 균형을 취하고 민감하게 정신을 차려 두려고 애쓰고 있었다. 그러니까 나는 내가 소설을 쓴다는 그런 엄밀한 제작의 기분과 함께, 소설이 써지도록 나를 변경시킨다는 그런 유동적인 기분을 함께 방치해 두고 있었다. 아마 나는 서투른 독자였을 것이고, 그리고 그 점에 있어서 나는 정이 하고 있는 얘기를 늘 감동해서 들었다.

정이 입을 열었다. 자기도 소설을 하나 쓰겠다는 것이다. 나는 그의 말이 반가워서 그 소설 얘기를 해 보라고 말했다. 정은 내 얘기를 못 들은 것처럼 한참 동안 가만히 있었다. 그의 침묵은 아주 인상적이었다. 덥수룩한 머리, 엿장수 수염, 다이아몬드 꼴의 코, 삐죽이 앞으로 튀어나올까 봐 두려워서 꽉 다물고 있는 듯한 입, 이러한 것들이 한데 합세하여 굉장한 고민이라도 하고 있는 것처럼 보이게 했다. 아니 진짜로 그는 고민을 하고 있었을 것이다. 식물적인 고민이 아니라 동물적인 고민. 내게는 돈도 없다, 명예도 없다, 배가 고프다, 커다란 희망을 앞날에 두고 있는 것도 아니다. 그러나 나도 사람이다, 유행가 가사에 나타나는 세계, 그러나 내게는 마음이 있고, 그리고 쉽사리 굴복되지 않는 정신의 완강함이 있고, 그리고 예술을 아는 높은 이해심이 있고……. 조금 뒤에 정은 애인 얘기를 꺼냈다. 남자와 여자 사이, 그 대인 관계의 미립자적 교환, 쉽사리 타협되는 소시민의 얕고 피로한 판단에 따라 부당히 침해되기도 하고 또는 직립적인(그늘이 없는) 고자세를 취하게도 되는 저 감정의 세계에 대하여, 그는 설명해 나갔다. 어느 때 어느 거리를 같이 걸었던 기억의 영원함으로 하여, 하나의 남자 하나의 여자는 삶의 보람을 느낄 수도 있지 않는가? 삶은 공개된 것이 아니라 여전히 비밀 속에 감추어져 있고 진실의 느낌은 어느 순간에서 꽃을 피워 그것으로 생명 이상의 충실감을 나타내기도 하는 것이다. 정은 도취해 있었다. 그 여자와의 사이에 있었던 감정의 홍수 그것을 무어라 말할 수 있겠는가? 노래에서처럼 '사랑이라는 이름으로 타협되어 간 것'은 아니다. 공범자가 된 것도 아니다. 말하자면 그것은 삶 자체라고 할 수밖에 다른 도리가 없다. 여전히 공개되어 있지 않고 비밀 속에 감추어진 삶 자체라고. 자기는 다만 인간, 눈을 뜬 인간이라고 하였다. 왜냐하면 자기는 사랑하고 있는 중이니까. 그래서 나는 감동되었다. 도대체 그 여자는 누구이냐고 나는 물었다. 나는 소주를 들이켰다. 또 새로운 미각의 개척이 그때 성취되었다. 이번의 소주 맛은 입안에 잔뜩 꿀을 물고 그 꿀이 소주로 발효된 듯한 그런 것이었다. 그 여자에 관해서는 묻지 말라고 정은 경멸조로 대답하였다. 여자는 하나의 상황, 하나의 벽, 그렇기에 중요한 것은 그 대인 관계, 그 관계에서 얻어진 이기적인 순수, 또는 극단적인 충실감……이라고 그는 말했다. 그런 뒤에 정은 울기 시작하였다. 그 울음이 나변에 있는지를 이내 나는 알아내었다. 아아, 나는 너무 위대해, 나는 모든 걸 알 수 있어, 그래서 슬프다고 정은 중얼거렸다. 그래서 나는 슬픔을 참을 수밖에 있는가 하고 멍청하게 위로해 주었다. 그리고 조금 뒤에 우리는 슬픔에 견디지 못하여 바깥으로 나갔다. 약간의 비상금이 아직도 내 시계 주머니에 들어 있었다. 거리에는 안개가 껴 있었다. 포도가 촉촉이 젖어 있는 것으로 봐서 새벽에 비가 내린 모양이었다. 겨울 날씨답지 않게 따뜻하였다. 안개는 대기층과 지상층의 부조화에서 생겼고(관상대에서 그렇게 해설했다) 고층 건물들은 신비의 베일을 휘두르고 있었다. 네거리에 나오니까 이미 정오가 가까웠다. 우리는 부끄러웠다. 아니 우리는 겸손하여졌다. 우리는 거리를 걸어 다닐 자격이 없는 그런 주관적인 상태에 있었던 것이다. 십오 원짜리 우동을 두 그릇씩 먹었다. 우동에서는 김이 일었고, 그것이 정의 눈에 서렸던 눈물 자국을 포근히 씻어 주었다. 정은 피곤하게 웃었다. 우동은 맛이 좋았다. 우리는 동물적인 포식감에 이윽고 만족을 느꼈다. 조그만 창으로 하늘이 내다보였는데, 겨울 구름이 하늘의 중앙으로 차츰차츰 진주해 오고 있었다. 바람이 약간 드세어졌다. 우리는 바깥으로 나가서 다시 걸었다. "가자."라고 정은 이윽고 말하였다. 자기의 여자를 만나러 가자는 것이다. 이 세상에서 가장 완성되어 있는 자기의 여자를…….

우리는 갔다. 그 여자는 충무로의 어떤 영화사에서 소도구 일을 맡고 있다고 했다. 우리는 조그만 살롱과도 같은 다방으로 들어갔다. 정은 멀찌감치서부터 이미 석고처럼 딱딱해져 있었다. 그는 그래서 반편처럼 웃고 있었다. "소설 같은 건 안 쓴다."고 그는 말하였다. "그런 재미없는 지랄 같은 건 하지 않는다." 그는 오랫동안 고심해 오던 것에 결정을 본 사람처럼 다자꾸 말했다. 나는 그와 새삼스레 악수를 나누었다. 나는 그에게 축복을 내려주고 싶은 기분이었다. 그는 전화를 걸었다. 스피커에서는, 아니 레코드에서는 에디트 피아프의 무지막지한 서러움이 기계 조작에 따라 커다랗게 울려 나오고 있었다. 정은 노래를 듣는 것인지 전화를 거는 것인지 수화기를 든 채 가만히 있었다. 노래가 끝나고 그때 정은 "아아 나의 아가씨, 지금 당장 당신을 만나지 못한다면 자살할 수밖에 없다."고 말했다.

바로 그해 겨울철은 예년에 비해 눈이 많이 내렸었다. 지금 기억나는 것으로는 정과 그의 여자 그리고 다른 여자 그리고 나, 이렇게 넷이서 인천엘 갔었던 일이다. 우리는 기차에 탔을 때에부터 이미 흥분하여 있었다. 철로 연변의 들판에는 겨울 안개가 이미 대낮인데도 잔뜩 깔려 있었다. 그래서 안개는 수없이 많은 요정들의 군대로써 너른 들판을 옴쭉 못하게 포위하고 있는 것처럼 보였다. 안개 때문에 산이 날아가고 언덕이 달아나고 높은 나무들 꼭대기가 보이지 않게 되었다. 그래서 아주 넓은 평야 지대, 말하자면 그곳은 거침없이 펼쳐져 있는 시베리아 벌판인 것처럼 보였고, 그리고 우리로 말할 것 같으면 동쪽 끝에서 서쪽 끝까지 기차표를 끊고 머나먼 길을 여행하는 대륙 횡단 여행자와 같은 기분이 들었다. 안개에 가렸기 때문에 산과 언덕과 나무가 달아나 버린 것이 아니라 애당초 거기에 대평원이 펼쳐진 것처럼 보였던 것이다. 차창이 깨져 있어서 맵고 차가운 바람이 거침없이 불어왔으며 그리하여 우리는 겨울 나그네로서 방황하는 기분이기도 하였다. 인천에 도착했을 때 우리는 무턱대고 바다를 보리라 하였다. 우리는 송도로 갔다. 여러 섬들이 가물거리고 짙은 안개가 깔려 오고 있었다. 갯바닥이 그대로 펼쳐 갔고 우리는 실상 바다를 보지는 못 하였다. 그럼에도 소금 냄새가 났고, 비릿한 생선 냄새가 났다. 우리는 사람이 별로 없는 술집에서 조개탕을 끓여 달래서 막걸리를 마셨다. 조개탕에서는 바로 바다 냄새가 났다. 그 바다 냄새는 바람이 섞이어 저쪽으로부터 불어오는 세찬 소금 냄새에 섞이었고, 그래서 우리는 '끓여진 바다', 또는 '조개 속에 들어간 바다'를 먹었다. 저녁 여섯 시경에 잠깐 눈이 내렸다. 눈이 내리자 하늘과, 땅과, 바다는 온통 경계를 혼동하기 시작했다. 눈송이는 넓어진 공간을 잘게 짜개었다. 눈은 소리 없이, 간간이, 제멋대로, 그리고 마지못하는 듯 내리고 있었다. 여자들은 스카프를 들치면서 깔깔거렸고 정은 혼자 뛰쳐나갔다 오더니 다시 울기 시작하였다. 나는 정을 달래었다. 눈은 이내 그쳐 버렸으며 다시 모든 것은 눈이 올 적의 모호한 상태에서 벗어나 명료하여지기 시작하였다. 여전히 세계는 커다란 무질서 속에 싸여 있었다. 도리

어 우리는 이 세계의 혼란함에 대하여 어떤 질서를 부여하기를 거절
했다. 왜냐하면 혼란은 그것 자체로서 완성된 상태인 것이며, 거기
에 어떤 질서가 있다면 다만 그것은 소시민의 초라한 안정과 같은
것에 불과한 것이리라. 그날 우리는 아홉 시 반쯤 서울로 되돌아왔
다. 서울은 여전히 춥고 그리고 음산했다. 우리는 청진동의 막걸리
집으로 우우 밀려가서 여자들은 빈대떡을 먹었고, 남자들은 정신
없이 술을 마셔댔다. 그리고 여자들은 먼저 갔으며, 우리들은 너무
도 취해서 파출소 신세를 질 수밖에 없었다.

그리고 그해는 예년에 비해 늦추위가 몹시도 길었다. 영하 십삼
도를 오르내리는 강추위가 일월 한 달 내내 계속되었다. 나는 방구
석에 들어박혀 지냈다. 나는 장편을 하나 쓰고 있었다. 그 장편에는
주인공이 밤을 새우는 장면이 많이 나왔다. 주인공이 밤을 새우는
장면을 내가 쓰게 되면 그러면 나는 미안해져서 같이 밤을 새웠다.
겨울밤은 어느 계절보다도 조용하였고 길었고 아늑하였다. 나는
겨울이라는 저 완강한 세력이 개입해 들어와서 지저분한 나의 방을
모든 세상과 차단시켜 놓고 있는 듯한 그런 고립을 사랑하고 있었
다. 밤 한 시에는 밤 한 시의 귀신이 있었고 밤 두 시에는 밤 두 시의,
밤 세 시에는 세 시의, 밤 네 시에는 네 시의, 그리고 여명 다섯 시에
는 여명 다섯 시의 귀신이 있었다. 나는 그 밤의 귀신들과 친하게 지
냈다. 형광등이 소리를 내지르고 그리고 밤은 그 소리를 재치있게
빨아들이는 것이었다. 나는 밤새도록 점잖았고, 내 방의 가물들도
점잖았다. 밤에 거울을 보면 무서웠다. 그리고 음료수 대신에 마셔
주는 소주는 늘 싱거웠다. 나의 장편은 그렇게 진행이 돼 갔고, 그러
면 나는 힘들여 이해했다고 생각된 그런 모든 삶의 표현들을 될수
록 겸손하게 나타내야겠다고 생각했다. 그리고 나의 장편은 거진

끝이 나 갔고, 그때 봄이 오려고 하였다. 계절이 다시 모호한 감을 풍기기 시작하였고, 나는 나만의 열의와 집착에서 어째 힘을 잃어버리고 컨디션이 나빠졌다. 글이 써지지 않는 계절이 또 돌아온 것이다. 나는 오랜만에 외출을 시작하였다. 내가 방 안에 갇혀 지내는 동안에도 이 세상은 별로 바뀐 것 같지는 않았다. 나는 도시의 소음과 거리의 번잡스러움에서 어쩔 수 없이 타협당했고, 그리고 만원이 된 음악실에서 베토벤의 사중주를 들었을 때에는 그만 염증과 권태를 강하게 느꼈다. 그리고 나는 정을 만났다.

정은 이 세상에서 가장 완성된 그 아가씨와 드디어 동거 생활을 시작한 모양이었다. 한 칸도 못 될 조그만 방에 그는 고슴도치처럼 웅크리고 앉아 있었다. 나는 대번에 그의 누선(淚腺)이 말라버린 것을 알았다. 꽁초를 열심히 빨아대고 있는 그는 몹시도 점잖아져 있었다. 그래서 내게로부터 끊임없이 뻗어가고 있는 탐색은 그의 얼굴에 닿았다가 아무것도 찾아내지 못한 채 그냥 내게로 되돌아왔다. 나는 그에게서 어떤 거리감을 느꼈다. 둘 중의 누군가 하나는 너무도 변해버린 것이다. 그는 변해 있었다. 하지만 나도 변해 있었다. 과연 누구가 더 많이 변했는지 나는 알 수가 없었다. 그는 인생이란 것이 이런 식으로 전개되는 것이 아니냐는, 그런 당연스런 표정을 하고 있었다. 그러나 나로 말할 것 같으면, 막연한 질문들, 쉬임 없이 생기는 의문들, 또는 인생이란 것이 과연 이따위밖에는 안 되는가 따위의 의심만을 더하여 놓고 있었다. 거기에서 우리는 서로 멀어져 간 것임을 나는 깨달았다. 그리고 어쩌면 나는 내가 소설을 진심으로 쓰기로 작정한, 저 막연한 마음의 결정을 다시 따져보고 있기도 하였다. 바로 정의 얼굴을 통하여 나는 내가 소설가이어야 하리라는 그런 확인을 발견해냈는데, 그것이 여간만 불편하고 서운스러운 것이 아니었다. 우리는 전혀 관계없는 대홧거리를 찾아내었다. 정은 어서 봄이 오기를 바라고 있었다. 겨울의 칙칙한 빛깔, 생명감 없는 은둔을 그는 싫증난 어조로 말하였다. 봄이 오고, 봄이 오는 징조로 그는 자기의 여자에 관해서 잠깐잠깐씩, 심상한 의미를 담아서 얘기하였다. 해진 창호지로는 이상하게 쌀쌀한 봄바람이 들어오고 있었다. 우리는 오징어를 구워 놓고 소주를 마셨다. 소주는 씁쓰레하였다. 미각의 개척이라든가 따위의 설명으로서는 마실 수 없는 그런 것이었다. 그리고 정은 바로 그렇게 변형된 미각에의 무취가 도리어 당연하다는 듯한 태도였다. 우리는 술이 취하지 않았다. 그리고 정은 너무나도 늙은 표정으로, 그러니까 언제나 순진한 나에 배반하여 자기의 여자 이야기를 꺼냈다. 그것은 자기의 여자에 대한 얘기라기보다는 사랑에 대해서 인생에 대해서 또는 감미로운 권태와 알력과 질투에 관한 얘기였다. 삶은 그냥 지속되고 있는 것만은 아닌 듯하였다. 삶은 그 숱한 느낌의 홍수를 매 순간마다 철철 흘려내면서 갈팡질팡 행진해 가고 있는 것 같았다. 그에게서 엿보이는 무질서와의 공범 관계 또는 그 여자에의 지향에 있어서도 주체하지 못하고 흘려내고 있는 애정 상태를 나는 다만 동의하지 않으며 바라볼 뿐이었다. 하지만 그는 거기에다가 지극한 의미를 부여하였다. 마치 자기의 태도가 인생에 대한 벌거벗은 순수라고까지 주장하고 싶어하는 듯하였다. "그래 벌거벗은 순수야." 하고 그는 만족감을 느끼며 반복해서 말했다. 다만 나는 그가 순수라는 말을 채용하는 그의 마음의 태도에 있어서 잘못이 있다는 점을 지적해 주지 않을 수 없었다. 왜냐하면 순수란 단어는 그것이 어떤 사람의 입장을 밝히는 용어로서 적용이 될 때 지독히 무의미해지지 않을 수 없는 것이었다. 더더구나 '벌거벗은'이라는 형용사는 위태로웠다. 그것은 그가 내세우는바 혼란에 대한 감각이 세계의 무질서에 대한 처참한 긍정을 나타내고 있지만, 그러나 옷을 입고서야 거리를 나갈 수 있는 사람의 그러한 다른 일면에 대해서는 용서할 수 없는 실수를 범하고 있기 때문이었다. 결국 내가 느낀 것은 그가 형편없이 무성의한 인간일뿐더러 그것을 굉장히 자랑한다는 것이었는데, 바로 이러한 '내부의 황무지'를 어떤 신념인 양 내세우는 태도에 저항을 받지 않을 수 없었다. 아마 그는 모든 활자와 문화와 문명이 끝난 곳에, 또는 정신의 무중력 상태에서 어찌 실수해서 태어난 인간인 듯하였던 것이나. 나는 그 집을 나오면서 다시는 그를 만나지 않으리라 생각했던 것이다. 그는 문명을 이용하는 야만인이었던 것이다. 결국 나는 그의 무질서를 용서할 수 없었다.

그리고 나는 다시 일기를 쓰기로 작정했다. 이틀인가 일기를 썼다. 그러고는 안 썼다. 게을러서가 아니라 써지지가 않았다. 그리고 다시 겨울철, 그러니까 작년 겨울은 몹시도 추웠다. 나는 어디 절간에나 가서 지낼까 생각하였다. 그것은 끝내 실천되지 않았다. 나는 지루하게 시간을 보냈다. 정은 그해 가을철 여자와 헤어지고 절간에 들어가 박혀 있었다. 그에게서 두 번인가 세 번인가 편지가 왔다. 그는 폐를 앓고 있었다. 나는 그에게 우스운 소리를 많이 써서 보냈다. 그러나 내 편지는 우스운 소리를 많이 하고 있다는 그것으로 해서 실감이 없는 것이었다. 그리고 그와의 편지 왕래는 어느새인가 끊어져 버리고 말았다. 나는 그를 까마득하게 잊어 먹고 있었고, 그리고 그 겨울철 나는 지루했다. 소설은 써지지가 않았고, 써진 것은 죄다 낙선이 되었다. 나는 다시 소설을 써야겠다고 생각을 하는 데에 그 겨울철을 모두 소비해 버렸다. 나는 말하자면 피부를 한 껍질

벗겨내야 하겠다고 생각하였다. 봄의 피부 여름의 피부 가을의 피부 겨울의 피부는 각기 달랐다. 그중에서도 겨울의 피부를 나는 좋아했는데, 그런데 이번에는 그 겨울의 피부를 벗겨내야 하겠다고 생각하였다. 세상은 피부적으로 움직이고 있었고, 나는 소설 같은 것은 영영 못 쓰고 말리라는 생각이 들었다. 그런데 그 못 쓰고 말리라는 생각이 소설을 쓰게 했다. 내 소설이 약간 피부적으로 되었던 것이다. 그리고 이런 개인에게만 의미를 갖는 논거를 강조하려는 것은 아니지만 나는 나의 존립을 가능케 하는 어떤 방법을 발견할 수 있잖을까 생각을 하였다. 그것은 나의 피부를 수용해도 되리라 여겨지는 어떤 타당한 세계를 내가 발견해 냈다는 얘기가 된다. 즉 나는 저 광범위한 현실을 모두 만족시키며 살고 있지 않았다. 그 현실의 어느 일부분 말하자면 나를 거역하지 않는 최소한도의 긍정을 내게 주는 그런 현실에서 살고 있었던 것이다. 이런 극히 추상적인 이야기를 보다 구체적으로 설명하기 위해서 나는 여기에 정의 하산을 이야기 않을 수 없다.

사실은 내가 정에게 갔었다. 그것은 이월 하순이었다. 쭈욱 날씨가 풀려 있다가 새삼스럽게 추워졌다. 나는 어느 추운 날 약간의 돈을 가지고 갑자기 시외버스를 탔다. 시외버스는 이내 만원이었다. 나는 그 만원 버스를 사랑하였다. 시내버스의 만원과는 다른 저 생존을 실감 나게 하는 포화 상태 나는 논바닥에 얼음이 생기고 그 얼음 위에서 썰매를 타는 애들을 흥미 있게 바라보고 있었다. 그리고 버스에서 내렸을 때 날씨는 더욱 추워져 있었다. 나는 걸었다. 대한민국의 산악은 지질학적으로 말하지 않더라도 이미 날카롭지는 않다. 대개 얕은 언덕이 되려 하고 있고, 벌건 흙이 그대로 드러나 있으며 그리고 인간에 의해 많이 침식당해 있는 것이다. 그럼에도 시골의 산바람은 날카로웠다. 나는 사십 분가량 걸어갔다. 절은 아늑한 곳에 자리 잡고 있었다. 앞뒤로 높은 산이 삥삥 둘러차 있고, 그리고 그곳은 인가와는 거리를 두고 있었다. 나는 동태같이 꽛꽛하게 얼어 있었다. 절에는 방이 여러 개 있었고 나는 그중의 아무 방이건 노크를 했다. 젊은 중이 나왔고 나는 정이라는 사람이 여기에 있지 않느냐고 물어보았다. 그 젊은 중은 친절하였다. 그리하여 나와 정은 예기치 않은 장소에서 만났던 것이다. 정은 나를 반가워하였다. 때는 이미 밤이었고, 나는 저녁 식사를 달게 먹었다. 석유 냄새를 강하게 풍기고 있는 방 안에서 우리는 소주를 마시면서, 깊숙한 밤, 잔뜩 소외되어 있는 듯한 그런 기분을 이야기하였다. 정은 이발한 지가 오래되어서 수염이 자랐다. 나는 그 수염을 깎을 수 없느냐고 물었고, 정은 면도기를 내보이면서 깎을 수야 있지만 깎을 필요를 느끼지 않아 왔다고 웃으면서 말했다. 그는 마치 이 세상과 어느 정도 결별을 고하고 수도하는 길을 택한 사람처럼 보였던 것이다. 아마 정도 그러한 것을 느낀 모양이었다. 그는 수염을 깎기 시작했다. 칼질이 서툴러서 살을 베기도 하면서.

깊은 산중이라 밤은 너무 무거웠다. 우리는 바깥으로 나갔다. 관솔불을 지피고 그 곁에 쭈그리고 앉아서 우리는 산과 바람과 짐승들이 시사해 주는 여러 이야기에 귀를 기울였다.

그리고 우리는 관솔불에 주전자를 올려놓고 물을 끓였다. 송진 냄새가 퍼져 갔고 우리는 뜨거웠으며, 그럼에도 등허리 쪽은 시렸다. 우리는 뜨거운 물을 마셨다. 그 뜨거운 물이야말로 새로운 미각의 개척이었다. 우리는 '뜨거운 물'에 관해서 이야기하였다. 나는 '뜨거운 물'이라는 제목의 소설을 하나 반드시 만들겠다고 약속했다. 뜨거워서 입안이 활활 달아오르고, 그리하여 우리 자신이 너무 더워져 있어야지만 하는 뜨거운 물에 관해서……. 그때 정은 이 절에 와서 단 한 번 흘려보았던 눈물에 대해서 얘기했다. 눈물은 나를 아무것도 아니게 만든다, 라고 그는 중얼거렸다. 아무것도 되지 못하게 만든다, 하고 조금 뒤에 그는 정정했다. 왜냐하면 눈물은 '차가운 물'이니까.

삶의 문제, 죽음의 문제, 인간의 문제…… 등에 그만 사로잡혀 있을 때 그는 아무것도 아니었다. 그리고 아무것도 될 수가 없었다. 그리고 그는 이쪽을 이렇게까지 무력하게 만드는 소리, 광경, 관념들을 여전히 너무 많이 가지고 있다는 것이었다. "그런 것은 빨리 청산되어야겠지?" 그는 나에게 지극한 동의를 요구하면서 물어왔다. 나는 동의했다. 이미 알아차렸던 것이지만, 그 아가씨와의 동거 생활에 파탄이 왔고, 그 아가씨와 이별해 버린 모양이었다. 계속 밤 시간이 흘러갔다. 바람은 더욱 거세어졌으며 날씨가 급작스럽게 사나워졌다. 우르릉우르릉하는 소리가 사방으로부터 들려왔다. 관솔불은 다 꺼서 빨간 그루터기 불만이 남았다. 우리는 이윽고 방으로 들어가서 깡통 두 개를 연결시켜 만든 초롱불 심지에 불을 붙였다. 그리고 우리는 앉아서 이 세상에서 가장 완성되어 있는 그 여자에 관해서 이야기했다. 그리고 우리는 다음 날 상경했다. 서울은 여전히 뒤범벅이었고, 우리는 그 뒤범벅을 발견해낸 것이 반가웠다. 정은 건강해져 있었다. 그리고 정은 자기의 여자에 관해서 상세히 얘기하기 시작하였다. 나는 그 얘기를 들으러 다방으로 갔던 것이었는데, "그건 뜨거운 물과 같은 것이다."라고 그는 말했다. 즉 그 여자의 피는 뜨거운 물이었으며, 그래서 그는 뜨거워지지 않을 수 없었는데, 생각해 보니 이 이상 감당할 수가 없어서 절간으로 도망을 갔었던 것이라고 하였다. 결국 그 여자를 시인할 수가 없게 되어 버렸다고 그는 비극이 느껴지는 어조로 말했다. 아니 그 여자는 시인할 수 있지만, 그 여자와의 관계를 시인할 수가 없다는 것이었다. "알겠어? 인간관계란 오묘한 거야. 인간관계란 인간이 하는 행위의 가장 높은 예술적인 형태의 것이니까. 인간과 인간의 교섭이야말로 힘든 것이며 사랑스러운 것이며……." 하고 그는 별로 놀라울 것도 없는 얘기를 감동적으로 지껄였다. 요는 신과 인간관계, 또는 인간과 동물의 관계와는 달라서, 인간과 인간과의 관계는 바로 그 인간이라는 수준을 지키는 까닭에 벅차고 힘들고 하다는 얘기였다. 거기에 겹쳐 그는 인간과 인간의 관계에서 더 나아간 남자와 여자의 관계에 대한 약간 괴팍한 이론을 자기의 것인 양 끄집어내었다. 남자와 여자는 그 둘 중 어느 것도 완성되어 있지 못하므로 결합하는 것이지만, 결합하는 순간에 서로를 철저히 파괴해 버리고 만다는 것이었다. 바로 거기에서 번개가 치기 마련이며, 그 번개 때문에 인간이 사회적인 동물이라는 의미, 우리나라가 빈곤한 후진국에 속해 있다는 의미, 나아가서는 자기가 이목구비를 제대로 놀리면서 살고 있다는 그런 의미조차 박살이 나 버리는 거라고 했다. 그것은 남자를 철저히 무력하게 만들며 방심해 버리게 하는 것인데, "알겠어, 그 철저한 바보 상태를?" 하고 말하면서 그는 이어 "아아 제기랄, 아무것도 모르겠다. 말이라는 건 이상해서 지껄이다 보면 정말 무의미해지거든." 그러고 조금 있다가 "내가 할 수 있는 일이란, 제기랄, 가는 일이다." 하고 말했다.

그러고 나서 우리는 그 여자에게로 갔다. 대문을 따 주면서 그 여자는 하도 반가운 나머지 눈물을 쏟고 있었다. "줄곧 기다리구 있었어요." 하고 그녀는 말했다. "제기랄, 다시 이 꼴이란 말야." 하고 그는 개탄했다. 그러고 나서 우리는 방으로 들어갔다. 방에서는 여자 화장품 냄새가 났으며, 그는 그 냄새가 싫다는 듯이 얼굴을 찡그렸다. "결국 난 이런 인간이란 말야. 제기랄, 난 망했어. 난 병신이야. 난 아무 일두 못해. 난 죽어야 해. 난······." 하고 말했다. 아마 나로부터 위로의 말을 듣고 싶어하는 것 같아서, 그래서 나는 그의 주책바가지 위선의 영혼에다 대고 위로의 말을 던졌다. 그의 허튼 소리는 그렇게 계속되었는데 아마도 그것을 막을 수는 없을 것이었다. 그리고 이렇게 하여 정의 얘기는 끝이 나는 것인데, 정은 아마 소설이라는 것을 믿고 있는 최후의 사람이 아닐까 생각되는 것이었다.

《자유공론》, 1967년 6월호

이륙

이륙

나는 길거리에서 우연히 진땅을 보았다. 을지로 입구에서 조금 화신백화점 쪽으로 올라가서였는데, 알은체를 할까 말까 나는 망설이고 있었다. 비가 내리고 있었기에 나는 우산을 받쳐 들고 있었다.

"이봐 이봐."

그러자 나를 발견한 진땅이 이렇게 말을 붙여 왔다.

"아니 이거 진땅 아냐?"

나는 그의 앞으로 다가갔다.

"그래, 나 진땅이다. 오래간만에 그 별명을 듣는군."

"어떻게나 지내고 있지?"

"그저 그래."

진땅은 짧게 웃었다. 그는 우산을 쓰고 있지도 않았다. 그는 여전히 초라하게 보였다. 후줄근히 비를 맞아 그의 다이아몬드 무늬의 노타이샤쓰는 우글쭈글해 있었다. 나는 우산을 받쳐 주었다.

그에게서는 비의 냄새가 났다.

"우산두 없이 어딜 가고 있는 거지?"

"좀 돌아다니고 있었어."

하고 그는 대답했다.

"요샌 뭘 하면서 지내는데?"

"그럭저럭 지내고 있어."

"직장 같은 거라도 잡았어?"

"그렇진 못해. 허공을 둥둥 떠다니고 있지."

"별로 생활이 나아진 것 같진 않군?"

"아무렇게든 살 수는 있는 거니까."

"참 그동안에 어려운 일을 겪었다구?"

"응, 그런 일도 있었어. 하지만 이젠 다 지나가 버렸지."

진땅은 나를 좀 귀찮아하는 표정이었다. 들리는 얘기에 의할 것 같으면 그는 자살 소동도 두어 번 벌였다는 것이고, 경찰서 신세도 한두 번 졌다는 것이었다.

진땅은 예전에 비해서 하나도 변한 것이 없었다. 모든 것이 그대로였다. 여전히 그는 초라해 보였고, 그 초라함을 일평생 간직하고 있을 것처럼 보였다. 그는 아직 어른이 아니었다. 모두들 결혼을 하고 사회적 지위를 쌓아서 안정이 돼 가고 있는데, 여전히 옛날과 마찬가지의 몰골로 마치 귀신처럼 서울 시내를 출몰하는 사내도 있다는 것은 좀 한심스러운 노릇이 아닐 수 없었다.

"요샌 어떻게 지내?"

이번에는 진땅이 나에게 물어왔다.

"조그만 회사에 나가고 있어. 아주 조그만 회사지만."

"으응, 장가도 갔겠군?"

"아직은. 하지만 가게 되겠지, 이번 여름이 지나버릴 때쯤 해서."

"좋은 일이군그래."

"사람은 때가 묻는 거지 무어……."

"아마 그럴 테지, 다들 안정이 돼야겠지."

하고 진땅은 말했다.

그의 어조는 그의 표정과 분리되어 약간 심각하게 굴러 나왔는데 그것이 빈정대는 것으로 들려서 나는 썩 기분이 좋지는 않았다.

"나도 안정이 돼야겠지만, 그쪽에서도 안정이 필요할 것 같군 그래."

하고 나는 말했다.

진땅은 이 말에 대꾸하지 않았다. 그는 흐릿하게 웃었다. 마치 내 얘기를 무시해 버려도 괜찮다고 생각하는 듯했다. 야트막한 하늘을 올려다보면서 그는 좀 권태스러운 표정을 지었다.

그러다가 진땅은 다시 시선을 내 쪽으로 돌리면서

"참 돈 가진 것 있으면 조금 꿔줘. 집에서 나올 때 옷을 바꿔 입어서 말야."

잊어먹을 뻔하다가 생각났다는 어투로 말했다.

아닌 게 아니라 나는 진땅이 돈을 좀 달라고 해 오리라 예상하고 있었기 때문에 별로 놀라지도 않았다. 하지만 그런 소리가 나오지 않도록 분위기를 다른 방면으로 이끌어가지 못한 것은 내 처세상의 미숙함일 것이었다.

그래서 그에게 삼백 원을 주어야겠다고 생각했을 때, 내 기분은 그와 같이 지냈었던 저 어렸을 적의 어떤 일이 문득 회상되었다. 그러자 그 생각이 이상하게도 지금의 내 전신을 파고들어 와 내 인생이라는 것이 회사의 책상에 붙어 앉아서 사무 처리를 하고 있을 적에처럼 기계적인 것만은 아니라는 것을 새삼스럽게 강하게 깨닫게 했다.

나는 주머니를 뒤적뒤적하다가 그에게 이백 원을 주었다.

"마침 가지구 있는 게 얼마 없군."

"헐 수 없는 일이지."

진땅은 미안해하는 구석을 보이지 않았다. 도리어 나의 소시민적인 근성을 야유하는 듯했다. 내가 이백 원이라는 현금을 그에게 지불함으로써 그의 인간 전체를 동정해 버리려고 착각하는 게 아니냐고 따지는 듯한 태도였다.

진땅은 당연히 받을 돈을 받아낸 듯한 표정이었고 나는 그러한 표정을 수락하고 있었다.

"지금 시간이 바쁜가."

진땅은 돈을 아무렇게나 구겨 넣으면서 말했다.

"별로 바쁘지는 않아."

"그럼 어디 가서 낮술이나 하자구. 술은 내가 살 테니까 말야."

진땅이 처음으로 웃음을 내보였다.

"아냐, 술은 안 되겠어. 다음 기회에 하기루 하지."

나는 웃지 않았다. 별로 웃을 만한 까닭이 없었으므로.

"그래? 그러면 언제 한번 만나기로 하고, 명함 가진 거 있으면 한 장 줘."

나는 마지못해서 명함을 내주었다.

"집은 거기 그대로구?"

"응, 하지만 이사가게 될지두 모르겠어."

"내 불일간 연락을 하지."

진땅은 손을 내밀었다.

우리는 악수했다.

그러고 나서 우리는 헤어졌다. 나는 광화문 쪽을 향해서 걸어갔는데 잠깐 뒤돌아보았더니 진땅은 어깨를 반듯이 펴고 사뭇 활기 있게 골목길로 접어들고 있었다.

그의 뒷모습은 이상하게도 나의 뇌리 속에서 사라지질 않았다. 도리어 그는 태연하고 나는 어색하게 위축되어 있었기 때문이었다. 입장으로 따지자면 그 반대가 되어야 하는 것인데…….

그러나 나는 이내 그를 잊어버렸다. 도시 생활의 리듬이라는 것은 매 순간순간을 결산해 버리는 것이었다. 시간의 끈을 놓쳐 그것이 과거가 되어 버리면 그것으로 그뿐이었다.

내가 진땅을 문득 회상해낸 것은 그 며칠 뒤였다. 감기 기운이 있어 몸 컨디션이 좋지 않은 데다가 막상 결혼 날짜가 가까워지니까 그전에 느껴보지 못했던 인간 생활의 세속적인 부피가 느껴져서, 나는 내 생활의 덧없음을 사뭇 실감하고 있었던 것인데, 그러자 허수룩한 진땅의 몰골이 떠올라 왔던 것이다.

하기야 나는 진땅의 본명이 무엇인지 모르고 있었다. 또는 진땅은 자기의 본명을 내게 알려주지 않았다. 우리는 대학 입학시험을 치르기 위하여 고교 모자를 쓴 채 서울로 가는 기차간에서 우연히 만났었던 것인데 그때에도 그는 다만 진땅이었던 것이다. 나는 삼류대학에 들어가 겨우 전공 분야를 터득했고, 진땅은 그때부터 타락하기 시작하여 본토박이 서울사람 이상으로 도시 악에 물든 것이었다.

진땅은 이 세속의 지상으로부터 잘못 엉뚱하게 이륙해 버린 인간이었다.

젊은이가 가지고 있는 정신세계 또는 추상 세계를 액면 그대로 옹호해 주기는 물론 힘든 일이지만 실정은 비참한 것이어서, 젊은이는 소위 현실이라는 낮은 천장에 조만간 머리를 부딪치게 되어 대뇌를 크게 다치는 것이었다. 젊은이는 자기의 정신세계와 현실을 연결시키는 데 크게 실패를 당한다.

젊은이와 날개는 부서지고 말아. 그는 비참한 현실로 곧바로 하락한다. 다시 이륙하기란 좀처럼 힘들다. 정신세계는 무너지고말고, 자기의 인생이 묻은 인생관은 수용의 폭이 협소해진다. 땅바닥을 기기에 급급하니까.

나는 바닥을 아무리 기어도 좀처럼 생활고에서 풀려나지 못할 것을 이미 느끼고 있었다. 내게 보이는 것은 혈안이 되어 제가끔들 뜯어먹겠다고 아우성치는 사람들의 떼거리뿐이었다. 나는 거기에 함락되어 자칫하면 그 바닥에서나마 밀려날까 봐 혼신의 능력을 다 뱉어내고 있었다.

하기야 나는 이렇다 치고 진땅은 무엇이란 말인가? 그는 유령처럼 허공을 헤매고만 있다. 그는 생활을 가지고 있지 않다.

엉뚱한 비상, 현실이 없는 이륙을 택하여 진땅이 얻는 것이 구름 속을 거니는 것이 아님은 확실하다. 지나치게 표현하자면 진땅은 현실에 끼어들어 갈 발판을 잃어버렸을 뿐만 아니라, 정신세계의 감미한 풍경조차 잃어버린 것이 아닌가.

경제적인 가치 판단이 인간적인 가치 판단을 마음대로 휘두를 수 있게 되었다는 것을 개탄하기에 앞서 경제적인 도약 단계 또는 이륙 단계가 되면 인간 정신의 이륙도 이루어진다는 관리들의 말에 속아두는 체하는 게 현명할 것이었다.

다만 나는 이러한 모든 사념들을 일종의 피곤 증세라고 생각하고 있었다. 당면한, 그러면서도 화석화(化石化)한 생활 이외의 것에 관심을 두는 것이 잘못이라고 느끼기 때문이었다. 나는 고정된 출퇴근 생활에 익숙해졌고 그 생활에서 별다른 저항을 받지도 않았다.

내 몸뚱이만큼밖에는 크지 않은 지위를 사랑하는 수밖엔 없는 것이고 그 이상 자랄 수도 없고 가질 수도 없다고 해서 심란해질 리도 없는 것이었다. 그리고 설령 내가 멍청하게 늙어가고 있음을 자각했다고 해서 무슨 소용이 있단 말인가? 이따금씩 일어나곤 하는 분노나 엉뚱한 야심 같은 것을 진심으로 믿어버려 거기에 맞춰 나를 개조시킬 수 있으리라고 생각할 수 있단 말인가? 사실을 얘기하자면 내 생활에서 권태를 발견하고 싫증을 느낀다면 이것이야말로 큰일일 것이다.

진땅이 회사로 전화를 걸어왔을 때, 나는 기분이 좋지 않았다. 내가 가지고 있는 생활 권내(圈內)가 아닌 그 바깥으로부터의 자극을 도리어 나는 원하지 않았다. 이나마 유지되고 있는 내 생활의 질서가 깨지는 것이 겁나는 것과 마찬가지로, 내 생활을 신땅과 같은 인간에게 드러내기도 귀찮은 일이었다. 더구나 그는 용돈을 뜯으려 할 것이니까…….

"나 진땅인데."

하고 그는 말했다.

"어떻게 전화했지?"

"그냥 생각이 나서 걸어본 거야."

진땅은 칼칼하게 웃었다.

"볼일이 있어서 건 것은 아니었구 말이지?"

"볼일도 조금 있기는 해. 지금 만날 수 없을까?"

"글쎄, 지금은 바쁜데."

"그럼 이따 저녁때에는 만날 수 있겠군."

"무슨 일인데 그래?"

"아 별일은 아니구……. 그저 술이나 같이 들면서 얘기하지."

진땅은 약속 시간과 장소를 일방적으로 정하더니 전화를 끊었다.

하지만 그는 나에게 말할 수 없는 초조감을 준 것이었다.

어찌하여 내가 이다지도 꽁생원이 되어 버렸는가를 생각하다 보면 억울하다고 느껴지지 않는 바도 아니었다. 어쨌든 나는 꽁생원이 되었고 소심한 인간이 되었다. 매력 없는 일상의 범사(凡事)에 파묻혀 약간만 변화를 요구하는 일이 일어나거나 수상한 일이 일어나도 버들버들 떨게 되었다. 극히 얄팍한 피부적인 사고방식이 나를 지배하여 사회의 가장 밑바닥에서 사무 노동자 노릇을 하고 있는 자신의 위치마저도 버겁게 느끼게 하고 그것이 나를 불안에 빠뜨리게 하는 것이다.

나는 자신의 한계를 언제든 너무 느껴서 도리어 일찌감치 울타리를 자기 둘레에 쳐놓아도 안심하지 못한다. 그리고 노상 전전긍긍하고 있다. 시대가 바뀌고 사회가 변화하여 그러한 상황의 양상이 내 성격에 틈입하여 나를 형성하고 있다. 이 더러운 도시에서의 생계가 내 인간성을 더럽게 만들어 주고 있다.

내가 진땅을 만나러 가면서 느낀 자의식은 바로 이러한 것이었다. 그리고 내가 진땅을 만나기 싫다고 느낀 것도 바로 이러한 때문이었다. 진땅과 같이 있노라면, 그가 나를 경멸하고 조롱하고 있다고 생각하게 되는 것이었고 그것이 여간 싫게 자각되는 것이 아니었다. 그래서 도리어 나는 무엇인가를 추구하고 있는 듯한 진땅의 태도가 옳은 것이라고 생각하게 되는 것이었다.

그러노라면 자기보존의 본능과도 같은 것이 팽팽하게 일어나서 나는 진땅의 비참한 생활 환경과 그의 성격의 교활한 일면을 관찰하여 그를 욕하는 것이었으며 결국 힘없는 자기 긍정으로 되돌아오는 것이지만 확실히 그것은 힘이 없는 것이었다.

어쨌든 나는 진땅을 만나러 갔다. 일부러 약속 시간을 좀 어기기로 했다. 그리고 나는 진땅이 어떠한 수작을 걸어오든 간에 단호히

이를 물리쳐 버리리라 작정했다. 아마 그는 용돈을 좀 달라고 하거나 아니면 술을 한잔 사라고 하겠지만.

조그만 다방이었다. 문주란의 유행가가 울려 퍼지고 있는 그 한가운데에 진땅은 마치 음악에 도취된 것처럼 앉아 있었다. 요사이 생활이 말이 아닌 것 같았다. 머리가 길게 자랐고 수염이 덮여 있었다. 다이아몬드 무늬의 노타이샤쓰는 제멋대로 구겨져 있는 데다가 잔뜩 때가 올라 있었다.

나는 그의 맞은편에 앉았다. 진땅은 나를 보고 반가워하였다.

"두 시간 전부터 여기에 앉아 있었어."

진땅은 흘금흘금 레지를 바라보았다.

"두 시간 전부터라구?"

"그래, 하지만 차는 먼저 마셨지."

"그럼 나갈까. 내 술 한잔 살 테니까."

나는 진땅이 풀이 죽어 있는 것 같아서 가엾은 생각이 들었다.

그리고 진땅을 만나러 오면서 느꼈던 것과는 너무 다른 그의 모습을 보자 좀 승리한 듯한 기분도 있었다.

"그래 요새는 또 어떻게 지내고 있지?"

막걸리 집에 들어가서 좌석을 잡아 앉은 뒤에 나는 물었다.

"제기랄, 요새는 옴쭉달싹 못할 지경이야. 여름철이 이렇게 덥다는 걸 미처 몰랐어."

"그거 정말 큰일이군그래."

나는 진심으로 걱정해주었다.

그러자 아차 실수였구나 하는 생각이 들었다. 진땅이 돈을 좀 달라고 하면 여축없이 줄 수밖에 없이 되었으니까.

"이젠 그만 고집부리고 무슨 방도를 세워야 하지 않아?"

"그렇다고 인간 진땅의 자신(自信)은 줄어들지 않구 있지. 나는 제법 좋은 눈을 가지구 있어서 여러모로 관찰을 하구 있어. 나의 자서전격인 소설 집필도 시작했구……."

진땅은 다 낡아빠진 노트를 집어 올려 보였다. 그러자 나는 기분이 나빠졌다. 당장 밥 먹을 방도도 없으면서 큰소리는 어디서 큰소리인가?

"그래 말야, 너네 집에 가서 한 일주일쯤만 지낼 수 없을까. 사실은 이걸 얘기해 보려구 한 거야. 일주일 뒤에는 마산에 내려가기로 되었거든."

진땅은 엄숙한 표정으로 이렇게 말해왔다.

"우리 집에 와서 지내겠다구?"

우리 집? 나는 문득 내 비좁은 방에 두 개씩이나 놓여 있는 재떨이를 생각하고 있었다. 왜 재떨이가 두 개씩이나 되는가 하면 어떤 날 막걸리 집에 들어갔다가 슬쩍 훔쳐 가지고 온 것이 있었던 것이다. 이 녀석이 우리 방에 오게 되면 내 담배를 나눠 피워야 할 것이다. 나는 담배를 나눠 피는 일에는 참지 못하는 성격이었다.

우리 집의 궁색한 환경으로 이 녀석을 끌어들일 수 없다는 것은 자명한 일이었다. 나는 고등학교 이 학년에 재학 중인 여동생과 근근이 자취를 하고 있었다. 여동생은 그 집의 식모와 함께 자는 것이었으며 나는 집주인의 막내아들과 한방을 쓰고 있었다. 그러한 실정이므로 이부자리가 남는 게 없었고 진땅이 오게 된다면 주인집 막내아들이 용서할 리 만무였다.

"오래 있지는 않겠어."

"글쎄……."

"막상 잠잘 곳과 갈 곳이 없어서 그런다니까."

진땅은 맥 빠진 모습으로 나를 바라보았다. 하도 처량하게 보였으므로 만약에 내가 거절한다면 당장 뛰쳐나가 자살이라도 하지 않을까 염려될 지경이었다. 참 딱했다. 하지만 다른 문제와 또 달라서 진땅이 우리 집에 와서 지내겠다는 것은 말도 안 되는 소리였다.

"아무리 따져봐도 안 되겠군."

"도저히 안 되겠어?"

"도저히 안 되겠어. 그럴 형편이 못 되는 걸 어떡하지?"

"대답이 분명해서 좋군그래?"

조금 뒤에 진땅은 이렇게 비꼬았다. 나는 그의 얼굴에 나타난 분노의 표정에서 내가 비겁한 소시민 근성에 사로잡혀 있는 인간이며 제 앞일만 생각하기에 여념이 없어 서슴지 않고 매정스러운 짓을 벌이는 그러한 인간이라는 일종의 자책감을 느꼈어야 했다.

"정말로 무리한 부탁이어서 어쩌는 수가 없는 걸."

그러나 진땅은 내 말은 들은 체도 않더니,

"오늘 밤부터 어디 가서 자란 말이지?"

내게 책임이 있다는 듯이 뇌까렸다.

"글쎄, 어떡하면 좋다?"

"돈 있음 오백 원만 꾸어줘. 시립 합숙소에라도 가서 자야겠으니까."

"시립 합숙소엘 가서 잔다구?"

"그럴 수밖엔 없지. 제기랄, 어쩔 도리가 없으니깐."

진땅은 나의 시선을 잡아당겼다.

"어쨌든 술이나 들어."

아마 이 녀석의 본래 의도는 여기에 있었던 것이 아니었을까? 우리 집엘 와서 자겠다고 애드벌룬을 띄워서 돈 오백 원을 뜯어내리라 이미 계산하고 있었던 게 아닐까? 빌어먹을 진땅이고, 빌어먹을 현실 감각이다. 혹시 나와 진땅의 인간관계는 단돈 몇백 원에 기초를 두고 있는 게 아닌가? 돈 몇 푼을 달라고 해옴으로써 우리의 관계는 그 밑바닥이 드러나 서먹서먹해지고 말았다. 빌어먹을 몇백 원이고, 몇백 원에 끼어든 현실이다. 가장 정확한 측정 도구로서의 오백 원이라는 저 단단한 리얼리티. 그놈의 리얼리티에 의해서 이 세상의 고귀한 (또는 고귀해야 할) 진실들이 하나, 둘, 셋, 넷 모두 타살돼 버리고 만다니 통탄해야 했지만, 물론 나는 통탄해하지 않았다. 뜯기는 족속은 무엇이며 뜯어가는 족속은 또 무엇이기에 말이지?

나와 진땅은 서로의 얼굴을 몹시 가엾다는 듯한 표정으로 바라보았다.

"정말이지 답답해서 견딜 수가 없구나."

우리는 바깥으로 나갔다. 정말이지 이렇게 답답해서야 견딜 수가 없을 것이었다.

우리는 화려한 도심 지대를 바라보고 있었다. 그것은 적이 우리를 위안시켜 주었다.

진땅은 약간 앞장서서 걷고 있었다. 그에게서는 땀 냄새가 몹시 났다. 제멋대로 구겨진 옷차림이랑 덥수룩한 머리하며, 가장 밑바닥의 인생을 걷는 사람의 몰골 그것이었다.

내심으로는 온 세상의 진실과 악수하여 화려한 세계를 구축하고 있는지는 몰라도, 외관으로는 여축없는 거지 상이었다. 이것이야말로 심각한 타락인지도 모른다. 부지하세월(不知何歲月)에 진땅에게 날개가 달리는가?

비좁기 짝이 없는 생명의 현장과 자기 느낌대로 펼쳐져 가는 정신세계의 광활이라는 배반적인 이중 구조를 적용하여 진땅에 있어서의 지킬 박사와 하이드 씨의 분리를 말할 수 있는지도 모른다.

어이하여 진땅은 자신의 이중성을 근접시키려는 노력을 하고 있지 않는가? 우리나라의 경우에 있어서 '청춘'이란 단어가 부여하는 이상에로의 동경에 관한 설득력은 그런데 설득력이 없고, 진땅이 앞날의 밝음을 내세워 현재의 궁색을 호도시킬 수 있었던 기간은 고작해야 대학교 일이 학년 때에 마감되고 말았으리라. 이상의 소설 「날개」에서처럼 역설적인 비상이 아닌 한 진땅은 이륙을 꿈꾸기보다는 착륙 타락을 실감해야 할 것이라고 생각되었다. 하기야 내 생각은 언제나 이런 식이지만.

그러니까 어느 누구도 그 시대 그 사회를 초월할 수는 없는 모양이었다.

진땅이 딱하게 생각된다는 것은 어쩌는 수 없었다. 기분 나쁠 정도로 딱했다.

진땅은 아직 정신을 못 차리고 있음이 분명했다. 그는 이쪽의 세계를 좀 쉽게 생각했는지 모른다.

스무 살이 갓 넘어서 그가 벌였던 여러 일들은 놀랄 만한 것이었다. 그는 열심히 책을 읽었을 뿐만 아니라 서클 활동도 활발히 전개했다.

쉽게 얘기해 본다면 그는 자기의 영웅적인 사고방식에 철저히 길들여져 있었다.

그는 우리나라의 상황이 던져주는 아픔을 자기의 아픔인 양 괴로워하였으며 어이하여 우리나라가 발전하지 못하고 밤낮 서로 뜯어먹기만 하면서 이 모양 이 꼴로 우그러들어 지내는가 깊이 생각하기도 하였다.

그는 이러한 문제 제기에 대하여 하나의 정치인으로서의 자기 앞날을 예상하고 있었다. 그러나 4·19 이후의 세태는 정치가가 되겠다는 그의 생각에 변화를 일으켜 주었다. 정치 세계는 너무도 추저우므로 그는 이를 포기했다.

그는 경세가(經世家)로서의 자기 앞날을 예상했다.

그쪽 계통의 책을 열심히 읽었다. 하지만 이내 여기에서도 환멸을 느꼈다.

그는 자기 능력을 주체하지 못하는 인간이었다. 그럼에도 불구하구 자기 능력에 대한 자애심은 철저하여 바로 그것으로 해서 언제나 자기를 비범한 인간이라고 굳게 믿고 있었던 것이다.

현대의 세계가 바로 천민(賤民)들의 세계라는 것을, 또는 평범한 소시민들의 세계라는 것을 어찌하여 그가 깨닫지 못하고 있나 생각하면 다만 놀라울 뿐이었다.

재벌들은 능력이 비범해서 돈을 번 것이 아니며, 정치가들은 어떤 '비전'이 있어서 정치를 하는 게 아니며, 예술가들은 별다른 재능도 없이 눈치껏 예술을 하고 있다는 점을 그는 한번도 생각해 본 적이 없는 모양이었다. 다들 이 모양 이 꼴의 크고 작은 세속인, 소시민이라는 것을 암만해도 그는 깨달아 내지 못한 것이었다.

평범한 인간들은 비범한 인간을 증오하는 법이며 될 수 있는 대로 말살시키려 드는 법이다. 이 조그만 땅덩어리에 매달려 평생 늙어 죽도록까지 땅만 파먹고 지내는 사람들은 용서를 해 주지만, 약간이나마 거기에 의심을 품는 사람은 귀찮을 정도로 못살게 구는 것이다.

조그만 나라, 상상력이 차단된 지하의 세계, 배고픔에 겨운 생존 경쟁의 영역에 있어서는 청춘이란 다만 젊은 노인에 불과한 것이 아닌가? 청춘의 권리를 주장하는 한 그는 생존에 대한 위협을 막아내지 못할 것이다. 진땅은 우물 밖 개구리였던 것이다. 그에게는 생활이라고 하는 우물이 없었다. 그는 울타리가 없었다. 지독하게 불쌍한 인간이었다.

진땅과 나는 막걸리 집으로 갈까 하다가 다방으로 들어갔다. 도심 지대에 맞지 않게 조그만 초라한 장식의 다방이었다. 레지가 갖다 준 물수건으로 얼굴을 닦으면서

"정말이지 어떻게 해야 할 게 아냐."

하고 나는 물었다.

"동정하는 건가? 그건 필요하지 않을 텐데?"

"고깝게 들을 건 없지."

"고까워하는 게 아냐. 내 몸뚱어리를 맡아 달라고 하지 않을 테니까."

"고까워하는군. 내가 말실수를 했나."

"말실수한 거야 아니겠지. 또 너 자신도 그렇게 생각하진 않을 테고."

"그건 또 무슨 소리야."

나는 표정을 나타내지는 않기로 했다.

"우물 밖 개구리라는 말을 쓰고 싶어지는군."

하고 조금 뒤에 말했다.

"우물 밖 개구리."

"우물 밖 개구리는 우물 안 개구리보다 고생이 심하겠지."

"우물이라는 경계를 그을 필요가 어디 있어?"

하고 진땅은 흥미 없다는 듯이 되물었다.

"우물이라는 건 생활의 테두리라는 말이 아닐까?"

"글쎄, 구태여 그걸 구별해서 생각할 필요가 어디 있어?"

"그거야 뻔하지 않아?"

나는 약간 의심하듯 그를 쳐다보았다.

"그러니까 나더러 우물 안 개구리가 되라고 하는 얘기 같은데?"

진땅은 내 사고방식의 부당성을 지적하려는 듯했다.

"그래 그 얘기야."

"우물 안 개구리라? 그 우물이 뭘 뜻하는 걸까? 사고방식 속에 잠재돼 있는 우물이라는 장벽을 의식 않을 순 없을까?"

"의식 않을 순 없지."

"하긴 나두 그걸 의식하구 있지만."

진땅은 여전히 흥미 없다는 태도였다.

"앞으로 뭘 할 거야?"

나는 또 물었다.

"정말로 답답하게 구는군! 그래 어쩔 테야, 뭘 하든지."

"또 내가 말실수했나?"

"아마 그럴 걸."

진땅은 이번엔 성이 난 듯했다.

"내가 바라는 건 돈이나 조금 달라는 것뿐이다. 오늘 저녁에 잠 잘 곳이 없어서 그래. 네가 싫어한다면 다시는 찾아가지 않을 것이다. 하지만 오늘 저녁의 잠자리만큼은 네가 책임지구 알선해 줘야겠어."

"나는 그 얘기보다 좀 본질적인 걸 너하고 생각해 보구 싶은 거였어."

"글쎄, 너야 호의를 가지구 그럴 수도 있겠지만, 내 처지가 옹색해서 그런지 난 그걸 간섭이라고 생각하게 되는군."

"내가 간섭한 걸까?"

"우리는 진심으로 터놓구 얘길 못하고 있으니까, 그럴지두 모르지."

"그럼 터놓구 얘기하지 그래."

"난 그러구 싶은 마음도 없어."

진땅은 가져온 커피를 아끼듯이 마셨다.

"내가 네 마음을 이해하지 못한다구 생각하는 것 같군?"

"서로 생각하는 차원이 다르니까 그거야 당연해."

"어떻게 다른데?"

"어떻게 다르냐구? 너로부터 돈을 받아내야겠다는 생각 이외의 생각은 하구 있지 않단 말야, 넌 너무나 비싼 대가를 요구하고 있는 거야."

"대가라니?"

하도 어처구니가 없어서 나는 말도 제대로 나오지 않았다.

"내가 비참한 지경이 되어 있는 걸 즐기려는 거지 뭐야? 너보다 못한 내 처지를 동정해줄 수 있는 네 아량과 함께."

"그렇다면 왜 나한테 돈을 달라고 하지?"

나는 성이 나서 상체를 반만큼 일으켜 세웠다.

진땅의 얼굴도 새빨갛게 되었다. 그는 새빨간 얼굴로 나를 읽어 내려 가고 있었다. 흥분된 것은 나도 마찬가지였지만 진땅의 눈길은 매섭기 짝이 없었으므로 그만 나는 맥이 탁 풀리고 꼼짝달싹할 수가 없었다. 하나하나, 나의 생활 체계가 진땅에 의해서 벗겨져 버리는 듯했다. 내가 가지고 있는 안정감, 일상 생활, 피곤한 웃음, 묵직한 잠자리, 만족감 같은 것이 송두리째 헝클어지고 뒤틀려지면서 거기에 커다란 공허가 생겨나는 듯했다.

나는 몸을 의자 뒷등에 기대면서 진땅의 시선을 피했다.

"왜 너한테 돈을 달라구 하느냐구?"

진땅은 내 말을 반복했다.

"그건 내가 오늘 밤 잠잘 데가 없어서 그런 거다."

나는 대답을 하지 않았다.

"물론 너한테 내 사정을 강조하고 싶지는 않아."

이윽고 진땅은 진정이 되었다.

"그러니 돈 좀 있으면 빨리 줘. 너한테 미안하다는 생각을 하기도 미안해 죽겠거든."

진땅은 담배를 뻑뻑 빨았다. 나는 주머니에서 돈을 꺼내어 그에게 주었다. 진땅은 그것을 받아 넣고는 곧 일어섰다.

"내가 진정으로 고맙게 생각한다는 건 알아줘."

진땅은 이 말을 남기고 나가 버렸다. 그리고 나도 이내 바깥으로 나와서 집으로 향해 걸어갔다.

아마 그 며칠 뒤였을 것이다. 회사로 엉뚱한 편지가 하나 날아들어 왔다. 보니까 진땅에게서 온 것이었다. 하긴 참으로 간단한 사연이었다. 다른 말은 전혀 없었다. 미안하다는 얘기도 없었고 자기가 어떻게 지내고 있다는 소리도 없었다.

　　이러지 않으려고 했지만 도무지 내 마음에 부담이 되어와서 편지를 띄우기로 했다. 한마디로 해서 너한테 빌려 쓴 돈은 꺼림칙하기 짝이 없었다. 마치 내가 갈취라도 해온 듯한 기분이 들어서…….

　　물론 나는 배짱이 센 놈이긴 하지만 기분 나쁜 것이어서 이 돈을 갚기로 했다.

　　아직 형편이 피지를 않아서 다 갚을 수는 없고 다만 여기

백 원짜리 한 장을 넣어 보내기로 했다. 편지에 돈을 넣어 보
내는 게 위법인 줄은 알지만 그러한 범법을 저지를 만큼 내
심정이 절실한 것으로만 이해해 주라. 그렇다고 널 비난하
는 얘기는 아니지만 너는 아마 행복하게 잘 살게 될 것이라
고 믿는다.

나는 편지지 사이에 끼워진 백 원짜리를 주머니에 집어넣었다. 과
연 이 녀석이 지껄여댄 소리는 무슨 뜻인지. 그의 편지를 세 번씩이
나 읽어 봤어도 잘 알 수가 없었다.

하기야 진땅은 하고 싶은 말이 많았을 것이다.

그의 시선이 포착하는 세계란 얼마나 별다른 것일까? 나는 진땅
에게 옹졸하기 짝이 없는 인간으로 보인 것을 알았고, 또 그것이 내
나름으로 당연했다고 느끼게 되는 것을 유감으로 생각하는 수밖
에 없었다. 원래 나는 꽁생원이긴 했지만.

아니 좀 더 솔직하게 말하자면 진땅과 같은 녀석이 출세를 하여
이 세상에 끼게 되면 나 같은 녀석과는 다른 창조적인 업적을 남길
는지도 모른다. 바로 그 이유로 해서 진땅은 빌빌하는 것일 테지만.

나는 진땅을 그 뒤로 만나보지 못했다. 그가 어떻게 지내고 있는
지도 몰랐다.

그러다가 어느 날 친구들과 어울려 한잔 마시는 도중에 진땅에
관한 얘기가 우연히 나왔다.

"그 녀석 죽었다는 소문이 있어."

최가 막연한 얘기를 했다.

"죽기는? 어디 새너토리엄에 가 있다는 소문을 들었는데?"

오가 말했다.

"어쨌든 불쌍한 녀석이야. 그 녀석한테 뜯긴 돈만 해두 굉장해."

"아니 너한테두 돈 달라고 갔었든?"

"너한테두 갔었던 모양이군? 시대가 잘못됐는지 그 녀석이 잘못됐는지."

"어떤 사회에나 그 녀석 같은 별종이 있기야 하겠지만……."

"또 알어? 그 녀석이 우리 시대의 가장 위대한 인물로 둔갑할는지?"

한 친구가 이렇게 말을 했기 때문에 우리는 크게 웃어 버렸다.

진땅은 우리와 체질이 다른 인간이었다고 생각이 들기 시작했으므로 그날의 막걸리 집에서 그에 대한 화제는 자못 유쾌하게 전개될 수 있었던 것이었다.

우리 세 명은 줄곧 진땅이 저질렀던 어이없는 행위 등을 얘기하면서 2차를 하러 갔다. 그곳은 청주를 파는 집이었다. 마침 아는 녀석이 하나 있었다. 그 녀석, 정은 진땅에 관한 얘기가 나오자 약간 의심하는 표정으로 우리를 대했다.

아무려나 우리는 이러쿵저러쿵 진땅에 관한 얘기를 그치지 않았다.

그가 주색에 밝았다는 사실이 그동안에 드러났고 더욱이 주먹질도 세어서 깡패 생활을 했다는 사실도 얘기되었다. 진땅이 감옥 속에서 보낸 이 개월 동안의 일을 자세히 아는 것은 오였다. 오는 한번인가 면회를 하러 갔었다고 말하면서 아무튼 진땅은 독종이라고 혀를 내둘렀다.

그리고 최는 진땅이 일본으로 밀항하려고 하다가 실패했었다는 얘기를 했다. 그 얘기는 내가 처음 듣는 것이었다. '오무라' 수용소에 갇혀 반년 동안 지내다 송환되었다는 것이었다.

제가끔씩들 알고 있는 진땅에 관한 얘기 등을 종합해 보니까, 우리는 차차 그 녀석이야말로 놀라지 않을 수 없는 행동주의자라는 걸 알게 되었다.

우리의 어조는 진지해지기 시작하여 얼마 안 되어 진땅을 위대하다고까지 생각하게 되었다.

하기야 우리는 지극히 현실적인 인간들이니까, 진땅을 용납할 수는 없는 것인지도 모른다. 바로 그 점을 계산에 넣고 나서 얘기를 해 보니까 역시 진땅은 우리에게 용돈 뜯으러 올 때와는 다른 인간이었던 것이다.

그리고 우리는 진땅의 생활이 비참해지기 시작한 이후로 실인즉 우리가 그를 피한 것이 아니라 그가 우리를 피해 왔다는 것에 의견의 일치를 보았다. 진땅은 통 곁을 주지 않았을뿐더러 어떻게 만나게 되면 마치 수금이라도 나온 수금 사원처럼 사무적으로 돈을 달라고 했을 뿐이었다. 쾌활하고 독설적이던 진땅은 없어져 버리고 그 대신 말이 없고 증오의 눈초리를 빛내는 진땅만이 나타났던 것이다.

아마 진땅은 견디어 낼 수 없었을 것이다. 소인들만이 잔뜩 손아귀에 사회를 움켜쥐고 있으니 통 어찌해볼 도리가 없다고 생각했을 것이다. 진땅은 그런 점에 있어선 어수룩했으니까.

"그럼 진땅이 뭘 하면서 지내는지 확실히는 아무도 모르는군?"

오가 좌중을 둘러보면서 말했다. 마치 진땅이 옆에 없는 것을 서운하게 생각이라도 하는 듯했다.

"어디 외국이라도 가 버린 거 아냐? 밀항을 했든, 가짜 '비자'를 만들었든지 간에 그렇게 생각해 두기로 하지 뭐."

"산상에 올라가 백일기도를 드리고 있는지도 모르지. 중생을 구하자면 도통(道通)해야 하니까."

"그 녀석은 능히 그런 일도 할 수 있을 걸."

"이 나라가 조금만 더 광활하다 하더라도 그 녀석은 크게 활약할 수 있을 텐데……"

정이 아깝다는 듯이 말했다.

"너무나 좁아 놔서……"

"그런 말 해봤자 소용도 없지 않아?"

"마치 진땅이 죽기라도 했다는 어투들이군그래?"

"하기야 그렇지. 그 녀석이 앞에 나타난다면 또 밉살스러워지겠지만……"

"아, 방금 생각이 났어. 진땅하고 나하고 남해안엘 갔을 적의 얘기인데 말이지……"

최가 다시 화제를 만들어 가고 있었다.

그 얘기를 다 들은 뒤에 우리는 헤어져서 각자 집으로 돌아갔다.

《대한일보》, 1967년 9월

유보규 양의
세 번째 실수

유보규 양의 세 번째 실수

    참으로 맑은 날이었다. 하늘이 너무너무 파랬다. 너무너무 파래서 파랗지가 않은 것 같기도 했다. 하늘은 짱구 모습을 하고 있었다. 도시의 한복판이 불쑥 위로 치솟았고 도시의 변두리가 형편없이 찌그러 들어 있었다. 유보규 양이 진독애 양을 만난 것은 바로 도시의 한복판에서였다. 사람들이 와글와글 들끓는 거리 한가운데에서 진독애 양은 하이힐이 부러지기라도 한 듯 펄쩍 뛰어오르면서 유보규 양의 팔을 구타했다.

    "어머 어머 또 실수했구나 글쎄."

    진독애 양은 즐거워 못 견디겠는 것처럼 허리를 부여안고 웃었다. 유보규 양도 웃었다.

    "정말 이상하구나. 이렇게 자주 만나다니?"

    "그러니까 실수가 아니구 뭐니? 세 번씩이나 마주치다니 말야."

    "그래애. 두어 시간 동안에 세 번씩이나 마주치다니."

    "참 얄궂어 그지? 우린 세 번째의 실수를 범하구 있는 거야."

    "그러니까 세 번째의 실수를 같이 저지른 공범이 됐구나 얘."

    "하긴 그렇구나. 그거 공범이란 말 재밌다 얘."

    "공범이잖구? 근데 느그는 어디 가구 있는 거야?"

유보규 양은 물었다. 유보규 양은 고층 건물이 칸을 막아 놓고 있는 그 범위 안의 하늘을 치올려 보았다. 하늘은 여전히 너무너무 파랬다. 너무너무 파래서 파랗지가 않은 것 같기도 했다. 그래서 진독애 양이 입고 있는 파란 앙상블 상의가 우중충해 보였다.

"어딜 가구 있냐구? 글쎄 어딜 가구 있었어. 널 만날려구 다닌 건 아니었구 말야."

진독애 양은 마치 쇠북을 때린 듯한 그런 웃음을 웃었다. 즉 칼칼한 기운을 소금기처럼 가지고 있는 그런 웃음을 웃었다. 그것으로 해서 유보규 양은 조금 김이 샜다.

"그건 나두 그래. 널 만날려구 다닌 건 아니었단 말야."

"헌데 이렇게 세 번씩이나 마주치는 걸 보니 하느님이 무슨 계시라두 주구 있는 거 같애."

"그래애. 그런 것두 같다 그지?"

"무슨 계시를 주구 있는 걸까? 대답해 봐 공범?"

"차나 한잔하잔 말이니?"

"차? 아이 싫어. 그렇지만 그래. 거리 한복판에 서 있기두 무어하구나."

"그럼 차는 관두지 뭐."

"아이, 이대루 헤지기두 섭섭하다 글쎄."

진독애 양은 분명히 고의적으로 눈을 깜박거렸다. 눈이 깜박거리고 있는 동안 거기에 붙여 놓은 스카치테이프가 햇빛을 반짝반짝 되쏘고 있었다. 해는 서쪽 하늘에 머물러 있었다. 그리고 유보규 양은 시계를 보면서 (시간은 오후 세 시 오십 분이었다) 참 오늘은 재수가 있을 듯하면서도 재수가 없는 날이라고 저 혼자 생각을 했다. 별로 친하지도 않은 진독애 양을 두어 시간 상간에 세 번씩이나 마주치게 된 걸 봐도 그것은 확실했다. 저 거드럭거리는 모습이라니. 사람이 왜 솔직하지를 못할까? 사실 유보규 양은 진독애 양을 발견하는 순간부터 못 본 척하고 지나치려고 했다. 그런데 잘난 척하기를 좋아하는 진독애 양은 그 잘난 척을 또 내세워서 이런 시시한 회견을 만들어 버리고 말았다. 이렇게 세 번씩이나 마주치게 된 것을 보면 두 사람은 억지로라도 친근하지 않을 수 없다는 것처럼.

그리고 하늘은 여전히 너무너무 파랬다. 유보규 양은 다시 하늘을 치올려 보았는데, 그러고 있노라니 이 도시 전체가 하늘로 둥둥 떠 올라가고 있는 것처럼 느껴지는 것이었다. 빠앙, 하고 커다란 트럭이 울어댔다. 전차가 신경질을 부리고 있었다. 가냘픈 짐승처럼 코로나 택시가 비명을 지르고 있었다. 여기저기서 왕상그르르 여러 소리들이 뒤섞였다. 먼지가 안개처럼 피어 올라가고 있었다. 음침한 고층 건물들조차도 들썩대고 있는 것 같았다. 마치 도시 전체가 거친 짐승의 피부인 것 같았고, 그리하여 사람들은 이 짐승을 뜯어 먹느라고 한 발자국도 도망을 못 가고 있는 것 같았다. 별로 만나 보고 싶지도 않은 여고 동창생을 세 번씩이나 만나고 있다는 사실이 그것을 나타내 주고 있었다.

그러나 이제는 하는 수 없었다. 실수치고는 참 더러운 실수였다. 이 세상에서 둘도 없이 친한 친구들인 것처럼 행세해 줄 의무를 유보규 양은 느끼지 않을 수 없었던 것이다. 그런데 그것이 그렇지가 않았다. 사실 유보규 양은 굉장히 바쁜 것이었다. 유보규 양은 지금 대단히 의미심장한 시간을 보내고 있는 중이었다. 그 시간을 진독애 양에게 할애할 수는 도저히 없었다. 왜냐하면 유보규 양은 자기의 인생에 중요하게 개입하여 들어오는 그런 시간을 맞이하고 있는 중인데 바로 그러한 시간을 진독애 양에게 뺏길 수가 없기 때문인 것이다. 그것은 말하자면 자기 자신을 진독애 양에게 뺏길 수 없다는 그러한 사정과도 같은 것이었다. 그런데 이것을 진독애 양에게 설명할 도리는 없었다. 실수치고는 참 더러운 실수였다. 그리고 하늘이 너무너무 맑다는 것이 참 어처구니가 없었다. 하늘이 하도 맑다 보니 유보규 양은 자신의 답답한 처지가 그만 무시되고 있는 것처럼 느껴졌던 것이다.

진독애 양이 유보규 양의 손을 붙잡았다. 진독애 양은 천치와도 같은 웃음의 여운을 간직하고 있었다. 유보규 양은 대책 없이 그 웃음의 통속적인 마력에 끌리어 들어가지 않을 수 없었다. 깨닫고 보니 그녀들은 거리 한복판에 사람들의 보행을 방해하면서 서 있었다. 참 촌스러운 장면이 아닐 수 없었다. 아니나 다를까 어떤 깡패 같은 남자 녀석이 게실게실 웃어대더니 유보규 양의 만문한 옆구리를 강하게 갈기면서 지나갔다. 유보규 양은 휘청 흔들리다가 간신히 균형을 잡으면서 참으로 속이 상해 죽을 지경이었다.

"애, 하여튼 걸어."

그녀는 얘기했다.

"그래, 정말 하구 싶은 얘기가 많어."

"무슨 얘긴데 그러니?"

"너 문자가 결혼에 실패했다는 얘긴 들었지?"

"문자가 시집을 갔니?"

유보규 양도 문자가 시집을 간 것은 알고 있었지만 모른 체해 두었다. 왜냐하면 문자와 결혼한 사내는 그녀 또한 자세히 알고 있고, 그리고 그녀가 자세히 알고 있으리라는 것을 진독애 양이 또한 자세히 알고 있으리라고 생각되었기 때문이었다. 유보규 양과 진독애 양과 문자는 그렇게 셋이서 단짝이었던 것이다. 그것은 벌써 오

년도 전의 얘기였다. 그녀들이 충무로에 있는 뮤직홀 타부에서 그러저러하게 시시껄렁한 사내 녀석들 틈에 끼어 고독한 흉내를 내고 있었을 적의 얘기였으니까.

그리고 유보규 양이 진독애 양을 이제 와서 싫어하는 것은 그때의 여러 일들을 진독애 양과 함께 회상하기가 싫기 때문이기도 하였다.

"어머 넌 문자가 결혼한 것두 모르구 있었어?"

"왜? 이상하니?"

"문사가 누구와 결혼했는지 그럼 넌 짐작두 못하겠구나. 얘 말두 마라, 개 있지, 개."

"알어 누군지는. 얼핏 얘길 들었어."

"그랬구나. 문자가 입었던 웨딩드레스는 참 그럴듯했다."

"그랬을 거야. 조그만 흑인 인형 같았겠지."

"맞았어. 그런데 문자는 아아 정말이지 그렇게 될 줄은 몰랐어."

"그 사내가 나쁜 거겠지 물론?"

"그래. 그 녀석이 나빴어. 그 별명이 뭐드라?"

"똥걸레?"

"맞았어. 똥걸레였지. 그 똥걸레가 냄새를 피운 거야."

"어떤 냄샌데?"

"그야 쿠린내밖에 더 있겠니? 글쎄 생각 좀 해 보렴. 문자의 고민이 어떠했겠나 말야. 문자는 그 똥걸레를 위해서 모든 걸 다 바쳐 왔잖어? 그런데……."

"얘 남의 프라이버시는 건드리지 말기루 해."

"어머? 너하구 나 사이에 그런 거 가리게 됐니? 흉보는 것두 아니잖어?"

"그야 그렇지. 허지만 문자가 행복하지 않다구 단정을 내릴 순 없을 게 아냐? 행복은 그 안에 숨어 있다구들 하더라."

"물론 그거야 그래. 하지만 문자는 꼭 수녀원에 들어가 있는 것 같았어."

"그건 또 무슨 소리니?"

"문자는 모든 고통을 꾸욱 참구서 똥걸레를 위해 기도하구 있었어. 아니 똥걸레에게 모든 걸 바친 거야. 참 그건 뭐라구 말 못 해. 문자는 아주 독한 구석이 있잖니? 그 기집앤 키는 작아두 아주 독종이잖어? 글쎄 말야, 똥걸레는 결혼을 하구 나선 인간이 더 못돼졌다는 거야. 얘 말두 마. 신혼여행에서 돌아온 뒤로부터 모든 건 엉망이 되기 시작했다는 거야. 걸핏하면 두드려 팼대지 뭐니? 거기다가 며칠씩 안 들어오기가 일쑤고 어떻게 한 번쯤 들어왔다 하는 날에는 술이 곤죽이 돼가지구 이판사판 정신이 없게 굴었대. 그리구선 하는 말이, 네년 때문에 내 인생은 조졌다, 그러니 어서 꺼져 버려 이러는 거래."

"어쩜 그럴 수가?"

"얘 말두 마. 그래두 참 용해. 그걸 꾸욱 참고 견디어 냈으니 말야. 누가 상상이나 할 수 있었겠니? 물론 소녀 시절에 간직했던 파란 꿈이 자기의 인생 속에서 실현되리라구 믿는 바보는 없어. 하지만 이건 너무한 얘기야. 대한민국의 사내놈들은 다 때려죽여 버려야 해. 난 문자랑 만나서 몇 번이구 눈물을 흘렸는지 몰라. 과연 이럴 수가 있어? 나 같으면 도저히 그런 꼴 못 봐. 그런데 그걸 우리 꼬마 아가씨는 참아 낸 거야. 얘 우리 문자한테나 가자."

"아이 얘두? 좀 차근차근히 얘기를 해."

"어머? 별소릴 다 듣겠구나? 그래 넌 문자가 불쌍하지두 않니?

사실 말이지, 난 하두 약이 올라서 똥걸레를 직접 만나 보기두 했어.

　바로 한 달 전 일이야. 문자한테 가 봤더니 걘 얼굴이 못쓸 정도로 말라가지구 드러누워 있질 않겠니? 그래 이마를 짚어 봤더니 열이 대단해. 바깥으로 뛰쳐나가서 의사를 데불고 왔어. 진찰해 봤더니 이만저만 병이 겹친 게 아냐. 의사가 가구 난 뒤 난 엉엉 울었어. 똥걸레는 어딜 갔냐구 물었더니 모르겠다는 거야. 과연 그럴 수가 있어? 그래 뛰쳐나와가지곤 그 전에 왜 타부 뮤직홀에 잘 나들던 솜씨들 있잖어? 융섭이한테 찾아갔어. 그리구 융섭이한테 물었어. 어널 가면 똥걸레를 만날 수 있겠느냐구. 융섭이는 게실대면서 가르쳐 줄려구두 안 해. 사내란 다 그따위들이니까. 막 물어뜯었지 뭐. 그래서 융섭이하구 똥걸레를 찾으러 돌아다녔어. 똥걸레는 마장동에 있는 공사판에 나가 있더라. 터를 닦아가지구 무슨 집을 짓는다는 거야. 왜 너두 알지 똥걸레는 고아라는 거 말야. 헌데 똥걸레의 고모부가 청부 맡은 공사장에 십장으로 나가서 일을 보구 있었어. 무어 가릴 게 있어? 대뜸 똥걸레한테 다가갔지 뭐. 얘기 좀 하자구 말야. 그런데 똥걸레는 사람이 완전히 달라졌더라. 타부에 드나들 때는 그 널찍한 앞이마하구 매부리코하고 그냥 보기만 하면 참 미남이구나 생각이 되잖았니? 헌데 이제는 그렇지가 않아. 아주 비굴하게 보이더라. 앞이마는 더 넓어지구 말야, 눈알이 희미해졌어. 꼭 살이 찐 위선자 그대루였어. 그거야 어찌 됐든 다방엘 들어갔어. 그리구선 얘기했지 뭐. 문자가 죽게 돼 있는 걸 아느냐구 말야. 당신두 남자라면 그럴 수가 있느냐구 말야. 아이 더워, 얘 어디 다방이나 들어가자."

　진독애 양은 정말로 더운 모양이었다. 핸드백에서 손수건을 꺼내서 이마를 닦았다. 그녀들은 마침 눈앞에 보이는 다방으로 들어갔다. 조그만 다방이었다. 주로 중년의 사내들이 모이는 곳인 듯하였다. 다방 마담하며 레지하며 젊은 유보규 양에게는 벌써 구역질이 날 만큼 취미에 맞지를 않는 것이었다. 거기다가 대머리가 쩔걱 벗겨진 중년 장년의 사나이들이 살판났다는 듯이 유보규 양과 진독애 양을 흘끔흘끔 바라보았다. 둘은 좌석에 앉았다. 아무래도 오늘은 재수 옴 붙은 날이라는 생각을 안 할래야 안 할 수가 없었다. 진독애 양의 수다를 들어주는 것만 해도 무엇한데 이것은 또 무슨 꼴이람.

"그래 하던 얘기를 계속한다. 똥걸레는 말야. 내가 얘기하는 동안 줄곧 인상만 북북 긋고 있질 않겠니? 그러나 무어 그런 것에 기죽을 수 있니? 얘길 들어봐. 난 말했어. 아니 그 말은 관두자."

"왜 관두니? 해 봐."

"그 얘길 해 버리면 여자루 태어났다는 게 너무 슬퍼져."

"얘는? 뚱딴지같이 그건 또 무슨 소리니?"

"정말야. 난 세상이 이렇게 더러운 것인 줄은 몰랐어. 똥걸레는 말야. 문자를 저 지경으로 내버려 두구서두 끄떡두 안 해. 참 어찌나 화났는지 몰라."

"왜? 너두 괴로운 일이 있는 모양이구나?"

차를 주문한 뒤에 유보규 양은 이렇게 물었다.

"얘는? 그런 거 없어. 문자가 하도 안돼서 하는 얘기뿐이야. 정말 넌 이상하다구 생각지 않니? 사내들은 커지면 왜들 그렇게 혼자 잘난 체하는지 말야. 생각해 보렴, 타부 뮤직홀에 다니구 있을 적만 해두 참 인생이란 그런 게 아니었잖아?"

"그거야 그래. 정말 그땐 고독두 알았구 슬픔두 알았구…… 하여튼 전혜린 수필처럼 무언가 생생한 게 있었어."

"어째서 그런 건 일찌감치 사라져 버리는 걸까?"

"얘, 얘 진지해지지는 말어. 그건 머리를 아프게 해."

"아냐, 하두 오랜만에 널 만나니까 그런 거야. 문자 얘기를 마저 해야지. 난 말야, 똥걸레를 만나구 나오면서 정말이지 화가 났어. 이럴 순 없다는 생각으로 꽉 차 있었어. 바루 그길루 문자를 다시 찾아갔지 뭐니? 그리구 말했어. 말야, 당장 이혼해 버리라구. 세상에 남자가 똥걸레 하나밖에 없나? 그런 수모와 학대를 받으면서 뭐 땜에 죽치구 들어앉아 있느냐 이거야."

"그래 문자는 뭐래?"

"글쎄 놀랐다니까. 내가 말이지 세상이 어떤 건지를 모른대는 거야. 그래서 그런 소릴 한대는 거야. 넌 어떻게 생각하니? 아무러면 그럴 수가 있니?"

"그래애. 이상하구나."

"얘 말두 말라니까. 행복이란 도대체 뭐니? 응 여자에게 있어서 행복이란 도대체 뭐니? 병신 같은 사내 녀석한테 옴짝달싹두 못 하구 얻어맞구 있는 게 행복이란 말이니? 정말이지 난 분했어. 아니, 지금두 분해 죽겠어."

"그렇지만 남의 프라이버시는 깨뜨리지 말자니깐. 아까두 얘기했지만 행복이란 그 안에 숨어 있는 것인지두 모르지 않니?"

"그러면 더 큰일이다 얘. 엄연히 불행임에 틀림없는 걸 행복이라구 생각한다면 그건 타락이 아니구 뭐니? 그래그래, 책임은 문자한테두 있는 거야. 똥걸레를 그따위 식으로 내버려 둔 건 문자의 책임이 아니구 뭐니? 사내들 때문에 여자가 불행해질 순 없어. 저네들이 여자에 대해서 하등 잘난 점이 없다는 걸 늘 가르쳐 주어야 해. 그걸 하지 않고 내버려 두면 사내란 우쭐대기 마련이거든."

"아이 흥분하지 마 얘. 이 세상의 반은 사내들이 차지하구 있는 걸 어떡하니?"

"그래애. 그게 비극이다 얘."

진독애 양은 이렇게 말하면서 킬킬 웃음을 터뜨렸다. 그리고 유보규 양도 웃었다. 앞의 탁자에 놓인 커피를 찔끔거리면서 유보규 양은 정말이지 오늘의 재수가 좋을 듯하면서도 재수가 없는 날이라는 생각을 다시 하였다. 그녀는 바람을 맞았던 것이다. 약속이 세 시에 되어 있었다. 두 시 오십오 분에 나가 보니 그는 나와 있질 안 했다. 바깥으로 나와서 명동을 한 바퀴 휘돌다가 진독애 양을 첫 번 만났던 것이다. 세 시 십이 분쯤 다시 가 보니 그때에도 그는 나와 있질 안 했다. 다시 바깥으로 나와서 헤매다가 두 번째로 진독애 양을 만난 것이었다. 그러다 보니 화가 났다. 영역을 넓게 잡아서 헤매다가 약속된 곳으로 갔을 때에는 어느덧 세 시 삼십 분이 약간 넘어 있었다. 그는 거기에 없었다. 그녀는 정말이지 화가 났다. 내일모레 약혼 말이 있다. 처지에 사람을 이렇게 모욕 줄 수 있는가 싶었다. 마지막으로 편지함을 들춰 보았더니, 어럽쇼, 거기에 유보규 양 귀하라는 4자 모양의 쪽지가 얹혀 있었다. 유보규 양은 이를 깨물고 그것을 들추어 보았다. 내용은 어처구니없는 것이었다. 세 시 정각에 나와서 십 분 동안 기다리다가 간다는 것이었다. 그렇게 해서 유보규 양은 바람을 맞았던 것인데 다시 거리로 나와 그녀의 기분은 정말이지 싱숭생숭하였다. 지금 당장 찾아가리라 생각하였다. 가서, 관용의 정신과 박애주의 정신이 박약한 그의 돌대가리를 들께 부수리라 생각하였다.

그러다가 진독애 양을 세 번째로 부닥치게 된 것이었다.

"그런데 말야, 너 약혼하게 되었다며."

진독애 양이 불쑥 물었다.

"뭐라구?"

"호박씨 까지 마라, 쿠린내 난다 얘. 다 알구 있단 말야."

"아냐, 약혼은 거짓말이다. 고려 중이긴 하지만."

"어떤 남자인 줄두 알구 있어. 조심해라 얘."

진독애 양은 약간 입을 삐쭉거렸다. 심술이 나서 그러는지, 아니면 한심하다고 생각해서 그러는지는 잘 알 수 없었다. 하지만 심술이 나서 그러는 것 같았다. 유보규 양은 다시 김이 샜다. 이래서 진독애 양을 별반 만나고 싶지 않았던 것이었다.

참 그건 이상한 일이었다. 여자 사이에 진실한 우정이란 존재치 않는다는 말이 맞는 것 같았다. 하나하나 독수리가 나타나서 무심코 이 세상의 밝은 햇빛을 바라보고 있는 (또는 바라보고 있으리라고 생각되는) 주변의 아가씨를 채 갈 적마다 인생의 의미는 조금씩 변질되어 버리는 것 같았다. 유보규 양이 이러한 걸 느끼기 시작한 지는 이미 오래전이었다. 집엘 들어가면 18세기 세계가 기다리고 있어서 그녀는 19세기의 여자가 되지 않을 수 없었다. 거리로 나오면 조국 근대화를 울부짖는 19세기 세계가 펼쳐져 가고 있었다. 그리고 같은 여자 친구를 만나면 비로소 20세기의 세계가 전개되는 것이었다. 물론 악에 받친 시달릴 대로 시달린 20세기였다. 여태까지의 그녀는 어딘가 하면 20세기 쪽이었다. 사내들을 경멸하였고, 인생의 삭막감에 대해서 저절로 한숨을 흘리는 쪽이었다. 세상은 불공평하였다. 말로써 나타낼 순 없지만 그녀는 쓰라리다는 것이 이러한 것이구나 느껴지는 그러한 쓰라린 체험을 가지고 있었다. 그것은 외국 영화를 보면서 화면에 완전히 도취되어 자기가 살고 있는 곳이 한국이 아니라 그 외국인 것처럼 생각이 들고 하는 기분과는 전혀 다른 얘기였다. 아, 그걸 어떻게 표시할 수 있을까.

"얘 무얼 생각하구 있어?"

진독애 양은 잔인한 미소를 띠었다.

"응, 문자 생각을 하구 있었어. 정말 문자가 보구 싶어."

"문자는 우리가 잃어버린 사람일 거야. 적의 수중에 떨어진걸."

"적? 그 말은 가혹하다 얘."

"아냐, 비참한 상태를 오래 긍정하니? 적군의 포로가 되어 있는 걸 깨달으면 도망쳐 나와야 하는 거야. 그걸 참구 있다니⋯⋯."

"왜 포로라구 생각하니?"

"모르겠구나 얘. 아마 내가 타락해서 그런 모양인가."

진독애 양은 입을 삐쭉거렸다.

"그래 문자나 찾아가자 얘."

"난 싫다. 아이 따분해. 오랜만에 만나서 기껏 사내들의 얘기나 하구 있다니 이게 무슨 꼴이니? 너두 변했구나."

"그런 얘긴 하지 마."

"그럼 뭐니? 지금까지 너와 나는 마음을 터놓구 얘기한 게 하나 두 없었어."

"넌 무슨 얘길 하구 싶은데?"

"실은 뭐 얘기하구 싶은 것두 없어. 다만 권태스러워서 그래."

"그건 고독하다는 말보다는 낫구나."

"비꼬지 마라 얘. 의리 상할지두 몰라."

"화났니? 내 말이 지나쳤다면 미안해. 하지만 네 얘기를 듣구 있으니까 심각한 영화를 보구 있는 것 같았어. 사실 심각하다는 것처럼 우스운 게 어딨니? 권태스럽다는 말은 하지 않는 게 나을 것 같애. 권태스럽다구 말해 버리면 하두 그 말이 매력적이어서 권태스럽지 않은 부분두 그만 권태스러워지는 거 같애."

"그거 네 말두 선언이구나 얘. 권태스럽지 않은 부분을 위해서 권태스러운 부분을 양보해야 한다니. 하지만 너두 정신적으로 늙었어. 그럴지두 몰라. 생활이라는 건 권태스럽다는 말하구는 차원이 다른 얘기다."

"점점 말이 어려워지는구나. 하긴 네 말을 듣구 있느라면 굉장히 네 생활에 충실하려구 애쓰는 것두 같지만."

"그래 충실하려구 해. 생활이란 건 쩨쩨하고 때가 묻은 거야. 나두 쩨쩨하구 때가 묻으려구 하는 거야."

"네 신랑이 좋아하겠구나."

"이젠 네가 비꼬는구나."

"응 비꼰 거야. 하지만 조롱한 건 아냐. 우리 다른 얘기나 해."

"그래, 어떤 얘길 할까? 저기 앉아 있는 사내 녀석 좀 봐."

진독애 양은 손을 가위처럼 벌려서, 거리를 내다보고 있는 머리가 헝클어질 대로 헝클어진 청년을 가리켰다. 유보규 양은 약간 코케티시한 심정을 가지면서 바라봤다.

"알 만한 녀석이지."

"그래애, 근엄해지긴 했지만 확실히⋯⋯."

"쟤 이름이 뭔지 생각나니?"

"생각이 안 나, 백운대에 놀러 갔을 때 거기에서 만났었지."

"맞았어. 줄사다리를 붙잡구 올라가구 있을 때 귀찮게 굴었어. 얘 우리 별명이나 하나 지어 주자 응?"

"그래 증권거래소 같애. 아니 대한우국지사협회 사환 애 같다, 얘"

"우국 청년이라구 지어 줄까? 아냐 그건 따분해. 우리 배추라구 지어 주자. 저 머리카락 흩어진 게 꼭 배추 같지 않니?"

진독애 양은 킬킬거렸다. 다시 바라보니 확실히 배추 같다고 유보규 양도 말하였다. 이왕이면 호배추 같다고 진독애 양이 다시 말해서 둘이는 웃고, 그리고 호배추라는 별명을 붙여 주기로 결정했다. 호배추는 창밖을 내다보다가 천천히 시선을 옮겨서 바로 진독애 양을 바라보았다. 호배추의 눈알에 흥미가 괴기 시작했다. 진독애 양은 코케티시하게 딴전을 부렸다.

"야 끌렸어. 잘하면 찻값은 씌울 수 있을 것두 같다."

"얘 그런 말은 관둬. 호배추가 금전 같기만 해."

"몇 관 잘 나가겠다 얘. 제법 값어치 있는 호배추이겠어."

진독애 양은 재잘거렸다. 마치 진짜로 코케트라도 된 것처럼.

"얘 기분이 이상해져, 내가 바루 무어가 된 것 같애."

"무어 그럼 어떠니?"

"얘 호배추가 마악 이리루 올려구 해. 말려 응? 네가 샐쭉한 표정으로 무시해 버리면 못 올 거야."

유보규 양은 짜르르 가슴이 떨려 드는 것이었다.

"그래 볼까?"

진독애 양은 대답했다.

하지만 진독애 양은 샐쭉한 표정을 짓지는 않았다. 대담하게 호배추를 바라보더니 얼굴에다가 잔뜩 웃음을 집어넣어서 까딱하고 인사를 했다. 호배추의 안면 근육에도 변화가 왔다. 징그럽게 웃으면서 덩달아 굽신했다. 이쪽으로 올까 말까 망설이는 모양이었다. 마치 그것은 자기의 성격이 어떤 것인지를 진지하게 생각해 보고 있는 것 같은 표정이었다. 껍적 일어나서 이쪽으로 온다면, 그건 용기 있는 성격이거나 동시에 경박한 성격일 것이었다. 오지 않는다면 그건 중후한 성격일는지는 몰라도 반면에 소심한 인간이 될 우려성이 있었다.

"아아 제기랄."

하고 진독애 양은 남자 깡패 같은 어투로 말했다.

"남자 때문에 여자가 불행해진다는 거야말로 가장 비극적이야."

"그건 또 무슨 소리니?"

"그렇잖구 뭐야? 저런 쪼다 같은 사내 녀석들이 여자를 불행하게 하구 있다구 생각해 보렴."

"얘 그러다가 넌 여권 운동자가 되겠다."

"징말이다, 얘. 여권 운동자라두 되구 싶어. 남자 때문에 불행해지는 한국 여자의 처지를 생각해 보면 말야."

"언제부터 넌 모든 여성의 비극적 운명을 생각하기 시작했니? 얘 그런 건 취미 없어. 바루 네 운명이나 생각해."

"내 운명이 모두 여성의 운명인걸, 남자하구 또 달라서 여자야말루 개성적일 순 없다. 모두 삼인칭적인 존재지."

"운명공동체란 말이구나. 그건 선거 연설 같은데?"

어느새 유보규 양의 어조도 이죽거리는 투로 바뀌어 있었다.

"사실은 말야, 나 오늘 자살이라두 하구 싶은 기분이야. 삶아 놓은 우거지처럼 지쳐 버렸어."

"어머?"

"사실이야. 가슴이 아파 죽겠어. 문주란 노래의 가사를 내가 겪고 있는 거 같은 심정이야."

"얘 농담은 그만둬라. 넌 너무 태연한데."

"사실은 내가 나쁜 기집애인지두 몰라."

"자꾸 그러지 마. 난 할 말이 없어져."

"그래 내가 나쁜 기집애였어."

진독애 양은 길게 한숨을 쉬었다.

"도대체 무슨 일인데 그러니?"

"얘 묻지 말아 줘. 부끄러워서 난 얘기 못 해."

"아이 기집애두 왜 그러니?"

"얘 지금 내 얼굴이 어떠니? 잔뜩 버터를 처바른 고양이 같지 않니?"

"정말 권태스러워 보여."

"아마 그럴 거야. 난 참구 있는 거야. 슬픔두 아픔두 분노두 다 참구 있는 거야. 그 모든 것을 권태로써 묶어 두고 있는 거야."

진독애 양은 진지하게 말했다. 말을 듣고 보니 과연 그런 것 같기도 했다. 다만 그런 말들은 하도 많이 들어 왔고 읽은 것이었기에 별로 감동을 가져다주지는 않았다.

"난 우리 가정을 저주해. 내 몸속에두 더러운 피가 흐르고 있어. 난 몸부림을 치구 있어. 너무도 긴 투쟁의 연속이었어. 하지만 아직까지는 견디어 내구 있어. 아마 이런 건 넌 모를 거야."

"도대체 무슨 일인데 그래?"

"참 오늘 아침은 눈이 뜨여지자마자 이상하게 슬프더라. 베개가 흠씬 젖어들도록 한없이 울었어. 울어두 울어두 슬픔은 가시지 않았어. 하지만 내가 그렇게 울었다는 건 아무도 몰라. 울음은 오로지 나 개인에게만 소속되어 있는 거야. 오늘 낮에 당한 설움이라는 것도 오로지 나 개인에게만 소속되어 있는 거야. 도저히 부끄러워서 얘긴 못 해. 그리고 나 혼자서 이겨 내지 않으면 안 되는 거야."

"남자가 관계되어 있는 무슨 사건이니?"

유보규 양은 '연애'라고 말해 버리면 너무 유치한 표현이 될 것 같아서 이렇게 물었다.

"그건 그래. 하지만 남자 때문에 괴로워진 건 아니다. 아, 골치가 막 쑤시는구나!"

진독애 양은 핸드백을 열어서 노란 알약 두 개를 집어삼켰다. 그녀가 하도 얼굴을 찡그리고 있기 때문에 흡사 세코날이라도 들고 있는 것 같았다.

"얘 보규야."

진독애 양은 처음으로 유보규 양의 이름을 불렀다.

"응-?"

"참 네 일굴은 예뻐."

"얘는? 참 이상한 소리두 다 하는구나."

"아냐, 내 말은 진정이야. 정말이지 난 쓰레기 같은 여자야. 가슴 속에 잔뜩 악취를 풍기면서 쓰레기가 썩고 있는 거야. 난 내일 어떻게 변해 버릴지두 몰라. 난 그게 두려워 소름이 끼치기두 해. 굉장히 나쁜 짓을 저지를 것만 같아서 거의 미친 듯한 심정이 될 때두 있어. 난 너무 드러난 여자야. 너무 이 세상에 노출되어 버렸어. 광선을 받아 버려서 못 쓰게 된 필름과도 같애. 그래서 난 마음속의 고통을 너한테 얘기할 수 없어."

이러더니 진독애 양은 칼칼하게 웃었다.

"참 이상한 말만 하는구나. 하지만 네 얘기에 동감하기는 싫어. 기집애두, 그냥 재미난 얘기나 해."

유보규 양은 새침해졌다. 마음속의 고통을 하소연하는 여자처럼 보기 싫은 꼴이 없다고 그녀는 생각했던 것이다. 왜냐하면 고통은 될 수 있는 대로 느끼지 말아야 하는 것이었다.

"그래 그 말이 맞어. 재미난 얘기나 해. 하지만 슬픈 얘기야말루 가장 재미난 얘기가 아니니? 그리구 누가 죽었다는 얘기두…… 오늘 누가 죽었거든 그것두 어처구니없이 죽어 버렸어. 하긴 그래, 어처구니없이 죽어 버린 사람 얘기야말루 가장 재미난 얘기일 거야. 살아 있는 사람은 자기가 살아 있다는 것을 기뻐할 수 있으니깐. 안 그러니 보규야?"

진독애 양은 기다랗게 한숨을 내리쉬었다. 그러자 그녀의 눈이 슬퍼하고 있었다. 그리고 코도 슬퍼하고 있었다. 하지만 입은 슬퍼하지 않고 있었다. 마치 성난 듯이 단단히 다물고 있었다.

"그래 그 말이 맞어. 개성적인 여자란 없는 거야. 여자는 결국 다 똑같아. 그 알량스런 사내들 때문에 고통을 받게 돼 있어. 왜 그렇지 응?"

"애 정말 넌 왜 그러니?"

유보규 양은 느닷없이 이상해져 가는 진독애 양을 바라보다가 슬그머니 걱정이 되었다. 마치 헹 하고 코를 풀어 버리는 것처럼 눈물이라도 쏟아 놓을 것 같았기 때문이었다.

"아이 따분해. 바깥으로 나가서 술이나 한잔하자."

진독애 양은 일어났다. 유보규 양도 덩달아 일어났다.

그들은 바깥으로 나왔다(찻값은 유보규 양이 냈지만).

아직도 하늘은 너무너무 파래 있었다. 차츰 저녁이 돼 가고 있는 듯하였다.

그리고 러시아워가 돼 가고 있었다. 포도에는 행인들이 꽉 차 있었다. 처절한 비명처럼 신호등이 울어대고 있었다.

순간적으로 유보규 양의 가슴으로 도시 생활의 아픔 같은 것이 훑고 지나간 것은 무슨 때문인지 알 도리가 없었다. 다만 행인들은 모두들 소규모의 악당들처럼 보이는 것이었다. 발등 앞에 떨어진 불을 끄기 위하여 각색각양의 범죄를 꾸미고 있는……

진독애 양과 유보규 양은 서로 팔을 끼어 안고 걸었다. 무슨 얘기든지 나누고 싶었지만 하도 시끄러워서 얘기를 할 수가 없었다.

"애 슬픔은 지나갔니?"

지저분한 골목길로 접어들었을 때 유보규 양은 물었다.

"그래 지나갔어. 하지만 혼자 있구 싶진 않어."

그 말은 혼자 있으면 슬퍼지기 때문에 이렇게 거리를 방황하고 있다는 의미로 들렸다. 그리고 유보규 양도 그런 기분은 가지고 있었다. 아니 서울 시내를 뱅글뱅글 돌아다니고 있는 모든 젊은 아가씨들의 심정이 대개 그런 것일 거라고 유보규 양은 생각하였다.

유보규 양의 도덕적인 이종 오빠가 개탄한 적이 있었다. 오후 네 시쯤 도심 지대를 가 보면 남자 행인들보다도 여자 행인들이 훨씬 더 많다고(그 오빠는 이런 현상이 여자들의 몰지각 때문이라고) 하였다.

확실히 그 말은 맞을는지 몰랐다. 하지만 동정을 가지고 관찰할 수도 있는 현상이었다.

거리를 돌아다니면서 얻는 건 설사 하나도 없을는지 모른다. 그러나 확실한 것은 그러는 동안에 고독, 권태, 불만, 불안, 짜증 같은 것에서 피할 수 있다. 거의 생리적이다시피 한 그런 언어들로부터…….

그리고 거리를 돌아다니다 보면 너무도 인생이 날카로워져 있음을 느끼는 것이었다. 언제부터인가 인생은 날카로워져 있었다.

실상 타락에의 종류야말로 복잡할 정도로 세분되고 있는 것이었다. 왜냐하면 타락이라는 것은 일종의 각성해 가는 과정이 되기 때문이었다. 특히나 오늘처럼 하늘이 너무너무 파란 날에는.

"어디루 갈까?"

유보규 양은 물었다. 이미 저질러 놓은 실수였던 것이다. 떠들썩한 곳이 그리웠다. 소동이 일어나고 있는 곳으로 가고 싶었다. 혼란속에 휩싸여 들어 자기 자신을 말끔히 잊어버리고 싶었다. 그녀의질문은 대개 이런 뜻을 담고 있었다. 자연으로 돌아가고 싶지는 않았던 것이다. 왜냐하면 돌아갈 수가 없기 때문에.

"아무 데로 나가지 뭐."

진독애 양은 대답했다.

《여원》, 1967년 9월호

결빙

결빙

    어느 날 지해는 맞선을 보라는 말에 처음으로 찬동의 뜻을 표시했다. 집안의 어른들은 기뻐했으며 그녀가 마음을 제대로 잡은 모양이라고 생각하였다. 그것은 왜냐하면 재작년에 그녀가 실련 소동을 벌인 적이 있었던 관계로 은근히 걱정을 샀던 것이다.

    중매쟁이가 소개해 준 남자는 서른 살의 어느 금융회사에 다니고 있는 사람이라고 하였다. 다만 그 사람은 홀어머니 밑에서 삼대독자로 자라났기에 그 가정 환경이 퍽 좋다고는 말할 수 없었다. 맑게 갠 어느 날 두 남녀는 종로 이가에 있는 다방에서 맞선을 보기로되었다. 지해는 화장을 엷게 하고 어머니와 함께 그곳으로 갔다. 그녀는 자기가 과히 예쁜 축이 아니라는 것을 알고 있었으므로 이 세상의 남자들을 좀 부럽게 생각하는 습관이 있었다. 약속된 곳에 가봤더니 남자는 먼저 나와 있었다. 그는 별로 잘생겼다고는 볼 수 없었지만 그런대로 안정되어 있는 사람의 그 온화한 미소를 띠고 있었다. 그 남자의 이름은 성섭이었는데 고개를 끄덕끄덕했다. 마치 맞선이라는 것을 꽤 진지하게 생각하는 듯한 태도였다. 중매쟁이가 수선을 떨고, 얘기는 화기애애한 분위기에서 잘되어 나갔으며, 양쪽의 집안사람들은 대개 만족한 표정을 지었다. 성섭이는 지해의 키가 작다고 생각하는 모양인지, 키가 얼마나 되느냐고 물어왔다. 이름은? 학력은? 나이는? 취미는? 성섭이는 여유를 가지고 이런저런 것들을 물어왔다. 이윽고 둘만이 남게 되었을 때 성섭이는 거드름을 부리면서 자기는 좀 소심한 편이라고 말하였다. 둘이는 바깥으로 나가서 서부 활극을 구경하러 갔다. 영화관에서 나오니 벌써 저녁때가 되었다. 두 사람은 높은 빌딩의 옥상에 자리 잡은 양식집으로 갔는데 남자가 비싼 음식을 사주어서 여자는 잘 얻어먹었다. 두 사람은 꽤 친한 사람들처럼 많은 얘기를 나누었는데 그동안에 그들의 사고방식과 생활 습관이 비슷하다는 것을 알게 되었다.

얘기를 들어본즉 성섭이는 어렸을 적부터 무진 고생을 하면서 자라났으므로 이 세상이 어떻게 돌아가고 있는지 잘 알고 있었다.

"아마 고생한 얘기를 하기로 들자면 한이 없을 겁니다."

성섭이는 의미심장하게 두 눈을 끔벅이면서 육이오사변 때 어떻게 지냈는지 그때의 얘기를 했고, 주머니에 돈이 한 푼도 없어서 여동생이 거의 굶어 죽은 거나 마찬가지로 죽었다는 둥, 그러한 얘기를 했다. 지해는 이따금씩 "네에" 하고 답변했을 따름이었다.

"참 살기 힘든 세상이지요."

"네에 살기 힘든 세상이에요."

"그러나 나는 절망하지 않았어요. 나는 신념을 가지고 있었지요. 언젠가는 나도 남들처럼 잘살아 봐야지, 하고 결심했었어요."

"네에."

하고 지해는 또 어정쩡히 대꾸하였다. 이 남자가 굉장히 탐을 내는구나. 하고 그녀는 생각하였다.

"그래서 발견한 게 무엇인고 하니 너무 이 세상 탓만을 할 게 아니라 이거였습니다."

"아주 건실한 생각이세요."

"아 물론 밥 빌어먹어야겠다고 애쓰느라고 공부를 많이 하지는 못했지요."

"어디 사람이 공부 갖고 되나요 뭐."

"하기야 그 말이 옳은 말입니다. 실례지만 오지해 씨는 요사이 여대생들과 같은 생각을 갖고 계시는 건 아닌지요?"

성섭이가 '오지해 씨'라고 불러준 것은 이것이 처음이었다. 그녀는 고개를 쳐들어 성섭이를 바라보았다. 이 남자는 좀 봉건적이구나 하고 그녀는 생각하였다. 상대방이 생각하는 그러한 여대생의 기질은 물론 나쁜 방향에서 평가된 것일 터이고 지해는 별로 그러한 기질을 가지고 있지 않다고, 스스로 생각하였으므로 아니라고 대답하였다. 하지만 약간의 불안감은 느꼈다. 요사이 여대생 기질에서 좋은 편의 그것은 그녀 또한 가지고 있다고 스스로 생각하였기 때문이다.

"솔직히 말하자면 나는 요사이 여대생들에게 아주 질렸어요."

"어머 그건 왜요?"

"왜냐구요? 하하 내가 봉변당했던 얘기를 할까요? 세상이 아무리 현대라고 떠들어도 나는 그런 건 모릅니다. 또 그렇지 않을까요? 우리나라에 무슨 현대가 있습니까? 사람들이 아직 정신을 못 차렸기 때문에 그러는 거지요."

성섭이는 어느 여대생한테서 봉변당했던 얘기를 했다. 집으로 돌아갈 적에 성섭이는 택시를 붙잡아서 바래다주었다. 성섭이는 지해가 퍽 마음에 드는 모양이었다. 너무 자기만 떠들어서 미안하다고 하였다. 그리고 재미없이 봉건적인 말만 해서 꽁생원 같다고 생각할지도 모르지만 자기는 실인즉 꽁생원이 아니고 구태여 말하자면 착실한 사람이 되고 싶다 하였다. 거의 집 앞에 다 왔을 때였다. 성섭이는 이렇게 물어왔다.

"내일 오후 여섯 시 반에 만나 뵐 수 있을까요?"

"네에, 저는 늘 집에 있으니까요."

하고 지혜는 응낙했다.

그런 다음에 지혜는 집으로 들어갔다. 집안의 어른들은 퍽 궁금해하였지만 그녀는 별로 하고 싶은 말이 없었다. 그녀는 성섭이를 어떻게 생각해야 좋을지 알 수 없었다. 다만 그 남자가 멋없는 남자라는 것만은 알 수 있었다. 멋없기 때문에 멋이 있다고 생각할 수도 있을까?

그녀는 그 생각을 하느라고 잠도 제대로 못 잤던 것이다. 그녀는 재작년의 실련 소동을 통하여 남자와 여자의 만남이라는 것이 어떻다는 것을 자세히 알고 있었다. 그녀는 대개 지언 같은 것을 좋아했는데, 그중에서도 그녀가 좋아하는 말에 이런 것이 있었다. '남자는 남자이기 이전에 인간이 되어야 한다. 그러나 여자는 인간이기 이전에 여자이어야 한다.' 그녀는 이 말이 과연 무엇을 말하는가에 관해서 제 나름대로 생각하는 바가 있었던 것이다.

재작년에 벌였던 실련 소동이 그녀를 여러 면에서 개발시켜 준 것이었다. 그 실련 소동으로 그녀는 여자가 되었던 것이다, 라는 말은 여자에게 있어서 단 하나의 현실 감각은 마음 착하고 성격이 온순한 남자를 잘 만나서 그 남자에게 모든 것을 떠맡겨버려야 한다는 뜻이었다. 아마 그녀가 이러한 식의 생각을 가지게 된 데에는 물론 그녀의 가정 환경 탓도 있었으리라.

그녀가 소속되어 있는 가정에는 가난이라는 것이 일종의 숙명처럼 테두리를 정해 주고 있어서, 마치 울타리 안에서 자라나는 새끼

사슴들처럼 이 세상을 극히 좁은 안목으로 바라보게 해주었던 것이다. 그 분위기에서는 크게 생산적인 사고방식도 금지되어 있고 반면에 너무 타락하거나 그르치는 일도 생길 도리가 없는 것이었다. 그녀는 어느덧 그것이 이 세상에 존재하는 유일한 진실처럼 되어버린 소위 가정적인 안도감이라고나 할까, 그것에 푹 파묻혀 있었던 것이었다.

이와 같이 발전도 없고 후퇴도 없는 그녀의 정지된 의식을 송두리째 뒤엎어버린 사건이 일어났으니 그것이 재작년에 벌였던 실련 소동이었다. 상대방 남자는 날마다 면도를 하지 않으면 안 된다고 떠들어대는 텁석부리 유선이었다. 유선이는 고아였는데, 우연히 미팅 관계로 알게 된 사이였다. 그녀는 유선이를 통하여 이 세상이 사실상 아프리카의 정글지대와 비슷하다는 관념을 배우기 시작했다. 우리나라가 안정이 안 돼 있고 불안하며 고생스러우며 너무도 개선될 여지가 많은 후진국이라는 소리도 들었다.

사실이지 그녀는 좀 당황해 있었다. 유선이는 어떻게 보면 무서웠고, 어떻게 보면 야수와도 같았다. 유선이는 열심히 데모에도 쫓아다녔고, 또는 열심히 현대를 논의하기도 하고 민주주의란 무엇인가 말해주기도 하고 또는 실존이니 본질이니 고독이니 자아니 하고 떠들어대었다. 유선이는 지해의 마음씨가 너무 고와서 큰일이라고 중얼거리는가 하면 어느 때엔 갑작스레 키스를 도둑질하기도 하였다. 지해의 입장에서 보자면 유선이는 흡사 폭탄과 같이 위험스런, 그래서 무엇이 무엇인지 알 수 없어지는 그러한 남자였다. 아마 그녀가 유선이를 사랑했다고 생각한 것은 그가 불쌍할 만큼 고독한 사람이라고 판단했기 때문일 것이다. 왜냐하면 유선이는 고아였으므로 이 세상이 크나큰 애정과 우애로 충만되어 있다는 것을 몰랐던 것이다. 그녀는 이러한 것들을 그 남자에게 주어야겠다고 진심으로 생각했었다. 그래서 그 남자가 "지해는 도대체 무엇 때문에 살고 있는 거지?" 따위의 건방진 말을 했을 때에도 용서했던 것이다. "지해는 이 세상이 행복과 사랑으로 가득 차 있다고 믿어? 이 고통스런 생명의 현장을 볼 적마다 내 가슴이 아파. 사람들은 왜 각성을 못 하는 걸까?" 하고 말하기도 했다. 유선이는 좀 별난 사내였다. 철학자라도 된 듯이 행세하는 남자였다. 아, 그러나 그 시절에 지해는 알지 못했다. 유선이 같은 종류의 사내가 이 세상에 필요한 것은 아주 특수한 경우일 뿐이고, 결국 유선이는 보편적인 인생 설계를 할 위인이 아니었다. 그 시절에 그녀는 한창 어렸었고, 다만 칼날 같은 감수성에서 신선한 감각만을 추구했던 것이었다. 사랑이라는 것이 사회학적인 의미로 번역될 때 타락이라는 말이 된다는 것을 몰랐다. 그녀는 그녀의 처녀를 유선이에게 주었던 것이다.

대개 이러한 여러 생각들을 하느라고 지해는 그날 밤, 제대로 잠을 못 잤다. 그녀는 다음 날 아침 성섭이를 만나기 위해서 집을 나설 때, 이 사람이야말로 그녀가 바라던 이상적인 남자의 상(像)일지도 모르겠다고 생각하였다. 또는 틀림없이 이상적인 남성의 상이라고 확인하고도 싶었다. 성섭이는 먼저 나와 기다리고 있었다. 깨끗이 넥타이를 매었고, 그녀를 위해서 머리도 새로 깎은 듯했다. 지해가 가서 앉으려니까 정중한 태도로 이렇게 말해주는 것을 잊지 않았다.

"입고 있는 옷이 참 멋지군요."

"아녜요, 벌써 삼년 전에 맞춘 건데요 뭐."

"그 옷 빛깔이 참 좋아요."

"네, 나는 원래 밤색을 좋아하니까요."

두 남녀는 이내 다방을 나와서 거리를 산책하였다. 그녀는 남자와 거리를 걸어본 것이 오랜만이었으므로 가슴이 설레었다. 성섭이는 어제 하던 얘기를 계속하였다. 자기가 얼마나 고생하면서 자라났는가에 관한 것이었다. 둘이는 걸어서 음식점으로 갔다. 어제와는 딴판으로 곰탕집이었다. 곰탕을 먹으면서 둘이는 다시 얘기를 나누었다. 우리나라 사람들은 실속 없이 사치를 좋아하는데, 성섭이 자기는 그렇지 않다고 하였다. 성섭이는 요사이의 여자들에 대해서도 얘기했다. 역시 여자는 가정 살림 잘하고 자식 잘 돌보며 남편과 부모님 섬기는 데 그 도리가 있는 것이 아니냐고 반문하기도 했다. 어느덧 시간이 꽤 흘러갔다. 미도파 앞 지하도를 건너는데 스냅사가 찰칵하고 사진을 찍었다.

그 며칠 뒤 만났을 때 성섭이는 사진을 뽑아서 지해에게 한 장 주었다. 두 남녀는 정답게 붙어 서서 걷고 있었다. 남자는 하악(下顎)을 쭉 잡아 늘어뜨려 좀 비위살 좋게 인화되어 있었고, 여자는 눈을 내리깔고 약간 새무룩한 표정을 짓고 있었다.

"사진이 잘됐지요?"

"네에."

하고 지해는 대답하였다.

"그 사진 뒷면을 보아주시겠습니까?"

지해는 사진의 뒷면을 보았다.

'저와 결혼해 주시겠습니까?'

하고 적혀 있었다. 지해는 어지러움을 탔다. 여자에게 있어서 가장 기쁜 순간이 이것이라고 그녀는 멍청히 생각했을 뿐이었다. 성섭이는 상체를 앞으로 내밀어 그녀의 눈을 들여다보고 있었다. 지해는 눈물이 글썽글썽해지며 대답을 연기했다.

"나는 오지해 씨를 행복하게 해드리겠습니다."

성섭이는 믿음직스럽게 말했다.

"네에."

드디어 지해는 이렇게 대답하였다. 그녀는 자기의 앞날이 그 사진에서처럼 구체적으로 인화되고 있다는 것이 즐거움인지 기쁨인지조차도 느끼지 못했다. 결국 남자와 여자는 결혼하게 되고야 말고, 그런 이상 그 결혼은 아프리카의 토인들에게서와 마찬가지로 좀 우습고 좀 터무니없는 절차와 경로를 밟는다고 느끼고 있었다.

그리고 성섭이와 지해는 사진에 박혀진 그러한 모습으로 일주일에 두 번 정도씩 시내의 다방에 나타나곤 하였다. 두 사람은 도시가 연인들을 위해서 존재하기도 한다는 것을 알았으며, 여러 환락의 장소를 걸어 다녔고, 방문하였고, 즐겼다. 조심성이 많은 성섭이가 그녀에게 키스의 맛을 선사해 준 것은 꽤 시간이 흘러간 뒤의 일이었다. 지해는 성섭이의 품에 꽉 안겨 있을 때 믿음직스러운 행복감을 느꼈다. 지해는 성섭이가 좀 더 개방적인 성격이었으면 좋겠다고 생각했던 자기의 생각이 어리석은 것이었다고 느꼈다.

약혼식은 가지지 않고 바로 결혼식을 올리기로 하였다. 빨리 결혼해야겠다고 성섭이가 느꼈기 때문인 것이다. 벌써 그의 나이가 서른 살이니 후손이 늦었던 것이다. 성섭이는 삼대독자로 홀어머니를 모시고 있었으므로 집안 환경을 정돈해야 했다. 지해는 성섭이의 집에 드나들게 되었으며, 그 집의 생활방식을 눈여겨 보아두었다. 성섭이 어머니는 토박이 사투리를 그대로 썼다. 지해에게 "아가야"라고 불렀다.

그리고 여러 교훈적인 말을 해주는 것을 잊지 않았다. 며느리 덕을 바라서는 아니지만, 집안이 잘되고 못되는 것은 여자 할 탓이라고 하였다. 앞으로 시어머니가 될 그분은 지해의 양미간이 좁은 것을 걱정하는 듯했던 것이다. 여자는 경박해서는 못쓰며 살림 잘하고 남편 잘 섬겨야 된다고 하였다. 지해를 시험해 보기도 했다. 음식 만드는 것을 시켜보기도 했고, 뜨개질을 할 줄 아느냐고 물어보기도 했다. 지해는 시어머니가 될 그분에게 걱정을 준 모양이었다. 한편 지해는 이분을 모시고 살자면 좀 괴로운 일이 많겠다고 근심이 안 되는 바가 아니었다.

결혼식 날짜가 박두해옴에 따라 성섭이와 지해는 자주 만났으며, 해야 할 일 때문에 바쁘게 왔다 갔다 하였다. 지해는 성섭이가 생각했던 것 이상으로 인색한 데에 불만을 느낀 일이 있었다. 지해는 다른 것은 몰라도 웨딩드레스만은 하나 맞춰주었으면 하고 바랐던 것이다.

"다른 사람이 입던 웨딩드레스를 빌리는 건 싫어요." 하고 지해는 말했다.

"그런 것이 바로 사치라니까."

하고 성섭이는 말하였다.

"그래두 일생에 한 번 입어 보는 웨딩드레스 아녜요?"

"한 번 입고 나면 전혀 쓸데가 없어지는 것이기도 하지."

"좋아요. 그러면 빌려 입는 수밖에 없죠."

"화난 거야?"

"아아뇨. 화나 봤자 소용이 없으니까요."

"그러지 말아. 지해는 어른이 아닌가?"

하고 성섭이는 점잖게 타일렀다. 그러나 지해는 그 "어른이 아닌가" 따위의 어투가 싫었다. 아, 이 남자는 융통성이 없지 뭐야. 그녀는 이렇게 생각하는 것이었다. 어쩌면 저렇게 여자의 감정을 몰라준

단 말인가.

결혼식 전야였다. 성섭이와 친구들이 함을 지고 왔다. 역시 사람의 결혼은 동물의 그것과는 달라서 예의범절이 복잡하고 모든 것에 규격이 있었다. 다만 그 예의범절은 멋을 부리고 싶어 하는 것이다. 그 옛날 여자를 약취하여 가던 때의 습관이, 남자의 유방처럼 그렇게 완전히 퇴화하지는 않고, 현재에도 남아 있는 것이나 아닌지도 모르는 일이다. 함을 지고 온 사람들은 몸을 게지렁대기 시작하였고, 그러한 일은 으레 그러려니 하고 사람들은 실실 웃어대었다. 지해도 같이 웃어대면서 몰래 구경도 하고 참 재미있는, 묘미가 있는 풍습이라고 생각하였다. 그녀는 어느 쪽이냐 하면 그런 관습을 즐기는 편이었다. 아마 지해는 행복하다고 생각해서 아무런 저항도 받지 않았으리라.

어차피 남자와 여자는 결혼하게 마련이고 그런 이상 그녀는 아기자기한 결혼생활의 표정을 보는 것이었다. 그리고 모든 것은 다 잘되게 되어 있었으리라. 결혼 전야의 그녀에게 있어서 불행한 일을 예상한다는 것은 있을 수 없는 일이니까. 이윽고 함을 지고 온 측과 신부 집은 협상에 성공해서 술상이 벌어졌다.

"암만해도 신부가 밑지고 들어가군."

"웬걸요. 남자가 손해를 보고 있어요."

무책임한 수작들이 오갔고 사람들은 마치 괴상한 혼례법을 장만한 아프리카의 토인들처럼 박장대소를 하였다. 모두들 즐거워하였고 모두들 신랑 신부의 앞날을 축하하였다. 내일 있을 결혼식을 어찌어찌하라는 등 말들도 많았던 것이다.

그리하여 사람들은 이번 결혼에 있어서 진짜 장본인인 성섭이와 지해를 도리어 잊어먹고 있었는지 모른다. 한 남자와 한 여자가 같이 동거생활을 하자면 거기에 끼어드는 사회의 동의가 결혼이라고 할진대, 사람들은 결혼하는 본인보다도 그 결혼식 자체에 신경을 쓰고 거기에 대한 자기들의 입장을 퍽 유쾌하게 즐기는 것이었다. 본인들이야 결혼하면 아들딸을 열다섯 명쯤 낳아서 잘 살게 될 것이 아닌가?

그리하여 어찌 되었든 식은 거행되기는 했다. 신랑이 하여간 식(式)은 욕먹자고 했던 것이며, 신부 측의 젊은이들이 신랑 어머니를 납치해 갔던 것이다. 주례를 선 사람은 사회 명사인 김흥만 박사였다. 김 박사는 안경을 벗었다 끼었다 하면서 난처해했다. 그러나 하여간 식은 거행되었다. 신랑은 격렬한 흥분으로 말미암아 얼굴을 잔뜩 찡그리고 황황히 입장했다. 이윽고 신부가 입장할 차례가 되었다. 사람들은 신부의 얼굴 화장이 신통치 않은 것을 보았다. 눈물 자국이 그대로 남아 있었다. 신부의 아버지는 신부를 인도해오는 방식이 서툴렀고 성의가 없었다. 고이 길러온 딸을 하나의 청년에게로 이양해 가는 태도라기보다는 마지못하여 갖다 떠맡기려는 듯이, 울려 퍼지고 있는 멘델스존의 결혼행진곡 리듬보다도 퍽 서둘러 나아가고 있었다. 신부는 자꾸만 헛걸음질을 했고, 마치 자기가 걸어가고 있다는 것을 느끼지 못하는 듯했다. 이윽고 신부는 단(壇) 앞에 섰다. 신랑이 신부를 접수할 때가 되었다. 거기에서 신랑은 실수를 했다. 자기의 왼편으로 모셔야 할 신부를 오른편 쪽에다 세워 놨던 것이다. 주례를 보는 김 박사가 그 점을 교정시켜 주었고 신랑은 마치 화풀이라도 하는 것처럼 거칠게 신부를 끌어내 버렸다. 사람들이 웃지도 않은 것은 신랑의 태도가 너무 불안해서였을까? 그리고 상견례가 있었다. 신랑은 절을 할 때 분명히 자포자기적인 태도를 나타내었다. 그리고 신부는 신랑의 절을 한 차례 받고 나서야 황망히 고개를 떨어뜨렸다. 주례는 성혼을 선언하였다.

그리하여 사람들은 결혼식이라는 것이 결혼하는 당자들을 위해 서라기보다 또 그 주변의 친지들을 위해서 거행하는 듯한 느낌을 가지는 것이었다. 한 쌍의 남녀가 법률과 도리에 부끄럽지 않아 하면서도 성생활을 할 수 있도록 하자면 그때 필요한 것이 소위 결혼식이라고 하는 느낌보다는 친지들이 한 쌍의 남녀를 같이 살아도 좋다고 허락해 주는 일종의 허가 집회와 비슷하다고 생각하게 되는 것이었다. 아마 지해가 불행을 맛보게 되었다면 그 원인이 이런 데 있었던 것이나 아닐까?

결혼식 날은 틀림없는 길일이라는 보장을 받았음에도 불구하고 몹시 추웠다. 하늘도 잔뜩 찌푸려 있었다. 식이 시작되기 한 시간쯤 전에서부터 이상한 소문이 떠돌기 시작했다. 신랑 어머니는 얼굴이 노래졌다 파래졌다 자못 울긋불긋하였다. 신부는 화장할 생각도 않은 채 울고만 있었다. 신부 아버지는 대단히 성이 나 있었다. 신랑은 연신 담배만 피워댔다. 사건의 발단인즉은 지해가 과거를 가진 여자라는 것이 갑자기 밝혀졌기 때문인 것이다. 신랑 어머니가 펄펄 뛰었다. 식을 거행할 수 없다고 고집을 부렸고, 이에 대하여 신랑은 현저히 무력해져 있었다. 왜냐하면 정작 결혼하는 것은 신랑이었음에도 불구하고 신랑은 그런 일에 참견을 못하게 되어 있었기 때문이다. 신랑은 고민하는 얼굴이 되어 그저 쩔쩔매고만 있었다. 신부 아버지가 강경하게 신랑을 붙잡고 따지기 시작하였다. 신랑은 질려 있었다.

결혼식은 끝이 났다. 신랑과 신부의 퇴장이 있었고 사람들은 참 재미난 결혼식을 봤다는 것에서 모두들 궁금한 표정들이 되어 있었다. 결국 사람들은 오늘 저녁 술자리에서 또는 밥상에서 수다를 떨어뒐 것이 아닌가? 심심하기 짝이 없는 이 세상에 이런 정도면 충분히 살 만한 보람을 느낄 만한 화제인 것이다. 혹자는 신랑의 소심함을 비웃으리라. 그러나 혹자는 신부의 실수에 대해서 제법한 비난을 퍼부으리라. 하여간 그것은 그들과는 상관없는 일인 것이다. 다만 그들의 말은 하나의 권위를 가지고 신랑과 신부의 신상을 음으로 양으로 속박해 주는 구실을 하리라는 점을 그들은 잘 알고 있는 것이다. 생존 경쟁이 치열하고, 개인의 생활이 사회 공기를 거슬리면서까지 독창적이면 큰 일이 나는 이 사회에서는 모든 사람이 비슷한 의상과 비슷한 표정을 가지고 있지 않으면 안 되는 것이다.

신랑과 신부는 퇴장해서 사진을 박지도 않고 그대로 나가버렸다. 어느 때쯤 신랑과 신부가 꺼져버렸는지 사람들은 알 수 없었다. 하여간 사진을 박아야겠어서 식장 안을 휘둘러보았을 때 결혼의 주인공들은 없었다. 그때 둘이는 택시 속에 있었으니까.

신랑은 신부를 거들떠보지도 않고 있었다. 연신 담배를 빨아대면서 차창 밖을 내다보고 있었다. 그리고 신부는 거추장스러운 웨딩·드레스에다가 연신 눈물을 찍어대고 있었다. 신부는 빌려 입은 이 옷에 눈물 자국이 생기면 값비싼 판상을 해야 한다는 것을 생각할 경황이 없었을 것이다.

"어떻게 했으면 좋을지 모르겠어."

신랑은 말했다. 다시 한 번 반복해서 말했다.

"무얼 어떻게 해요? 나는 결백해요."

"그런 소리는 그만둬."

신랑은 버럭 화를 내었다. 그러자 신부는 더욱 거세게 울어댔다. 택시 운전사는 신이 나서 열심히 백미러를 들여다보고 있었다. 아마 택시 운전사는 별의별 승객을 다 태워봤으리라. 그러나 이 두 남녀도 그의 흥미를 자극했을 것에 틀림없으리라. 택시 운전사는 돈을 벌게 되었다는 것을 알고 있었다. 어디로 갈 것이냐고 묻자 신랑은 그냥 돌기만 하라고 했던 것이다. 택시는 도시의 변두리를 돌다가 한남동 쪽에서 남산으로 올라가고 있었다.

"제발 울음은 그쳐."

성섭이가 이렇게 말한 것은 그 택시가 남산을 내려와서 워커힐 쪽으로 가고 있을 때였다. 성섭이는 오늘 일이 왜 잘못되기 시작했는지 아마 그 점을 반성하고 있었을 것이었다. 으레 그런 종류와 사람이 있게 마련이지만 남의 일에 참견을 좋아하는 사람이 그의 어머니에게 고자질을 했던 것이다.

성섭이도 어렴풋이는 짐작했었으나 설마하니 그녀가 처녀가 아닌 줄이야 짐작도 못했던 것이다. 그로서도 이 어려운 문제는 풀어낼 자신이 없는데 하물며 그의 어머니에게 있어서야 어림도 없는 일이었던 것이다. 그런데 그의 어머니는 어떤 좋지 않은 일이 터졌을 때 그것을 수습하는 방법을 모르고 있었다. 아마 그의 어머니는 좀 냉정할 필요가 있었으리라.

그의 어머니는 특히나 한국인답게 이 일을 처리했다. 결혼식 관계로 몰려와 있던 친지들에게 발설해버리고 만 것이다. 친지들은 처음에는 으레 그런 일이 있을 수도 있다고 생각했다. 그런 일이 별로 심각한 형태의 얘기는 아니라는 점을 그들은 풍부한 사회 경험을 통하여 익히 알고 있는 것이다. 그러자 그중에서도 비분강개하기 좋아하는 도덕적인 여자가 있어서 그 여자가 몹시 놀라버렸다는 증거를 나타내기 시작했다. 그 여자는 당장 결혼식을 중지해야 한다고 말했으며 결혼식을 올리기 전에 이 일을 알게 되었으니 퍽 다행이라고 주장했다. 그러자 사람들은 이 문제가 그렇게 가벼운 것이 아님을 의식하게 되었다. 사람들은 차차 입을 열어 말하기 시작했고 그럼에 따라 이 문제는 이 세상에서 가장 추잡하고 더러운 목불인견의 사건으로 확대되고 말았다. 모두들 비분강개했으며 거침없이 욕설을 섞어 여자를 비난했다. 그러면서 사전에 알게 되었으니 참 다행이라고 말했다. 사람들은 그들의 생각이 가장 정당하다고 믿는 데 추호의 의심도 하지 않았으며 그들의 그러한 태도가 정작 성섭이나 지해에게 어떠한 이해득실을 가져다줄 것인지에 관해서는 생각해 보지도 않는 것이었다.

그러므로 실수가 있었다면 바로 이 점에 있는 것이다. 이 문제를 해결하는 열쇠는 이미 성섭이에게서 떠나버렸다는 데에 있었다. 그것은 그러니까 성섭이와 지해가 결혼한다는 그 사실에 중요성이 있는 것이 아니라 두 사람의 결혼을 관람하고 있는 주변의 사람들에게 중요성이 있다는 얘기가 된다.

"정말 어떻게 해야 할지 모르겠어."

소심한 성섭이는 또 같은 말을 되풀이하였다. 그가 모르고 있는 것은 또한 지해에 대한 자기의 감정이 어떠한 상태에 있는가 하는 것도 포함되어 있었다. 그는 결코 나쁜 사람은 아니었기 때문에 바로 자기가 나쁜 사람이 아니라는 것, 다시 말하자면 자기가 고민하고 있다는 그 점을 지해가 알아주기를 바라고 있었던 것이다. 그랬으므로 지해가 이렇게 좋알거렸을 때에 그는 정말이지 화가 났던 것이다.

"문제는 당신에게 있는 거예요. 이렇게 사람을 모욕 주는 법이 어디 있어요?"

"그런 소리는 집어쳐."

하고 성섭이는 고함을 질렀다. 그는 굉장히 분노했다. 왜냐하면 지해의 말이 옳았기 때문이다. 결혼하는 당사자는 자기니까 자기가 어떻게 생각하는가가 중요한 것이다. 그런데 자기는 이미 무력해진 것이다.

그는 지해가 하도 괘씸했으므로 도저히 지해의 과거를 용서해줄 수는 없는 게 아닌가 생각하였다. 지해가 무조건하고 잘못했어요, 처분을 바라겠어요, 하고 나왔다면 그는 생각이 달라졌을지도 모른다.

"나는 너를 용서할 수 없어. 너는 속였어, 속였단 말야."

"이이구 무어가 어째요?"

지해는 본격적으로 울음을 터뜨렸다.

"흥 네가 울어대면 동정할 줄 알아? 더러운 것 같으니라구."

성섭이는 새로 담배를 물면서 아무리 흥분됐다 하더라도 이 말은 좀 지나치지 않았나 생각하였다. 그러나 그의 말이 지나친 것이 아니라는 확인을 금방 얻을 수 있었다. 지해가 표독스레 나왔기 때문이다. 알고 보니 무서운 여자였다. 번연히 제 편에서 사죄해야 마땅할 텐데도 마치 성섭이 쪽에서 잘못했다는 듯이 악을 쓰는 것이 아닌가? 성섭이는 역시 어머니의 말씀이 옳았다는 것을 깨달을 수 있었다. 그녀가 과거를 가진 여자라는 것에만 문제가 있다면 도리어 간단한 것이다. 과거가 있는 여자들의 그 못된 성격을 그녀가 갖고 있다는 것이 큰일이다. 자칫하다가는 휘말려 들어가 일평생 불행한 생활을 보내지 않을 수 없는 것이다. 이 여자가 지금 해오고 있는 태도를 보면 능히 알 수 있다. 죽을 둥 살 둥 발악을 해대고 있는 것이 아닌가?

택시는 워커힐에 도착해 있었다. 여기서 내리지 않겠느냐고 운전사가 물어왔다.

"그래요, 내려주세요."

지해가 말했다. 지해는 성섭이를 잡아끌었다.

"내리겠다구? 흥, 내려서 어떡하겠단 말야?"

"뭐가 어째요? 오늘은 우리의 첫날밤이에요."

"아이구 사람 웃기는군."

성섭이는 지해의 말대로 내리고 싶은 기분이 없지 않아 있기도 하였다. 웨딩드레스를 입고 있는 그녀를 어떻게 해야 좋을지 묘안이 떠오르지 않았기 때문에 어쨌든 일단 내려서 방을 정한 뒤에 곰곰 따져 볼 일이라고 생각이 들기는 했다. 하지만 그렇게 된다면 무조건 지해를 시인한다는 말이 되지 않는가. 성섭이는 이 점에서 자신을 잃어버렸으므로 말을 퉁겨버렸던 것이다.

"좋아요, 나 혼자만이라두 내리겠어요."

"혼자서 내리겠다구?"

"흥, 무슨 참견일까? 나 혼자 죽어버리구 말면 그뿐이지 뭐,"

"이봐, 무엇이 어쩌고 어째?"

성섭이는 버럭 고함을 질렀다. 이제는 공갈까지 한다 생각이 들자 그는 머리끝까지 화가 치밀어 올랐다.

"아, 어머니 어머니 정말이지 어떡하면 좋아요?"

"죽어버리구 말겠다구? 얻다 대구 그런 뻔뻔스런 소릴 지껄이느냔 말야?"

"그럼 날더러 어떡하란 말예요? 왜 자기 입장만 생각하구 있어요? 내 입장을 왜 생각해 주지 않는 거예요? 내가 과거 얘기를 하지 않았던 것은 그런 말을 할 만한 기회를 주지 않았기 때문이 아니에요? 그리고 과거 얘기를 안 했던 것두 아니잖아요? 알던 남자가 있었다고 했죠? 그랬더니 무어라고 얘기했죠? 지나간 일은 따지지 말자구 했죠? 당신의 과거가 어떻다는 것도 알고 있어요.

지나간 일은 따지지 말자구 하길래 당신이 그런 거 다 이해하고 도 남음이 있는 줄 알았지요 뭐. 그 문제를 그때 결혼식장에서 떠들 어대야 하는 거예요? 할 말이 있으면 왜 우리끼리 있을 때 얘기하지 않는 거죠? 이제 난 어떻게도 할 수 없어요. 당신 같은 사람하고는 살 수도 없게 되었어요. 더구나 당신 어머니 같은 분의 며느리 노릇 을 할 수 없게 되었어요. 그리고 당신 어머니도 나같이 추잡하고 타 락한 계집을 며느리로 맞아들이지는 못하겠지요. 아, 난 어떡하면 좋지? 이런 꼴을 히고는 우리 집에도 가지 못해요. 무슨 면목으로 아버지 어머니를 대한단 말이에요? 너무너무 창피하고 부끄러워서 도저히 견디지 못해요. 당신은 내 입장을 전혀 생각해 주지도 않는 군요. 그저 저 혼자 잘났다고 큰소리만 탕탕 치고 있군요. 여태까지 나한테 했던 말은 전부 거짓이었죠? 나를 행복하게 해 주겠다고 말 했던 사람은 당신이 아니었던가요?"

지해는 계속해서 푸념을 늘어놓았다. 그러나 성섭이는 지해의 말 을 듣고 있는 것이 아니었다. 그는 지해가 자살이라도 하겠다고 했 던 말을 생각하고만 있었다.

"죽어 버리고 말겠다구? 그런 어처구니없는 말이 어디 있느냔 말 야?"

"무어가 어처구니가 없어요? 한강물에 풍덩 뛰어들어 죽어버리 면 그만이지."

"한강물에 뛰어든다구?"

하도 놀란 나머지 성섭이의 목소리는 떨려 나왔다. 그러자 성섭 이의 머리에 떠오른 생각이 있었다.

"이봐 한강은 얼어붙었단 말야. 결빙이 돼 있어서 풍덩 뛰어들 수가 없단 말야."

"결빙?"

지해는 도대체 무슨 소리인지 알 수 없다는 듯이 이렇게 반복해서 묻고는 성섭이를 빤히 쳐다보았다.

"맞았어요. 지금의 내 상태가 결빙 상태가 아니구 뭐예요?"

지해가 이렇게 뚱딴지같은 소리를 해왔기 때문에 성섭이는 자기도 모르는 사이에 그만 웃어 버리고 말았다.

《주간한국》, 1968년 1월

세상의 무질서를 향하여

이수형

세상의 무질서를 향하여

소설이 활자화된 지도 한 달이 넘었다.
세상의 질서 속에서 무질서를 찾는 이 일.
—박태순, 「생각의 시체」에서

이수형(문학평론가, 명지대학교 교수)

1.

통상 박태순의 1960년대 소설로 불리는 일련의 작품들을 읽으면
서 느끼게 되는 어떤 혼란스러움이 있다.[1] 작가 자신의 말을 빌리면
"나의 문학을 지켜봐 주던 김현"이 모(某) 출판사 간행의 한국문학
전집에 포함된 박태순 권(卷)을 위한 해설로 쓴 「방황과 야성」에서
"시작과 끝이 없이 흔들리고 반추되는 세계, 그것을 어디서부터 자
르고 어디서부터 시작하든 그것의 기본 구조는 미완이며 혼란"이
라고 비평한 바를 참고할 때,[2] 박태순의 1960년대 소설이 발산하는
혼란스러운 느낌을 단순히 개인적 감상으로만 치부할 수는 없다.

그런데 1964년 12월 『사상계』 신인상을 통해 작품 활동을 시작했
으므로 박태순의 1960년대라고 해도 갓 등단해 5~6년 남짓한 기간
에 불과하다는 점을 감안한다면, 이 무렵에 발표한 작품들에 대해

---

1) 박태순의 1960년대 소설은 이 권에 수록된 작품 외에 제2권의 단편소설과 제6권의 중
편소설을 포함한다.
2) 김현, 『현대한국문학의 이론/사회와 윤리』, 문학과지성사, 1991, 426쪽.

어떤 평가를 내린다는 것 자체가 성급하고 또 시기적절하지 않다고 보는 것도 그 나름대로 합당하다. 미숙함에서 비롯한 혼란스러움이라면 작가의 수련과 함께 극복될 것으로 기대하는 것이 자연스럽기 때문이다.

　이러한 면은 1972년 첫 소설집을 출간하면서 박태순이 쓴 다음과 같은 후기에서도 엿보인다. "여기에 소장된 작품들은 내가 작가가 되기로 생각하면서 썼던 초기 단편들로서 자기의 느낌을 정돈하지 못한 채 회의하고, 초조해하였던 것들"인데 "너무 정리가 되어 있지 않으므로 부끄러운 생각이 들지만, 소설을 쓴다는 것을 항상 좀 너무 어렵게만 여겨 왔던 그 이유가 무엇 때문이었는지를 알게" 되었다는 것, 끝으로 "나는 이 소설들을 여기에 전별(餞別)하고, 그리고 달아나려고 한다"는 것이다.[3] 부끄러운 초기작의 한계에서 벗어나겠다는 다짐은 작가로서의 발전이라는 성장의 서사를 내포한다.

　박태순의 1970년대적 변화는 "달아나려고 한다"는 도발적 표현만큼이나 극적인 것으로 주목받았다. 예컨대 "초기 작품들은 먹고 사는 현실의 문제와는 거리가 먼 젊은 애들의 퇴폐적 내지 악동적인 세계를 주로 다루었는데 작가 자신의 문구를 빌어 '대학 졸업생의 문학' 냄새가 짙은 것이 사실이었다. 이러한 한계를 벗어나려는 노력의 일환으로 작가가 자신의 원래 생활 환경과는 대조적인 외촌동의 세계를 작품화하는 작업을 일찍부터 시작했다는 사실은 그가 유연한 성장 가능성의 소유자요 시대정신에 민감한 작가임을 입증하는 것"이라는 백낙청의 평가에서 암시되는 바와 같이,[4] 박태순 소설은 대학생이나 사회 초년생의 일상을 소재로 한 초기작의

---

3) 박태순, 『무너진 극장』, 정음사, 1972, 370-371쪽.

4) 백낙청, 『민족문학과 세계문학 I』, 창작과비평사, 1978, 266쪽.

사적 영역으로부터 시야를 확장해 하층민의 현실을 비판적으로 바라보는 사회적 작품으로 문학적 경향을 전환하는 데 성공한 것으로 인식되어 왔다.

박태순 소설에서 이러한 변화가 현저하다는 점에 대해서는 대체로 이견이 없으며, 이는 또한 1960~1970년대의 문학사적 전개를 개인의식의 '소시민적' 각성으로부터 민중의 '시민적' 발견으로의 전환이라는 구도에서 파악하려는 문학사적 관점을 뒷받침하는 적절한 사례로 거론되기도 했다. 그런데 이러한 관점을 지나치게 확대함으로써 박태순 소설에 나타나는 통시적 변화를 목적론적으로 소급 적용한 결과 1960년대에 발표된 작가의 초기작들을 단순히 미숙함의 산물로 환원하고 극복의 대상 정도로만 간과해 왔던 것도 부정할 수 없는 사실이다.

2.

박태순 소설의 혼란스러움을 소설 미학적 완성도와 관련된 문제이기보다 작가가 탐구하고 묘사하려는 도시 생활 자체의 속성 때문이라고 볼 때, 그의 1960년대 소설은 도시성(urbanism)의 관점에서 보다 적극적으로 조명될 수 있을 것이다. 1942년 황해도에서 출생하여 1948년에 월남한 이후 서울에서 성장한 박태순의 전기적 사실은 김승옥이나 이청준 같은 시골 출신의 동세대 작가들과 다른 문학적 지향을 보이게 된 중요한 원천으로 주목되어 왔다.

박태순 소설 중에도 "시골에서 태어난 어떤 녀석이 출세하고 싶은 기분으로 무턱대고 상경하여, 비겁한 도시에서 비겁하게 겪어낸

이야기"라는 도입부로 시작하는 「푸른 하늘」 같은 작품이 없는 것은 아니지만, 주인공이 서울 생활 불과 6개월 만에 "서울이라는 곳도 시골과 마찬가지"라는 사실을 깨닫는다는 점에서 그의 소설은 우리에게 익숙한 서울과 시골(고향)의 이분법과는 거리가 멀다. 힘들고 괴로운 도시 생활 중에 고향에 대한 그리움이 커져 간다는 식의 감상주의와 달리 「푸른 하늘」의 주인공은 "서울을 벗어날 수가 없어서……"라고 고백하는데, 단지 서울을 떠날 수 없다는 결말만이 주목을 요하는 것은 아니다. 가령, 김승옥 소설의 주인공은 환멸과 함께 서울을 떠나고, 이청준 소설의 주인공은 복수심과 함께 서울에서 살아남기를 결심한다. 서울을 떠나든 서울에 남든, 이들에게 서울과 시골은 서로 대립하는 의미와 가치가 선험적으로 부여되어 있다. 이와 달리 박태순 소설에는 가치관이 부재하며, 또한 의미의 혼란이 그대로 노출된다.

「푸른 하늘」은 무턱대고 상경한 지만이 서울의 대학에 진학해 먼저 자리를 잡은 친구 철규를 따라 도시 생활에 적응하면서 여러 여자와 만나고 헤어지는 사건을 다루고 있다. 문학 교과서적인 갈등이나 구성을 발견하기 어려울 만큼 개연성이 떨어지는 사건들이 느슨하게 연결되어 있다는 점은 이 소설의 서두에서 서술자가 "이 이야기는 도대체 이야기라고 할 수 없을지도 모르겠다"라고 덧붙이는 이유이기도 하다. 무의미하고 혼란스러운 도시 생활에서 부각되는 것은 익명적이고 비인격적인 관계로, 철규가 수수료 벌이로 운영하는 '희망 펜팔협회'라는 의심스러운 이름의 네트워크가 이를 대변한다. '은성'이라는 이름 외에 아무것도 모르는 상대방과 편지를 주고받던 지만은 처음으로 대면하는 자리에 정체를 속이고 '선희'가 나왔다는 것을 알게 되지만 별로 개의치 않는다. 사랑이나 연애가 전(全)인격적 관계로 가치 평가되는 통념과 달리, 「푸른 하늘」에서 지만은 '희야' '애현' '평자' 등 이름만 아는 여성들과 마치 당번 교대하듯 기계적으로 만나고 헤어짐을 반복하면서 이미 반(半)익명적이고 비인격적인 관계에 익숙해졌던 것이다.

이와 유사한 관계를 「연애」에서도 찾아볼 수 있다. 서울 밤거리를 지나던 '나'는 우연히 만난 여자에게 매혹되어 다시 만나기로 하지만, 다음 날 본명 대신 '억근'이라는 별명만 알려 주던 그녀를 찾아 약속 장소로 나간 '나' 앞에 나타난 것은 어떤 청년이다. 「연애」는 '나'가 처음 보는 젊은이들과 함께 "거의 가공인물이다시피 한" 익명의 여인을 마치 오랜 연인이었다는 듯 상상하면서 "사랑이니 진실이니 하고 떠들어" 대는 이야기로 전개된다. "그것은 정말이 아니지만 그렇다고 전혀 거짓말 같지도 않은 듯이 여겨졌다. 어떤 오후에 어이없이 꾸고 만 꿈을 거짓말이라고 일축해 버릴 수 없는 것처럼, 묘한 환상의 세계에 들떠서 한 얘기를 무턱대고 거짓말이었다고 단정을 내리고 싶지는 않았던 것"이라는 변명처럼, 「연애」는 시종일관 거짓말로 이루어져 있지만 그렇다고 전혀 무의미하다고 단정하기엔 섣부르다는 점을 강변한다.

우연히 만난 사람들을 뒤로하고 귀가하는 '나'에게 어젯밤처럼 '그녀'가 나타나 이름을 가르쳐 줄 수 없다고 말하는 마지막 장면의 반복 회귀는 「연애」의 핵심이 연애라는 이름을 빌린 익명적 관계에 있음을 재차 강조한다. "그녀와 나 사이에는 굉장한 인연이라도 있을 법했는데 사실 아무 인연도 없었다"라는 고백에서 드러나듯 익명적 관계는 무의미하며, 또 무의미한 사건을 계속 끌고 가려는 '나'의 서사 역시 혼란스러움을 피할 수 없다. "젊은 애들의 퇴폐적 내지 악동적인 세계"라는 평가가 잘 어울리는 혼란스러운 방종과 일탈은, 그런데 그 일탈이 자기 자신까지도 대상으로 꾀할 때 새로운 단계에 진입하게 된다. 익명의 여인과의 관계에 대해 거짓말하는 '나'는 실은 자기 자신에 대해서도 거짓말을 하는 것이며, 그 과정 중에 지금까지와는 다른 자기를 발견하게 될 것이다. 결말에 이르러 '나'가 마침내 "내가 연애에 소질이 있다는 것을 깨달았다"라고 단정하는 것처럼 말이다. 도시 생활의 한 부분으로서의 무질서가 기성 질서로부터 자유로운 자아 정체성 형성에 기여한다는 점을 강조하는 리처드 세넷의 책 표제 '무질서의 효용'은 박태순 소설의 도시성을 조망하기에도 적절한 관점을 제시한다.[5]

「푸른 하늘」이나 「연애」에는 무질서와 대립하는 기성 질서가 다소 불분명한 데 비하면, "세력을 독점한 한 세대 이외의 연령층은 그 세대에 의하여 단지 예속 부가되는 수밖에는 없"음을 역설하는 「생각의 시체」에서는 기성세대에 의한 젊은 세대의 예속을 대립의 주요 성격으로 명시하고 있다. 한편, 드물게 여성 주인공이 등장하는 「유보규 양의 세 번째 실수」는 당시 남성에 비해 현저하게 성적 자기 결정권을 인정받지 못하고 타율적인 결혼을 받아들여야 했던 젊은 여성들이 도시의 무질서한 거리로 나가는 결말을 보여 주고 있다는 점에서 인상적이다.

며칠 뒤 약혼을 앞둔 유보규는 어느 화창한 날 약혼자와 만나기 위해 약속 장소로 나가지만, 시간이 어긋나 그 근처를 세 번이나 돌게 되는데 그때마다 매번 인파로 들끓는 거리 한복판에서 진독애와 마주친다. 처음에는 그저 우연한 실수이자 재수 나쁜 사건이라고 생각하지만, 소설의 제목처럼 세 번째 마주쳤을 때는 그냥 지나

---

5) 리처드 세넷, 『무질서의 효용: 개인의 정체성과 도시 생활』, 유강은 옮김, 다시봄, 2014.

칠 수 없어 대화를 시작하는데, 남녀 관계나 결혼 같은 것에 대해 이야기하면 할수록 그들은 점점 "여권 운동자"라도 되고 싶은 여러 복잡한 심정을 경험하게 된다. "집엘 들어가면 18세기 세계" "거리로 나오면 조국 근대화를 울부짖는 19세기 세계"라는 서술에 암시되듯 안팎으로 구시대의 습속에 구속되어 있는 그들은 마침내 거리로 나서서 "서울 시내를 뱅글뱅글 돌아다니"기로 한다.

> 거리를 돌아다니면서 얻는 건 설사 하나도 없을는지 모른다.
> 그러나 확실한 것은 그러는 동안에 고독, 권태, 불만, 불안, 짜증
> 같은 것에서 피할 수 있다. [……] 실상 타락에의 종류야말로 복잡
> 할 정도로 세분되고 있는 것이었다. 왜냐하면 타락이라는 것은 일
> 종의 각성(覺醒)해 가는 과정이 되기 때문이었다. 특히나 오늘처
> 럼 하늘이 너무너무 파란 날에는.
> "어디루 갈까?"
> 유보규 양은 물었다. 이미 저질러 놓은 실수였던 것이다. 떠들
> 썩한 곳이 그리웠다. 소동이 일어나고 있는 곳으로 가고 싶었다.
> 혼란 속에 휩싸여 들어 자기 자신을 말끔히 잊어버리고 싶었다. 그
> 녀의 질문은 대개 이런 뜻을 담고 있었다. 자연으로 돌아가고 싶
> 지는 않았던 것이다. 왜냐하면 돌아갈 수가 없기 때문에.
> "아무 데로 나가지 뭐."
> 진독애 양은 대답했다. (295~296쪽)

집에서건 사회에서건 마치 18세기나 19세기의 유물 같은 고루한 도덕과 질서가 강요되는 상황에서 벗어나는 것이 가능할까? 도시의 거리로 나서는 것은 해답이 아니라 혼란을 구하기 위함이다. 그

혼란은 "여기저기서 왕상그르르 여러 소리들이 뒤섞"이고 "먼지가 안개처럼 피어올라 가고" "음침한 고층 건물들조차도 들썩대고 있는" "도시 전체가 하늘로 둥둥 떠 올라가고 있는 것처럼 느껴지는" 감각적 무질서이기도 하고, "유보규 양의 도덕적인 이종 오빠가 개탄"하듯 도덕적 무질서이기도 하다. 이러한 무질서 속에서 그들은 자기 자신을 말끔히 잊어버리기를 원하는데, 그 '자기'란 18세기와 19세기의 질서에 의해 조형된 타율적 존재일 것이다. 그것은 기성 질서에서 보면 타락이지만, 다른 한편으로는 새로운 자기에 대한 발견이기도 하다.

3.

감각적으로 혹은 도덕적으로 혼란한 도시의 무질서는 또 다른 '나'를 배태하고 있다. 이런 점에서 도시, 특히 밤거리의 도시는 다소간 마술적인 분위기를 자아낸다. 그래서 "밤이 되면 도시는 마귀 할망구의 요술 단지처럼" 변하고(「푸른 하늘」), "네온사인은 끊임없이 유혹의 손길을 뻗치고 있는 마녀처럼" 보인다(「연애」). 도시의 무질서를 선택하던 앞선 주인공들에 비하면, 서울의 거대한 야경을 보며 "그 불빛에서 아주 강력한 적(敵)을 보게 되고, 가장 무서운 애정을 그 불빛에 보내기도" 한다고 양가적인 감정을 고백하는 「서울의 방」의 '나'는 상대적으로 모호한 태도를 드러내고 있다.

제법 안정된 생계를 유지할 만한 팔천 원 월급의 직장을 가진 어엿한 사회인으로 결혼도 계획 중인 '나'는 하숙집을 옮기면서 자기만의 방이란 단지 물리적 공간이 아니라 "나의 삶을 시인해 주는 어떤 따뜻한 특혜"라는 가치관을 피력한다. 이때 "삼백만 이상의 사람들이 득실거리는 이 더러운 도시에서 마음에 맞는 방"은 튼튼하고 방음이 잘되는 따위의 건축술의 문제가 아니라 도시의 혼란과 무질서로부터 '나'와 '나'의 삶을 방어하려는 자아 심리학의 문제이다. 그러므로 "항상 혼란스럽다. 그럼에도 나 자신은 쉽게 혼란스러워지지 않는다. 거기에서 그 쉽게 혼란스러워지지 않는 수단으로써 나는 방을 생각케 되"는 것이다.

그런데 잊고 온 거울을 찾으러 갔다가 비어 있는 방과 대면하게 된 '나'는 자기만의 방 혹은 '자기' 존재에 대한 믿음을 금세 상실하고 만다. "내가 어떠한 곳에서 살아왔었나를 생각하자 그만 몸서리가 쳐졌다. 그곳은 그대로 개천 바닥과 다를 것이 없었다. 그래서 나는 자신이 한심스러워졌다. 엉터리 건축가에 못지않게 엉터리인 자기. 그렇게 엉망으로 영위되는 생활의 와중에서 제법 만족하기도 했던 그것은 얼마만큼의 배반일까?" 자기라고 믿었던 존재가, 엉터리 건축가가 지어 신축 양옥이지만 벌써 낡아 무너지고 있는 엉터리 집의 방 한 칸만큼이나, 역시 엉터리였음을 알게 된 '나'의 배신감은 향후 박태순 소설에서 상당히 중요하게 탐색될 속물성이라는 문제를 예기한다.

> 어찌하여 내가 이다지도 꽁생원이 되어 버렸는가를 생각하다 보면 억울하다고 느껴지지 않는 바도 아니었다. 어쨌든 나는 꽁생원이 되었고 소심한 인간이 되었다. 매력 없는 일상의 범사(凡事)에 파묻혀 약간만 변화를 요구하는 일이 일어나거나 수상한 일이 일어나도 버들버들 떨게 되었다. […] 나는 자신의 한계를 언제든 너무 느껴서 도리어 일찌감치 울타리를 자기 둘레에 쳐놓아도

안심하지 못한다. 그리고 노상 전전긍긍하고 있다. [……] 자기 보존의 본능과도 같은 것이 팽팽하게 일어나서 나는 진땅의 비참한 생활 환경과 그의 성격의 교활한 일면을 관찰하여 그를 욕하는 것이었으며 결국 힘없는 자기 긍정으로 되돌아오는 것이지만 확실히 그것은 힘이 없는 것이었다. (261쪽)

'자기'라고 믿던 존재가 엉터리라고 밝혀지더라도 「이류」의 '나' 같은 부류의 인간들은 그것을 지키기에 열중하기도 한다. "이나마 유지되고 있는 내 생활의 질서가 깨지는 것"에 대한 두려움이 본능적으로 "자기 보존"의 길로 이끄는 것이다. 오히려 엉터리에 허약하므로 그러한 자기를 보존하려면 훨씬 더 방어적으로 울타리를 쳐야 하며, 기성 질서를 벗어난 사소한 혼란이나 무질서에도 전전긍긍하며 살 수밖에 없다. 스스로를 꽁생원이자 소심한 인간이라고 자조하는 '나'에게 불쑥 진땅이 나타나곤 한다. '나'는 그를 무시하려 하지만, 그것은 자책감과 열등감이 뒤섞인 복잡한 감정을 동반하며 결국 '나'의 자기 긍정과 자기 보존을 무력하게 만든다.

조그만 나라, 상상력이 차단된 지하의 세계, 배고픔에 겨운 생존 경쟁의 영역에 있어서는 청춘이란 다만 젊은 노인에 불과한 것이 아닌가? 청춘의 권리를 주장하는 한 그는 생존에 대한 위협을 막아내지 못할 것이다. 진땅은 우물 밖 개구리였던 것이다. 그에게는 생활이라고 하는 우물이 없었다. 그는 울타리가 없었다. 지독하게 불쌍한 인간이었다. (267~268쪽)

"결혼을 하고 사회적 지위를 쌓아서 안정이 돼 가"는 틀에 박힌

삶에 만족하는 "세속인, 소시민"으로서의 '나'가 우물 안 개구리라면, 진땅은 우물 밖으로 나가고자 한다. 상상력이 차단된 지하에서 생존 경쟁이라는 울타리 안을 벗어나지 못하는 젊은 노인과 그 울타리 너머에서 상상력의 권리를 주장하는 청춘이 있다. 젊은 노인인 '나'는 진땅이 불안하고 불쌍해 보인다고 걱정하지만, 진땅의 시선 앞에서 "안정감, 일상생활, [……] 만족감 같은 것이 송두리째 헝클어지고 뒤틀려지면서 거기에 커다란 공허가 생겨나는 듯"하다고 자백하는 것은 도리어 '나'이다.

물론 진땅에 대한 평가는 확정되지 않고 미완으로 남는다. 「이류」는 술자리에 모인 지극히 현실적인 친구들이 이제 행방이 묘연해진 진땅의 창조성과 위대함을 띄엄띄엄 파편적으로 언급하다가 흩어져 각자 집으로 돌아가는 장면으로 끝난다. 끝은 나지만 결말을 맺지는 않는다. 진땅의 서사는 여전히 무질서를 향하고 있다. 그리하여 「뜨거운 물」에서 얼마 전 작가가 된 '나'의 다음과 같은 선언은 작가 박태순의 육성이라고 해도 무방할 것이다. "여전히 세계는 커다란 무질서 속에 싸여 있었다. 도리어 우리는 이 세계의 혼란함에 대하여 어떤 질서를 부여하기를 거절했다. 왜냐하면 혼란은 그것 자체로서 완성된 상태인 것이며, 거기에 어떤 질서가 있다면 다만 그것은 소시민의 초라한 안정과 같은 것에 불과한 것이리라." 도시의 길거리와 변두리에서, 또 도시의 바깥에서 세상의 무질서를 찾는 긴 여정이 시작되고 있다.

박태순 연보

1942 5월 8일 황해도 신천군 용문면 삼황리 소산동에서 아버지 박상련(朴商縺), 어머니 권순옥(權純玉)의 2남 2녀 중 장남으로 출생하였다. 본관은 밀양이다.

1947 1월, 부친이 가산을 모두 정리한 뒤 해주에서 서울로 이주하였다. 묵정동, 삼청동, 청운동, 원효로, 신당동 등지의 빈민촌을 전전하였다.

1950 12월 하순 대구로 피난했다. 그동안 다섯 군데의 국민학교를 옮겨 다닌 끝에 대구 중앙국민학교를 졸업했다.

1954 환도와 함께 서울로 이사하여 서울중학교에 입학했다. 중학교 2학년 때 막연히 작가가 되겠다고 마음먹었다. 친구와 함께 출판사 동업 중이던 부친이 휴전 이후 독립하여 출판사 박우사를 차렸다. 박태순은 국민학교 6학년 때부터 교정과 편집, 배달 일을 거들었다.

1957 서울중학교를 졸업하고 서울고등학교에 진학했다. 문천회, 바우회 등의 독서 모임에서 활동하였다.

1960 서울고등학교를 졸업하고 서울대학교 문리대 영문과에 입학했다. 곧바로 맞이한 4·19혁명 당시 경무대 앞까지 진출했는데, 함께 있던 친구 박동훈(법대 1학년)의 죽음에 큰 충격을 받았다. 이후 이때의 경험을 바탕으로 단편 「무너진 극장」과 「환상에 대하여」 등을 창작했다. 서울대 문리대 교양학부에서 김광규, 김승옥, 김주연, 김치수, 김현, 이청준, 염무웅, 정규웅 등을 동기로 만났다.

1961 학업에 뜻이 없어 학교에는 거의 나가지 않고 음악다방에만 출몰하였다. 자퇴를 결심하고 친구 따라 강원도 영월군 주천면에 가서 한동안 두문불출하는 생활을 이어 나갔다. 상경한 후에는 본격적으로 신춘문예에 도전하기 시작하였다. 시와 소설을 합해 총 스물한 번 도전하였으며 신림동 난민촌에서 한 달여간 틀어박혀 외촌동 연작을 구상하였다.

1964	대학을 졸업하고 단편 「공알앙당」으로 《사상계》 신인문학상에 입선하였다.
1966	중편 「형성」이 《세대》 제1회 신인문학상에 당선되었다. 단편 「향연」이 《경향신문》, 「약혼설」이 《한국일보》 신춘문예에 각각 당선작 없는 가작으로 입선하였다. 외촌동 연작의 첫 번째가 되는 단편 「정든 땅 언덕 위」를 발표하여 문단의 호평을 받았다.
1967	본격적인 창작 활동을 시작하였다. 《월간문학》에 근무하던 이문구, 《사상계》에 근무하던 박상륭 등과 알게 되어 가깝게 지냈다.
1969	1월에 출간된 《68문학》 제1집에 김승옥, 김주연, 김치수, 김현, 염무웅, 이청준과 함께 참여하였다.
1970	11월 청계 피복 노동자 전태일의 분신 사건을 취재하였다.
1971	르포 「소신(燒身)의 경고-평화시장 재단사 전태일의 얼」을 발표하였다. '광주 대단지 사건'(지금의 성남민권운동)을 취재하고 르포 「광주 단지 4박 5일」을 발표하였다. 이때의 경험을 바탕으로 다음 해 단편 「무너지는 산」을 발표하였다.
1972	4월 15일 김숙희(金琡姬)와 결혼하였다. 창작집 『무너진 극장』(정음사), 『낮에 나온 반달』(삼성출판사)을 간행하였다. 장편 「님의 침묵」(여성동아)을 세 달간 연재하였으며, 연출가 임진택이 「무너지는 산」을 연극으로 각색하고 연출하였다.
1973	인문기행 「한국탐험」을 《세대》에, 장편 「사월제」를 《한국문학》에, 「서향창」을 《주부생활》에 연재하였다. 창작집 『정든 땅 언덕 위(부제: 외촌동 사람들)』(민음사)를 간행하였다. 《중앙일보》에 소설 월평을 연재하였으며, 12월 26일 민족학교 주최 '항일문학의 밤'에 참가하여 시를 낭송하였다.

1974	1월 6일 유신헌법에 반대하여 '개헌 청원 지지 문인 61인 선언'에 발기인으로 참가하였다. 4월, '문인 간첩단 조작 사건'에 대하여 문인 295인의 진정서 규합 활동을 하였다. 11월 18일, 광화문에서 '문학인 101인 선언'을 발표하며 '자유실천문인협의회'의 창립을 주도하였다. 이날 경찰에 연행되었다가 이틀 후 풀려났다. 장편 「내일의 청춘아」를 《학생중앙》에 연재하였다.
1975	창작집 『단씨의 형제들』(삼중당), 산문집 『작가기행』을 간행하였다. 《한국문학》에 '언사록'이라 하여 개항 이후의 상소문, 격문, 선언문, 민요, 풍요와 유언비어 등을 수집·정리해 3회에 걸쳐 소개하였다. 김지하의 '오적필화사건'과 연이은 긴급조치 등 폭압적인 유신 체제에 항의하는 의미로 절필을 결심하였다. '동아일보 광고탄압사건'에 항의하여 자유실천문인협의회 문인들의 격려 광고를 주도하였다.
1976	번역시집 『아메리칸 니그로 단장(斷章)-랭스턴 휴즈 시선집』(민음사)을 간행하였다. 침묵이 길어지는 동안 「사서삼경」을 독파하였는데, 훗날 이것이 이후의 재창작에 큰 도움이 되었다고 고백한다.
1977	3월 '민주구국헌장'에 서명한 혐의로 고은, 김병걸, 이문구 등과 함께 연행되어 수일간 조사를 받았다. 7월 24일 전태일의 모친 이소선이 구속되고 평화시장 노동 교실이 폐쇄되자 이후 '평화시장사건 대책위원회' 결성에 참여하였다. 12월 23일 한국 최초로 발표한 '한국노동인권헌장' 작성에 참여하여 교열 보완 작업을 하였다. 장편 『가슴 속에 남아 있는 미처 하지 못한 말』(열화당)을 간행하였다. '자유실천문인협의회 제3선언'에 참가하였다. 장남 영윤(榮允)이 출생하였다.
1978	4월 24일 자유실천문인협의회와 백범사상연구소가 공동으로 주최한 '제1회 민족문학의 밤'에서 한용운의 시 「님의 침묵」을 낭송하였다. 이 행사를 빌미로 고은과 백기완이 중앙정보부에 연행되었고, 박태순과 이문구 등이 고은의 화곡동 집에서 단식 농성을 주도하였다. 12월 21일 '김지하 문학의 밤' 행사에서 「세계 지식인 및 문학인에

게 보내는 메시지」를 낭독하였다. 장편 「백범 김구」를 《학원》에 연재하였으며, 번역서 『자유의 길』(하워드 파스트, 형성사), 『올리버 스토리』(에릭 시걸, 한진출판사)를 간행하였다.

1979   2월 5일 광주 YWCA에서 열린 '양심범을 위한 문학의 밤' 행사에서 사회를 맡았다. 6월 23일 종로 화신 앞에서 '카터 방한 반대 시위'에 참가했다가 연행되어 김병걸, 김규동, 고은 등과 함께 구류 25일 처분을 받았으며, 정식재판 청구 후 10일간 구금되었다. 8월 31일, '1979년 문학인 선언' 발표와 관련하여 퇴계로 시경 안가로 연행되었다. 11월 13일, 윤보선 전 대통령 집에서 불법 회합을 가졌다는 이유로 계엄사에 의해 염무웅 등과 함께 연행되었다가 경고 훈방 조치를 받았다. 고은, 이문구 등과 함께 무크지 《실천문학》 창간을 주도하였다. 11월 24일, '명동 YWCA 위장 결혼식 사건'에 참가했다가 연행되었다. 장편 『어제 불던 바람』(전예원), 『님을 위한 순금의 칼』(경미문화사)을 간행하였다. 둘째 아들 영회(榮會)가 태어났다.

1980   3월 25일, 무크지 《실천문학》의 창간호가 간행되었다. 여기에 『팔레스티나 민족시집』을 번역하여 소개하였고, '사회과학자가 보는 한국문학' 조사를 발표하였다. 4월 19일 연세대학교 '4·19 문학의 밤' 행사에서 '문학에 있어서 4·19의 의미'에 대해 강연하였다. 장편 『어느 사학도의 젊은 시절』(심설당)을 출간하였다.

1981   번역 시집 『팔레스티나 민족시집』(실천문학사)을 간행하였으며, 번역 소설 『대통령 각하』(앙헬 아스투리아스 , 풀빛), 『민중의 지도자』(치누아 아체베, 한길사), 『파키스탄행 열차』(쿠스완트 싱, 한길사)를 간행하였다. 산문 「국토기행」을 《마당》에 연재하였으며 평론 「문학과 역사적 상상력」(실천문학)을 발표하였다.

1982   장편 「골짜기」를 《실천문학》에 연재하다가 중단하였다. 『무너지는 사람들』(후앙 마르세, 한벗), 『우편배달부는 벨을 두 번 울린다』(제임스 M. 케인, 한진출판사)를 번역 출간하였다. 12월 실천문학사가 전

예원에서 분리·독립하면서 독립문 근처 박태순의 집필실 옆으로 이주하였다. 그로 인해 무크지《실천문학》편집은 물론『문학과 예술의 실천논리』『아프리카 민족시집』등 실천문학사의 초기 출판 목록에 적잖은 영향을 미친다.

1983 『문학과 예술의 실천논리』(실천문학사)에 아시아 아프리카 작가 운동을 집중 소개하였다. 「국어교과서와 민족교육」을《교육신보》에 연재하였으며, 기행문『국토와 민중』(한길사)을 간행하였다.

1984 자유실천문인협의회 개편 작업에 참가하였다. 장편「풀잎들 긴 밤 지새우다」를《마당》에 연재하였다. 무크지《제3세계연구》(한길사) 창간호에 팔레스타인의 민족시인 마흐무드 다르위시에 대한 소개글과 르포「잃어버린 농촌을 찾아서」를 발표하였다.『종이인간』(윌리엄 골딩, 한진출판사)을 번역 출간하였다.

1985 연작 소설「고향 그리고 도시의 벽」을《열매》에 연재하였으며,《실천문학》에 보고문 「자유실천문인협의회와 1970년대 문학운동」을, 장편「어머니」를 발표하였다. 후자는 미완으로 남았다. 「역사와 인간」을《오늘의 책》에, 「한국의 장인」을《동아약보》에 연재하였다. 8월 '갑오농민전쟁의 전적지를 찾아서'를 주제로 하는 '제1회 한길역사기행'을 강의하였다.

1986 8월 10일부터 2박 3일간 한길사『오늘의 사상신서』101권 발간을 기념하는 '병산서원 대토론회'에 80여 지식인 학자들과 함께 참여하였다. 창작집『신생』(민음사), 산문집『민족의 꿈 시인의 꿈』(한길사)을 간행하였다. 월간《객석》에 「작가가 본 연극무대」라는 공연평을 연재하였다.

1987 4월, 자유실천문인협의회가 주최하는 '시민을 위한 민족문학교실'에 강사로 참가하여 '제도 교육 속의 문학'을 강연하였다. '4.13 호헌조치'에 반대하는 문학인 193인 서명에 참가하였으며, 6월항쟁 이후 자

유실천문인협의회를 '민족문학작가회의'로 개편하는 작업에 참여하였다. 신동엽창작기금을 수혜하고, 무크지《역사와 인간》에「문학은 곧 역사 탐구」라는 창간사를 집필하였다.

1988   '4월혁명연구소'의 발기인으로 나섰다.「광화문」을《월간조선》에, 국토기행「한국의 기층문화를 찾아서」를《월간중앙》에 연재하였다. 중편소설「밤길의 사람들」로 한국일보문학상을 수상하였다.

1989   3월 27일, 민족문학작가회의 대표단으로 남북작가회담을 위해 판문점으로 가던 중 연행되었다. 국토기행문「사상의 고향」(월간중앙), 역사 인물 소설「원효」(서울신문)를 연재하였으며《사회와 사상》에 실록「광산노동운동과 사북사태」「거제도의 6·25 그 전쟁범죄」등을 발표하였다.

1990   사회학자 김동춘과 함께「1960년대의 사회운동」(월간중앙)을 연재하였다. 한길문학예술연구원에서 소설 창작을 강의하고 한길문학기행을 주도하는 등《한길문학》편집위원으로 활동하였다. 역사 인물 소설「연암 박지원」(서울신문)과「원효대사」(스포츠서울),「박태순의 분단기행」(말)을 연재하였다. 10월, 윤석양 이병이 공개한 '국군보안사령부 민간인 사찰 폭로 사건'의 보안사 사찰 대상에 포함된 것으로 밝혀졌다.

1991   사단법인 한글문화연구회의 이사를 맡았다. 4월「신열하일기」(서울신문) 연재를 위해 첫 번째 중국 기행을 다녀왔다. 이때는 대한민국과 중국 간의 공식 수교가 이루어지기 전이었다.

1992   《민주일보》에 객원 논설위원으로 참여하였으며,《한겨레신문》에「역사의 승리자로 남기를」을 발표하였고,《사회평론》에「역사와 문학」을 연재하였다.

1993 충북 중원군 상모면 온천리(수안보)에 집필실을 마련하였다. 역사 인물 평전『뇌봉』(실천문학사)을 조선족 동포 최성만과 공동으로 번역 간행하였다. 부친 박상련이 별세하였다.

1994 일본 후쿠오카 아시아태평양센터 주최 국제학술심포지엄에 '국토 소설가' 자격으로 참가하였고, 그 방문기를《황해문화》에 발표하였다. 역사 인물 평전『랭스턴 휴즈』(실천문학사)를 번역 간행하였으며 《공동선》에「서울 사람들」을 연재하였다.

1995 계간《내일을 여는 작가》창간호에 첫 장시「소산동 일지」를 발표하였다.

1997 《내일을 여는 작가》에「자유실천문인협의회 문예운동사」를 연재하였다.

1998 제15회 요산문학상을 수상하였다.《실천문학》에 장편「님의 그림자」를 연재하다 중단하였다. 8월 연변작가협회의 강연 초청을 받아 백두산과 길림성 일대를 방문하였다.

2000 '안티조선 운동'에 동참하였으며《현대경영》에「고전으로 세상 읽기」를 연재하였다.

2001 '광주대단지사건' 30주기를 맞이하여 성남 지역 시민단체들이 마련한 심포지엄에 발제자로 참석하였다.

2004 『문예운동 30년사 : 근대운동으로 살펴본 한국문학』(전 3권, 작가회의 출판부)을 간행하였다. 이는 훗날『한국작가회의 40년사』(2014) 집필에 가장 중요한 자료로 쓰인다.

2005   기행문 「우리 산하를 다시 걷다」(경향신문)를 연재하였다.

2006   《공공정책》에 「박태순의 신택리지」를 연재하였다.

2007   첫 창작집 『무너진 극장』(정음사, 1972)을 책세상 출판사에서 '소설
        르네상스' 시리즈로 재출간하였다.

2008   『나의 국토 나의 산하』(한길사)를 완간하였다.

2009   《프레시안》이 주최하는 '박태순의 국토학교'의 교장으로 취임하며
        "찾지 않는 한 국토는 없으며 깨닫지 않는 한 현실은 보이지 않는다"
        는 소신을 30여 회에 걸쳐 실천하였다. 『나의 국토 나의 산하』로 한국
        일보사가 주관하는 한국출판문화상 저술상(교양)을 수상하였으며,
        제23회 단재상을 수상하였다. 전통공예의 장인들을 취재한 기록 『장
        인』(현암사)을 발간하였다.

2013   5월 2일, 모친 권순옥이 별세하였다.

2014   '한국작가회의 30년을 말한다' 좌담회의 첫 대상자로 초청되었다. 한
        국작가회의 창립 40주년 기념식에서 문학운동에 관한 각종 기록을
        정리하고 보존한 데 대하여 특별 감사패를 받았다.

2019   8월 30일 오후 3시 30분 서울 신촌 세브란스병원에서 향년 77세의 나
        이로 타계하였다. 9월 2일 경기도 파주시 파평면 청송로414번길 7-19
        망향동산 묘지에 안장되었다.

작품명	최초 게재지	저본
공알앙당	《사상계》, 1964년 12월호	최초 게재지와 동일
향연	《경향신문》, 1966년 1월	『정든 땅 언덕 위』 민음사, 1973
연애	《창작과비평》, 1966년 봄호	『무너진 극장』 정음사, 1972
동사자	《창작과비평》, 1966년 가을호	『무너진 극장』 정음사, 1972
정든 땅 언덕 위	《문학》, 1966년 9월호	『무너진 극장』 정음사, 1972
서울의 방	《문학춘추》, 1966년 12월	『무너진 극장』 정음사, 1972
푸른 하늘	《문학》, 1966년 12월호	최초 게재지와 동일
생각의 시체	《세대》, 1967년 1월호	『무너진 극장』 정음사, 1972
벌거벗은 마네킹	《동서춘추》, 1967년 5월호	최초 게재지와 동일
뜨거운 물	《자유공론》, 1967년 6월호	『무너진 극장』 정음사, 1972
이륙	《대한일보》, 1967년 9월	『무너진 극장』 정음사, 1972
유보규 양의 세 번째 실수	《여원》, 1967년 9월호	최초 게재지와 동일
결빙	《주간한국》, 1968년 1월	최초 게재지와 동일

박태순 중단편 소설전집 1권

2024년 12월 13일 1판 1쇄 펴냄

지은이　　박태순
엮은이　　박태순 전집 편집위원회
　　　　　김남일 김영찬 김우영 박윤영 백지연 서은주 오창은 이수형 이승철
펴낸이　　김성규
편집　　　김안녕 조혜주 한도연
작품 검수　김사이 노예은 선상미 신민재 안현미 이준재 윤효원 황채연
디자인　　신혜연
펴낸곳　　걷는사람
주소　　　경기도 용인시 기흥구 동백중앙로 358-6, 7층(본사)
　　　　　서울 마포구 월드컵로16길 51 서교자이빌 304호 (지사)
전화　　　031 281 2602 / 02 323 2602
팩스　　　02 323 2603
등록　　　2016년 11월 18일 제25100-2016-000083호

ISBN 979-11-93412-75-6 04810
ISBN 979-11-93412-74-9 [04810] (세트)